스트라이크 아웃 낫 아웃

끝날 때까지 끝난 게 아니다

스트라이크 아웃 낫 아웃

끝날 때까지 끝난 게 아니다

강인규 지음

북레시피

나는 '스트라이크 아웃 낫 아웃'이라는 야구 규칙과 '새옹지마'라는 고사성어를 좋아한다.

스트라이크 아웃 낫 아웃. 기록상으로는 스트라이크 아웃이지만 실제로는 아웃이 아니라 진루가 허용되는 야구 규칙. 스트라이크 아웃이 된 타자라도 포기하지 않고 1루까지 전력질주를 하면 살 수 있는 기회가 주어지는 것처럼, 끝까지 포기하지 않고 도전하면 성공할 수도 있다는 것을 보여준다.

새옹지마. 안 좋은 일 뒤에는 좋은 일이 일어나고 또 좋은 일 뒤에는 안 좋은 일이 일어날 수도 있으니 항상 겸손하라는 의미를 지닌 고사성어이다. 부정적인 일이 있을 때는 긍정적인 마음가짐으로, 좋은 일이 있을 때는 오히려 겸손한 자세로 매사에 임하도록 만들어주는 말이다.

이 소설은 야구로 꿈을 키우는 청소년들의 성장 드라마이다. 우리 야구선수들과 야구 지도자들이 야구로 성공하기 위해 얼마나 절실히 애쓰고 노력하는지를 보여주고 싶었다. 그 과정에서 어쩔 수 없이 자신의 꿈을 포기하고 다른 길을 가야만 했던 동료들과 그들의 아픔도 같이 담아냈다. 내가 직접 또는 간접으로 경험한 일들이 이 책의 소중한 소재가 되었다. 소설에 등장하는 선수들은 야구를 사랑하는 내 소중한 동료들의 열정과 꿈, 그리고 좌절의 아픔을 대변하는 전형적 인물들이다. 그들이 밑바닥에서부터 발버둥치며 성장해나가는 과정을 보며, 한 번쯤 이들과 같은 고민을 해보았을 많은 독자가 작게나마 즐거움과 감동을 얻을 수 있으면 좋겠다.

야구를 사랑하고 오늘의 우리를 있게 만들어준 야구팬들, 이 소설 속 이야기들을 통해 추억을 함께할 수 있었던 야구 동료들, 열악한 환경 속에서도 우리 선수들을 지도하기 위해 힘쓰고 계시는 전국 곳곳의 감독님과 코치님들께 감사드린다. 그리고 언제나 든든한 버팀목이 되어주는 가족에게는 어떤 말로도 고마움을 다 전하지 못할 것 같다.

이 책을 낼 수 있도록 도와주신 북레시피 대표님, 애정을 갖고 격려의 말씀을 해주신 허구연 야구해설위원님, 장정석 야구해설위원님, 정웅교 고려대 의대 정형외과 교수님, 김호근 고려대 감독님, 덕수고 정윤진 감독님, 서울시립청소년문화교류센터 전성우 소장님, 진심으로 감사드립니다.

차례

I

강한 자가 살아남는 것이 아니라
살아남는 자가 강해진다

깨쓰통, 드디어 고교생이 되다

"야, 똑바로 안 해? 공도 제대로 못 던지냐? 그러니까 맨날 지는 거 아니야. 어휴, 너한테만 공이 가면 내가 속이 터진다. 경기도 터지고 정말 답답해 미치겠다, 이 깨쓰통 같은 놈아. 깨쓰통! 그래, 잘 어울리네. 깨쓰통! 깨쓰통!"

눈이 확 떠졌다. 온몸에는 식은땀이 흐르고 있었다. 깜빡 졸았나 보다. 깨쓰통이란 별명이 생긴 이후로 가끔씩 악몽을 꾼다. 그 이후로 나는 늘 죄인이었다. 여기가 어디지. 그렇지, 지하철이지. 고등학교 야구부 신입부원 환영회. 하필 오늘 같은 날 또 악몽이라니.

지하철은 땅속을 벗어나서 지상으로 올라가고 있었다. 얼굴로 하얀 햇살이 쏟아졌다. 순간 아찔한 현기증이 일었다. 아, 눈부셔. 나의 과거는 지하의 어둠을 닮아 그곳에서는 늘 칙칙한 땀 냄새가 났다. 그 긴 땅굴의 미로를 헤매고 헤매다 이제 밖으로 나오려 하는 것이다.

태산고. 나의 파라다이스. 얼마나 가고 싶어 하던 학교인가. 모든 중학교 야구선수들의 로망. 그런데 내가 선택된 것이다. 깨쓰통 소리나 듣던 내가 스카우트된 것이다. 태산고 감독님이 왜 나를 선택했을까. 풀리지 않는 의문이었다. 주변에서는 깨쓰통이 태산고로 간다면서 쑥덕였다. 나 스스로도 어떻게 된 일인지 몰라 드러내놓고 기뻐할 수조차 없었다. 어쨌든 스카우트된 게 사실이었다. 태산고 감독님이 뭔가 내 장점을 알아본 것 아니겠나. 나를 알아봐주는 데가 있다는 게 얼마나 기쁜 일인가. 이제 눈부신 미래가 펼쳐질 것이다. 이제부터 나의 야구 인생은 휘황찬란하리라.

강파치. 내 이름이다. 깨뜨릴 파破, 어리석을 치癡.
할아버지께서 세상의 어리석음을 깨뜨리는 인재가 되라는 뜻으로 지어주신 이름이다. 그런데 야구부에서는 '흠결이 있어서 못 쓰는 물건'이라는 뜻으로 놀림감이 된 지 오래다. 어떻게 이름을 지어도 이렇게 지으셨나…… 눈물이 난다. 중학교 1학년에 올라가 야구선수가 되겠다고 선언했을 때 1년 유급을 하게 된 것도 이 이름 때문일지 모른다. 할아버지께는 죄송한 일이지만 내 인생이 꼬여버린 것도 어쨌든 다 이 이름 때문인 것만 같다. 내가 성인이 되면 제일 먼저 하고 싶은 게 바로 이름 바꾸는 일이다. 이름은 파치, 호는 깨쓰통. 깨쓰통 강파치 선생. 지금까지의 내 삶을 이렇게 잘 압축한 이름이 또 있을까.

〈이번 역은 동대문, 동대문역입니다.〉

지하철 안내 방송이 날 위한 응원의 목소리처럼 경쾌하게 귓가로 파고든다. 훈련 힘들기로 소문이 자자한 야구 명문 태산고의 하차역. 찬바람이 아직 시작되지 않은 늦가을, 첫 만남에 대한 긴장감이 알싸한 가을 냄새와 버무려져 기분 좋은 흥분을 불러일으켰다. 그리고 시원하게 열리는 지하철 문.

'내 미래도 저렇게 활짝 열리리라.' 요동치는 내 심장이 그렇게 외치고 있었다. 하지만 지하철역에서 벗어나 태산고 교문을 들어서는 순간, 근거 없이 그려낸 나의 분홍빛 미래는 환상처럼 한순간에 사라지고 말았다.

뭐지? 이 두려움은. 학교 야구장에서 운동하고 있는 선수들을 보는 순간, 알 수 없는 긴장감에 몸이 떨려왔다. 머리를 바싹 깎은 빡빡이 무리가 엄청난 고함을 질러대며 연습을 하고 있었다.

'아니, 머리가 왜 저래? 저게 야구선수 머리야? 스님 머리지.'

어이가 없었다. 중학생도 저 정도는 아닌데. 어떻게 고등학교 선수들이 중학교 선수보다 더 짧은 머리를 하고 있지? 그건 그럴 수 있다고 치자. 중학교 때는 고학년 선수들이 보다 자유로운 헤어스타일을 누릴 수 있었기 때문에 머리 모양만 봐도 몇 학년인지 짐작이 가능했다. 그래서 처음 보는 얼굴이라도 머리 길이로 대충 몇 학년인지 판단해 말을 붙이곤 했었다. 그런데 여기 와보니 모든 선수가 똑같이 삭발을 하고 있었다.

이건 아니지…… 전 학년이 똑같은 머리를 하고 있는 꼴이라니. 무슨 해병대원들도 아니고. 헤어스타일이 사람을 얼어붙게 하는 힘이 있다는 사실을 그때 처음 알았다.

'얼마나 규율이 세면 저럴까?' 나도 모르게 한숨이 나왔다. 학교 정문 앞에서 날 반겨주는 거라곤 바람에 불안스럽게 펄럭이는 현수막 두 개뿐이었다.

〈환영합니다. 태산고 입학을 축하합니다!〉

〈축, 태산고 102회 졸업생 김영웅. 롯데 자이언츠 입단〉

내 심리 상태가 불안해서인지 현수막의 문구는 그저 식상하게만 느껴졌다. 온갖 잡념이 나를 괴롭혔다. 우리 중학교에서 이 학교로 진학한 사람은 내가 처음이었다. 중학교 동료들과 학부모님들이 부러움 반 질투 반으로 축하해줄 때만 해도, 나도 모르게 어깨가 으쓱 올라갔었다. 그런데 지금은 사막 한가운데 나 홀로 내던져진 기분이다. 같은 중학교 선배가 있는 친구들은 얼마나 좋을까. 운동장에 그려진 다이아몬드 그라운드가 이토록 두렵고 낯설게 보이는 건 처음이었다.

이런저런 생각으로 느려지는 발걸음을 겨우 끌며 야구부 숙소를 찾아 조심히 들어섰다. 숙소는 교문 반대편에 있었다. 홈베이스 근처에 컨테이너 박스 하나가 놓여 있었고, 그 뒤로 학교 실습실 건물 1층이 숙소였다. 숙소 주변 담에는 장미 넝쿨이 얹혀 있었고 ㄱ자로 구부러진 담 구석에는 늙은 소나무가 한 그루 서 있었다. 왠지 푸근하고 정겨운 느낌이 드는 나무였다. 마치 야구부의 수호신 같달까. 나는 한참 동안 소나무와 무언의 대화를 나눴다. 그러고 나서 심호흡을 한번 한 뒤 숙소 안으로 들어섰다. 삭막한 공기, 어디선가 밀려오는 섬유유연제와 먼지 냄새, 그리고 남학생들의 독특한 냄새가 뒤섞인 오묘한 컬래버레이션.

한마디로 엿 됐다는 기분이 들면서 벌써 똥줄이 타기 시작했다. 냄새의 위력이 이렇게 대단할 줄이야. 그 냄새 하나만으로 고등학교 3년을 보낸 선배들의 생활이 어땠을지 가히 짐작이 갔다. 동시에 놀랍게도 나의 엉덩이 근육은 잔뜩 긴장되어 뻣뻣이 굳어졌고, 오줌까지 지릴 것 같았다.

'정말 쉽지 않을 것 같다.' 나는 그 퀴퀴한 냄새를 맡지 않으려고 숨을 참으며 야구부 문을 두드렸다. 그러자 안에서 강한 중저음의 목소리가 튀어나와 내 기를 완전히 꺾어놓았다.

"들어와! 문은 살살 열어라. 고장 났다."

나는 머리를 수그리며 문을 조심히 밀고 들어섰다. 문은 괴물이 이빨을 가는 것처럼 '끼익~' 소리를 내면서 겨우 열렸다. 그 소리는 내 귀를 뚫고 들어와 멀쩡한 내 뇌세포를 모두 녹슬게 만들어버릴 것만 같았다.

내부는 꽤 넓었다. 식당처럼 탁자와 의자들이 홀 가운데 놓여 있었고, 입구 오른쪽에는 주방이 만들어져 있었다. 그 주방 옆으로 난 복도를 따라 감독실과 코치실, 그리고 합숙실이 있었다. 식당은 40여 명 되는 야구부원들이 모두 모여 식사를 하고도 남을 정도로 넓었다. 복도와 식당 벽에는 태산고 출신 프로 선수들의 사진이 도배되어 있었다. 사진 하나하나가 밝게 빛을 내뿜고 있었다. 성스러운 빛이었다. 나에게는 예수나 부처 같은 존재들이었다. 부러움의 대상이고 존경의 대상이며 야구 신앙의 대상이었다. 저 선배들이 거쳐 간 공간에 내가 서 있다. 이는 곧, 내 사진도 저 벽에 걸릴 수 있음을 의미하는 것 아니겠는가.

"안녕하십니까?"

인사를 하고 고개를 드는 순간…… '웰컴투 헬!' 아까 봤던 빡빡이 형들의 시선이 모두 나에게 쏟아졌다.

"얼른 들어와서 1학년 무리에 앉아라. 저기 구석이야."

딱 봐도 코치님일 것 같은 분이 말했다. 오랜 시간 얼어 있었나 보다. 모든 시선이 나에게 집중되고 있었다. 나는 겁먹은 바퀴벌레처럼 재빨리 움직여 1학년 무리로 숨어들었다. 고개를 숙인 채 주변을 살펴보니 내가 거의 마지막인 것 같았다. 주변 아이들도 모두 긴장한 모습이 역력했다.

어제 갓 자른 듯 머리에 바리캉 자국이 남아 있는 아이들도 있었고, 중학생들 사이에서 유행 중인 스키니 쫄바지를 입고 온 아이들도 보였다. 모두 인상이 좋아 보였다. 나는 아무런 의심 없이 편안하게 옆에 있는 아이한테 말을 걸어보았다.

"넌, 이름이 뭐야? 와, 여기 분위기 정말 살벌하다. 소문이 사실이었네."

"그러게. 난 한산중에서 온 오태풍이라고 해. 우리 그때 결승전에서 붙었었잖아. 나 그때 3번 타자였는데."

"아, 그래? 반갑다. 기억난다. 앞으로 잘 지내보자."

"오케이, 그리고 옆에도 인사해. 박민욱이라고 노량중에서 왔다. 나랑 방금 친해졌어."

"하이, 난 파치야."

나는 손을 들어 민욱이라는 아이에게 인사했다.

그 순간 뭔가 분위기가 이상했다. 앞에 있던 형들이 나와 태풍이를 보며 웃음을 억지로 참고 있는 것 같았다.

뭐가 잘못된 거지? 나는 혼란스러운 마음으로 주변을 천천히 둘러보면서 머리를 돌리기 시작했다.

'태풍이에게 인사하고…… 민욱이한테 인사한 것밖에 없는데? 잠깐만, 민욱이?'

머리를 한 대 얻어맞은 기분이었다. 박민욱은 내가 태산고 경기를 보러 갔을 때 전광판에서 본 이름이었다. 설마설마하던 내 예감은 역시나 틀리지 않았다. 박민욱 선배가 우리의 속내도 캐고 놀려줄 목적으로 신입생으로 위장했던 것이다. 그나마 나는 인사말만 주고받아서 다행이었지만, 그 이전에 어떤 말을 주고받았는지 태풍의 얼굴이 빨갛게 달아오르고 있었다. 지구 멸망 소식이라도 들은 표정이었다. 순간 선배들의 참았던 웃음보가 터졌다. 식당 가득 울려 퍼지던 웃음소리가 가라앉자 박민욱 선배가 놀리면서 고자질하듯이 말했다.

"야, 이 자식이 여기 분위기 더럽다고 전학 가고 싶대. 우리 모두 무섭단다."

정말 소름 끼치는 반전이었다. 안 그래도 잔뜩 주눅 들어 있던 우리는 모두 고개를 숙인 채 선배들 눈치만 살폈다. 태풍이는 하얗게 질린 채 굳어 있었다. 한동안 정적이 흘렀다. 누가 봐도 우리는 고양이 앞의 쥐 정도가 아니라 호랑이 앞의 쥐 같았을 것이다. 무슨 환영회가 이러냐.

여기저기서 우리를 달래는 말들이 쏟아졌다.

"그럴 만도 하지."

"야, 쫄지 마. 아무것도 아니야. 이제부터 시작이야."

처음에는 우리를 시험해보기 위해 일부러 어르는 거라고 생각했다. 병 주고 약 주고. 태풍이의 질린 표정이 너무 불쌍해 보였는지 누군가가 거들었다.

"태풍아, 괜찮아. 형들도 당했어. 우리 야구부는 장난으로 시작해서 장난으로 끝나니까 걱정하지 마."

그런데 그 순간 천둥 같은 목소리가 우리를 짓눌렀다. 너무 놀라서 피가 거꾸로 솟는 것 같았다.

"야, 신입생들. 모두 눈 감아."

다들 영문도 모른 채 눈을 감았다.

"어때, 아무것도 안 보이지?"

우리는 입도 뻥끗할 수 없었다.

"이것 봐라. 대답 안 하지?"

우리는 당황하며 한여름 밤 논밭의 개구리 새끼들이 울듯이 꾸역꾸역 대답했다. 여기저기에서 쏟아지는 대답 소리를 들으며 선배들은 애써 웃음을 참는 눈치였다.

"예. 아무것도 안 보입니다."

잠깐 침묵의 시간이 흘렀다. 선배는 한숨을 쉬면서 말했다.

"그게 앞으로 태산고에서 너희들의 미래야."

선배들이 와하고 웃음보를 터뜨렸다. 젠장. 저 선배들 밑에서는 그나마 간당간당하던 야구 실력도 쪼그라들 대로 쪼그라들어 또다시 깨쓰통이 될 게 틀림없었다. 또 깨쓰통 소리를 들으면 어떡하지. 미칠 노릇이었다.

"야, 너무 심하잖아. 태풍아, 괜찮아. 그냥 편하게 해."

어느 장단에 춤을 춰야 하는 건지 알 수가 없었다. 선배들은 그렇게 우리의 혼을 쏙 빼놓았다.

태풍이가 여전히 겁에 질려 있는 사이 갑자기 코치실 문이 벌컥 열렸다. 모두의 시선이 문 쪽으로 집중되었다. 잠시 뒤 코치실 밖으로 뿔테 안경을 쓴 코치님이 나오셨다.

저분이 말로만 듣던 독사, 독고원 코치님이구나. '독사'라는 말은 코치님의 성이 워낙 특이하기도 했지만 무엇보다 야구 경기의 흐름을 읽어내는 능력이 뛰어나다고 해서 붙은 별명이었다. 상대 팀의 작전을 기가 막히게 간파하고 경기의 흐름을 정확하게 읽어내기 때문에 상대 팀은 숨도 못 쉴 정도의 압박감을 느낀다고 했다. 상대 팀을 뱀 앞에 선 개구리마냥 옴짝달싹할 수 없게 만드는 능력이 있다고 정평이 나 있는 분이었다.

"애기들아 왔냐? 이로한! 머리 시원하게 밀었네. 이번 신입생들은 아주 좋아!"

이로한. 저 녀석은 중학교에서 이름을 날리던 투수다. 체격이 크지 않아 고교에서는 야수로 전향한다는 소문이 있었지만 전국 중학 야구대회에서 팀을 우승시킨 히어로. 우리 팀은 예선 통과도 못 했던 대회다. 괜히 쪼그라드는 것 같은 기분이 들었다. 코치님이 콕 집어서 주목할 만한 아이였다.

'저 녀석이 태산고에 오다니, 역시 최고들만 모여 있는 학교답구나.'

태산고는 괜히 야구 명문이라 불리는 게 아니었다. 전국의 중학생들이 가장 가고 싶어 하는 학교 중 하나일 뿐만 아니라 해마다 선수를 프로팀에 입단시키는 학교였다. 그래서 태산고 진학은 곧 프로 진출 티켓을 받아놓은 것이나 다름없이 여겨졌다. 태산고라는 이름 하나만으로도 대학이나 프로야구팀 스카우터들이 주목하는 팀. 이제야 나는 마음을 진정시키고 주변을 둘러볼 수 있었다.

3학년들이 모여 있는 테이블 주변으로 매스컴에서 주목하는 특급 투수 기태식과 고교 랭킹 1위 포수 장일포가 빛을 내며 앉아 있었다. 쟁쟁한 선배들의 얼굴이 보였다. 모두 대학 진학은 물론이고 프로지명까지 기대하고 있는 선수들이다. 나도 3학년이 되면 저 선수들 같은 실력을 갖출 수 있을까? 아니, 이 학교를 졸업할 수는 있을까?

내 실력은 어느 정도인 걸까. 가만, 그러고 보니 신입생 수가 너무 많다. 2학년 3학년은 열 명 정도인데 우리는 스무 명도 넘는다. 그렇다면 신입생 중 절반 이상은 전학을 가야 한다는 뜻이다. 문득 불안해졌다. 나는 스카우트된 게 아니라 그냥 예비 학생일 수도 있는 것이었다. 올해부터 야구선수들의 고등학교 진학을 돕기 위해, 고등학교 팀의 의사와는 상관없이 신입생을 강제 배정하기로 했다는 소문이 돌고 있었다. 그렇다면 신입생 가운데는 감독님이 스카우트하지 않았는데도 이 학교에 배정받은 선수들이 꽤 있다는 얘기가 된다. 어쩌면 나도 그중 한 명일 수 있다는 얘기다. 아뿔싸. 지하철에서 악몽을 꾼 게 이것 때문이었을까?

나는 3학년 때까지 살아남을 수 있을까. 거의 반 이상은 중간에 다른 학교로 전학을 가야 할 것이다. 늘 그랬다. 실력이 부족하다고 판명되면 감독님과의 면담을 거쳐서 선수가 부족한 다른 학교로 전학을 가야 하는 게 야구선수들의 숙명이었다. 주전으로 뛸 수 있는 학교를 찾아가야 하기 때문이었다. 야구를 그만두든지, 아니면 다른 학교로 전학을 가서 야구에 대한 미련을 이어나가는 수밖에 없었다. 과연 나의 3년 뒤 모습은 어떨까? 꿈과 희망으로 부풀어야 할 환영회가 마치 장례식처럼 비장해지고 있었다.

선배들과 동료들이 외계인처럼 느껴졌다. 감히 다가갈 수 없는 신비한 존재들로 여겨졌다. 그런 이들과 같은 시간과 공간 속에 있다는 사실이 신기하기만 했다. 분명 나와 똑같은 인간이건만, 바라보면 볼수록 그들에게선 알 수 없는 빛이 뿜어져 나오는 듯했다. 이런 걸 두고 후광이 비친다고 말하는가 보다. 여기 모인 선수들 모두가 야구에 도가 튼 도사들처럼 보였다. 감히 나 따위는 범접할 수도 없는. 그들의 뒤에서는 실제로 알 수 없는 빛줄기가 흔들리고 있었다. 야구의 신이 있다면 바로 이런 모습일 터이다. 그 신비로운 광경에 잔뜩 위축되었던 나는 그 모습이 창에 걸려 있던 커튼이 바람에 흔들리면서 햇살과 함께 빚어낸 풍경이라는 것을 깨달은 뒤에야 안도의 한숨을 내쉴 수 있었다. 야구의 신이라니, 득도라니. 한없이 쪼그라들었던 내가 한심하기만 했다. 나는 고개를 절레절레 흔들었다. 흐트러진 마음을 다잡아야 했다. 그때, 독고 코치님이 크게 외쳤다.

"모두 모여!"

그러자 마치 페르시아와 전투를 하기 위해 목숨을 내놓은 스파르타 정예병같이 야구부의 모든 선배들이 번개같이 일어나 코치님 곁으로 모여들었다. 사람인지 로봇인지 구분이 안 갈 정도로 모든 동작이 일사불란하게 눈 깜짝할 사이에 이뤄졌다. 나도 눈치껏 헐레벌떡 대열에 합류했다.

"자자, 재학생들. 이번 신입생들 데리고 놀리거나 괴롭히는 일은 없도록 해라. 괜히 딴짓거리하다 걸리면 야구 그만둘 줄 알아! 신입생들은 선배들 말 잘 듣고 잘 따라오도록, 알았나?"

"옙!"

모든 부원이 이구동성 큰 목소리로 대답했다. 짧지만 강렬한 코치님의 훈계가 끝나자 선배들은 야구 가방을 들고 밖으로 나갔다.

"신입생들은 여기로 잠깐 모여봐."

독고 코치님이 다시 우리를 불러 모았다.

우리는 최대한 예의를 갖춰 독고 코치님 앞에 섰다. 누군가에게 강한 첫인상을 주려면 먼저 그 사람의 눈을 쳐다보라고 했다. 나는 고개를 들고 코치님의 얼굴을 봤다. 순간 소름이 쫙 끼쳤다. 사람 마음을 한순간에 꿰뚫어버릴 것같이 깊은 눈빛…… 산전수전 다 겪은 듯 이마 깊게 새겨진 주름, '건들면 죽는다'라고 말하고 있기라도 하듯 팔뚝 위로 툭 튀어나온 근육들. 코치님은 사람 마음을 휘어잡을 수 있는 카리스마를 지니고 있었다.

'어휴, 조심해야겠다. 저분한테 걸리면 뼈도 못 추리겠어.'

코치님이 한심하다는 듯이 약간 격앙된 목소리로, 선수들처럼 제대로 서보라고 말하자 신입생들은 코치님 앞에 ㄷ자 대형으로 줄을 맞춰 섰다.

"자, 지금 너희 각자 학교에서 몸 만들고 있지? 우리 팀에 합류하는 대로 바로 훈련 참가할 수 있게 몸 잘 만들어놓도록 해라. 그리고 이틀 뒤 탄천에서 비공식 연습경기가 있는데 거기 합류할 선수를 호명하겠다."

'비공식 경기? 벌써 합류한다고? 내 이름도 불리면 얼마나 좋을까?'

내 이름이 불릴 것 같지는 않았다. 누가 선택될지 궁금했다. 나는 잠시 딴생각에 잠겨 있었다. 선배들하고 경기하면 어떤 기분이 들까. 입학도 하기 전에 고등학교 형들이랑 연습경기를 뛴다는 건 얼마나 환상적인 일인가. 거기서 멋있는 모습을 보여줄 수만 있다면…… 그런 상상의 나래를 펴고 있을 때 갑자기 코치님의 화난 목소리가 식당 안에 울려 퍼졌다. 누군가 대답을 제대로 하지 않은 모양이었다. 누군지 모르지만 신입생이 첫날부터 제대로 걸려들었군. 그때였다. 처음으로 인사를 나눴던 태풍이가 내 옆구리를 쿡 찔렀다. 나는 놀라서 태풍이의 얼굴을 쳐다보았다. 태풍이는 눈짓으로 코치님을 가리켰다. 나는 반사적으로 코치님의 얼굴을 쳐다보았다. 코치님의 이글거리는 눈빛이 나를 향해 있었다.

"강파치. 강파치, 없어?"

코치님의 짜증 섞인 목소리가 묵직한 직구처럼 날아왔다.

"예, 예! 있습니다."

나는 당황하며 큰 소리로 대답했다.

"대답 빨리 안 할래? 왜 여러 번 말하게 하나!"

"아, 아닙니다!"

"너도 내일 아침 8시까지 탄천으로 와."

"넵!"

자신 있게 대답했지만 얼떨떨했다. 내가 뽑히다니. 나를 포함해 이름이 불린 사람은 이로한, 정태연, 구상우, 이렇게 네 명이었다. 하하, 이런 일이 나에게 일어나다니. 요즘 하늘의 소원 배달 서비스에 무슨 문제가 생긴 게 분명하다. 그렇지 않고서야 내 소원이 매번 이루어질 리가 없을 것 아닌가. 어쨌든 기분 째진다. 지하철 악몽은 개꿈인 게 분명해. 그렇다면 나도 1학년 중에서 감독님의 관심을 끌고 있다는 얘기 아닌가. 신입생 가운데 단 네 명만 뽑힌 것이 아닌가.

코치님이 나가시자 그제야 우리 신입생들은 긴장을 풀 수 있었다. 우리는 맘껏 미소를 띤 채 서로 악수하며 인사를 나누었다. 신입생은 스물두 명이나 되었다. 우리는 서로 동료이면서 경쟁자였다. 이 중에서 열 명 정도만 살아남아 졸업할 수 있다. 졸업을 하게 된다는 말은 또한 진로가 보장된다는 것을 의미한다. 지금은 서로 웃고 있지만 경쟁의 날카로운 칼날에 베이기 싫은 건 다들 같은 마음일 것이다. 나 역시 경쟁에서 살아남으리라 속으로 의지를 불태웠다. 하지만 우리는 열일곱 살 풋내기들이었다. 언제 그랬냐 싶게 다들 순수한 마음의 문을 열고 싱글벙글 웃음꽃을 피워내고 있었다. 이미 우리는 태산고라는 공동체 속에서 하나가 되고 있었다.

센스있는 플레이를 한다고 해서 몽키라는 별명이 붙은 구상우, 투타 겸업인 이로한과 함께 우승을 이끈 괴물 타자 정태연, 좀 전에 선배들한테 조롱거리가 되었던 오태풍, 청각장애를 가지고 있음에도 누구에게도 지지 않는 실력으로 야구에 대한 열정을 불태우는 그라운드의 철학자 오기우, 컨트롤의 교과서라 불리는 투수 편재중, 전국대회 우승 경력이 있는 3루수 장인택, 그 외에도 최강희, 박시우 등등 전국대회에서 이름을 알린 내로라하는 인재들이 모여 있었다.

나, 강파치는 방망이 하나밖에 믿을 게 없지만 야구 사랑

만큼은 전국 1등이라 자부한다. 야구를 할 때면 움츠러들었던 숨구멍이 넓어지는 기분을 느끼며 지금까지 버텨왔다. 그나저나 중학교만 졸업하면 힘든 시간은 끝이겠다 싶었는데, 아무래도 지금부터가 본격적인 고생길 시작일 듯하다는 느낌이 든다.

나는 중학교 1학년 때 겨우겨우 부모님을 설득하여 야구를 시작할 수 있었다. 다른 친구들은 보통 초등학교 3학년 정도에 시작하니 나는 그야말로 늦깎이였다. 기본기가 부족한 거는 당연했다. 타격은 쉽게 따라갈 수 있었지만 문제는 수비였다. 전문 포지션을 가질 수 없었고 그냥 팀에서 부족한 포지션에 자리를 채우는 식으로 뛸 수밖에 없었다. 그러다 2학년이 되어서야 포수 포지션을 차지할 수 있었다. 그나마 아무도 하겠다는 사람이 없어 울며 겨자 먹기로 들어간 포지션이었다. 그러니 제대로 실력을 쌓을 수도 없었다. 아버지가 수소문하여 알아봐준 덕에 포수 레슨을 몇 번 받아본 게 다였다. 고등학교에 가서는 외야수로 뛰게 될 것이라는 말을 들었고, 나는 그렇게만 알고 있었다.

처음부터 타격은 자신 있었다. 파워는 타고났기 때문에 신경 쓰지 않아도 될 정도였고 어릴 때 테니스를 했기 때문에 타격의 정확성도 뛰어난 편이었다. 파워가 있어서 홈런도 쏘아 올리기는 하지만 수비에서는 아직 믿음을 주지 못하는 존재. 야구선수로서 나는 한마디로 미지수였다. 마지막 숫자를 긁어보지 않아 당첨인지 꽝인지 모르는 복권과도 같은 존재. 운이 좋으면 당첨돼서 잭팟을 터뜨리거나 아니면 투자한 시간과 노력을 모두 잃고 꽝이 되는 존재. 불투명한 야구 인생의 미로 앞에 불안하게 서 있는 존재, 그게 바로 나였다.

***

야구. 우리는 하나같이 야구에만 미쳐 있었고 프로야구 선수가 되리라는 꿈과 전국대회 우승이라는 집념을 가지고 있었다. 같은 목표를 향해 나아가는 동료들을 보면서 난 다시 마음을 다잡아야 했다. 입학하기도 전부터 이렇듯 평소 우러러보던 선배들과 함께 경기에 나설 수 있다는 게 어딘가. 비공식 경기이긴 하지만 감독님이 나를 주목하고 있다는 증거 아닌가.

'가만히 있을 수는 없지. 보여주겠어. 강파치가 어떤 선수인지를.'

다음 날, 나는 중학교 감독님에게 허락을 받고 탄천 야구장으로 갔다. 모든 시즌이 끝난 늦가을이었지만 야구장은 아직도 뜨거운 여름의 열기 그대로였다. 연신 반짝반짝 날카로운 눈빛을 던지며 좋은 선수를 찾는 데 여념이 없는 스카우터들과 그들 앞에서 열심히 땀 흘리며 자신의 존재를 어필하고 있는 고등학교 선수들의 열기가 확 전해져왔다. 상상은 했지만 이 정도일 줄은 몰랐다. 역시 고등학교는 달랐다.

"와, 진짜 살벌하다."

그라운드 위에서 어떻게든 살아남기 위해 자신이 가진 모든 것을 쏟아붓는 광경을 보며 나도 모르게 입 밖으로 새어 나온 말이었다. 우리는 11시에 마동고와 경기가 잡혀 있었다. 마동고는 메이저리거 선수를 배출한 야구 명문고로서 기본 실력이 탄탄한 학교인 만큼 쉽게 볼 수 없는 팀이었다. 오랜 역사와 함께 동문들의 후원과 응원을 받으며 지역의 명예를 드높이는 명문고라는 자부심이 대단하기로 정평이 나 있었다. 우리 신입생들은 바짝 긴장하고 있었다. 중학교 졸업도 하기 전에 고등학교 경기를 뛰게 되었으니 당연히 그럴 만했다. 하지만 팀의 주장인 정중도 선배를 비롯한 다른 형들은 마치 봄 소풍이라도 온 것 같은 분위기였다. 주장이 말했다.

"야, 빨리 끝내고 밥 먹으러 가자. 배고파 죽겠어."

그러자 태산고의 개그맨으로 소문난 하진영 선배가 거들었다.

"마동고 정도야, 가볍게 요리할 수 있잖아? 맛나게 묵자. 맛동산처럼. 난 어제 이미 맛동산 먹음."

유치한 농담이었지만 우리 팀 선수들은 모두 빵 터졌다. 긴장감을 해소하기에 이보다 더 좋은 방법이 어디 있겠는가. 강한 자는 집이 무너져도 여유만만하다고, 마치 우리 태산고를 빗댄 말인 것 같았다. 진영이 형은 화려한 입담으로 연신 우리를 웃겼다. 경기를 앞두고 몸을 풀면서도, 이건 몸을 푸는 건지 산책을 나온 건지 착각할 정도였다. 다른 선수들의 긴장을 풀어줄 줄 아는 진영이 형은 그렇게 내 마음속 1순위 선배로 저장되었다.

우리 팀 분위기는 여유로웠다. 긴장감 가득한 경기장이 아니라 즐거움이 넘치는 놀이동산에 온 것 같은 생각이 들었다. 행복의 엔도르핀이 온몸의 세포로 전해지는 듯했다. 그런데 이 모두가 선배들이 긴장감을 풀기 위해 고안한 자구책이라는 것을 깨닫게 된 건 한참 뒤의 일이었다.

내 목표는 하나였다. 이번 기회에 감독님으로부터 확실히 눈도장을 받아두는 것. 즐거운 흥분 속에서 나는 새롭게 각오를 다졌다. 뭐든지 잘될 것만 같았다. 마치 오늘이 나를 위해 준비된 시간이라는 착각이 들 정도였다.

그때 저 멀리서 코치님 세 분이 걸어왔다. '독사' 독고 코치님과 신입생 상견례 날에 인사한 여우태 야수 코치님, 그리고 고등학교 전국대회 선수 소개 책자에서 얼핏 본 적 있는 공득도 투수 코치님이었다. 선배들이 여우태 코치님을 흘깃 쳐다보면서 조그만 소리로 속닥거렸다.

"박하사탕 왔다, 박하사탕."

이번에는 투수 쪽에서 공득도 코치님을 보며 수군거리는 소리가 들려왔다.

"불닭발 왔다, 불닭발."

'박하사탕? 불닭발? 독사는 알겠는데, 뭐지? 다른 두 코치님의 별명인가?'

알고 보니 '박하사탕'은 마음에 드는 플레이를 한 사람에게 박하사탕을 선물로 준다고 해서 붙은 별명이고, '불닭발'은 불닭발처럼 매섭게 지도를 해주신다고 해서 붙은 별명이었다.

나는 그런 수군거림에 별다른 내색 없이 몸풀기에 집중했다. 그런데 웬일인가. 조금 전까지만 해도 농담하며 장난치던 선배들의 모습은 온데간데없고 승리의 여신 니케의 후예들처럼 진지함으로 무장한 야구선수의 모습만 보일 뿐이었다. 선배들한테 사기라도 당하는 기분이었다. 코치님 세 분의 등장만으로 팀 분위기가 이렇게 바뀌다니. 코치님들만으로도 이런데, 감독님은 어떨까.

진지한 자세로 30분 정도의 워밍업을 끝내고 우리는 코치님 앞으로 집합했다. 코치님은 우리들 얼굴을 한번 쳐다보고 난 뒤 대수롭잖게 1번부터 9번까지 라인업을 불러주었다. 그런데, 그런데…… 믿을 수 없게도, 내가 5번 지명타자로 들어가 있었다.

선발로 나간다는 기쁨도 잠시, 5번 타자라는 중압감이 나를 짓눌렀다. 더욱 놀라웠던 건 이번 신입생들 네 명 중 태연이를 제외하고 모두가 라인업에 이름을 올렸다는 사실이다. 고교 랭킹 1위 포수 장일포 선배가 있었기 때문에 나는 수비는 뛰지 못했다. 외야수로 포지션을 바꿔야 할 가능성도 있었으므로 나는 특정 포지션에 대한 욕심은 없었다.

사실 탄천으로 오면서 처음에는 그저 불펜 투수들의 볼을 받아주기 위해 부른 것이라고 생각했었다. 하지만 덜컥 선발

라인업에 오르고 나니 정신을 차릴 수가 없었다. 감독님으로 부터 눈도장을 받겠다는 다짐은 어디론가 사라져버린 지 오 래였다. 선발 라인업에 호명이 되는 순간만큼은 감독님이 나 를 인정해주고 있다는 생각에 너무 행복하고 기뻤다.

하지만 그게 다가 아니었다. 이내 더욱 큰 걱정이 밀려들 면서 '내 기본 실력도 보여주지 못하면 어쩌나?' 하는 생각에 등골이 서늘해졌다. 위아래로 심하게 오르락내리락하는 감 정의 롤러코스터를 타고 있으려니 제대로 정신을 차릴 수가 없었다. 정말 미칠 지경이었다. 조울증과 우울증의 롤러코스 터를 타고 있는 기분이었다.

'그래, 강파치! 너의 실력을 보여주는 거야. 넌, 할 수 있 어! 할 수 있어! 할 수 있어!'

정신을 다잡기 위해 찬물로 세수를 한 뒤 화장실 거울을 보며 스스로 주문을 걸었다.

드디어 경기가 시작되었다. 우리 팀 선발은 작년에 기태식 선배와 함께 팀의 3개 대회 연속 우승을 이끌었던 가두기 선 배였다. 140km 중반대의 빠른 직구와 좋은 슬라이더를 가 지고 있는 이 형도 역시 프로팀에서 관심을 갖고 있는 투수 였다.

아무리 막강한 화력을 자랑하는 마동고라 할지라도, 춤추 는 칼날처럼 예리하게 휘어 들어가는 예술적인 슬라이더와 바깥쪽 코스로 총알처럼 꽂히는 직구에는 속수무책이었다.

그렇게 순식간에 1회 초가 마무리되고 1회 말, 상대 팀 투수 역시 제구력을 뽐내며 우리 공격을 삼자범퇴로 막아냈다. 2회 초에도 가두기 선배의 공은 여전히 상대 타자를 주눅 들게 했다. 깔끔한 삼진 두 개를 더하며 간단하게 이닝을 끝내고 이어진 2회 말 우리 팀 공격, 드디어 나의 고등학교 첫 데뷔 타석. 앞선 4번 타자의 공은 중견수 뜬공으로 잡혔고, 심판석 뒤에서 아나운서가 내 이름을 불렀다.

"5번 타자, 지명타자 강파치!"

나는 심호흡을 하며 타석에 들어갔다. 그리고 침착하게 중학교 때 하던 식으로 작전 사인을 받기 위해 코치님을 봤다. 하지만 너무도 긴장한 나머지 두 눈은 흐릿해졌고, 다리는 후들거렸다. 심장은 록 밴드의 드럼 소리마냥 빠르게 뛰었다. 미칠 지경이었다. 천천히 심호흡을 하고 코치님을 다시 쳐다봤다. 코치님이 사인을 내기 위해 손을 몸 위로 이리저리 움직이는 게 보였다. 그런데 사인을 내는 그 모습이 마치 슬로비디오처럼, 문어가 흐물흐물 움직이는 것처럼 보였다. 좋은 공을 골라 치라는 히팅 사인이었다.

"좋아, 한번 보여주자."

나는 입속으로 작게 중얼거렸다. 심장 박동이 손가락 끝까지 전해져 손가락에도 심장이 있는 것 같았다.

"후, 침착하자."

나는 다시 마음을 다잡고 투수가 어떤 공을 던질까 재어보다가 초구를 치기로 마음먹었다. 중학교 시절에도 나는 초구

킬러로 통했었다. 투수는 유리한 볼 카운트를 얻기 위해 초구를 스트라이크로 잡으려는 의지가 강하다. 그래서 컨트롤이 되는 투수는 누구나 초구 스트라이크를 노렸다.

투수가 와인드업 포지션에 들어갔다. 글러브 안에서 손을 돌리지 않은 것을 보면 100프로 직구였다. 투수가 다리를 들자 나는 확신을 가지고 그에 맞춰 왼쪽 다리를 들며 레그킥을 했다. 공이 날아왔다.

'역시 직구…… 아니?' 갑자기 공이 앞에서 휘기 시작했다. 아뿔싸, 슬라이더였던 것이다. 직구 타이밍에 맞춰져 있던 나의 스윙은 날카롭게 휘어지는 슬라이더에 대처하기 바빴고, 그 결과 공은 배트의 끝부분에 겨우 맞았다. 이어서 배트는 부러져 두 동강이가 나고 말았다. 배트에서 튕겨 나온 공은 마치 거북이가 기어가듯이 투수 앞으로 데굴데굴 굴러가기 시작했다.

투수 앞 땅볼. 이게 뭐냐, 창피하게. 고등학교 첫 타석에서, 그것도 초구에 투수 앞 땅볼이라니. 상대편 벤치에서 비웃음 소리가 들려왔다.

'제길!' 너무 화가 나고 부끄러웠다. 코치님을 쳐다보니 나를 외면하고 있는 게 느껴졌다. 본부석에서 선글라스를 낀 채 경기를 지켜보던 감독님의 표정이 일그러지는 게 느껴졌다. 내 고교야구 첫 타석은 그렇게 투수 앞 땅볼로 시작되었다. 지하철 악몽이 현실이 되고 있었다.

전지훈련

　겨울이 되었다. 아직 졸업은 하지 않았지만 우리는 이미 고등학교 학생이 되어 있었다. 지난가을부터였다. 중학교 수업이 끝나면 우리는 각자 진학이 결정된 고등학교로 가 그곳에서 고등학교 선배들과 함께 훈련을 했다. 입학식을 치르지 않은 상태로 고등학교 학생이 된 기분을 만끽하고 있었다.

　날이 점점 추워지자 전지훈련 얘기가 나왔다. 우리 1학년들은 기대 반 걱정 반으로 전지훈련을 기다렸다. 대만이나 필리핀으로 간다는 둥 동문회 후원을 받아서 미국으로 간다는 둥 이런저런 얘기들이 마음을 들뜨게 만들었다. 미국으로 갈 수도 있다는 소문에 우리는 마치 메이저리그에 진출하기라도 한 듯 흥분했다. 특히 3학년 형들의 기대감은 대단했다. 덕택에 우리 신입생들은 한 며칠 선배들 눈치를 보지 않아도 되었다. 평화롭고 흥거운 시간이었다.

　하지만 수많은 소문을 뒤로하고 결국 우리의 전지훈련지

는 대만으로 결정되었다. 구관이 명관이라고 우리 팀에 익숙한 훈련지라는 이유 때문이라고 했다. 그때부터 우리는 또다시 선배들 눈치를 보느라 숨죽여 다녀야 했다. 미국을 꿈꾸던 선배들의 실망이 언제 어디서 짜증으로 폭발할지 몰랐다.

지뢰밭을 헤쳐 다니는 것 같은 시간을 보내고 드디어, 드디어, 우리는 비행기에 몸을 실었다. 신입생들은 처음 타보는 전지훈련행 비행기가 마냥 좋기만 했다. 그렇다고 그런 기분을 겉으로 드러낼 수도 없었다.

비행기에서 나는 창가에 앉았다. 창밖에는 구름이 솜털이불처럼 쫘악 깔려 있었다. 솜털이불? 아니다. 하얀 눈송이. 그렇다. 중학교 때 운동장에 가득 쌓이던 눈송이. 우리를 괴롭히던 그 슬픈 눈송이였다.

구름은 어느새 하얀 눈송이가 되어 중학교 운동장으로 흩날리고 있었다. 겨울 운동장. 중학교 때의 겨울은 끔찍했다.

중학생들은 국내에서 훈련할 수밖에 없었다. 영하의 날씨속 딱딱하게 굳은 운동장에서 훈련했기 때문에 누구나 자잘한 부상을 달고 살아야 했다. 손톱이 갈라지거나 손등이 부르트는 경우는 다반사였다. 얼굴도 얼어서 동상을 입은 것처럼 빨갛게 부르텄다. 그래도 누구 하나 불만이 없었다. 이를 이겨내야 한다는 것을 본능적으로 느끼고 있었기 때문이다.

각자의 꿈이나 이상 때문만은 아니었다. 부모님, 그리고 가족. 그랬다. 어느 순간부터 우리는 자신을 위해서가 아니라 가족의 기대와 응원에 보답해야 한다는 의무감으로 야구를 하고 있었다. 그리고 어느 순간부터 우리의 꿈을 위해 가족들의 삶이 희생되어야 했다. 야구는 우리의 꿈과 희망이 아니라 우리 가족의 꿈과 희망이 되어버렸던 것이다. 그러므로 야구로 성공하지 못한다면, 야구를 그만두게 된다면, 그것은 나 혼자만의 좌절이 아니라 우리 가족 전체의 좌절이 될 수밖에 없었다.

그런 면에서 우리는 모두 같은 처지에서 같은 병을 앓고 있는 동지이자 동시에 경쟁자였다. 팀으로서 다른 팀을 이기기 위해 뭉쳐야 했고, 개인으로서는 서로 지지 않고 살아남기 위해 발버둥을 쳐야 했다. 그렇게 우리는 각자의 꿈을 위해 나아가는 데 있어 더 많은 책임감과 부담감 속에서 살고 있었다. 그런데도 주위의 시선은 곱지 않았다. 공부도 하지 않으면서 오히려 다른 학생들의 공부를 방해한다고 했다. 하지만 그들이 모르는 것이 있다. 아니, 알면서도 모르는 척하는 것인지도 모른다. 우리는 야구를 공부하고 있다는 것을.

공부. 그렇다, 야구가 우리의 공부였다. 운동장 구석에 산처럼 쌓여가는 눈무덤은 우리가 놀지 않고 공부를 열심히 했다는 증거물이었다. 추위를 막으려고 드럼통에서 태우던 장작의 불꽃은 우리들의 꿈이고 희망이었다. 해마다 반복되는 눈 쓸기의 추억. 그때는 부모님들까지 총동원되는 학교 행사가 되기 일쑤였다. 그때마다 늘 죄송하기만 했는데 이제 그런 데서 해방되는 것이다. 전지훈련비가 걱정이긴 한데, 아,

모르겠다. 앞으로 성공해서 보답해드리는 수밖에. 어쨌든 처음 경험해보는 해외 전지훈련. 진짜 고등학교 선수로서의 인생이 시작된다.

옆자리에 앉은 동기 녀석은 꿈나라를 헤매고 있다. 긴장이 돼서 밤새 잠을 못 잤단다. 기내식으로 나온 빵을 먹는 둥 마는 둥 하더니 금세 조용해졌다. 선배들 자리는 여전히 시끌벅적이다. 그들은 전지훈련에 대한 기대가 컸다. 우리 감독님은 제자들의 앞날을 끝까지 챙겨주는 분으로 유명했다. 선배들 마음속에는 감독님이 하라는 대로 열심히만 하면 뭐가 돼도 된다는 신앙 같은 믿음이 자리 잡고 있었다. 한편으로는 부럽고 한편으로는 불안했다. 나도 정말 열심히만 하면 저 선배들처럼 될까?

동료들보다 야구를 늦게 시작한 나는 폼이 엉성하기도 했고, 늦게 시작한 만큼 기본기가 부족했기 때문에 더 많은 노력을 해야만 했다. "진정한 노력은 날 배신하지 않는다." 나의 롤 모델인 이승엽 선수가 한 말이다. 나는 이 말을 좌우명으로 삼고, 친구들이 피시방이라든가 노래방으로 몰려가거나 휴식을 취할 때도 혼자 운동장으로 가서 방망이와 글러브를 끼고 훈련을 했다.

그때는 그렇게 하면 모든 것이 다 잘될 줄 알았다. 하지만 그 생각이 크나큰 착각이었다는 걸 깨닫기까지는 오랜 시간이 필요치 않았다. 처음엔 연습한 만큼 늘어가던 실력이 어느 순간이 되자 더 이상 늘지 않았다. 아무리 애를 써도 안

되었다. 내 잠재력의 한계에 도달한 것 같았다. 특히 송구가 문제였다. 다른 애들은 힘을 빼고 던지는 것 같은데도 공이 직선으로 쭉쭉 뻗어나갔다. 반면, 내 공은 어깨에 잔뜩 힘을 넣어 세게 던져도 포물선을 그리며 날아갔을 뿐만 아니라 날아가는 거리도 얼마 되지 않았다. 그게 기본기 차이라는 걸 깨달은 것은 한참 뒤의 일이었다. 게다가 뒤뚱뒤뚱 뛰어가는 모습이라니. 그야말로 총체적 난국이었다. 한마디로 나는 운동 신경, 아니 야구 센스가 부족한 아이였다.

그나마 내가 내세울 수 있는 것은 타격이었다. 타격, 그거 하나만큼은 자신 있었다. 어릴 때 테니스를 배웠기 때문에 공을 다스리며 쳐내는 능력은 괜찮았다. 게다가 용가리 통뼈라는 별명이 붙을 정도로 강한 힘도 있었다. 그 힘은 우리 집안에 내려오는 유전자의 힘이기도 했다. 언젠가 할머니가 말씀하시길, 증조할아버지가 힘이 세 동네에서 장사로 칭송이 자자했었다고 하신 적이 있는데, 아마 나도 그런 할아버지의 힘을 물려받은 게 틀림없다. 그나마 그 힘으로 버티고 있는 것이다. 증조할아버지, 감사합니다.

그 파워 실린 타격 하나로 겨우 야구부에 붙어 있을 수 있었다. 그런데 수비는? 그게 문제였다. 잡는 것까지는 어떻게 되는데 송구가 제대로 되지 않았다. 어린 시절부터 배우고 익히며 차근차근 기본기를 다져온 선수들을 따라잡을 재간이 없었다. 뱁새가 황새를 쫓는 격이었다. 그래서 나는 전문 포지션도 없었다. 처음에 3루수를 하다가 1루수를 하기도 했고, 선수가 없으면 외야수로 나가기도 했다. 능력이 뛰어나서 멀티 플레이어로 뛰는 거였다면 얼마나 좋았겠느냐만…… 나는 그냥 땜빵 선수에 불과했고 그러다 자리 잡은 포지션이 포수였다. 그것도 우리 팀에서 포수를 하겠다는 사람이 아무도 없어서 거의 반강제적으로 자리 잡은 것이었다.

그렇다. 나는 야구를 하기 위해 포수가 되어야 했다. 중학교 코치님과 감독님 두 분이 달라붙어 훈련을 시켜줬지만 체계적인 훈련은 아니었다. 두 분 다 포수를 해보지 않았기 때문에 어쩔 수 없었다. 그냥 나 혼자 어찌어찌 인터넷을 보면서 요령을 익혀나갈 수밖에 없었다. 그때 포수 레슨이라도 받을 수 있었으면 얼마나 좋았을까. 하지만 아버지께 레슨을 시켜달라고 말할 수도 없었다. 아버지는 분명 이렇게 말했을 것이다. '야구 재능도 없는데, 야구 그만두고 공부하자.' 게다가 레슨비는?

나는 배팅 장갑도 손바닥에 빨간색 고무가 코팅된 면장갑을 썼다. 경비를 아끼기 위해. 어디서 알아봤는지 아버지가 배팅 장갑 대용으로 딱 좋다면서 그 장갑을 가져왔다. 가격이 1,500원이라고 했다. 다른 아이들 중에는 프로 선수들이 쓰는 가죽 배팅 장갑을 가진 아이도 있었다. 정말 때깔도 좋고 폼이 났다. 물론 장비가 야구 실력을 보장해주는 것은 아니지만 이건 자존심과 사기 문제였다. 다행히 후배들 중 몇 명이 내가 쓰는 장갑을 같이 쓰겠다고 해서 조금 위안이 되었다. 그렇게 우리 팀에는 때아닌 빨간 장갑이 유행했다. 부모님들은 돈을 아껴서 좋다고 했지만 그래도 운동은 장비빨이라고도 하는데, 조금은 서글펐다. 이처럼 야구 장비에 들이는 돈이 낭비라고 생각하는 아버지한테 그 비싼 레슨비 지원을 기대한다는 것 자체가 무리였다.

나는 그냥 묵묵히 혼자 연습해야 했다. 연습경기를 할 때 다른 학교 포수가 훈련하는 장면을 훔쳐보며 따라 해보기도 했다. 어찌어찌해서 반년 정도 지나자 나는 겨우 포수 흉내는 낼 수 있었다. 하지만 어릴 때부터 포수 훈련을 받아온 선수들과 비교할 수준은 아니었다.

그런 나에게 기적이 일어났다. 중학교 3학년 때 마지막 대회인 서울시 중학 야구대회에서였다. 우리 학교는 그 이전 대회에서는 전부 1회전 탈락을 할 정도로 약체 중의 약체였다. 당연히 마지막 대회에서 우리의 목표는 1승이라도 하는 것이었다. 그런데 우리가 우승을 했다. 아무도 예상하지 못한 결과였다.

우리 팀 에이스인 정진기가 부상에서 부활한 덕이 컸다. 그리고 그는 나와 궁합이 잘 맞았다. 내가 원하는 코스로 까다로운 구질의 공이 들어왔고, 상대 팀은 배팅 타이밍을 맞추지 못해 쩔쩔맸다. 어쩌면 절실함의 결과였는지도 몰랐다. 이미 능력 있는 선수들은 고등학교 진학 팀이 결정되어 있었다. 하지만 최약체인 우리 팀에 관심을 두고 있는 스카우터는 없었다. 우리는 정말 절실했다. 그 대회에서 모든 것을 보여줘야 했다. 진기도 정말 모든 것을 쏟아부었다. 마지막 결승전을 앞두고는 링거를 맞아야 할 정도였다. 투수가 부족해서 매 경기 출전할 수밖에 없었기 때문이다. 그만큼 그가 던지는 공에는 혼이 담겨 있었다. 나는 그가 던지는 공을 받은 것이 아니라 그의 투혼을 받은 것이었다. 부족한 실력을 절실함과 투혼으로 이겨낸 결과였다.

결국 우리는 우승을 했다. 내가 우승팀의 포수가 된 것이었다. 그렇다고 내가 중학교 최고의 포수 실력을 갖추고 있다고 말할 수 있는 것은 아니었다. 그냥 악으로 깡으로 정신력으로 견뎌낸 결과였다. 결승전에서는 홈플레이트로 돌진해오는 주자를 온몸으로 막아서다 부딪혀 잠깐 정신을 잃기도 했다. 그야말로 물불 가리지 않는 투지로 얻어낸 결과였을 뿐이다. 그런데 쥐구멍에도 볕 들 날이 있다고 했던가. 하늘이 내게 복을 주려고 했던 것인가. 마침 태산고 감독이 그 경기를 지켜보고 있었던 것이다.

내가 태산고에 진학하게 된 것은 그야말로 큰 행운이었다. 아버지가 들은 정보에 의하면 우리 학교가 우승했던 그 경기 당시 태산고 신입생 엔트리는 이미 다 차 있었다고 한다. 그러니까 정식으로 스카우트할 수 있는 인원에 내 자리는 없었던 셈이다. 편법을 쓸 수밖에 없었다. 그래서 나는 일반 학생 신분으로 태산고로 진학해야 했다. 아무려면 어떠랴. 누구나 꿈꾸는 야구 명문고에서 불러준 것만 해도 어딘가.

그 당시 나는 아무도 눈여겨보지 않는 선수였으니까. 아버지도 포기하고 있었다. 그냥 전국 아무 학교에서나 부르는 대로, 불러주는 대로 '고맙습니다' 하고 진학하자고 말씀하실 정도였으니까. 그런데 그런 내가 갑자기 태산고로 오게 된 것이었다.

할렐루야. 나무아미타불 관세음보살…… 그야말로 기적이었다. 나는 어깨가 한껏 으쓱해졌다. 고등학교에 가면 꽃길만 펼쳐질 것 같았다. 얼마나 향기로운 장밋빛 시간이었던가. 고등학교 데뷔 첫 타석에서 모두가 비웃을 만한 투수 땅볼을 치기 전까지는 말이다. 그날 경기를 엉망으로 마친 나는 의기소침해졌고, 뼈아픈 현실을 자각하게 되었다. 이런 젠장! 하늘이 준 기회를 날려버리다니. 이번 전지훈련에서 만회해야 했다. 그러지 못하면 3학년까지 버티지 못할 게 뻔하다. 기필코 감독님에게 눈도장을 찍어야 한다. 그러지 못하면 야구를 그만둬야 하는 최악의 상황이 펼쳐질지도 모른다. 그런 참혹한 일은 일어나지 않기를.

그때, 스튜어디스의 안내 방송이 기내에 울려 퍼졌다.

"여러분, 우리 비행기는 잠시 후 목적지에 착륙하겠습니다. 즐거운 여행 보내시고, 다시 만나게 되기를 바랍니다."

자, 이제, 시작이다.

***

전지훈련 첫날 밤. 첫 연습경기 때의 부끄러운 기억이 나를 괴롭혔다. 그동안 나 때문에 졌던 경기들이 머릿속에 파노라마처럼 펼쳐졌다. 몸속에서 아드레날린이 터지는 것 같았다. 이리저리 뒤척이다가 겨우 눈을 감았다. 그리고 한 3분이나 지났을까. 잠결인 듯 문 두드리는 소리가 들렸다. 여우태 수비 코치님이 우리 방 문을 정확히 두 번 두드렸다. 나는 혼이 나간 듯이 누워 있었다. 다시 문 두드리는 소리가 났다.

"빨리 안 일어나? 신입생들이 정신 빠졌구먼."

도저히 일어날 힘이 없었다. 나는 그냥 누운 채 룸메이트인 오기우에게 중얼댔다.

"기우야, 좀 나가봐라."

하지만 기우는 아랑곳없이 코를 골고 있었다. 그제야 나는 용수철처럼 뛰어나가서 문을 열었다. 코치님이 서 있었다.

"어이, 병아리. 정신 차려! 피곤한 건 알겠는데 깨우는 나도 생각해줘야지!"

나는 풀이 죽어 대답했다.

"죄송합니다."

전지훈련에서의 본격적인 훈련 첫째 날, 나의 새벽은 어리바리 그렇게 시작되었다. 신입생 주제에 늦잠이나 자고 코치님에게 지적을 받다니. 누가 발로 차는 것처럼 심장이 쿵쾅댔다. 내 것 같지 않은 심장의 엄청난 박동을 가라앉혀야 했다. 나는 깊게 심호흡을 했다. 순간 나의 마음을 찢어놓았던 흑역사의 장면들이 다시 살아나 내 눈앞에 슬로 모션으로 처량하게 스쳐 지나갔다.

연습경기였지만 나는 고등학교 첫 경기에 나가 한 타석 만에 바로 교체되었다. 시원하게 배트 한번 돌려보지도 못 하고 방망이까지 부러뜨리면서 투수 앞으로 힘없이 굴러가는 땅볼을 친 게 화근이었다. 저주 같던 그 경기가 끝난 직후 첫 대면한 감독님으로부터 나는 가슴 아픈 소리를 듣고 말았다.

"어이, 독고 코치. 얘가 내가 알던 애 맞나? 잘못 데려온 것 같은데?"

그렇게 나는 첫 단추를 잘못 낀 채로 전지훈련까지 오게 된 것이었다.

코치님이 복도 끝으로 사라지고 난 뒤에야 내 첫 타석 장면의 엔딩 크레딧이 처량하게 올라가고 있었다.

'진짜, 슬프네. 이런 고통은 처음이야.'

그때까지 자고 있던 기우를 깨워 식당으로 내려갔다. 구수한 미역 냄새가 멀리서부터 스멀스멀 풍겨오고 있었다. 아침 메뉴는 따뜻한 미역국이었다. 주변을 둘러보니 우리가 가장 먼저 내려온 것 같았다. 우리는 식판을 들고 뜨뜻한 미역국 먼저 떴다. 그때 엘리베이터 문이 열리며 주장인 정중도 형을 필두로 3학년 형들이 우르르 몰려 들어왔다. 우리 앞으로 한 걸음 다가온 중도 형이 큰 목소리로 짜증을 냈다.

"야, 강파치! 너는 위아래도 없냐? 선배가 오지도 않았는데 벌써 숟갈을 들어? 너랑 오기우는 제일 늦게 먹어, 알았냐?"

정말 어처구니가 없었지만 중도 형의 화난 듯 움찔거리는 가슴 근육과 이두근을 보면서 재빨리 대답했다.

"넵."

3학년 다음 2학년 형들이 차례로 식판에 음식을 담고 자리에 앉았다. 뒤이어 코치님들도 내려와 식사를 했다. 배가 고파서 땅으로 꺼질 것 같을 때쯤 나는 마지막으로 식판을 들고 먹고 싶었던 미역국을 뜨려고 했다. 그런데 뭔가 이상했다. 아무도 안 먹은 듯 미역국이 그대로였다.

'어? 이상하다. 미역국이 그대로일 리가 없는데? 아무리 야구선수에게 징크스가 있다 해도 설마 그것 때문에 안 먹은 건가?'

사실 야구선수는 미역국을 먹으면 안 된다는 징크스가 있다. 미역국을 먹으면 경기에서도 미끄러지고 운동할 때도 미끄러져서 다친다는 생각 때문이었다. 그래도 나는 미역국을 좋아하기 때문에 국그릇 가득 채워 담았고 다른 반찬들도 골고루 담아서 자리에 앉았다. 뜨끈뜨끈한 밥 위에 미역을 얹고 한 숟갈 가득 퍼서 막 입에 가져가려고 하는 순간, 반대쪽 테이블에 있는 코치님과 눈이 마주쳤다.

"야, 강파치! 너 지금 뭐 먹냐?"

내가 말했다.

"예?…… 미역국 먹습니다."

그러자 코치님이 허탈하게 웃으며 말했다.

"우리 야구부는 전지훈련 오면 미역국 안 먹는 거 아직 모르는가?"

역시 불안했던 예감은 틀리지 않았다. 미역국이 퍼 올려진 숟가락을 들고 있던 손이 부르르 떨렸다.

"야, 정중도. 주장이라는 녀석이 뭐 하는 거야? 전지훈련 때 주의사항 전달 안 했어?"

주장이 고개를 숙이며 말했다.

"죄송합니다."

그 순간 나는 오늘 큰 회오리가 일 것을 직감했다. 운동부에서 주장이 혼난다는 것은 곧 집합을 의미한다. 주장은 코치님이 아침 식사를 마칠 때까지 기다렸다가 코치님이 자리를 뜨자 어슬렁어슬렁 화난 곰처럼 내게 다가와 조용히 말했다.

"파치야, 넌 더 이상 앞가림 못 하는 중학교 선수가 아니야. 멋지고 유명한 태산고의 야구선수란 말이다. 알겠냐? 그리고 오늘 운동 끝나면 모두 다 집합해."

"네."

주장이 말을 마치고 일어나자 다른 3학년 형들도 혀를 차며 함께 일어났다. 잠시 뒤 2학년 형들이 나에게 다가왔다.

"파치야, 오늘 집합 때 혼나면 가만 안 둘 거야. 네가 다 책임져라. 알았지?"

나는 선배의 화난 시선을 회피한 채 고개를 떨구며 대답하지 않았다. 그리고 그저 마음속으로만 소심하게 반항했다.

'아니, 미역국 먹는 게 뭐가 그리 큰 문제라고.'

그렇게 최악의 아침 식사를 마친 뒤 우리 1학년들은 운동 도구들을 버스로 옮겼다. 1학년 동기들을 보니 모두 나라 잃은 표정이었다. 미안했다. 나 때문에 첫날부터 선배들에게 찍혔으니. 하지만 여기서 나보다 더 힘든 사람은 없을 것이다. 나는 스스로를 위로하며 조용히 버스에 올랐다.

'원래 대선수가 되려면 많은 시련을 겪어야 한다고 했어. 조금 웃기긴 하지만 미역국 사건도 마찬가지야. 내가 꼭 성공해서 미역국 징크스를 부숴버리겠어.'

훈련장에 도착해 선배들의 야구 가방을 내려주고 난 뒤 우리는 다시 팀 장비를 가져다가 운동장 벤치에 정리했다. 모든 준비를 마치고 한숨 돌리려는 순간, 검은색 선글라스를 낀 감독님이 나타났다. 연습경기 때 잠깐 뵈었을 뿐 이렇게 가까이 얼굴을 본 건 이번이 처음이었다. 그동안 시즌을 마무리하고 선배들 진학 문제와 프로 진출 문제 등을 처리하러 다니시느라 모든 연습을 코치님들한테 맡겨놓고 있었기 때문이다. 간혹 먼 발치에서 얼굴을 볼 수는 있었지만 신입생들은 감히 다가가서 인사 한번 드릴 엄두를 내지 못했다. 더군다나 신입생들은 선배들 앞에서도 얼굴을 못 들 정도였는데, 하물며 감독님 앞에서 어느 누가 고개나 한번 제대로 들 수 있었겠는가. 그러니까 우리 신입생들이 제대로 감독님 얼굴을 보는 것은 이번이 처음이었다.

감독님의 첫인상은 마치 가공할 내공으로 단단히 채워진 카리스마의 신을 보는 것 같았다. 검은색 모자 아래 날카롭게 각이 진 미간. 산전수전 다 겪은 듯 거칠어진 피붓결. 천둥 같은 고함이 금방이라도 터져 나올 것 같은 뭉툭한 입술. 그리고 무엇보다 강하게 남은 최고의 첫인상은 지옥에서 속삭이는 듯한 말투였다. 나는 바짝 얼어서 감히 쳐다볼 엄두가 나지 않았다. 감독님이 코치들에게 짧지만 근엄한 어투로 말했다.

"애들 다 모이라고 해."

형들은 성난 멧돼지처럼 감독님에게로 우르르 뛰어갔다. 처음 보는 모습이었다. 그간 보았던 능글맞고 뻐기면서 잘난 척하던 선배들이 아니었다. 저 선배들한테 어떻게 이런 모습이 숨겨져 있었지? 우리 1학년들보다 더 얼어 있는 것 같았다. 정말 웃기는 상황이었다. 그토록 무섭게 굴던 형들이 감독님의 한마디에 쩔쩔매다니…… 멀리서 땅을 고르고 있던 로한이까지 마지막으로 도착하자 마침내 감독님의 뭉툭한 입이 열렸다.

"어이, 제군들. 오늘은 전지훈련 첫날이다. 다들 알고 있겠지만 우리는 작년에 3개의 전국대회에서 우승을 했다. 하지만 나는 만족하지 않는다. 이번 연도에는 청룡기 4연패라는 원대한 목표가 걸려 있다는 점을 잘 알고 있을 것이다. 다들 정신 똑바로 차리고, 쉽지 않은 전지훈련이 될 거라는 점만 알아둬라. 여기 서 있는 감독, 너희한테 존경받지 않아도 된다. 많이 미워하고 많이 싫어해라. 누가 뭐라고 해도 이 감독은 너희들을 위해 쓴소리를 마다하지 않을 것이며 피땀 흐르는 훈련을 시킬 테니까. 알았나? 마지막으로, 공 하나하나

에 영혼을 담아라. 그럼 그 공은 너희들의 손을 들어줄 것이
다. 알았나?"

주장이 혼자 큰 소리로 대답했다.

"넵!"

감독님의 카리스마는 대단했다. 우리에게 하늘 같은 3학
년 선배들도 꼼짝 못 했다. 존경심과 두려움이 섞여 있는 표
정이랄까. 적진으로 돌격하기 전 마지막 숨을 고르는 특공대
원 같은 분위기랄까. 감독님 주변으로 하얀 살얼음이 끼는
것 같았다. 그 차가운 기운은 우리들의 전투력을 뜨겁게 상
승시켰다. 저 밑바닥에 가라앉아 있던 승부욕이 슬금슬금 기
어 올라왔다.

감독님과의 미팅이 끝나고 우리는 먼저 가벼운 스트레칭
으로 몸을 풀었다. 청룡기 4연패라…… 나도 그 목표를 이루
는 데 보탬이 되어야 할 텐데. 가능할까? 3학년 형들이 주전
이 될 것이 분명했다. 그다음으로 2학년. 그래도 빈자리가
나면 1학년 몫. 1학년 동기들을 둘러보았다. 모두들 나와 같
은 생각을 하고 있는 게 느껴졌다. 하지만 내 포지션에는 초
고교급 포수인 일포 형이 있었다. 내가 주전으로 뛸 가능성
은 제로였다. 내가 주전으로 뛴다면, 그건 일포 형이 부상당
했을 경우다.

하지만 그것은 재앙일 뿐이다. 우리 팀 전력의 절반 이상
을 담당하고 있는 일포 형이 경기에 나서지 못한다는 것은
있을 수도, 있어서도 안 되는 재앙이었다. 그러므로 내가 뛸

수 있는 포지션은 지명타자 혹은 1루수다. 둘 다 타격이 중요한 포지션이다. 타격이라면 한번 도전해볼 수도 있지 않을까. 막연하지만 새로운 희망이 꿈틀 솟아났다. 맑은 하늘을 가리고 있던 먹구름이 빠른 속도로 걷혀가고 있었다.

4년 연속 우승이라…… 우리 학교 대선배들이 3년 전부터 청룡기 대회에서 우승을 해왔기에 이번 연도까지 우승하면 청룡기 4연패라는 대업을 달성하게 되는 것이었다. 그것은 태산고 동문들의 꿈이기도 했다.

'난 할 수 있다. 나는 강파치잖아!'

몸을 다 풀고 캐치볼에 들어갔다. 내 짝은 일포 형이었다. 처음에는 어깨가 달궈지지 않았기 때문에 가까운 거리에서 캐치볼을 시작했다. 일포 형이 말했다.

"하하. 어디 한번 중학교 우승 포수 송구 실력 좀 볼까? 오늘 아침부터 사고나 치고 얼마나 잘하는지 보자고!"

그 말을 듣는 순간 왠지 모를 오기가 생겼다. 아니, 미역국 먹은 게 무슨 큰일인가? 두고 봐. 내 야구 실력을 보고 놀라게 해줄 테니. 하지만 그건 하룻강아지가 호랑이 앞에서 멋모르고 까분 꼴이었다.

우리는 점점 거리를 벌려나가며 캐치볼을 했다. 20~30미터쯤 넘어서고 있을 때, 그때였다. 일이 점점 꼬이기 시작한 것은. 일포 형이 왜 초고교급 포수인지 분명히 드러났다. 공하나만 받아봐도 알 수 있었다. 쭉쭉 뻗어오는 선배의 레이저급 송구 위력은 대단했다. 나도 질 수 없다는 오기로 있는 힘껏 공을 던졌다. 그런데 전력으로 네 번 정도 공을 던졌을까, 갑자기 어깨와 팔꿈치가 아프기 시작했다. 하지만 일포 형은 아직도 엄청난 속도의 공을 뿌려대고 있었다. 잠시 뒤 일포 형이 말했다.

"뭐야, 개털이네. 야, 오늘 집합 때 보자. 어깨 다 풀었으면 들어와."

뭐. 개털? 그 말에 난 심장이 터지는 줄 알았다. 개털이라니. 두고 보자. 내가 3학년 때쯤이면 더 뛰어난 선수가 돼 있을 테니. 한번 두고 봐. 까닭 모를 분노가 솟구쳤다. 자기는 뭐 나 같은 시절 없었나? 이제부터 기초를 다져서 대한민국 최고 포수가 될 테니 두고 보자고. 그러나 슬프게도 그럴 가능성은 제로였다.

감독님은 내 포지션에 대해서 말씀이 없으셨다. 외야수로 뛸지 포수로 뛸지, 나도 갈팡질팡하고 있었다. 그런데 대한민국 최고 포수라니. 정말 소가 웃고 쥐가 웃을 일이었다. 그래도 오기가 있지. 물론 내 마음속에서만 부글부글 끓고 있는 오기 말이다.

뱁새가 황새를 쫓아가다가는 가랑이가 찢어진다고, 내가 딱 그 짝이었다. 괜히 일포 형 따라가려다가 팔과 어깨 통증만 얻었다. 내가 뱁새라는 것을 인정해야만 했다. 2년 뒤 멋진 황새가 되어 날아갈 수 있을까. 첫날부터 꼬인다, 정말. 어쨌든 그 순간 나는 처절하게 무너졌다. 내 실력이 이것밖에 안 되다니……

지옥 같은 캐치볼 시간을 끝내고 나는 그라운드로 나가서 펑고*를 받았다. 수비 연습을 하는 형들의 표정은 진지하다 못해 엄숙하게 바뀌었다. 공 하나하나가 마치 살아 있는 뱀처럼 꿈틀대기 시작했다. 수십 마리의 뱀이 꿈틀대며 이리저리 기어다니고, 하늘로 날아오르고 있었다. 나는 일포 형과의 캐치볼 대결에서 깨끗하게 무너지고 말았다. 그것도 개털이라는 소리까지 들어가면서. 정말 믿기지 않았다.

'이건 꿈일 거야. 깨어나자, 깨어나자.' 하지만 바뀌는 건 없었다. 그게 현실이었다. 정신을 차리고 주위를 둘러보았다. 1학년 동기들도 나와 같은 생각을 하는 것 같았다. 그렇게 충격적인 수비 쇼가 끝나고 드디어 타격 연습 시간이 되었다. 지금부턴 나의 무대다. 타격이라면 누구와 붙어도 자신이 있었다. 잃어버린 자존심을 한 번에 만회할 수 있다. 일포 형하고 맞붙어도 자신 있어. 나는 뿌듯한 기대감과 흥분 속에서 타격 순서를 기다리며 먼저 선배들을 위해 배팅볼을 던져주었다.

"따악! 따악!"

"딱!"

내 공을 족족 야구방망이의 스윙 스폿에 정확히 맞추는 형들이 너무 위대해 보였다. 하지만 방망이 하면 나 아닌가. 나도 뭔가 보여주리라 다짐하며 입술을 깨물었다. 선배들의 타

---

* 야수의 수비 연습을 위하여 공을 쳐주는 일.

격 연습이 끝나고 드디어 내 차례가 왔다. 배팅볼 투수는 우리 학년에서 배팅볼을 가장 잘 던진다는 로한이였다.

나는 심호흡을 가다듬고 오른발과 왼발을 땅에 단단히 박아 고정시켰다. 그러고 나서 배트의 그립을 꽉 쥐고 로한이를 응시했다. 로한이가 고개를 끄덕이며 공을 던지려고 다리를 들었다. 그 순간 나도 왼쪽 다리를 들며 레그킥 동작을 시작했다. 하얀 공이 날아오기 시작했다. 마치 일포 형이 '칠 수 있을 것 같아? 넌 안 돼.' 하면서 날아오는 것 같았다.

그런 생각을 하니 손바닥에 열이 오르기 시작했다. 그 기운을 더하여 로한이가 던져준 공을 힘껏 받아쳤다.

"따악!"

찢어지는 듯한 타구음과 함께 하얀 야구공은 불을 뿜는 로켓처럼 날아갔다. 마치 나의 미래를 암시하는 것처럼 푸르고 맑은 하늘 높이 아름다운 곡선을 그리며 담장 밖으로 사라져 갔다. 타석 뒤에선 감탄하는 소리가 연신 들려왔다.

"우와, 어디까지 날아가냐?"

"정말, 엄청난데!"

나도 많이 놀란 배팅이었다. 헐크라도 된 기분이었다. 내 자존심의 힘이 나를 헐크로 만들어준 것 같았다. 그때였다. 감독님이 소리쳤다.

"어이, 강파치. 저번엔 내가 잘못 봤네. 내가 데려온 강파치가 맞네. 앞으로 그런 모습만 보여주도록. 초구 투수 땅볼 말고. 흠. 이렇게만 해. 야, 정중도. 4번 타자 자리 뺏기지 않으려면 열심히 해야겠다. 허허."

'아, 진짜. 망했다.' 나는 슬쩍 주장의 표정을 살폈다. 감독님의 칭찬은 좋았지만 한편으로는 뒷일이 걱정되었다. 오늘 저녁에 집합도 있는데. 망했다. 감독님이 나와 중도 형의 타격을 비교했기 때문에 그 뒤 일어날 일은 뻔한 것이었다. 중도 형은 역시나 똥 씹은 표정을 하고 있었다. 정말 큰일이다. 그렇게 배팅 연습을 마무리하고 난 뒤 마무리 러닝을 뛰었다. 선수들은 마무리 러닝을 할 때 많이 힘들어했다. 하지만 나는 아니었다. 힘든 것을 생각할 겨를이 없었다. 집합을 생각하니 똥줄이 타들어가는 듯했고, 시간이 마치 나를 놀리면서 지나가는 것만 같았다. 러닝이 거의 다 끝나갈 때쯤 룸메이트 기우가 왔다.

"파치야, 너 왜 그래? 집합 때문에 그래? 신경 쓰지 마, 인마. 난 네 편이야."

"고마워. 기우 너밖에 없다, 짜샤. 그래도 똥줄 탄다, 화장실 가야 될 거 같다."

난 애써 여유로운 척하며 웃었다. 하나도 안 웃긴데 말이다. 힘들었던 마무리 러닝을 마치고 다시 버스에 올라탔다. 이후 숙소에 도착해 씻고 저녁을 먹기 시작하는데 3학년 테이블과 달리 집합이 걸린 2학년과 1학년 테이블은 매우 조용했다. 식사가 끝나고 간단히 야간 운동을 한 뒤 마침내 모두 주장 방인 101호에 집합했다. 분위기가 정말 무거웠다. 3학년 형들은 침대 쪽에 앉았고 우리는 직사각형의 대열을 유지하며 집합했다. 2학년 조장인 준수 형이 말했다.

"주장, 저희 다 모였습니다."

분위기는 숨소리가 천둥소리로 들릴 정도로 잠잠했다. 주장이 나직이 말했다.

"플랭크 3분."

우리는 그 말이 떨어지기 무섭게 플랭크 자세를 했다. 평소 인조 잔디나 미끄러지지 않는 곳에서만 플랭크를 하다가 호텔 방바닥에서 하려니 미끄러워 죽을 지경이었다. 평소보다 복근이 더 펌핑되는 기분이었다. 미끄럽고 딱딱한 데서 플랭크를 하다 보니 버티고 있는 팔이 너무 아팠다. 시간이 지날수록 복근과 팔에 참을 수 없는 고통이 더해졌다. 유연성 강화 훈련 자세가 때로는 이런 용도로 쓰이기도 하니, 참 아이러니했다.

내 잘못으로 집합이 걸렸기 때문에 내가 먼저 쓰러질 수는 없었다. 모든 원망의 기운이 나에게 몰려 있는 상황인 만큼 더더욱 버텨야만 했다. 3학년 형들의 시선이 나한테 쏠려 있는 것이 느껴졌다. 나는 마음속으로 내가 좋아하는 가수들의 노래를 부르면서 버텼다. 동기들아, 미안하다. 플랭크 자세를 한 지 3분 정도 지나자 주장이 말했다.

"자, 이상. 바로 서라. 근육도 좀 풀고."

우리는 근육의 긴장을 풀면서 다시 대열을 정비했다.

"야, 강파치."

내가 땀을 흘리며 대답했다.

"눼에엡."

플랭크를 하고 난 뒤라 그런지 입이 잘 벌어지지 않았다.

"대답 똑바로 해라."

"네엡."

다시 중도 형이 말했다.

"파치야, 여기는 중학교가 아니야. 여기는 태산고야. 그리고 넌 1학년이고. 네가 착각하는 모양인데 1학년답게 살아라, 알았냐?"

1학년답게? 무슨 말인지 잘 이해가 되지 않았다. 하지만 최선을 다해서 적응해나가겠다는 다짐만 할 뿐이었다.

"너희들에게 부탁하마. 올해 너희들이 잘해줘야 한다. 그래야 우리 학교 성적이 잘 나올 거고, 그래야 우리가 산다. 선배가 아니꼬워도 조금만 참고 열심히 해주기 바란다. 우리가 잘되어야 그다음 너희들도 잘되는 거야. 너희들 도움 좀 받아보자. 알았지?"

우리는 잠시 어안이 벙벙했다. 크게 혼날 거라고 생각하고 왔는데 이렇게 부탁을 받으니 왠지 주장이 우리를 존중해주고 대접해주는 것 같아서 기분이 그리 나빠지는 않았다. 그래도 나의 행동에 대한 질책은 계속되었다. 나는 고개를 숙이고 "죄송합니다"라는 말만 계속했다. 얼마나 지났을까. 주장의 훈계가 드디어 끝났다.

"준수야, 파치뿐만 아니라 1학년한테 전지훈련에서 조심해야 할 일들 알려주고, 앞으로 잘 도와주도록 해라."

"넵."

준수 형의 대답을 끝으로 우리는 고개를 들었다. 동기들의 얼굴을 보니 다들 긴장해서 얼굴이 빨갛게 잘 익은 토마토처럼 반짝이고 있었다. 주장과 함께 3학년 형들이 나가자 준수 형의 훈계가 시작되었다.

"야, 정신들 차려. 눈치껏 행동해라. 미역국에 손댄 흔적이 없으면 뭔가 이유가 있을 거라고 생각해야 할 것 아냐. 앞으로 조금이라도 이상한 게 있으면 항상 2학년 선배들한테 물어보고 움직여라. 3학년 형들이 얼마나 긴장하고 있겠냐? 우리가 선배들 잘 받쳐주자. 2년 뒤에는 너희가 똑같은 처지가 되는 거야. 너네 힘든 거 아는데 조금만 더 노력하자. 이번 전지훈련을 어떻게 보내느냐에 따라서 3학년 형들의 진로가 결정되는 거다. 알았지? 강파치, 너는 정말 깨쓰통이냐. 맨날 네가 걸리냐? 정신 차리자. 알았지?"

"넵."

게으른 곰처럼 느릿느릿 걸어오며 태왕이 형이 거들었다.

"1학년! 내일부터 똑바로 하고 다녀라. 우리한테는 피해를 주지 말아야 할 거 아냐? 우리가 왜 혼나야 하는데? 파치! 신경 써라!"

나는 고개를 숙이며 대답했다.

"넵, 죄송합니다."

긍정적인 마음으로 열심히 훈련하자고 다짐하던 나였지만 형들에게 찍힌 것 같아서 매우 슬프고 분했다. 도대체 내가 무엇을 잘못했는지 전혀 감이 오지 않았다. 다른 사람은 그렇지 않은데 나만 욕을 먹는 것 같았다. 내가 모자란 아이 아닌가 하는 생각이 들 정도였다. 정말 아무 생각 없는 아이 같았다.

"이상. 잘 쉬고 내일 운동 열심히 하자."

그렇게 끝이 났다. 나의 전지훈련 첫 집합은.

선배들이 모두 나가자 그제야 참았던 감정이 올라왔다. 너무 슬퍼 눈물이 날 것 같았다. 하지만 룸메이트인 기우를 비롯해 로한과 시우가 나서서 다독여주어 그나마 위로가 됐다. 거기다 가슴 근육이 튀어나온 재중이가 한 말은 그날의 하이라이트였다.

"야, 파치. 내일 아침 먹지 마. 욕 많이 먹어서 배부르잖아."

순간 우리는 빵 터졌다. 썰렁하니 말도 안 되는 아재 개그에 초상집 같던 분위기가 잔칫집처럼 흥겨워졌다. 이런 동기들과 함께 있다는 사실이 너무 좋았다. 정말 좋았다.

그렇게 다사다난하던 하루가 지났다. 그 뒤 우리의 하루하루는 첫째 날을 복사해서 붙여 넣기한 것처럼 반복되었다. 시간이 가면서 우리 얼굴은 검게 타올랐고 몸은 근육질로 바뀌어갔다. 그러면서도 우리의 시간은 우사인 볼트가 100미터 달리기 신기록을 세우던 속도감으로 순식간에 지나가고 있었다.

***

매 순간이 힘겨웠던 2주의 시간이 쏜살같이 지나갔다. 대만 팀과 첫 연습경기를 한다고 했다.

'와, 벌써 연습경기라니.' 그간 스케줄을 제대로 따라가지 못해 훈련에서 제외되기도 하고, 실수할 때마다 중도 형이나 일포 형한테 혼도 많이 났다. 무엇보다 가장 큰 마음의 상처는 감독님이 또다시 나에게 "잘못 뽑은 것 같다"고 했을 때였다. 하지만 모두 나를 위해 하는 말이라고 생각하며 스스로 위안 삼았다. 또 그게 맞는 말일 것이다. 어느 지도자가 제자가 잘못되기를 바라겠는가. 잠자기 전에는 나의 변화를 기대하고 계실 부모님을 떠올리며 훈련을 이겨나갔다.

갑자기 여우택 코치님이 라인업을 알려주겠다며 다들 모이라고 하셨다. 전지훈련 와서 첫 연습경기라 모든 야구부원이 기대에 찬 눈빛을 반짝이고 있었다. 나는 자신이 없었다. 많은 꾸중과 훈계와 질타를 받아서 그런지 기가 죽은 채 땅만 내려다보고 있었다. 전지훈련 오기 전 경기에서 명문 태산고의 자존심에 상처를 내며 투수 앞 땅볼로 첫 타석 만에 교체된 전적까지 있었으니 오죽했겠는가.

코치님이 라인업을 부르기 시작했다.

"1번 이기백, 2번 하진영, 3번 장일포, 4번 정중도."

여기까지는 누구나 다 예상하는 라인업이었다. 하지만 그때 믿을 수 없는 소리가 들렸다.

"5번 강파치!"

아니 이럴 수가. 순간 내 귀를 의심했다. 첫 경기에 내가 들어간다고? 전지훈련 첫 경기의 의미를 잘 알고 있던 나는 어안이 벙벙했다. 대답할 여유도 없었다. 코치님이 다시 말씀하셨다.

"야, 강파치. 뭐해. 대답 안 해?"

난 정신을 차리고 기분 좋게 대답했다.

"넵."

정말 기분이 날아갈 듯 좋았다. 내가 5번 타순에 불렸을 때 의심스러운 눈으로 날 쳐다보는 몇몇 선배들 또한 있었기에 잘해야 한다는 부담감도 더해졌다. 이번 기회에 정말 그동안의 부진을 갈아엎고 싶었다. 실력을 인정받고 싶었다. 그만큼 노력도 많이 했으니 말이다. 그때 룸메이트인 오기우가 나에게 다가왔다.

"파치야, 축하해. 나 진짜 응원했다. 이번 기회에 여태까지 스트레스받았던 거 모두 다 풀어버려, 알았지?"

자기 일처럼 기뻐하며 말하는 기우가 고마웠다.

"알았어, 기우. 고마워. 우리 둘 다 열심히 잘해보자. 다음에는 네가 뛰게 될 거야!"

우리 둘은 손을 펴서 힘차게 하이파이브를 했다.

경기 전 간단한 워밍업을 마치고 원정팀인 우리가 1회 초 공격을 시작했다. 하지만 첫 경기의 부담 탓이었는지 우리는 삼자범퇴로 물러났다. 감독님의 표정이 좋지 않아 보였다.

'형들이 잘 쳐줘야 할 텐데……'

이대로 가다가는 나의 첫 연습경기 타석에서와 똑같은 상황이 반복될 것 같았다. 또다시 긴장되기 시작했다. 1회 말 수비, 우리 팀의 선발 투수는 기태식 형이었다. 150km에 육박하는 공을 던지는 괴물 형이라 수비에서는 부담이 없었다. 역시나 대만 팀의 타자들은 날카롭게 제구되는 슬라이더에 속수무책이었다.

감독님은 태식이 형의 볼에 만족하시는 것 같았다. 기분이 많이 누그러진 듯 보였다. 그렇게 우리는 1회 수비를 편안히 마치고 2회 초 공격에 들어갔다. 첫 타석은 4번 타자 중도 형이었다. 평소 무서운 선배기도 하고 훈련 내내 나를 힘들게 해서 괜히 얄미웠다. 그래서 응원하고픈 생각도 없었지만 이 순간만큼은 달랐다. 중도 형이 안타를 쳐줘야 다음 타석의 내가 부담을 덜 수 있었다. 그래서 나도 모르게 큰 목소리로 형을 응원하기 시작했다. 투수가 와인드업할 때 나도 같이 중도 형처럼 타격 타이밍을 잡았다. 내가 마치 중도 형하고 한 몸이라도 된 것 같았다. 제발 안타를 쳐라. 초구는 다행히 볼이었다. 나는 마음속으로 빌었다.

투수가 2구를 던질 준비를 했다. 공이 날아가는 순간 아차 싶었다. 변화구였다. 하지만 중도 형은 직구 타이밍을 노린 폼이었다. 눈앞이 노래졌다. 그 짧은 순간에 나는 래퍼가 된 줄 알았다.

"치지 마, 치지 마, 치지 마, 치지 마!"

나는 계속 랩을 내뱉었다.

"틱."

하지만 공은 궤적을 벗어난 방망이 끝에 살짝 맞으며 위로 떠올랐다. 포수 파울플라이. 감독님의 표정이 좋지 않았다.

"어이, 오늘 다 왜 이러냐. 다들 뭐 잘못 먹었어? 정신 안 차려?"

감독님의 다그치는 말에 벤치 분위기는 더욱 냉랭해졌다. 대기 타석에 서 있던 나도 다리가 떨릴 지경이었다. 나는 천천히 심호흡을 하고 타석에 들어갔다. 타격 스탠스를 조정하고 배트를 세게 움켜쥐었다. '난 할 수 있다.'

나는 상대 투수를 매섭게 노려보았다. 투수는 나를 어떻게든 잡으려는 듯 눈에 힘을 잔뜩 주고 있었다. 그 눈빛을 보는 순간 애써 진정시켰던 가슴이 다시 쿵쾅대기 시작했다. 나는 신중하게 투수의 투구 폼에 맞춰 레그킥을 시작했다.

"촤악!"

투수가 매섭게 뿌린 공이 나를 향해 날아오고 있었다. 하지만 너무 긴장을 한 나머지 순간적으로 나는 얼음이 돼버렸다. 그 쨍쨍한 대만 날씨 속에서 말이다. 순식간에 원 스트라이크를 먹었다.

'이거, 큰일이다. 진짜 어떡하지……'

'나는 곁눈질로 감독님을 쳐다봤다. 감독님의 눈에서는 레이저 불빛이 뿜어져 나오고 있었다. 미쳐버릴 것 같았다. 또다시 투수가 투구 동작에 들어갔다.

'그래, 서서 삼진당하지 말고 일단 맞추는 데 집중하자.'

정말 야구하는 사람이 들으면 어리석은 생각이라고 했겠지만 그때는 그게 최선이었다.

"좌악!"

다시 투수의 손끝에서 공이 뿌려졌다. 나는 다짐했던 대로 그냥 우직하게 배트를 돌렸다. 너무 힘이 들어가서 얼굴까지도 돌아버릴 정도의 스윙이었다. 왼쪽 어깨를 닫고 쳐야 하는데 다 열려버렸다. 정석대로라면 절대 공이 맞을 수 없는 스윙이었다. 배트를 휘두르면서도 망했다 싶었다. 하지만 방망이와 엄청난 궤적 차이를 보이던 공이 갑자기 방망이 근처로 경로를 바꿨다. 슬라이더였던 것이다.

"따악!"

정말 미친 타격음이었다. 말 그대로 공이 방망이에 맞아준 것이다. 이런 행운이 과연 얼마나 될까. 로또 맞는 확률 정도 되지 않을까. 나의 타구는 우중간으로 미친 듯이 날아갔다. 정말 엄청난 타구 스피드였다. 나는 주루 플레이를 하면서도 어안이 벙벙했다. 2루에 멋지게 슬라이딩해 들어가면서도 도무지 믿기지 않았다.

'감사합니다, 조상님! 하느님! 부처님!'

역시 하늘은 노력하는 자를 돕는다고 했던가. 많은 시련이 있었어도 노력을 하니 운도 함께 따라오는 것 같았다. 평소 같았으면 칼로 무를 써는 듯한 헛스윙이 되었을 것이다. 하지만 이번엔 달랐다. 고개가 먼저 돌고 어깨가 열리긴 했지만 시선은 끝까지 공을 따라가며 맞힐 수 있었다. 점점 '노력'이란 단어에 대한 믿음을 갖게 되었다. 애벌레가 나비가 되기 위해 탈피를 하는 것처럼 나도 '노력'이란 양분으로 더욱 멋진 선수가 되어가고 있었다.

정말 기분 째졌다. 첫 연습경기에서 나의 실력을 멋지게 보여준 것이다. 저 멀리 벤치에서도 코치님과 팀원들이 손을 뻗으며 환영해줬다. 우리 팀의 첫 안타였다. 그리고 감독님의 기분을 끌어올려준 시원한 안타였다.

감독님이 큰 소리로 나를 불렀다.

"어이, 강파치!"

"넵."

"아주, 나이스 배팅. 이렇게만 하면 주전은 너야. 아주 좋아. 자, 모두 분발하도록."

기분이 너무 좋았다. 주전이라니. 입꼬리가 내려가질 않았다. 운과 함께 만들어진 나의 2루타가 터진 뒤로 팀원들이 마음의 안정을 찾았는지 한 회에 5점을 뽑아버리는 미친 타격감을 과시했다. 감독님의 얼굴에 밝은 미소가 빛나고 있었다. 결국 13:5라는 큰 점수 차 승리로 끝이 났다. 감독님도 흡족하셨는지 야간 훈련 없이 휴식 시간을 주셨다. 그때였다. 3학년 형들이 나에게 와서 하이파이브를 쳐주는 것이었다. 또 3학년 태왕이 형이 말했다.

"야, 오늘 강파치 아니었으면 큰일 날 뻔했다. 다들 인정?"

옆에 서 있던 형들이 고개를 끄덕여주었다. 날아갈 듯했다. 매일 무시당하고 잔소리만 듣던 내가 드디어 인정을 받은 것이다. 다른 사람에게 인정받으려면 항상 겸손하고 힘든 순간도 참아야 한다. 하지만 인내의 한계를 넘어서는 괴롭힘과 모욕은 쉽게 참아내기 힘들다. 그렇긴 해도 '인내는 쓰지만 열매는 달다'고 하지 않았던가. 아직까지는 신께서 나를 저버리지 않은 것 같다. 어떻게든 참고 버티면 한 번의 기회는 주는가 보다. 그 기회가 나에게는 바로 오늘이었다.

비록 내가 마음대로 할 수 있는 것이 별로 없고 주어진 규칙과 정해진 스케줄대로만 움직이는 수동적인 생활이었지만, 나는 야구라는 스포츠를 통해서 인생을 조금씩 깨우쳐가고 있었다.

전지훈련 과정에서 눈물이 날 뻔한 적도 정말 수없이 많았지만 남들 앞에서만큼은 감정을 꾹꾹 눌러 힘들게 참아냈다. 전지훈련 첫 연습경기에서 승리와 함께 선배들에게도 인정받고 숙소에 들어와 먹는 저녁은 꿀맛 같았다. 식사를 하고 개인 자율 운동까지 가볍게 끝낸 그날은 전지훈련 기간 중 최고의 하루였다.

아, 선배들이 알려준 또 하나의 비밀이 있다. 일포 형이 첫날 나보고 실력이 개털이라고 했던 건, 일부러 나를 자극하기 위해서였다는 사실. 더 분발시키기 위해 의도한 도발이었음을 그때 알았다. 형은 나를 단순히 한 명의 후배로서보다는 태산고를 이끌어갈 장래의 포수라고 생각했다고 한다. 그래서 초장부터 나의 잘못된 마음가짐을 다잡아주려고 그랬다는…… 그런데 나는 내 자존심만 생각하고 일포 형에게 반발심을 갖고 있었던 것이다. 무엇보다 그는 3학년이었고 나는 1학년이었다. 내가 형보다 실력에서 뒤지는 것은 당연했다. 나는 나에게 맞는 스텝으로 성장해나갈 생각을 해야 했다. 그런데 어쭙잖게 3학년 형의 실력에 맞서며 경쟁심을 내세웠다. 아, 나의 어리석음이여. 일포 형의 깊은 뜻이 너무 고마웠다.

그 뒤로도 훈련과 연습경기가 계속되었고, 상승세를 탄 우리 팀을 막아설 적수는 없었다. 그렇게 한 달을 알차게 보내고 우리는 다시 한국행 비행기에 몸을 실었다. 다섯 시간 정도의 비행이 끝나고 공항 입국장에 들어서자 반가운 얼굴들이 보였다. 눈물이 날 정도로 힘들 때면 가장 먼저 보고 싶었던 가족들. 모두가 날 보고 웃으며 손을 흔들어주었다. 한국의 공기가 어느 때보다 맑게 느껴졌다.

황금사자기 대회

한국으로 돌아와 우리는 이틀 정도의 휴가를 가졌다. 전지훈련은 정말 힘들었지만 감독님한테 내 능력을 보여주었기 때문에 즐겁기도 했다. "진정한 노력은 결코 배신하지 않는다"라고 했던 이승엽 선수의 말이 헛된 말이 아니었음을 새삼 느꼈다. 누구나 노력은 한다. 하지만 내가 전지훈련에서 운까지 따르며 최악의 상황을 이겨냈듯, 모든 사람이 자신의 노력에 대한 대가로 성공의 열매를 거두어들이는 것은 아니다. 남들보다 좋은 환경에서 손쉽게 성공의 길을 걸어가는 사람들도 있다. 하지만 대다수는 그렇지 못하다. 보다 나은 삶을 위해 노력하지만 앞으로 더 나아가지 못하고 중도에 포기해버리고 마는 경우도 많다. 나는 속으로 다시 한번 긍정의 에너지를 불어넣었다. 현재의 노력과 꿈을 포기하지 않고 묵묵히 나아간다면 머지않은 미래에 다디단 성공의 열매를 딸 수 있을 것이라고.

이제 눈앞의 목표는 올해 첫 전국대회, 황금사자기 대회다. 각 지역 예선을 거치고 올라온 44개 팀이 서울 목동야구장의 흙을 밟을 수 있다. 전국의 모든 야구선수들이 이 대회를 목표로 이를 갈고 있을 게 뻔했다. 그들도 우리처럼 겨울의 혹독함을 이겨내며 자신들의 가치를 뽐내기 위해 얼마나 노력했을까. 한편으로는 안타깝기도 하고 한편으로는 처절하기도 했다. 어쨌든 이기는 팀만이, 이기는 사람만이 살아남는다. 야구를 꿈꾸는 사람이 이겨내야만 하는 숙명이라고 하지만 너무 잔인하다는 생각이 드는 것도 사실이었다.

감독님에게 내 가능성을 보여주기는 했지만 나의 포지션인 지명타자는 그때그때의 타격감에 의해 출전 기회가 주어지므로 항상 집중해야 했다. 자신은 있었다. 또 운도 따라줄 것이라고 믿었다.

우리는 바로 전반기 주말리그를 준비했다. 전반기 주말리그에서 우리가 속한 서울 12개 팀은 6팀씩 2개 조로 나뉘어서 각 조 3위까지 황금사자기 본선에 진출할 수 있었다. 올해 첫 전국대회이기 때문에 언론과 팬들의 관심이 집중됐다. 3학년 형들은 첫 스타트를 잘 끊기 위해 심기일전했다. 우리 예상대로 서울시 예선 대회는 수월하게 마무리되었다.

주장인 중도 형과 포수 일포 형의 역할이 컸고, 투수에서는 역시 태식이 형의 활약이 돋보였다. 일주일에 한 경기 정도씩 진행되는 일정이어서 모든 팀이 매 경기 에이스를 내보냈다. 이런 경우, 결국 타격이 터져줘야 하는데 중도 형과 일포 형이 이끄는 우리 팀 타선은 가장 돋보였다. 나는 2학년 치수 형과 번갈아가며 지명타자 자리를 지켰지만 큰 활약을 보이지는 못했다. 다만 후반으로 갈수록 타격 컨디션이 좋아지고 있음을 느낄 수 있어서 조금 안심이 되었다.

예선 마지막은 1, 2위를 결정하는 경기였다. 하지만 두 팀 다 본선 진출이 결정되었기 때문에 그동안 뛰지 못했던 선수들이 출전 기회를 가질 수 있었다. 경기는 팽팽하게 진행되었지만 서울의 다크호스로 떠오른 서원고가 5:4로 우리를 이기고 예선 1위가 되었다. 이 경기를 마치고 우리는 이틀간의 휴가를 가졌다.

이틀 뒤 우리는 학교 운동장에 다시 모였다. 앞으로 황금사자기 대회까지는 2주 정도 남아 있었다. 1주는 운동하고 남은 1주는 연습경기를 할 것이라고 여우택 코치님이 브리핑해주었다.

지명타자인 나는 수비 훈련에서는 제외되고 오로지 타격 훈련에만 몰두할 수 있도록 스케줄이 짜여 있었다. 하지만 나만 그런 것이 아니고 치수 형과 태풍이도 훈련을 함께했다. 이를테면 우리 세 명이 지명타자 자리를 놓고 경쟁하는 셈이었다. 우리 세 명은 각기 장점이 달랐는데, 달라도 너무 달랐다. 치수 형은 어릴 때부터 '리틀 이종범'이라는 별명을 달고 다닐 만큼 콘택트 능력이 뛰어났고, 뛸 때 팔을 젓는 게 마치 기관차 바퀴가 움직이는 모습과 비슷하다고 해서 '폭주기관차'라는 별명이 붙은 태풍이는 내야 땅볼을 쳐도 살 수 있을 만큼 달리기가 빨랐다.

이런저런 생각을 하고 있는데 치수 형이 말을 걸어왔다.

"파치야, 어떻게 하면 공을 멀리 쳐 보낼 수 있지?"

나는 당황했다.

"네? 멀리요?"

치수 형의 스윙은 약간 다운스윙이었는데, 살짝만 스윙 궤적을 바꿔 레벨 스윙*을 하면 더 좋은 비거리가 나올 것 같았다. 그 사실을 말해주려는 순간, 마음속에서 갑자기 갈등이 시작되었다.

'아니, 내가 이걸 가르쳐주면 저 형이 나보다 더 잘 칠 텐데, 어쩌지?'

다시 치수 형이 재촉했다.

"야, 선배가 물어보는데 빨리 대답 안 해?"

"넵. 아마 힘을 더 키우시면 더 멀리 날아가지 않을까요?"

정말 생각지도 못한 대답이 나와버렸다. 마음으로는 스윙에 대해서 말하려고 했는데 입은 엉뚱한 말을 내뱉고 있었다. 정말 어처구니가 없었다. 치수 형이 인상을 찌푸리며 말했다.

"야, 이 자식아. 지금 나 놀리냐?"

형은 주먹 쥔 손으로 내 이마에 꿀밤을 먹었다.

"이거, 경쟁자라고 말 안 해주네. 그래, 태풍이랑 너랑 나랑 한번 해보자. 이번에 지명타자 누가 나가는지 보자고!"

---

* 배트를 수평으로 눕혀 치는 스윙으로, 가장 이상적인 스윙 방법.

나는 순진한 척 맞장구를 쳐줬다.

"팀원끼리 무슨 경쟁이에요. 당연히 형이 나가셔야죠. 저는 레벨이 안 돼요."

그러자 인상을 쓰고 있던 치수 형이 기분 좋게 웃었다.

"아닌 거 확실해? 짜식, 말도 참 가려서 예쁘게 하네. 그래, 고맙다."

'말이 씨가 된다'는 말을 거의 맹목적으로 믿고 있는 나로서는 이렇게 대답하기가 정말 싫었다. 하지만 기분 좋게 넘어가기 위해 눈을 질끈 감고 대답했다.

"넵."

속으로는 기분이 좋지 않았다. '주전 자리를 뺏기면 어떡하지?' 하는 생각에 불안해졌다. 그렇게 되지 않도록 마음속으로는 칼을 갈았다. 정말 황금사자기 대회에 뛰고 싶었기 때문이다.

나는 마음을 다잡고 티배팅* 훈련을 시작했다. 내 영원한 짝꿍인 기우가 도와주었다. 나는 기우와 호흡을 맞추며 티볼에 체중을 싣는 훈련을 계속했다. 그렇게 나와 태풍이, 그리고 치수 형이 땀을 뻘뻘 흘리며 서로 경쟁하고 있는 동안 주전 수비수들의 훈련이 끝났다.

중도 형과 기백이 형, 2루수 로한이, 몽키 구상우 등 모두가 숨을 거칠게 몰아쉬고 있었다. 엄청 힘들었나 보다. 수비

---

* 타자가 허리 높이로 세워진 T자형이나 갓 모양의 막대 위에 공을 올려놓고 치는 일.

훈련이 끝나고 우리는 자연스럽게 두 군데 배팅 케이지로 들어갔다. 배팅볼은 공득도 투수 코치님과 야수 코치인 여우택 코치님이 던질 준비를 하고 있었다. 원래 선배들이 배팅 1조로 먼저 쳐야 하지만 배팅을 가장 잘해야 할 지명타자들을 위해 스케줄을 바꿨다. 나와 치수 형이 먼저 각자의 배팅 케이지로 들어섰다. 우리의 눈에는 불꽃이 일고 있었다. 호루라기 소리와 함께 배팅 훈련이 시작됐다. 나는 공득도 코치님의 볼을 먼저 쳤다.

"쭈욱 당겨서, 허리 힙턴 빠르게!"

첫 타구는 나쁘지 않았다. '뒷다리 고정하고 약간 어퍼 스윙 느낌으로' 두 번째 공을 쳤다.

"피억!"

뭔가 소리가 이상했다. 알고 보니 나의 방망이에 공이 맞은 소리가 아니라 뒤쪽 망에 부딪힌 소리였다.

'뭐지? 내가 헛스윙을?'

흔들린 마음을 다시 추스르면서 치수 형의 타격을 지켜봤다. 근데 치수 형의 타격이 마치 신들린 듯 엄청났다. 공을 던져주던 여우택 코치님이 함박웃음을 지었다.

"이야, 채치수 타격감 좋은데? 이대로 가면 너 붙박이 지명타자 하겠다, 야."

그 말을 듣는 순간 마음 한쪽이 무너져 내리는 듯했다. 무조건 더 잘 쳐야겠다는 생각만 들었다. 치수 형한테 질 수 없었다. 지면 안 된다. 1학년이지만 첫 경기에 선발로 꼭 나가고 싶었다. 다시 마음을 가다듬고 방망이를 움켜잡았다. 잠시 뒤 공득도 코치님이 다시 공을 던졌다. 공이 눈에 들어오자마자 적의 목을 베는 무사가 칼을 뽑아 휘두르듯이 방망이를 돌렸다.

"틱!"

이럴 수가, 또 빗맞은 것이다. 정말 당황스러웠다. 옆에서는 치수 형의 방망이가 식지 않고 활활 불타오르고 있었다. 인정할 건 인정할 수밖에 없었다. 인정하지 않는다 해도 현실이 뒤바뀌는 않기 때문이다. 어찌할 방법이 없었다. '공'은 얄밉게도 '방망이'를 요리조리 피해갔다. 나는 몸에 힘이 잔뜩 들어간 체 그저 배트에 공을 맞혀내려고 애쓰고 있을 뿐이었다. 눈앞에서 배트를 외면하며 떨어지는 공의 궤적이 허공에 그대로 새겨지는 듯했다.

"삐빅! 삐빅!"

타격 훈련이 종료됨을 알리는 초시계 소리가 들렸다. 초시계의 삐빅거리는 전자음이 나를 놀리는 소리처럼 들렸다. "삐끗! 삐끗!" 하는 소리로 들릴 지경이었다. 너무 분했다. 그렇게 나와 치수 형은 타격 훈련을 마쳤다. 다음 타자 태풍이가 그제야 타석에 들어갔다. 여우태 코치님이 공을 던지려 와인드업을 하자 태풍이도 그 템포에 맞춰 레그킥을 시작했다. 태풍이 역시 강력한 경쟁자이기 때문에 나와 치수 형은 유심히 그 모습을 지켜봤다.

"촤악!"

여우태 코치님이 공을 던졌다.

"따아악!"

태풍이가 정확한 스윙으로 우중간 쪽에 로켓 타구를 날려 보냈다. 나와 치수 형은 동시에 입을 벌리고 타구가 날아가는 방향으로 고개를 돌렸다.

'와우, 진짜 미쳤다. 진짜 괜히 선의의 경쟁을 유도하는 게 아닌가 보네. 경쟁이 사람을 업그레이드시킨다더니. 근데 왜 나만 업그레이드가 안 되는 거지?'

혼자 푸념하며 다시 태풍이의 타격을 지켜봤다. 태풍이의 타구는 계속 로켓처럼 날아갔다. 타구가 하나하나 뻗어나갈 때마다 여우태 코치님의 환호 소리는 점점 커졌다.

"와우!"

"요호!"

"나이스!"

정말 나이스였다. 조금 전 치수 형의 불방망이는 태풍이의 로켓포 발사에 조용히 묻혔다. 태풍이의 연습 타격이 끝나갈 때쯤 독고 코치님이 지나가다가 소리를 질렀다. 아마 태풍이의 로켓포 발사를 지금 본 모양이었다.

"야, 오태풍! 이야, 여기가 무슨 항공우주국 NASA냐? 뭔로켓을 그렇게 많이 날리냐! 너 그렇게만 계속하면 이번에 선발로 뛸 수 있겠다. 이번 황금사자기 우승은 걱정 없겠는데. 하하하하."

그 소리를 들은 치수 형의 눈이 휘둥그레졌다. 10분 전 자신을 향했던 칭찬의 소리가 후배에게 전해지고 있었기 때문이다. 그런 치수 형의 표정을 보니 나도 모르게 웃음이 나왔다. 일그러진 표정이 너무 코믹했기 때문이다. 하지만 나도 속은 좋지 않았다. 경쟁자인 치수 형과 태풍이는 극찬을 받았는데 나는 뭐 하나 제대로 된 게 없었기 때문이다. 이대로 가다가는 나의 첫 황금사자기 대회를 벤치에서 지켜볼 수도 있겠다는 생각이 들었다.

'안되겠다. 나만의 특별한 계획을 세워야겠어! 강파치 황금사자기 진출 계획!!!'

이 계획은 치수 형과 태풍이보다 개인 훈련을 더 많이 해야겠다는 다짐과도 같았다. 치수 형이 새벽 1시까지 스윙 연습을 하면 나는 새벽 1시 1분까지 하겠다는 뜻이다. 나는 독이 잔뜩 오른 가을 살모사처럼 독기를 품었다.

정말 황금사자기 대회의 전광판에 내 이름 석 자를 올리고 싶었다. 힘들었던 운동이 끝나고 부족한 점을 보완하는 야간 훈련도 끝났다. 중도 형 주도하에 간단한 미팅을 끝내고 치수 형과 태풍이를 따라갔다. 그런데 치수 형과 태풍이는 숙소 쪽으로 걸어가고 있었다. 뭔가 이상했다.

'아니, 둘 다 개인 훈련은 안 하나? 그럼 여기서 내가 훈련을 좀 더 하면 승자는 내가 되겠네.'

그때였다. 치수 형과 태풍이가 각자 다른 길로 돌아서 가는 것이 아닌가. 둘이 인사까지 하면서 말이다. 알고 보니 나 몰래 둘이 선의의 경쟁을 펼치고 있었던 것이다. 나는 경쟁

상대로 신경도 안 쓰는 모양이었다.

순간 나의 혈압이 상승했다. 마치 물이 끓어 넘쳐 곧 폭발할 것 같은 주전자처럼 말이다. 나도 모르게 욱하고 욕이 나올 뻔했는데 겨우 참았다. 뭔가 소외된 기분이 들었다. 하지만 치수 형과 태풍이는 나의 그런 마음을 신경 써주지 않는다. 내가 이렇게 무너지면 둘이 더 좋아할 것이다. 믿는 도끼에 발등 찍힌다고. 경쟁자이긴 해도 같은 학교 같은 팀의 선배와 동기라 믿고 어울렸는데. 마음 한구석이 싸하게 시려오는 듯했다.

'진짜, 둘에게 꼭 보여주겠어! 거북이가 어떻게 토끼를 이긴 줄 알아? 외로워도, 힘들어서 포기하고 싶어도, 묵묵히 앞만 보며 자기 할 일을 꾸준히 했기 때문이야. 나도 알아. 너희 둘 재능이 뛰어나다는 거. 한데 이 강파치를 허수아비 취급해? 본때를 보여주겠어. 두고 보라고.'

나는 좀 전에 세웠던 계획을 수정했다. 치수 형과 태풍이가 얼마만큼의 시간을 연습하든지 신경 쓰지 않고 오로지 내 훈련에만 집중하기로 했다. 그렇게 나는 얼마 남지 않은 황금사자기 출전을 위해 따로 조용히 연습할 만한 장소를 찾아다녔다.

그때 내 눈에 띈 곳은 실내연습장 뒤편, 소나무 하나가 우뚝 솟아 있는 흙바닥이었다. 학교에 처음 왔을 때 보았던 그 소나무였다. 그곳을 보자마자 여긴 내 자리다 싶었다. 야구장 타석과 비슷한 흙, 타석에서 외야가 보이는 듯 앞으로 뻥

뚫린 시야. 더군다나 연습에 지칠 때 말동무가 되어줄 것 같은 잘생긴 소나무도 있었다.

100년 전통의 우리 학교가 세워질 때 심은 게 아닐까 하는 느낌이 드는 나무였다. 나는 그곳에 자리를 잡고 흙바닥 사이에 흩어져 있는 돌들을 골라냈다. 황금사자기 야구대회가 열리는 부드럽고 평탄한 목동야구장 흙과 똑같은 환경을 만들기 위해 땅을 고르며 정리했다.

황금사자기가 열리는 목동야구장은 타자에게 친화적인 구장이다. 어찌 보면 나에게는 아주 유리한 구장 조건인 셈이다. 소나무 밑의 땅을 모두 고르고 나서 눈을 감았다.

맞은편에는 이름 모를 투수가 서 있었다.

눈매가 아주 매서웠다.

하지만 거기에 기죽을 내가 아니다. 때 묻은 배팅 장갑을 다시 고쳐 끼고 발로 땅을 골랐다. 뒷다리를 지면에 단단히 고정시키고 타격 준비를 마쳤다. 이제 어떤 공이 날아와도 두렵지 않다.

나는 다시 한번 심호흡을 하고 가상의 투수가 와인드업할 때 그 템포에 맞춰 레그킥을 시작했다.

"촤악!"

날카로운 궤적을 그리며 공이 날아왔다.

배트 중심에 힘을 실어 145km의 빠른 속도로 날아오는 공을 맞혔다.

"따악!"

중심에 제대로 맞았다. 내가 때려낸 공은 저 멀리 펜스를 향해 쭉쭉 뻗어나가고 있었다.

"와우."

'실제 경기에서 이렇게 되면 좋겠다. 왜 실전에선 안 될까?' 이런 생각을 하며 소나무에 잠깐 기댄 채로 눈을 감았다. 머릿속에서 상상으로 그려낸 세계에서만 타격의 달인이된 듯 우쭐대는 나 자신이 너무 한심했다. 내 생각대로 야구 실력을 올려줄 누군가가 나타난다면 그에게 영혼까지도 내어줄 수 있을 것 같았다. 그 뒤로 나는 쉴 새 없이 방망이를 휘둘러댔다. 첫날이라 그런지 체력이 남아돌기는 했지만 그래도 너무 무리하는 거 아닌가 하는 생각이 들었다. 하지만물 들어올 때 노 저으라고, 그런 생각은 무시한 채 미친 듯이 방망이를 돌렸다. 이미 시간은 중요하지 않았다. 그러나 배팅이 계속 더해질수록 점점 몸이 무거워지기 시작했다. 밤늦게까지 문을 여는 포장마차 손님들 소리만이 간간이 들려올 뿐이었다.

나는 잠시 방망이를 내려놓고 소나무에 기대앉아 황금사자기 경기에서 멋지게 활약하는 내 모습을 그려보았다.

깜빡 잠이 들었나 보다. 비몽사몽, 꿈인지 현실인지 구분이 가지 않는 상황이었지만 몸과 마음은 편했다. 그때였다. 어디선가 늙은 할아버지의 목소리가 들려왔다.

"흐흠. 참으로 바보 같구먼. 너는 어째 그리 미련하게 한

가지 상황만 생각하느냐. 투수가 오른손 투수만 있더냐? 왼손 투수도 있을 테고 또, 어찌 직구만 날아오더냐? 무슨 투수가 너를 위한 배팅볼 투수냐? 매번 직구만 던져주게? 변화구 스윙 연습은 어찌 안 하누. 이 어리석은 녀석아, 쯧쯧."

순간 소스라치게 놀랐다. 재작년에 돌아가신 할아버지가 나타나신 줄 알았다.

"아니, 누구세요?"

그러자 의문의 목소리가 적막한 어둠을 뚫고 다시 들려왔다.

"이거 서운하네. 네 옆에 있는 소나무 할아버지다, 녀석아."

나는 뒷걸음질을 쳤다.

"아니, 이거 꿈 아닌가요? 소나무가 어떻게 말을 해요?"

소나무 할아버지가 말했다.

"난 이 학교의 야구부를 지키는 정령이야. 야구를 하는 마음가짐이 절실한 애들은 내 목소리를 들을 수 있지, 너처럼. 그건 그렇고, 너는 열심히만 하고 융통성은 없는 것 같구나. 네가 상대할 투수들의 여러 가지 유형을 모두 생각해봐라. 흠흠. 그럼, 이만 간다."

그 순간 갑자기 머리에 통증이 느껴져 깨어보니 솔방울 하나가 나무에서 떨어져 내 머리를 때리고 땅바닥으로 굴러가고 있었다. 아, 깜빡 졸았나 보다. 나는 솔방울을 소중하게 주워들었다.

이게 무슨 상황이지? 소나무 할아버지의 얼굴과 목소리가 너무도 생생했다. 이게 꿈이냐 생시냐. 정말 어안이 벙벙했다. 하지만 소나무 할아버지가 전해준 말씀이 귀에서 계속 맴돌고 있었다.

꿈속 같은 상황에서 들은 말이긴 해도 나한테 정말 필요한 훈련법이었다. 정말 맞는 말이다. 내가 지금까지 이미지 트레이닝으로 타격 연습할 때 설정했던 투수들은 전부 우완 쓰리쿼터 투수였다. 거기다 145km의 빠른 직구를 구사하는 투수들이었다. 나는 머릿속에 있던 운동 루틴을 바꾸고 다시 스윙을 시작했다. 투수들의 유형을 열 개로 나눴다. 스윙 열 번에 한 유형씩 바꾸고 구종과 코스도 다양하게 설정해 스윙을 돌렸다. 투수들을 유형별로 많이 설정해놓고 보니 30분 정도 하려던 스윙 연습 시간이 조금 더 늘어났다.

손에 조금씩 물집이 잡히는 게 느껴졌다. 하지만 그에 따라 자신감도 조금씩 커져가고 있었다. 물집은 야구선수에게 훈장이나 다름없다. 그렇게 집중하며 훈련을 하고 내려와보니 시간은 자정을 훌쩍 넘어 있었다. 동료들은 단잠을 자고 있었다. 그때였다.

"어휴, 깜짝이야. 형 뭐 하세요?"

중도 형이 잠을 자지 않고 플래시를 켠 채로 책을 보고 있었다. 어둑어둑한 실내에서 빛나는 플래시 불빛에 반사된 얼굴이 귀신처럼 보였다. 정말 간 떨어지는 줄 알았다.

"빨리 자라. 늦었다."

이게 무슨 상황이지? 왜 저 형이 저렇게 공부를 하는 거지. 눈치를 보니 그동안 계속 그렇게 공부를 해온 것 같았다. 가만히 보니 수학 문제지 같았다. 야구선수가 수학이라니? 그동안 왜 내가 몰랐을까? 야구부원들 아무도 모르게 공부를 하고 있었나? 무슨 비밀 작전도 아니고. 참 별일이다. 차라리 개인 훈련을 더 하는 게 낫지. 에이, 관심 끄자, 내 코가 석 자인데. 그래도 그 장면은 계속 미스터리하기만 했다. 나중에 한번 알아봐야지. 나는 조심조심 내 자리를 찾아가 누웠다.

잠을 자는 시간이 줄어들어 뭔가 손해 보는 느낌이었지만 기분은 좋았다. 알 수 없는 성취감이 온몸을 휘감았고 또 소나무 할아버지와의 만남이 너무 신비했다. 마치 하늘의 선택을 받은 것 같은 기분이 들었다. 손에 꼭 쥐고 있던 솔방울을 사물함에 넣으면서 나의 수호신이 되어달라고 빌었다.

그 후로 나의 연습 루틴은 한결같았다. 중도 형의 루틴도 한결같았다. 내가 개인 연습을 마치고 자리로 돌아오면 한결같이 플래시를 켠 채 책을 보고 있었다. 시간이 지나자 형과 라이벌이 된 느낌이었다. 나는 야구를, 형은 공부를 가지고 서로 누가 이기나 보자 하고 경쟁하는 듯한 착각이 들 정도였다. 신기한 것은 그러면서도 형의 야구 실력은 늘 정상급이었다는 사실이다.

그러거나 말거나 나는 팀 연습이 끝나면 아무도 모르게 소나무 밑으로 가서 방망이를 돌렸다. 그날 이후 얼마간 소나무 할아버지를 볼 수 없었지만 할아버지는 항상 내 주위를 맴돌며 나를 격려해주시는 것 같았다.

그렇게 며칠이 지났다. 나는 지명타자들만 모인 조여서 늘

스윙 연습만 반복했는데 그날따라 배팅 시간이 너무 기다려졌다. 수비수들의 수비 훈련이 끝나고 드디어 타격 시간이 왔다. 평소와 같이 여우태 코치님이 공을 던져주었다.

"후우."

깊게 한번 숨을 내쉬고 소나무 밑에서 연습했던 것처럼 스윙 준비를 했다.

"촤악!"

코치님이 공을 던졌다.

"따아악!"

엄청난 타격음이었다. 아니 이럴 수가. 그동안 연습한 것이 효과가 있었는지 힘차게 휘두른 배트에 초구는 묵직한 포물선을 그리며 중견수 쪽으로 날아갔다. 너무 기분이 좋았다. 빨리 다음 공을 치고 싶었다. 코치님이 또 공을 던지셨다.

"틱."

빗맞았다. 뭔가 불길했다. 다시 마음을 부여잡고 있는 힘껏 휘둘렀다.

"티익."

또다시 빗맞았다. 공이 방망이에 빗맞는 소리는 마치 나를 바보라고 놀리는 것만 같았다. 하지만 잠깐 반짝 연습했다고 좋은 타격이 나올 수는 없었다.

나는 운동이 끝나고 계속해서 개인 훈련을 강행했다. 허리에 통증이 생기고 손에서 물집이 터져 피가 흐르기도 했다. 정말 죽을 각오로 달려들었다. 연습하다가 쓰러져도 상관없었다. 내 목표는 오로지 황금사자기 출전이었다. 눈물이 날 정도로 힘들었지만 너무나도 경기에 출전하고 싶었다.

그만큼 간절했고 또 열심히 연습해서인지 나는 하루하루 조금씩 달라지기 시작했다. 마음먹고 휘두르는 배트에 공 열 개 중 두 개 정도 제대로 맞던 공이 어느 날부터인가 세 개 이상으로 늘어갔다. 나를 대하는 치수 형과 태풍이의 태도가 달라졌다. 그리고 나에게 관심조차 없던 감독님과 코치님이 칭찬을 해주기 시작했다.

"어이, 강파치. 좋은데? 무슨 약이라도 먹은 거 아냐? 어떻게 이렇게 바뀌었지. 힘만 센 놈인 줄 알았는데 정확도도 생겼는걸. 야! 이번 황금사자기엔 네가 한번 일내보자."

정말 기분이 좋았다. 비록 며칠 동안의 연습이었지만 그동안의 힘들었던 모든 걸 보상받는 기분이었다. 이 기세를 몰아서 기필코 주전을 차지하고 말리라 다짐했다. 날이 가면 갈수록 내 방망이 중심에 야구공이 맞는 비율이 높아졌다. 타격 실력이 조금씩 늘어가는 것 같으니 운동이 즐거워졌고 더욱 열심히 해야겠다는 생각밖에 들지 않았다.

며칠이 지난 어느 날, 또다시 비몽사몽간에 소나무 할아버지를 만났다. 평소보다 야구가 잘되고 있었지만 그날은 정신적으로 너무 피곤했다. 내 삶에 있어서 야구는 최고의 기쁨이었지만 여전히 선수로서의 장래는 불투명했다. 야구에만 전념할 수 있는 직업 선수로 먹고살 수 있을까 하는 불안감이 가슴을 답답하게 했다. 그런 부담감으로 몸도 마음도 많이 지쳐 있었다.

허리가 끊어질 듯하고 손에 물집이 잡힐 정도로 연습을 했지만 한 단계 높은 고급 야구 실력에는 아직 다다르지 못했다. 실력이 뛰어난 선배와 늘 비교되고, 그런 과정에서 계속 주눅 들어갔다. 나는 솔방울을 꺼내 만지작거리며 잠을 청했다. 학교 현관 시계탑에서 밤 12시를 알리는 뻐꾸기 소리가 울리는 것 같았다. 그때였다.

"흠흠, 잘 지냈나?"

나는 너무 반가운 나머지 할아버지의 말이 채 끝나기도 전에 감사 인사를 드렸다.

"할아버지 감사해요. 할아버지가 알려주신 대로 했더니 실력이 늘어서 제가 주전이 될 수 있을 것 같아요."

그러자 갑자기 할아버지가 호통을 치셨다.

"에끼, 이놈! 내가 야구 훈련을 하랬지, 시건방 떠는 훈련을 하랬냐? 자만하지 마라."

그 말을 듣고 의기소침해진 내가 말했다.

"죄송해요, 할아버지. 근데 이렇게라도 안 하면 죽을 거 같아요. 잠도 못 자고 다른 거 다 포기하고 연습만 하고 있는데요. 이런 희망조차 없으면 저는 어떻게 해야 해요? 저, 진짜 힘들어요."

할아버지가 말을 이어갔다.

"이놈아, 내가 여기서 100년이 다 되어간다. 그동안 지켜보니 진짜 야구가 좋아서 하는 놈, 야구를 오래 하고 싶어서 연습하는 놈이 살아남더라. 야구를 수단으로 부를 쌓고 명예를 얻으려 하지 않고 말이다. 네 감독이나 코치들도 다 그런 삶을 살았단다. 그들도 이 밑에서 비밀 훈련을 하곤 했지. 모두가 야구에 미쳐 있었어. 그래서 너희들이 존경하잖니. 허허. 너는 야구를 해서 행복하냐?"

나는 선뜻 대답하지 못했다. 운동이 너무 힘들어서 갈팡질팡하고 있었기 때문이다. 그저 야구가 즐거워서 한다기보다 경기를 뛰느냐 못 뛰느냐의 자존심 문제를 더 내세우고 있었다. 야구가 힘들다기보다는 인간관계가 더 힘들었던 것도 사실이다. 나는 계속 침묵을 이어갔다. 내 표정을 보고 대강의 상황을 알아차린 할아버지가 계속해서 말했다.

"야구는 야구야. 야구가 너희들을 만드는 게 아니야. 야구를 통해서 너희들 스스로가 각자 자기 자신을 만들어가는 것이지. 그러니까 야구를 통해서 너의 미래를 만들어가라는 뜻이야. 야구를 통해 너의 인생을 즐기지 못하겠다면, 야구로 두근대고 설렘이 가득한 네 인생의 새로운 길을 개척하지 못하겠다면, 너의 심장이 뛰는 다른 곳을 찾아가. 그러지 않으면 야구는 너에게 고통이 될 수밖에 없단다. 모든 게 너에게 달려 있는 거야. 네 인생을 즐겁게 불태울 수 있는 걸 찾아. 그러면 아무리 힘들어도 그 고통마저 즐거운 법이란다."

나는 아무 말도 하지 못했다. 고등학교에 와서 내가 야구를 시작한 이유를 잊어버린 것 같아서였다. 게다가 야구가 힘들 때마다 나는 누군가에게 책임을 돌리고 있었다. 내가 야구를 시작한 이유는 누구를 이긴다거나 경기에서 이름을 날리고 싶어서가 아니었다. 단지 야구가 너무 좋아서 시작한 것이었다. 공을 던지고 쳐내는 이 단순한 것들이 좋아서 말이다. 그런 생각을 하고 있을 때 다시 할아버지가 말했다.

"진심으로 야구를 좋아한다면 누구를 이기거나 명예를 얻으려 하는 목적을 위해 야구를 적으로 만들지 마라. 그냥 함께 동고동락하며 웃고 떠들 수 있는 친구로 만들어라. 그러면 그 친구가 너의 명예를 드높여주고 너를 행복하게 해줄 거다. 그게 네가 좋아했던 야구란다."

나는 흘러나오려는 눈물을 겨우 참았다. 아마 꿈결에 잠꼬대도 했나 보다. 다음 날 옆자리에서 자던 동기가 무슨 악몽을 꾸느라고 눈물까지 흘리면서 헛소리를 지껄였느냐며 놀렸다.

그 이후로 소나무 할아버지는 한동안 나타나지 않았다. 내게 더 이상 할아버지가 필요하지 않았는지도 모르겠다. 하지만 할아버지의 말은 늘 가슴속에 새겨져 있었다. 결국 모든 것은 나에게 달려 있는 것이다.

남을 이기려고 야구를 했던 나는 정말 힘들고 우울했다. 항상 나 자신을 다른 선수와 비교했고 또 스스로가 비교를 당했기 때문이다. 어떻게든 경기에 나가려고 기를 쓰는 내 모습이 너무 슬펐다. 병이 되어서 번아웃 증후군*에 걸릴 것

---

* 의욕적으로 일에 몰두하던 사람이 극도의 신체적, 정신적 피로감을 호소하며 무기력해지는 현상.

만 같았다. 하지만 지금은 그렇지 않다. 그저 야구하는 것이 즐겁다. 나는 나의 야구를 하면 되는 거다. 마음이 홀가분했다. 천군만마를 얻은 기분이었다. 마음이 편해지니 타구의 질도 훨씬 좋아졌고 나에 대한 감독님, 코치님의 인식도 달라졌다. 과연 야구는 심리가 중요하다는 말이 맞았다. 아무리 좋은 체력 조건을 갖추고 있다 해도 어떤 심리적 자세를 가졌느냐에 따라 결과는 판가름이 났다. 할아버지의 말씀도 결국은 이거였다. 내가 어떤 마음으로 야구를 대하느냐가 중요한 것이다.

결과적으로 나는 주전 멤버가 되었다. 하지만 마음은 그렇게 유쾌하지 못했다. 나의 라이벌이었던 치수 형과 태풍이가 크고 작은 부상을 당했기 때문이다. 경기를 앞두고 치수 형은 발목을 다치고 태풍이는 손목 통증 때문에 타격감이 바닥을 쳤다. 그때 감독님께서 하신 말씀을 잊을 수가 없다.

"강파치, 경쟁하느라 수고 많았다. 너를 이번 경기 고정 지명타자로 쓰기로 했다. 결과는 걱정하지 말고, 매 타석 집중해서 한번 해봐."

그 말을 듣고 나는 대답할 수가 없었다. 나중에 아무도 모르게 소나무 쪽으로 다가가서 팔을 크게 둘러 포옹했다. 남들한테는 어이없어 보이는 행동일지 모르겠지만, 나와 소나무 사이에 있었던 일을 몰라서 그러는 거다. 안다면 이해할 수 있을 것이다.

공부든 운동이든 처음 시작할 때는 즐겁다. 배움 자체가 좋아서 시작한 사람도 있고 자신의 적성에 맞아서 시작한 사람도 있다. 하지만 사람들은 살아가면서 자신이 처음에 어떤 마음으로 어떻게 시작했는지 잊게 된다. 자기보다 잘하는 사람을 부러워하고 시기하는 마음만 커져가거나, 스스로에게 실망하여 점점 위축되기도 한다. 처음 시작할 때는 아무 생각 없이 즐겁기만 했는데 말이다.

'초심으로 돌아가라.' 이제야 이 말의 뜻을 조금은 이해할 수 있을 것 같다. 100년 가까이 우리 학교 야구부를 지켜온 소나무 할아버지를 만나고서야 말이다.

그러던 어느 날 밤이었다. 숙소 쪽 어둠 속에서 인기척이 느껴졌다.

"팔꿈치를 몸통으로 더 붙여!!"

중도 형 목소리였다.

"아후, 깜짝이야. 아, 형!"

"팔꿈치를 몸통으로 붙여. 인앤아웃 스윙*이 되어야지. 너는 지금 정반대로 하고 있잖아."

형은 내게로 다가와서 타격 폼을 일일이 손봐주었다. 나는 그 폼 그대로 천천히 타격 자세를 가져갔다.

"그렇지. 그렇게."

나는 속도를 붙여 스윙했다. 훨씬 부드럽고 강한 임팩트가

---

* 배트 궤적이 안에서 밖으로 돌아 나오는 스윙. 최대한 팔꿈치를 몸통에 붙여서 빠르게 회전하며 타격하는 기술.

가해지는 것이 느껴졌다.

"그 폼을 잊지 말고 완전히 네 몸이 되게끔 반복 훈련해라. 그러면 비거리도 늘어나고 변화구 대처도 잘될 거야."

"네. 감사합니다."

중도 형이 나를 인정해주는 것 같아 기분이 좋았다.

"네 열정을 보니 나를 보는 것 같아서 그래."

"네, 형. 근데 밤마다 무슨 공부를 하는 거예요? 야구 연습을 해도 모자랄 판에."

"파치야, 내 꿈은 야구행정가야. 공부해서 서울대 가는 게 목표야."

"서울대요? 공부만 하는 학생도 가기 힘든데 어떻게?"

"응, 체육교육과로 갈 거야. 수시로 응시하면 내 야구 경력이 도움이 된대. 수능 커트라인만 넘으면 얼마든지 가능하다고 하더라. 감독님도 응원해주시고 담임선생님도 도와주시는데, 열심히 하면 좋은 일이 생기겠지. 진인사대천명!"

그때였다. 형 코에서 까만 액체가 흘러내리는 게 보였다.

"형. 피. 코피."

"에이. 또 코피 나네. 신경 쓰지 마."

형은 손등으로 쓰윽 피를 닦아내고 코를 움켜쥐며 지혈을 했다.

"파치. 우리 열심히 하자. 나도 너희들에게 야구뿐만이 아니라 공부로도 최고가 될 수 있다는 걸 보여주마."

그 말을 끝으로 형은 숙소 화장실로 뛰어갔다.

모두의 꿈은 소중하다. 내가 야구에 몰두하고 있듯 누군가는 자신만의 꿈을 이루기 위해 다른 분야에 몰두하고 있는 거다. 중도 형은 나에게 새로운 꿈과 동시에 또 다른 과제를 안겨주고 퇴장했다. 야구만이 전부가 아닐 수도 있다는 것. 야구도 수많은 꿈 중의 하나라는 것. 나의 꿈도 시간이 흐르면서 달라질 수 있다는 것. 다만 우리가 할 수 있는 건 현재에 집중하고 노력하는 것이다. 나의 미래를 위해 공부에도 집중해야겠다. 중도 형도 저렇게 열심히 하는데. 야구 연습 때문에 못 한다는 건 핑계일 뿐이다. 올해 말이 되면 나도 중도 형도 어떤 결과를 받아볼 수 있을까? 코피 터지도록 혼신의 힘을 다한 노력의 결과가 무척 궁금했다. 뜻하지 않게 중도 형과 나만의 비밀이 하나 생겼다. 고마워요, 형.

숙소로 돌아와보니 중도 형은 아무 일도 없었다는 듯이 잠을 자고 있었다. 나도 기분 좋은 나만의 비밀을 간직한 채 가뿐한 마음으로 잠자리에 들었다.

***

마침내 황금사자기 대회가 시작되었다. 우리의 첫 상대는 화랑고였다. 화랑고는 비록 약체이긴 했지만 다크호스로 떠오르는 팀이었다. 하루 전 컨디셔닝*을 하면서 우리는 화랑

---

* 특정한 운동 활동에서의 기술 향상을 위해 영양 섭취, 휴식, 긴장 완화, 수면, 운동 일정 따위를 관리하며 체력을 조절하는 활동.

고에 대해 브리핑을 받았다. 타자들은 상대 팀 투수인 이호의 공을 잘 공략해야 한다고 했다. 코치님은 이호의 공에 대한 특징을 설명하고 볼 카운트별 공략법을 알려주셨다.

이튿날 우리는 황금사자기 대회 경기장인 목동야구장에 첫발을 디뎠다. 고등학교 야구대회 개막 경기인 만큼 사람도 많았다. 특히, 우리 학교 고교 랭킹 1위 투수 태식이 형과 고교 랭킹 1위 포수 일포 형을 보러 온 스카우터들로 넘쳐났다.

오후 3시, 우리 팀이 첫 경기 출전이었기 때문에 개막식이 끝나자마자 바로 경기장에 들어섰다. 감독님이 우리를 불렀다.

"어이, 제군들. 잠깐 모여라. 라인업 발표해줄 테니까."

우리는 감독님 주변으로 모여들었다.

"1번 이기백, 2번 하진영, 3번 옥대인, 4번 장일포, 5번 강파치, 6번 정중도……."

황금사자기 화랑고전 라인업		
타순	이름	수비 위치
1	이기백	중견수
2	하진영	3루수
3	옥대인	1루수
4	장일포	포수
5	강파치	지명타자
6	정중도	우익수
7	이로한	2루수
8	구상우	좌익수
9	유비호	유격수
선발 투수	기태식	

내 이름이 불리자 긴장되기 시작했다. 첫 경기부터 5번 타자라는 중책을 맡았기 때문이다. 5번 자리는 4번 타자 못지않게 중요하다. 4번 타자가 팀에서 가장 잘 치는 선수이므로 위기 상황에서 상대 팀 투수는 대부분 승부를 피하려 한다. 하지만 5번 타자가 강하면 4번 타자와 승부해야만 한다. 5번 타자가 어떤 역할을 해주느냐에 따라 팀의 공격력이 완성된다 해도 과언이 아니다. 그런데 바로 그 자리를 내가 맡은 것이다. 눈앞에 펼쳐진 초록빛 그라운드의 공기, 그것은 공기가 아니라 나에겐 살기로 다가왔다.

〈딩동댕동!〉

경기 시작을 알리는 벨소리가 들려왔다. 우리는 수비로 시작했다. 선발 투수는 당연히 기태식 형이었다.

"플레이보우우울."

우렁차게 울리는 심판의 걸걸한 목소리가 경기장 분위기를 고조시켰다.

"좌악!"

"퍼어억!"

우리 학교 응원석에서 환호성이 들려왔다. 태식이 형의 초구가 151km가 나온 것이다. 내 몸에도 소름이 돋았다. 역시 시작이 좋으면 모든 것이 좋다고, 태식이 형은 삼진 두 개와 땅볼 하나로 이닝을 마무리 지었다.

그리고 우리의 공격이 시작되었다. 어제 브리핑 시간에 예상했던 대로 투수는 이호였다. 이호가 초구를 던졌다.

"따아악!"

1번 타자인 기백이 형이 중전 안타로 출루했다.

"나이스 배팅!"

우리는 벤치에서 환호를 질렀다. 2번 타자 진영이 형은 번트를 댔다. 기백이 형이 안전하게 2루에 안착하고 진영이 형은 우리의 박수를 받으며 벤치로 돌아왔다. 주자는 2루 상황. 1점을 뽑을 수 있는 절호의 기회였다. 하지만 대인이 형이 아쉽게 외야 플라이를 치면서 투 아웃 주자 2루가 되었다.

감독님은 중요한 순간임을 인식시키시려는 듯 타석에 있는 일포 형에게 고함을 질러대고 있었다.

"야, 장일포. 어떻게든 불러들여! 어제 말한 것 알지? 오른쪽 어깨를 달아놓고 치란 말이야!"

감독님은 지옥에서 올라온 염라대왕 같았다. 원래도 불같은 성격이었지만 오늘따라 더 타올랐다. 이런 것이 바로 전국대회 분위기란 말인가. 일포 형은 왼손 타자다. 왼손 타자는 보통 왼손 투수의 공을 치기 힘들어한다. 그래서 어제 타격 연습할 때 감독님이 귀에 못이 박이도록 말했던 거다.

"오른쪽 어깨 달아…… 오른쪽 어깨 달으란 말이야, 오른쪽…… 오른쪽……."

일포 형은 알아들었다는 듯 헬멧을 어루만졌다. 이호가 공을 던졌다. 슬라이더였다. 낮게 떨어지는 슬라이더에 일포 형의 배트는 나가지 않았다. 브리핑 때 슬라이더를 치면 범타 확률이 60프로라고 들어서 이미 대비가 되어 있었다. 하지만 아는 것과 수행하는 것은 다르다. 배운 대로 들은 대로 실행할 수 있는 능력. 그것은 센스였다. 같이 있을 때 그는 정말 무서운 선배였지만 야구 센스만큼은 최고였다. 그런 센스를 배우고 싶었지만 그건 배운다고 배워지는 게 아니었다.

"촤악!"

두 번째 공을 던지는 순간, 내가 있는 대기 타석까지 실밥 긁히는 소리가 들렸다. 직구였다.

"따악!"

힘이 실린 채 날아온 공은 일포 형의 배트 중심에 맞았다. 잘 맞은 공은 투수의 다리 사이로 강하게 빠져나갔다. 안타인 줄 알았다. 하지만 그때였다. 화량고 유격수가 다이빙 캐치를 하고 바로 일어나 1루로 강하게 던졌다. 다행히 처음부터 1루로 전력 질주한 일포 형의 발이 조금 더 빨랐다. 세이프였다. 정말 엄청난 수비였다. 관중석에서도 감동의 환호성이 울려 퍼졌다. 2사 1, 3루.

그런데 문제는 그다음 타자가 나라는 거였다. 고등학교 진학 후 처음 열리는 전국대회 첫 타석이었기에 나는 긴장으로 몸이 굳어 있었다. 더군다나 투 아웃 주자 1, 3루라는 천금 같은 득점 상황이었다.

그런데 정말 답답했다. 수많은 연습을 하고 멘탈도 강하게 다졌다고 생각했는데 타석에 들어선 순간, 내 몸이 내 몸 같지가 않았다. 내 방망이 한 방에 팀이 승기를 잡을 수 있는 상황이다. 감독님이 소리쳤다.

"강파치, 부담 갖지 말고 네 공이 오면 자신 있게 때려!"

난 헬멧을 만지며 알았다는 제스처를 보냈다. 그리고 잠시 눈을 감고 소나무 할아버지가 한 말을 떠올렸다.

'그래, 즐기자! 나의 야구를 하자.'

눈을 뜨고 천천히 심호흡을 했다. 이호가 나를 노려보며 세트 포지션* 자세를 취했다. 그는 기합 소리까지 질러가며 강하게 공을 움켜쥐었다.

"하압!"

드디어 투수가 공을 던졌다. 초구는 바깥쪽으로 빠지는 슬라이더였다. 벤치에서 감독님이 박수를 쳐주었다.

"그런 여유 좋아. 공 잘 보고 있다! 좀 더 집중하고. 어깨 돌아가면 안 된다."

사실 공을 고른 것이 아니라 너무 긴장이 돼서 몸을 움직일 수 없었던 것이다. 다시 투수가 다리를 들었다.

"하아아앗!"

이번엔 기합 소리가 더욱 컸다. 직구였다. 하지만 힘이 너무 들어갔는지 공이 많이 벗어났다. 투 볼이었다. 이번이 타격 찬스라는 걸 직감했다. 투 볼에서는 거의 직구를 던지기 때문이다. 방망이를 움켜쥐었다.

다시 투수가 공을 던졌다. 그러나 도저히 칠 수 없는 곳으로 날아왔다. 정말 다행이었다. 마음속으로는, 아파도 좋으

---

* 루상에 주자가 있을 때 주자의 움직임을 최소화시키거나 도루를 저지하기 위해 빠르게 투구하기 위한 폼.

니 몸에다가 던져줬으면 하는 생각도 있었다. 쓰리 볼이 되었다. 그러자 벤치에 있던 감독님이 기다리라는 사인을 보냈다. 나는 헬멧을 만지며 알았다는 사인을 보냈다.

화량고 벤치에서 거르라는 사인이 나왔는지 투수가 나를 고의 사구*로 내보냈다. 졸지에 첫 타석에 고의 사구를 얻은 것이다. 2사 만루. 정말 다행이었다. 사실 너무 긴장돼서 스트라이크 존 한복판으로 들어오는 공도 치지 못할 것 같았기 때문이다.

첫 타석에서 볼넷을 골라 나가 그런지 긴장했던 몸이 서서히 풀리기 시작했다. 하지만 화량고 벤치가 간과한 것이 있었다. 6번 타자 중도 형은 사실 우리 팀의 실질적인 4번 타자였다. 우리 팀의 위장 전술에 보기 좋게 속아 넘어간 것이다. 중도 형은 보란듯이 센터 방면 싹쓸이 2루타를 쳐냈다.

3:0. 2사 2루 찬스는 계속되었지만 다음 7번 타자 로한이가 평범한 2루수 땅볼로 아웃되는 바람에 득점 없이 종료되었다.

하지만 한번 불붙은 방망이는 식을 줄 몰랐다. 다음 이닝에서 8번 구상우와 9번 유비호가 내야 안타와 기습 번트 안타로 찬스를 만들어냈다. 그러자 감독님은 1번 기백이 형에게 번트를 대도록 하여 1사 2, 3루 찬스를 이어갔다. 여기서 우리의 필살기인 스퀴즈 플레이**가 나왔다. 2번 타자인 진

* 투수가 타격을 당하지 않으려고 일부러 포볼을 만드는 일.
** 스퀴즈 번트로 득점을 도모하는 전술.

영이 형이 기가 막힌 스퀴즈 번트*로 공을 3루 선상으로 보냈다. 그런데 3루수는 3루 주자를 견제하느라 스타트가 늦어 공을 잡으러 뛰어들지 못했다. 오로지 투수가 처리할 수밖에 없었다. 하지만 투수가 마운드를 내려와 공을 잡았을 때 진영이 형은 이미 1루 베이스에 거의 도달해 있었다. 투수는 1루로 공을 던져보지도 못 했다. 1득점과 함께 1사 1, 3루 찬스가 계속되었다.

스코어는 4:0. 화량고 더그아웃**은 당황한 빛이 역력했다. 투수도 많이 흔들리고 있었다. 우리는 그 빈틈을 놓치지 않았다. 대인이 형의 1타점 안타, 일포 형의 싹쓸이 2루타가 연이어 터졌다. 마운드에서는 태식이 형의 위력적인 피칭에 화량고 타자들이 연신 방망이를 헛돌리며 공기를 휘저을 뿐이었다. 나는 고의 사구 이후 볼넷과 데드볼***을 얻어 모두 출루에 성공했다. 그래서 '출루율 100프로'라는 칭호도 들었다. 허벅지 안쪽의 파란 멍 자국은 덤이었다. 정말 맞아서라도 나가고 싶었는데 그 바람대로 이루어진 셈이다. 우리 팀은 결국 7:0으로 승리했다.

첫 경기를 가볍게 승리하면서 다행히 나의 고등학교 첫 공식 무대는 무난히 끝났다. 팀의 일원으로서 소속감과 일체감을 느낄 수 있어 정말 기분 좋은 하루였다.

---

* 노 아웃 또는 원 아웃의 상황에서 3루 주자를 홈인시키기 위하여 하는 희생번트.
** 경기가 진행되는 동안 감독, 선수, 코치들이 대기하는 장소.
*** 투수가 던진 공이 타자의 몸에 닿는 일, 타자는 1루로 진루한다.

우리 뒤에 치러진 원산고와 인헌고의 경기는 인헌고의 완승으로 끝났다. 우리는 이틀 뒤 인헌고와 16강전을 치렀다. 인헌고도 타격이 뛰어난 명문고로 이름이 난 학교였지만 우리 투수진의 위력을 뚫어내진 못 했다. 우리는 큰 어려움 없이 인헌고를 이기고 운명의 8강에 진출했다.

우리의 8강 상대는 서울의 명문 인문고와 충청도의 야구 명문 천북고의 승자였다. 두 학교 다 무시할 수 없는 전력을 갖고 있었지만 우리는 인문고가 이기기를 바랐다. 이상하게 천북고만 만나면 경기가 꼬이는 징크스가 있었기 때문이다.

이튿날 우리는 다시 학교 운동장으로 모였다. 첫 단추를 잘 끼웠다는 생각에 다들 기분이 들떠 있었다. 이번 대회를 준비하면서 항상 무표정이었던 일포 형도 친구들과 어울려 장난을 치며 웃고 있었다. 그렇게 운동장에서 함께 즐거운 시간을 보내고 있을 때 감독님이 모습을 나타냈다. 우리 중 몇 사람이 먼저 감독님을 확인하고는 입을 좁게 오므려 재빨리 "추웃" 소리를 냈다. 우리만의 암호였다.

감독님이 컨테이너 근처로 우리를 불렀다.

"어이, 제군들. 잠깐 이리로 와봐."

가까이 다가가보니 감독님의 표정이 별로 좋지 않았다.

'무슨 일이지?' 그때 우리의 생각을 읽기라도 한 듯 감독님이 낮은 목소리로 말씀하셨다.

"우리의 다음 상대는 천북고다, 오렌지 군단이라 불리는.

다들 알 거다. 작년에는 우리가 손쉽게 제압했지만 재작년에는 우리가 완전 깨졌지. 이상하게 우리하고 라이벌 관계에 있는 학교다. 알지?"

"넵."

감독님이 다시 말씀을 이어나갔다.

"근데, 천북고가 약해진 건 사실인데 갑자기 어제 경기 이후로 분위기를 탔어. 4:0으로 지고 있다가 5:4로 역전을 했네. 그러니까 오렌지…… 유튜브에 나오는, 그 말하는 뭐시기, 아니, 그게 뭐였더라? 독고 코치. 혹시 아나? 천북고 야구 스타일처럼 사람 짜증나게 만드는 오렌지?"

옆에서 여 코치님이 대답했다.

"어노잉 오렌지*입니다."

듣고 있던 우리는 모두 웃음을 터뜨렸다. 감독님도 웃으며 말했지만 그 웃음에는 결기가 묻어 있었다.

"그래, 그 어노잉 오렌지. 오렌지에 입이 달려버렸네. 그래서 말인데, 경기가 이틀밖에 안 남았으니 다들 긴장하도록. 알겠나?"

우리는 다시 진지한 모습으로 크게 대답했다.

"넵."

가볍게 몸을 푼 뒤 우리는 수비 훈련 준비를 했다. 그리고 막 훈련을 시작하려는 순간 감독님이 컨테이너에서 확성기

---

* 유튜브에서 인기를 끈 개그 시리즈로 '늘 짜증스럽게 말하는 오렌지'가 웃음을 전한다.

를 들고 밖으로 나오셨다. 감독님이 확성기에 입을 대고 코치님들과 우리에게 크게 소리쳤다.

"천북고는 말이지, 발이 빨라서 기습 번트를 아주 잘 댄다. 3루수 하진영 한 발 뒤로!"

"넵."

진영이 형이 큰 소리로 대답했다.

감독님이 다시 말을 이어나갔다.

"어이, 기태식! 어깨 내려라. 한 경기 잘 던졌다고 긴장이 풀린 건가? 정신 못 차리나?"

태식이 형이 크게 소리쳤다.

"아닙니다!"

좋았던 분위기는 갑자기 엄숙하게 바뀌었다. 감독님은 무서움의 절정을 보여주고 있었다. 훈련 중에 이렇게 살벌한 분위기는 처음이었다. 본보기로 진영이 형과 태식이 형에게 정신무장을 시킨 감독님은 이번엔 코치들에게 엄한 명령을 내렸다. 코치님들도 함께 긴장한 모습을 보이자 팀 분위기는 더 무겁고 진지해졌다.

그렇게 두 시간 정도가 지나서야 지옥 같던 수비 훈련이 끝났다. 온몸이 땀에 젖은 채 우리는 다들 헉헉대고 있었다. 이건 경기 준비 훈련이라기보다는 혹독한 2차 전지훈련에 가까웠다.

"아니, 경기 전에 이게 뭐 하는 거지. 감독님이 긴장하셨나?"

옆을 지나가던 독고 코치님도 우리와 같은 마음이었는지

혼잣말을 하셨다.

"오렌지의 기가 올랐으면 우리도 기를 올려줘야지, 우리 애들 기는 땅바닥으로 처박냐. 근데 이해되기는 한다. 재작년에 팀 분위기를 잔뜩 올려놨더니만 정작 경기 땐 너무 긴장해서 못했지. 그래서 일부러 악역을 맡으신 것 같은데. 뭐, 난 감독님을 믿으니까. 뭔가 다른 생각이 있으시겠지."

그러니까 올해는 경기 전에 분위기 띄우지 않고 훈련 때 더 강하게 다그쳐서 실전에서 긴장하지 않도록 하려는 거구나. 그렇지만 그게 될까? 난 항상 긴장되는데. 뭐, 어떻게든 되겠지.

우리는 평소처럼 타격 연습을 하려고 배팅 케이지를 세 곳에 만들었다. 그런데 갑자기 감독님이 컨테이너 창문을 열고 소리쳤다.

"여러분, 오늘은 실전 배팅을 한다. 공 코치가 선발 투수해."

그 말을 들은 우리는 한숨을 쉬며 다시 망을 다 치웠다. 옆에서 나와 같이 망을 들던 대인이 형이 말했다.

"아니, 또 우리 트집 잡히겠네. 이거 진짜 무슨 상황이지? 실전 배팅하면 뭔가 꼬투리 잡겠다는 건데. 파치야, 꼬투리 잡는 거랑 분위기 잡는 거랑 비슷한 거 같으면서도 다른 거 알지? 분위기 잡는 건 눈치만 보면 되는데, 꼬투리 잡히면 무조건 육체적인 피로가 더해지거든. 러닝 뛰겠다, 오늘. 하…… 부정하고 싶지만 99프로다, 이건."

내가 물었다.

"왜요?"

대인이 형이 웃으며 대답을 해줬다.

"한번 해봐, 인마. 내가 이런 말 왜 하는지 실감하게 될 거다. 이게 바로 3년 차 짬밥과 1년 차 짬밥의 차이인가? 그냥 해봐."

난 그 말을 듣고 대답 대신 고개만 끄덕였다. 실전 배팅 준비를 마치고 우리는 자리를 잡았다. 휭휭, 을씨년스럽게 부는 바람이 우리의 미래를 암시하는 것 같았다. 느낌이 좋지 않았다.

"파이팅~하자~"

1번 타자 기백이 형의 파이팅을 신호로 실전 배팅이 시작됐다. 실전 배팅이란 원래는 실제 경기처럼 투수와 수 싸움을 해서 점수를 뽑는 방식의 연습이다. 하지만 우리는 그 실전 배팅을 살짝 변형했다. 우선 팀을 반으로 나눈 뒤 주자 2루 상황을 만들어놓고 주자를 불러들이는 연습을 하는 실전형 타격 훈련이었다.

나는 5번 타자이기 때문에 타격을 먼저 했다. 다행히도 기백이 형과 진영이 형이 감독님이 좋아하는 우익수 앞 안타를 쳤기 때문에 분위기는 썩 나쁘지 않았다. 문제는 상상도 못한 곳에서 터졌다. 바로 나 때문이었다.

사건은 이랬다.

나는 안타를 치고 2루에 진루한 상황에서 주루 플레이 준비를 했다. 다음 타자는 로한이였고, 로한이의 타격 때 홈까지 전력 질주로 들어올 생각에 스킵 동작*을 했다.

"따악!"

로한이가 2루수 쪽으로 날카로운 타구를 날렸다. 나는 이미 수비 위치를 보아두었기 때문에 당연히 안타인 줄 알고 전력 질주를 했다. 그런데 분위기가 이상했다. 나는 뛰면서 생각했다. '아니, 안타를 쳤는데 왜 아무 반응도 없는 거야. 나이스 배팅이잖아.'

근데 더 이상한 것은 3루 베이스 코치인 독고 코치님이 나를 멈춰 세우는 것이었다.

'아니 왜 멈추게 하는 거야. 홈까지 바로 뛰어 들어가야 하는 순간에?'

나는 당황스럽기도 하고 이 상황이 불만스럽기도 하여 좀 어이없다는 표정으로 코치님을 바라보았다. 하지만 멈추고 난 뒤에야 상황이 파악되었다. 로한이의 타구는 내야를 뚫고 나가는 안타가 아니라 2루수 정면으로 향하는 직선타였던 것이다. 독고 코치님이 나에게 소리를 질렀다.

"야이, 이눔아. 지금이 얼마나 중요한 상황인지 몰라? 실제 경기였다면 어떡하려고 그래? 다시 집중해서 해봐."

내가 조용히 대답했다.

"네……."

다시 해보라는 말에 나는 2루로 돌아가 진루 준비를 했다.

* 주자가 도루를 하려고 다음 베이스로 한 두 걸음 움직이며 뛸 듯한 동작을 하는 것.

모두가 나만 지켜보고 있는 것 같았다. 뭔가 기분이 싸했다. 마음속으로는 제발 판단하기 편한 타구가 나왔으면 하고 빌었다. 팀 분위기를 망치고 싶지 않았기 때문이다.

투수 역할을 하는 공 코치님이 세트 포지션을 한 후 공을 던졌다. 타석에서 방망이를 흔들어대던 태왕이 형이 배트 중심에 공을 맞혔다.

"따악!"

다시 잘 맞았다. 공은 아까 로한이가 친 것과 같은 방향으로 날아갔다. 이번엔 무조건 2루수 정면으로 향하는 직선타라고 확신했다. 하지만 타구는 2루수 키를 넘어가더니 그냥 쭉쭉 뻗어갔다. 어떻게 타구가 똑같은 방향으로 갈 수가 있지? 이건 하늘의 장난이다. 하지만 이런 생각을 할 겨를이 없었다. 어찌 됐건 이번에도 나의 판단 미스였다. 독고 코치님이 또다시 소리를 질러댔다.

"야!"

하지만 그게 문제가 아니었다.

"우르릉 쾅쾅."

그 장면을 보고 있던 감독님이 컨테이너 창문을 열어젖힌 것이다.

"어이, 강파치. 집중해. 경기 때도 그렇게 할래? 오늘 주루 플레이 100번 하고 가!!!!"

난 풀이 죽은 채 큰 소리로 대답했다.

"넵."

갑자기 자신감이 떨어졌고 팀 분위기도 무거워졌다. 여태 잘해오던 주루 플레이였는데 중요한 경기 직전에 그 감을 잃었다. 실전 배팅 연습이 끝나고 팀원 모두 함께 땅을 고른 뒤 운동을 마무리했다. 운동장에서 모두가 빠져나가고 난 뒤 나는 감독님 지시대로 홀로 남아 100번의 주루 플레이 연습을 했다.

하지만 반복하여 주루 플레이 연습을 할수록 오히려 자신감이 떨어졌다. 미칠 것 같았다. 이제는 판단하는 것을 떠나 나의 주력에도 의심이 갔다. 내가 그렇게 느린가 하고 말이다. 자신감이 떨어질 대로 떨어진 상태에서 하루의 운동을 모두 마쳤다. 오늘은 경기 전날이어서 간단히 배팅만 치며 컨디션을 끌어 올리는 정도로 연습한 것이었다. 평소와 같은 훈련 일정이었다면 운동장 한쪽의 쪽문을 통해 도망이라도 가고픈 심정이었을 것이다.

다른 형들과 동기들은 운동이 끝나자 모두 웃으며 집으로 돌아갔는데, 나는 주루 플레이에 대한 트라우마가 생긴 것 같아 우울했다.

'제발, 루상에 있을 때 판단하기 어려운 타구 나오지 마라. 제발!!'

집에 가서도 열심히 빌었다. 인터넷 블로그에 동쪽으로 절을 하면 운세가 좋아진다는 얘기가 나오길래 미신인 줄 뻔히 알면서도 그 사이트에서 시키는 대로 똑같이 하고 잠을 잤다. 그만큼 정말 간절했다. 하지만 이렇게 마음이 안정되지 못하면 경기 때 몸에 힘이 들어가서 자연스러운 몸 균형을 유지하지 못하게 될 것이다. 모든 게 걱정스러웠지만 이것저 것 따질 겨를도 없이 계속 간절하게 빌고 또 빌었다.

날이 밝고 아침이 되었다. 나는 깨끗하게 빨아 잘 개어놓은 유니폼을 갈아입고 버스를 탔다. 경기장으로 가는 버스 안에서도 나는 하늘을 향해 빌고 또 빌었다. 야구장에 가까워질수록 간절함은 더욱 커졌다. 넋이 나간 사람처럼 내 속마음이 나도 모르게 입 밖으로 흘러나왔다.

"제발 어려운 타구……."

중얼거리는 소리를 듣고 옆에 앉은 기우가 말했다.

"아니, 뭐라고 지껄이는 거야, 자꾸. 시끄러워 인마. 조용히 좀 가자."

한심하다는 듯 얘기하는 기우의 말에도 나는 신경 쓰지 않고 계속 중얼댔다. 오늘 경기에서는 실수하지 않고 꼭 이겨야 했기 때문이다. 경기장에 도착해서 앞 경기의 상황을 지켜보다가 7회가 시작되자 우리는 몸을 풀기 시작했다. 그 와 중에도 나는 기도를 되뇌었다. 워밍업을 하면서도 중얼거리는 소리가 들리자 기우가 다시 한마디 했다.

"너 오늘 약했냐? 그럼 오늘 한 방 가자!"

나는 그 말에 그냥 한쪽 입꼬리를 올려 웃는 척을 해줬다. 제대로 대답할 여유가 없었다. 앞 팀 경기가 끝나고 우리는 경기장 안으로 들어갔다. 들어가자마자 감독님이 말씀하셨다.

"제군들, 힘내자고. 솔직히 감독과 훈련했을 때보다 긴장이 더 안 될 거야. 우리 가는 길 앞에 놓인 저 오렌지 팀을 유기농 오렌지 주스로 갈아 마셔보자고, 알았나?"

"네~~엡!!"

우리 팀원 모두 당차게 대답했다. 물론 나는 조용했지만 말이다. 이어서 수석 코치님이 라인업 표를 더그아웃 게시판에 붙였다. 지난번 화랑고전과 같았다.

황금사자기 천북고전 라인업		
타순	이름	수비 위치
1	이기백	중견수
2	하진영	3루수
3	옥대인	1루수
4	장일포	포수
5	강파치	지명타자
6	정중도	우익수
7	이로한	2루수
8	구상우	좌익수
9	유비호	유격수
선발 투수	기태식	

〈딩동댕동!〉

지난 경기 때와 마찬가지로 우리는 수비를 먼저 했고, 선발 투수는 당연히 기태식이었다. 태식이 형의 볼은 신들린 듯 포수 글러브로 빨려 들어갔다. 마치 식칼이 도마에 꽂히듯이. 정말 미친 볼이었다. 감독님 말마따나 오렌지를 갈아버릴 듯 날카로웠다. 그렇게 우리의 수비는 5분 만에 끝이 났다.

하지만 천북고도 만만치 않았다. 선발은 투수 김이수였다. 김이수 역시 태식이 형과 같이 고교 투수 랭킹을 다투는 선수였다. 그래서 경기 전 전력분석을 할 때도 김이수의 볼을 집중 분석했었다.

"슈유우욱 펑."

김이수가 연습 투구를 했다. 무슨 대포를 쏘는 줄 알았다. 공의 묵직함이 어마어마했다. 야구에서 불가능한 것은 없다고 하지만 이 공을 치기란 정말 불가능할 듯했다.

"퍽퍽."

"펑펑."

그냥 식칼과 대포의 전쟁이었다. 둘이서 순식간에 5회를 무실점으로 틀어막으며 다른 선수들의 존재감을 지워버렸다. 태산고 대 천북고의 대결이 아니라 기태식 대 김이수의 싸움이었다. 하지만 이렇게 신들린 기태식, 김이수와 달리 야수들은 울상이었다. 물론 나도 마찬가지였다. 두 투수의 볼이 너무 위력적이었던지라 양쪽 팀 합쳐서 안타는 두 개밖에 없었다. 우리 팀에선 진영이 형의 내야 안타, 그리고 상대팀은 유격수 뒤 바가지 안타가 다였다.

방망이를 들고 치는 건지 이쑤시개를 들고 치는 건지 도무지 타격감을 잡을 수가 없었다. 막 삼진을 먹고 들어온 로한이가 말했다.

"아니, 파치야. 진짜 이건 수비나 주루 집중력 싸움이다. 저 볼들은 못 쳐. 진짜로 저 형이 던지는 직구가 나한테 날아오면서 말야, 방망이를 대면 바로 부러뜨릴 거라고 하데."

나는 그 말을 듣고 피식 웃었다. 표현이 너무 웃겼기 때문이다.

어느덧 7회 초 수비가 끝이 났다. 타석엔 내가 서 있었다. 천하의 김이수도 체력이 떨어졌는지 투 아웃을 잘 잡아놓고 볼넷 두 개를 연발했다. 주자는 1, 2루. 감독님이 나에게 사인을 냈다. 난 그 사인을 마음속으로 찬찬히 읽어냈다. 감독님의 손이 '팔꿈치, 목, 어깨, 벨트'를 차례로 어루만졌다.

특별한 사인은 아니었다. 공이 좋으면 그냥 때리라는 것이었다. 난 호흡을 가다듬고 손가락 마디마디에 힘을 주어 배트를 꽉 잡았다. 그리고 김이수를 잡아먹을 듯이 노려봤다. 나만의 생각이었는지 모르지만 김이수 선수가 이글거리는 내 눈빛을 마주 보지 못하고 피하는 듯했다.

'흠, 내가 무섭게 생기긴 했지.'

김이수가 세트 포지션에 들어가면서 다리를 들었다. 나도 타이밍을 잡았다.

"슈악!"

역시나 직구였다. 노렸던 공이기에 나는 있는 힘껏 방망이를 휘둘렀다. 잘 맞으면 장타가 될 것 같았다. 하지만 방망이 밑에 살짝 빗맞으며 1루 쪽으로 힘없이 굴러가는 파울볼이 되었다. 정말 아까웠다. 어떻게든 내가 타점을 올리고 싶었다. 감독님이 나를 향해 외쳤다.

"어이, 강파치. 힘 빼고, 왼쪽 어깨 닫아!"

감독님이 나에게 기대를 갖고 주문하시는 것 같아 뭔가 느낌이 좋았다. 어제 주루 플레이로 인해 잃어버린 신뢰를 반드시 회복하고 싶었다. 나는 눈을 크게 뜨고 호흡을 가다듬으며 더욱 집중했다.

볼 카운트는 노 볼 원 스트라이크였다. 이번에는 왠지 변화구가 올 것 같았다. 아니, 또 직구가 올 것도 같았다. 타석에 들어서던 순간 나는 다시 다리를 뺐다.

"잠시만 타임할게요."

하지만 심판은 나의 타임 요청을 받아주지 않았고 타석으로 들어가라는 제스처를 취했다. 어쩔 수 없이 타석에 들어섰는데, 뭔가 한 방 칠 수 있을 것 같은 느낌이 들었다. 나는 직구를 노리기로 결정했다. 나의 운명을 결정할 한 방을 직구에 걸었다. 투수가 다리를 들었고 이어 결정구를 던지려는 듯 힘차게 뿌렸다. 역시, 직구 같았다. 됐다. 그런데…….

"휙."

직구인 줄 알았던 공이 갑자기 휘면서 날아왔다. 아, 망했다. 치면 안 되는 공이었지만 나의 방망이는 이미 공을 향해 돌아가고 있었다.

"티익."

공이 방망이 끝에 걸렸다. 맞는 순간 직감했다.

"오케이, 캐치 플라이."

천북고 벤치에서 소리를 질렀다. 공은 내 머리 위로 떠올랐다가 포수 미트 안으로 쏙 빨려 들어갔다. 천북고 벤치는 난리가 났다. 나는 한숨을 내쉬며 벤치로 들어갔다. 그 순간, 감독님이 나를 붙잡고 소리쳤다.

"강파치, 정신 차려. 아직 경기는 안 끝났어, 인마. 다음에 한 번 더 찬스 오니까 마음의 준비 잘하고 있어라. 방망이는 뜨겁게 불붙여놔라, 알았냐?"

"넵."

감독님의 말씀을 듣고 나니 정말이지 중요한 순간이 내게 다시 올 것만 같았다. 하지만 기분이 썩 좋지만은 않았다. 나의 뜬공 아웃으로 공격 찬스를 놓친 우리 팀은 이어지는 8회 초 천북고의 공격 때 기회를 내주고 말았다. 천북고의 날다람쥐 강시태는 기습 번트로 진루한 뒤 도루까지 성공했다. 노 아웃 주자 2루의 위기 상황이 되었다. 하지만 우리 감독님의 천재적인 볼 배합 사인과 태식이 형의 날선 제구력으로 위기를 겨우 모면했다.

더 큰 위기는 9회 초에 닥쳤다. 지금까지 혼신의 힘으로 잘 막아내던 태식이 형이 상대방 타구에 발목을 맞은 것이다. 형은 괜찮다고 했지만 전혀 괜찮아 보이지 않았다. 우려는 현실이 됐다. 발목을 절뚝거리는 모습을 본 천북고 감독님이 다음 타자에게 기습 번트 사인을 냈다. 계획대로 타자는 투수 앞에 번트를 댔다. 평소 같았으면 쉽게 아웃 카운트를 잡았겠지만 발목이 아픈 태식이 형에게 이건 어려운 타구였다. 태식이 형이 힘겹게 뛰어가 공을 잡고 1루로 던졌다. 그런데 급하게 잡아 던진 그 공은 1루수 대인이 형의 키를 넘기고 말았다. 천북고 벤치는 난리가 났다. 발이 빠른 타자와 1루 주자는 각각 2루와 3루에 안착했다. 번트로 2루타를 만든 것이다. 정규 이닝* 마지막 수비에서 그런 상황을 내준 우리 팀 벤치는 매우 침울해졌다.

"타임."

감독님이 심판에게 타임을 요청하고 태식이 형에게로 올라갔다. 감독님은 뭐라고 얘기하더니 형의 엉덩이를 두어 번 두들겨주고 내려오셨다. 노 아웃에 주자는 2루와 3루. 승부가 어떻게 될지 목이 타들어가고 손바닥에 땀이 흥건히 고였다. 포수와 신중히 사인을 교환한 태식이 형이 강한 기합 소리를 내면서 공을 던졌다. 전광판에는 다시 151km가 찍혔다. 관중석에서는 탄성이 터져 나왔다. 9회에 이런 구속이라니, 나까지 소름이 돋았다. 감독님이 태식이 형 엉덩이를 다독여준 것이 아니라 힘 나는 주사 두 대를 놔주고 온 것 같았다.

그렇게 혼신의 역투를 하면서 태식이 형은 삼진으로 원 아웃을 잡아냈다. 이제 두 번째 타자 송상순이었다. 이번 타자는 빠른 볼 킬러로 불리는 선수였다. 감독님과 코치님을 비롯해 우리 팀 모두가 긴장했다. 태식이 형이 와인드업을 했다.

"얍."

기합 소리와 함께 공을 던졌다. 그때였다. 송상순의 방망이와 공이 정확한 타이밍에 만나는 것이 보였다.

---

* 1회 초부터 9회 말까지를 이른다.

"따악!"

타구는 우중간 깊은 곳으로 날아갔다. 타구가 쭉쭉 뻗어나가는 것을 보며 우리 팀 벤치에선 패배를 직감하는 외마디 소리가 동시에 흘러나왔다. 그 몇 초의 순간이 너무도 길게 느껴졌다. 잔인하게도 우리의 고통을 즐기려는 듯 시간이 멈춘 것 같았다. 그런데 바로 그 순간이었다.

"츄아악."

중견수인 기백이 형이 공중으로 몸을 날려 멋진 다이빙 캐치를 해낸 것이다. 우리는 환호성과 함께 박수를 쳤지만 기분은 좋지 않았다. 3루에 있던 주자가 태그 업*을 해 홈으로 들어왔기 때문이다. 스코어는 1:0이 되었다. 아쉽게 점수를 내준 뒤 태식이 형은 마지막 힘을 더 끌어냈다. 151km의 번개 같은 공과 날카로운 슬라이더를 섞어 던지며 마지막 타자를 삼진으로 잡아냈다. 수비를 끝내고 벤치로 돌아오자 감독님과 코치님이 선수들을 모두 불러 모았다. 많이 상심해 있는 우리를 향해 감독님이 말했다.

"제군들, 이 감독 말 잘 들어라. 타순이 3번부터이니 충분히 기회를 잡을 수 있다. 다 같이 집중하자. 독고 코치, 할 말 있으면 해."

독고 코치님이 곧바로 기운을 불어넣듯 말씀하셨다.

"지금 김이수도 지쳤다. 손에 악력도 많이 줄었을 테고.

---

* 타자가 친 공이 뜬공일 때, 주자가 베이스를 밟은 상태로 있다가 수비수가 그 공을 잡는 순간에 다음 베이스를 향해 달려가는 것.

이젠 우리가 충분히 쳐낼 수 있을 거야. 뒤집을 수 있어, 얘들아!"

우리는 운동장이 떠나갈 듯 쩌렁쩌렁한 목소리로 외쳤다.

"할 수 있다!"

"가즈아."

하지만 그런 우리의 각오나 기대와는 달리 상황은 정반대로 흘러가고 있었다. 김이수는 이번 한 회만 잘 막으면 승리한다는 생각에 마지막 힘을 다 짜내어 그야말로 혼신의 힘으로 던졌다. 그래서인지 공이 더 위력적으로 느껴졌다. 마지막 회 첫 타자로 나선 3번 타자 대인이 형은 삼진을 당하고, 믿었던 4번 타자 일포 형마저 3루수 플라이로 순식간에 투아웃이 되었다. 천북고 벤치와 관중석은 난리가 났다. 이제 경기가 끝나기까지 아웃 카운트는 하나만 남았다. 그리고 무슨 운명의 장난인지 그런 절체절명의 상황에서 타석에 들어선 선수는 강파치, 바로 나였다.

그때 관중석에서 누군가 "강파치, 홈런"이라고 외치는 소리가 들렸다. 아니, 우리 팀 대표 타자인 두 선배가 모두 힘도 못 쓰고 물러났는데 나에게 홈런을 바라다니. 긴장되고 자신감도 떨어졌지만 최대한 집중하려고 애썼다. 어떻게든 상대 투수 공을 배트 중심에 맞히고 싶었다. 인터넷 게임에서 아이템을 주울 때처럼 공이 아이템이라고 생각하고 두 눈크게 뜨고 집중하여 바라보았다. 김이수가 공을 던졌다.

"촤악!"

"퍽!"

"악!"

불행인지 다행인지 모르겠지만 김이수가 던진 공은 나의 등에 그대로 꽂혔다. 이번 대회에서만 두 번째 데드볼이었다. 1루로 진루할 수 있어 기분은 좋았지만 너무도 아파서 눈물이 찔끔 나왔다. 우리 팀 벤치와 관중석에서는 환호성이 터져 나왔다.

"나이스."

"피하지 않고 맞고서라도 나가는 근성 좋다."

그래도 남자는 멋이라고, 나는 아픈 내색하지 않고 1루로 뛰어나갔다. 1루 베이스 코치인 여 코치님도 나를 반겨주셨다.

"잘했어, 인마."

아프지만 뭔가 해낸 것 같아서 기분이 좋았다. 하지만 투아웃에 우리 팀이 지고 있는 상황이었던 터라 나는 다시 경기에 집중했다. 다음 타자는 중도 형 대신 대타로 들어온 태왕이 형이었다. 감독님은 나에게 무리한 주루 플레이를 하지 말라는 사인을 보냈다.

'여기서 경기를 뒤집게 되면 1루로 살아 나간 나의 역할이 부각될 수 있다. 제발 추격의 불씨를 살려줘라, 제발!'

우리 팀 관중석과 벤치에서도 뜨거운 열기가 느껴졌다. 경기장 분위기가 후끈 달아올랐다. 그런 와중에 우리 팀이 짜릿하게 역전을 할 거다, 아니다, 이대로 오렌지 팀이 이길 것이다, 설전을 벌이며 각기 다른 팀의 우승을 예상하는 관중들의 말소리까지도 어렴풋이 들렸다. 나는 어떻게든 다음 베이스로 진루하려고 스킵 동작을 길게 했다. 조금은 힘에 부친 듯 김이수는 숨을 씩씩거리며 공을 던졌다. 볼 카운트는 투 볼 투 스트라이크로 태왕이 형이 불리한 상황이었다. 투투 피치*에서 투수가 호흡을 가다듬고 다시 공을 던졌다.

"따악!"

공은 강하게 맞아 나갔고, 나는 환호했다.

"예쓰!"

타구는 1루와 2루 사이로 빠져나갔고, 이제 주자는 1루와 2루가 됐다. 우리 벤치와 관중석은 이미 열광의 도가니였다. 나도 저기 눈앞에 보이는 홈베이스를 빨리 밟고 싶었다. 분위기가 달아오를 대로 달아오른 상황에서 다음 타자는 로한이었다. 조금 전까지만 해도 상대 투수 공이 너무 살벌해 도저히 칠 수 없을 것 같다며 혀를 내두르던 녀석이었는데, 방망이를 무척이나 짧게 잡은 걸 보니 어떻게든 방망이에 공을 갖다 맞히려는 것 같았다. 후반까지 잠잠했던 경기가 크게 요동을 치자 경기장 분위기는 양쪽 관중석에서 내지르는 응원가와 율동으로 거의 클럽처럼 들썩였다. 이제 사람들의 시선이 김이수에게 집중되었다.

그때, 우리 팀 벤치에서 누군가가 나에게 소리쳤다.

---

* two-two pitch. 투 볼 투 스트라이크의 볼 카운트 상황을 나타내는 표현. 볼을 던지게 되면 풀카운트가 되어 투수한테 불리해지므로 투수 입장에서는 반드시 결정구를 던져야 하는 상황.

"파치야, 연습 많이 했잖아. 조심해야 돼, 조심!"

그 말을 듣자 머릿속이 하얘졌다. 갑자기 실수하면 어쩌지, 하는 생각이 들었던 것이다. 정말 누군지는 모르겠지만 한 대 치고 싶었다. 굳이 그 트라우마를 다시 일깨우다니. 갑자기 심장이 두근거렸다. 그때였다. 긴장된 상황에서 던진 투수의 초구를 그대로 로한이가 받아쳤다.

"따악!"

공은 공교롭게도 2루수 쪽으로 날아갔다. 나는 연습 때처럼 확인해야 했다. 타구는 2루수 키를 넘어갔다. 그런데 타구의 방향을 확인하는 순간 아차 싶었다. 아웃 카운트가 투아웃이었기 때문이다. 투 아웃 상태이기 때문에 타구 방향과 상관없이 무조건 뛰었어야 했는데 아무 생각 없이 타구의 방향을 살폈던 것이다. 연습 때 생긴 트라우마 탓이었는지, 내 몸이 그렇게 반응한 것이었다. 그 모습을 본 감독님이 벤치에서 소리를 질렀다.

"독고 코치, 그냥 돌려, 돌려!"

독고 코치님이 원을 그리며 쉴 새 없이 휘돌리는 손이 마치 빠르게 돌아가는 바람개비 같았다. "빨리빨리!" 하고 외치는 코치님의 목소리도 더해져 난 죽을힘을 다해 뛰었다. 그렇게 전력을 다해 뛰어오는 순간에도 오직 한 가지 생각만 들었다. '이 경기, 나 때문에 지면 안 돼. 제발, 제발 살게 해 주세요.'

3루를 돌아 홈으로 달려가는 내 눈에는 홈베이스를 지키는 상대 포수가 강철 비늘 돋은 괴물처럼 보였다. 그런데 그 짧은 찰나에도, 간절한 마음만으로는 좋은 결과를 얻기 힘들 것이라는 생각이 들었다. 나는 고개를 저으며 나쁜 생각을 떨쳐내고자 팔을 힘차게 흔들면서 달렸다. 그러나 홈베이스까지 얼마 남지 않았을 때 직감했다. '아, 죽었구나!'

그렇게 난 상대 포수에게 태그 아웃당했고, 경기는 끝이 났다. 결국 내가 우려했던 상황이 현실이 되었다. 나 때문에 진 것이다. 눈에서 눈물이 쏟아졌다. 관중석에서는 우리를 향해 야유가 쏟아지고 있었다.

"하, 진짜 태산고 부끄럽다, 부끄러워."

"아니, 4강도 못 오르고. 이게 뭐야."

그렇게 우리에게서 황금사자는 멀리 사라지고 말았다. 나의 눈물과 함께. 잊혔던 깨쓰통 저주의 부활과 함께.

그 대회 우승팀이 어디냐고? 천북고. 우리의 기를 쪽쪽 빨아들인 천북고의 기세를 꺾을 팀은 없었다. 고교야구가 무서운 게 이거다. 한번 바람을 타면 아무도 못 막는다. 천북고는 그 기세를 몰아서 기어코 우승 트로피를 차지했다. 강력한 우승 후보라고 입에 오르내렸던 우리는 그 모습을 쓸쓸하게 지켜볼 수밖에 없었다. 기다려라, 천북고. 다음에 반드시 복수해주마.

🏐 사우나 결의

우리는 첫 전국대회인 황금사자기에서 쓴맛을 봤다. 응원 단이 위로 섞인 응원을 해줬지만 그 어떤 것도 위로가 되지 못했다. 야구를 하면서 이렇게 무서웠던 적이 있을까? 사람 들 만나기가 두려웠다. 내가 조금만 스타트를 빨리 했더라 면. 딱 하는 소리와 함께 스타트를 끊었더라면. 개인적으로 는 실수를 통해 좋은 교훈을 얻었다고 할 수 있겠지만 그 작은 실수 때문에 우리 학교는 8강에서 좌절하고 말았다. 세상 사람들이 다 나를 비난하는 것 같았다. 하지만 감독님은 역 시 고수였다. 이런 일쯤은 아무렇지도 않다는 듯이 패배 후 눈물을 떨구고 있는 우리에게 소리쳤다.

"어이, 제군들. 왜 울고 있는가. 감독은 이런 꼴 보고 싶지 않아요. 다들 눈물 닦고 다시 한번 노를 저어보자고. 지금 우 리를 비웃고 무시하는 사람들에게 우리의 진짜 모습을 보여 줘야지. 우리가 타고 있는 이 배가 부서지고 가라앉을 것 같아도 두려워하지 않고 노를 저어나갈 수 있다는 걸 보여주자고! 태산고라는 배는 아무리 거센 물살과 폭풍우가 몰아쳐도 쉽게 가라앉지 않아! 콜럼버스가 온갖 어려움과 장애를 물리치고 신대륙을 발견하였듯이 우리는 청룡기 4연패라는 미지의 대륙을 정복하기 위해 힘차게 나아갈 것이다! 여러분 선배들은 그런 정신력으로 야구 명문고의 전통을 세웠다. 감독을 한번 믿어보겠나?"

우리는 울먹이면서 대답했다.

"옙!"

감독님이 다시 말을 이어갔다.

"그래, 감독을 믿어라! 정말 포기하고 싶은 순간도 있을 것이다. 그래도 버텨라. 강한 자가 살아남는 것이 아니라 살아남는 자가 강해지는 것이다. 이 정도 가지고 눈물 흘리면 되겠나?"

하지만 우리는 알고 있었다. 감독님의 눈시울도 붉어지고 있었음을. 그만큼 이번 패배는 우리에게 큰 데미지를 줬다. 4강도 아니고 8강 탈락. 우리 팀이야말로 모두가 예상하는 우승 후보이지 않았던가. 감독님도 많이 속상한 듯했다.

황금사자기 패배를 뒤로하고 우리는 일주일의 휴가를 받았다. 휴가 첫날, 우연히 감독실 앞에서 내가 홈으로 대시하지 못한 상황에 대해 감독님과 코치님이 이야기 나누는 소리를 들었다. 나 때문에 경기에서 진 것 같은 생각이 들었다. 그럴수록 나는 점점 더 위축되어갔다.

'나는 왜 그때 판단을 잘하지 못했을까? 좀 더 집중할걸. 역시 나는 아직 경기를 뛸 정도의 실력을 갖추지 못한 것인가?'

우울한 생각만 거듭하며 쓸쓸한 휴가를 보내고 있었다. 시간이 어느 정도 지났음에도 그런 자책감은 쉽게 사라지지 않았다. 그러던 어느 날, 혼자 누워 있는데 아버지가 다가와 말씀하셨다.

"파치야, 고생 많았다."

난 무뚝뚝하게 대답했다.

"네."

"이번 경기 끝나고 얘기를 들어보니 너의 주루 플레이 하나가 패인이 되었다고 하던데…… 그런 게 맞니?"

내가 울먹이면서 말했다.

"네. 모두가 그렇게 생각하는 것 같아요. 저 정말 힘들어요. 제 실력으로는 이 학교에서 선발로 뛰기가 어려울 것 같아요."

아버지가 한참 뜸을 들이다가 말했다.

"나도 너의 그 힘든 마음을 이해한다. 하지만 지금 그만두면 지금까지 쌓아놨던 탑이 무너지게 돼. 너 얼마나 힘들었냐? 전지훈련 때…… 아빠도 그런 적이 있었다. 어릴 때 운동회가 있었는데 팀 계주였지. 흠, 그때 생각하면 아직도 아찔해. 아빠는 청군 대표였었어. 청군이 일등으로 달리고 있었고 아빠는 마지막 주자였지. 그래서 되게 긴장했었어. 긴장한 탓이었는지 내 앞 주자가 나에게 바통을 넘겨주는 순간, 난 그 바통을 떨어뜨리고 말았어."

"그래서요? 그래서 어떻게 됐는데요? 설마 졌어요?"

"그치, 엄청난 차이로 이기고 있던 우리 팀은 그날 내가 바통을 떨어뜨리는 바람에 지고 말았어. 내가 결승선에 들어오는 순간 우리 팀 아이들은 나에게 엄청난 야유를 퍼부었지. 그 어린 나이에 나는 아이들 얼굴을 보지도 못 하겠고 그 엄청난 야유를 감당하지도 못 하겠더라. 무슨 방법이 있었겠니? 전학을 갈 수도 없는 노릇이고. 고작 그만한 일로 전학까지 생각한다는 것도 우스운 일이고 말이야. 그냥 묵묵히 견뎌내는 수밖에. 근데 지나고 보니 다른 애들은 그런 사실에 대해 기억도 못 하고 있더라. 그때 그 순간이 지나고 나서는 모두가 그냥 잊어버렸던 거야. 아무 일도 아니었던 거지. 근데 나만 마음속에 자책감을 갖고 있었던 거야. 지금은 동창들과 만나면 그때 그 일 때문에 나는 추억 속의 스타가 된단다. 너도 다르지 않을 거라고 생각한다. 당장은 받아들이기 무척 힘들겠지만 좀 더 지나 언젠가 네가 훌륭한 선수로 활약할 때 지금의 시련은 그만큼 네가 더 인정받을 수 있는 밑거름이 되고 좋은 추억이 될 거야."

잘 이해가 되진 않았지만 그래도 내 편이 있는 것 같아서 기분 좋게 대답했다.

"네."

그러자 아버지가 다시 말했다.

"그리고 너, 멋진 선수가 될 거잖아. 그런 사람이 뭐 이리 자잘한 일에 휘둘리냐? 네가 생각하기에 달린 거야. 실패를 두려워하지 말자!"

그렇게 대화를 이어나가다가 나는 아버지의 말을 끊었다. 이대로라면 이번 휴가 내내 아버지와의 상담으로 끝날 것 같아서였다.

"알았습니다. 오케이. 저는 아무렇지도 않습니다. 예예."

아버지는 한번 얘기를 하기 시작하면 끝이 없다. 그럼 힘들어진다. 같은 말을 여러 번 반복해서 들어야 하니 말이다. 나의 잘못된 주루 플레이로 인해 가라앉은 팀 분위기보다 끝날 줄 모르는 아버지의 얘기를 듣는 것이 더 무섭다는 생각이 들 정도다. 하지만 아버지와의 대화를 통해 어느 정도 기운이 회복된 것도 사실이다.

휴가를 마치고 다시 팀에 합류했다. 코치님이 나를 찾는다는 말을 듣고 무거운 마음으로 가서 코치실 문을 두드렸다. 독고 코치님이 나를 따뜻한 눈으로 바라보셨다.

"네 잘못 아니다. 경기를 하다 보면 그보다 더한 일이 생길 때도 있어. 그때마다 좌절한다면 지금 우리 팀에 살아남을 사람 하나 없다. 나도 너만 했을 땐 그런 일이 부지기수였어. 자책하지 말고 더 열심히 해서 다음 경기에는 복수하자. 알았나?"

"옙. 감사합니다. 그리고 죄송합니다."

코치실을 나오자 주장을 비롯한 동료들이 나를 기다리고 있었다. 주장인 정중도 형과 포수 일포 형을 비롯한 3학년들과 2학년 형들도 이번의 패배는 누구 한 사람 때문이 아니라 우리 모두의 책임이라며 모두의 분발을 촉구했다.

그랬다. 우리의 모든 플레이는 하나의 유기적 흐름으로 연결되어 있다. 앞 플레이는 뒤 플레이의 흐름으로 이어진다. 그러므로 뒤 플레이에 문제가 발생했다는 것은 앞 플레이에도 책임이 있다는 얘기가 된다. 이런 인식은 우리를 한 팀으로 묶어 이어주는 끈 역할을 했다. 우리는 하나이면서 열이고, 스물이자 서른이었다. 그렇게 우리는 팀이 되어갔다. 그런 배려 속에서 나의 주루 플레이 미스 트라우마는 빠르게 치유될 수 있었다.

팀 분위기가 많이 다운되긴 했지만 아직까지는 괜찮았다. 청룡기 4연패 도전이라는 커다란 과업도 남아 있었다. 다시 투혼을 되살릴 수 있겠다는 생각이 들었다. 운동을 시작하기 전에 우리는 다 같이 교가를 부르고 훈련 스케줄표를 받았다. 단체 합숙과 새벽 5시 반 운동 스타트, 새벽 1시 취침.

처음에는 내 눈이 잘못된 줄 알았다. 하지만 이 상황은 실제였다. 주위를 둘러보니 나만 이런 감정을 느낀 게 아니었다. 놀라서 동그랗게 커진 팀원들의 눈을 보자 알 거 같았다. 청룡기 대회까지 앞으로 3주. 스케줄표를 보고 난 뒤 다들 새로운 마음으로 운동을 시작했다.

평소와 같이 콘을 세 개씩 두고 세 줄로 라인을 맞춰 섰다. 포수 일포 형이 홈플레이트 위에서 소리쳤다.

"파이팅, 가자!"

우리는 다 같이 뒤따라 소리쳤다.

"어이!"

그렇게 파이팅을 외치고 체조를 시작하려는 순간, 저 멀리 컨테이너에서 감독님의 확성기 소리가 들려왔다.

"다들 뭐 하는 거야? 파이팅 소리가 왜 그래? 당장 집합해봐."

그 말이 끝나기가 무섭게 우리는 다 같이 컨테이너 앞으로 뛰어갔다. 그때 옆에서 형들이 말하는 소리가 들렸다.

"이제 끝났어. 방금 진짜 악마의 소리가 들렸잖아. 우리는 끝났어."

갑자기 나도 긴장이 되기 시작했다. 감독님은 그동안 써 오던 확성기 대신에 새로운 확성기를 꺼내 드셨다. 소리가 더 크고 또렷했다. 이 확성기는 작년에 3개 대회 연속 우승을 한 뒤 선배들이 감독님 목 보호하시라고 사준 선물이라고 했다. 선배들도 참, 태산고 출신다웠다. 맛있는 거 사주는 것도 아니고 후배들 빡세게 훈련시키라고 확성기를 선물해주고 가다니. 어이가 없기도 하고 웃음이 나기도 했다. 선배들이 선물을 전달하면서, 후배들에게 확성기가 사용되는 순간 바로 죽음의 시간이 시작될 거라고 했단다. 근데 그 확성기가 오늘 드디어 처음으로 작동이 된 것이다.

아마 황금사자기 우승 실패가 이 확성기를 작동시켰으리라. 우리가 다 모이자 감독님이 말씀하셨다.

"다들 정신 못 차리나?"

우리가 바싹 기합이 든 채 소리쳤다.

"아닙니다!"

그러자 다시 감독님이 말씀하셨다.

"허허, 이것들 봐라? 어이, 독고 코치. 얘네들 오늘 운동시키지 말고 운동장 100바퀴."

그러자 독고 코치님이 대답했다.

"네."

그 말이 떨어지자마자 선배들을 비롯한 야구부 전원의 표정이 다 일그러졌다. 마치 감옥에 끌려가는 죄수 같았다. 우리는 단체로 3열을 만들어 100바퀴 뛸 준비를 했다. 3열이 다 만들어지자 바로 여우태 코치님이 말했다.

"얘들아, 진짜 똑바로 뛰자. 어쩔 수 없잖아. 원래 우승하기 위해 가는 길은 험난한 거야. 이 순간만 이겨내면 우승의 달콤한 맛을 느낄 수 있어. 고학년들은 알잖아. 파이팅하자. 준비, 고우."

말이 끝나기 무섭게 호루라기가 불렸고, 우리는 총알같이 뛰어갔다. 왼발에 단체 구령을 맞춰가면서 마치 군인처럼 단결력을 다졌다. 중도 형이 말했다.

"저학년들! 고학년들 힘드니까 너희가 파이팅 더 크게 가라."

우리는 그 말을 듣고 더 맥이 빠졌다. '아니, 다 같이 힘든데 왜 저럴까?' 하고 말이다. 하지만 고학년 선배들의 위세에 우리는 더 크게 파이팅을 외칠 수밖에 없었다. 파이팅 고함은 한 명씩 번갈아가면서 질렀는데, 드디어 내 차례가 왔다. 파이팅을 외치기 전 가장 신경이 곤두서는 부분은 한 바퀴 다 뛰고 파이팅을 이어줄 때였다. 그 순간의 타이밍을 놓치면 안 됐다. 난 심호흡을 하고 눈치를 봤다. 마치 시험 시간이 별로 남지 않았는데 풀어야 할 문제가 많이 남았을 때처럼 긴장하고 집중했다.

"어이!"

드디어 내가 이어받았다. 근데 뭔가 이상했다. 오른발에 구호를 붙여버린 것이다.

'헉, 이런, 큰일 났다.'

다행히 감독님과 코치님은 듣지 못했지만 선배들이 인상을 쓰며 성질을 내기 시작했다.

"야, 뭐하냐, 너? 집중 안 해?"

"아, 나. 좀 이따 보자, 너."

마치 바늘처럼 내 심장을 꾹꾹 찌르는 말들이 쏟아져 나왔다.

'난 왜 이럴까? 어디가 모자란 사람일까? 하늘이여, 조상님이여, 난 진짜 왜 이럽니까?' 그렇게 혼자 자책하며 실수를 만회하기 위해 남들보다 더 크게 소리를 질렀다. 하지만 이미 일어난 일을 돌이킬 수는 없었다.

중도 형이 말했다.

"강파치 때문에 오늘 잠깐 모여야겠다. 파치야, 정신 차려라."

난 더 힘이 빠졌다.

"죄송합니다."

하늘은 우리에게 견딜 수 있을 만큼만 시련과 고통을 준다고 하지만, 그렇더라도 이건 너무했다. 물론 내가 자초한 일이긴 하지만 정말 우울했다. 우울함이라는 통통에 갇혀서 나오지 못하는 건 아닐지……

그렇게 힘든 자아 성찰의 시간을 가지고 뛴 지 두 시간이 지났다. 남은 바퀴는 16바퀴 정도 되는 것 같았다. 우리의 숨소리는 더 거칠어졌고 심지어 뒤처지는 사람까지 생기고 있었다. 코치님이 소리쳤다.

"야, 이 자식들아. 안 붙어?"

난 마음속으로 소리쳤다. '코치님, 너무 힘듭니다. 흑흑.'

그때 갑자기 뒤에서 우리 팀의 개그맨으로 불리는 진영이 형이 말했다.

"얘들아, 형은 진짜 못 뛰겠다. 형이 한번 캐리할게."

'캐리한다'는 뜻은 총대를 맨다는 뜻이었다. 그런데 그 말을 하고 진영이 형이 갑자기 쓰러졌다.

"아, 다리에 쥐 났어. 다리에 쥐 났어."

코치님들이 다급하게 뛰어왔다. 감독님도 놀란 눈치였다. 한데 고학년 형들은 실실 웃기 시작했다.

"역시, 우리 진영이."

"캬캬캬, 저 또라이, 진짜. 사랑한다, 하진영."

우리는 그런 모습을 이해하지 못했다. 왜 아파 죽는 모습을 보고 웃는 걸까? 그때였다. 감독님께서 그만 뛰라는 사인을 보냈다. 그 사인을 보고 우리도 멈췄다. 진짜 뒈질 뻔했다. 멈추자마자 걱정이 돼서 진영이 형 쪽을 봤더니 형은 아직도 쓰러져 있었다. 마음이 아팠다. 그런 생각을 하고 있던 순간, 감독님이 운동장 쪽으로 걸어 나오셨다. 그리고 이렇게 말씀하셨다.

"오늘 운동은 여기서 마친다. 모두 사우나 다녀올 수 있도록."

"네."

우리는 신나서 대답했다. 하지만 나는 내가 제일 좋아하는 선배인, 내 마음속 1번 타자 진영이 형이 걱정됐다.

그렇게 사우나 통보를 받은 뒤 우리는 코치님 두 분과 미팅을 끝냈다. 그리고 난 뒤에 또 주장과 미팅을 했다. 중도 형이 나를 보며 말했다.

"파치야, 앞으로는 집중해라. 오늘은 진영이 덕에 넘어간다."

"넵."

나는 대답을 하면서 진영이 형을 쳐다봤다. 그때 진영이 형이 웃으며 말했다.

"야, 얘들아. 형 연기 어땠냐? 다들 형한테 고마워해라. 이놈들아."

태식이 형이 말했다.

"야, 너 개쩐다. 진짜 어찌 그러냐?"

날쌘돌이 기백이 형도 호응을 했다.

"진짜, 난 너 없으면 못 살아. 흐흐."

그랬구나. 진영이 형은 연기를 한 것이었다. 내막을 알게 된 우리는 깔깔대며 웃었다. 그러면서 한편으로는, 가끔은 무섭기도 하지만 이렇게 재미있고 가족 같은 분위기의 야구부가 또 어디 있을까 하는 생각도 들었다. 점점 익숙해지고 있다고 할까. 그렇게 힘든 훈련을 마치고 나서 우리는 다 같이 사우나로 향했다. 사우나에 막 들어가는 순간 황토 냄새 비스름한 향기가 나면서 몸에 힘이 풀리는 게 느껴졌다. 여태껏 쌓였던 피로가 풀리는 기분이었다.

"너무 좋다, 진짜. 운동은 힘든데, 감독님은 귀신같이 우리 기분을 잘 풀어주신다니까."

감독님은 정말 대단하신 것 같다. 도망가고 싶은 마음이 드는 순간에 이렇게 보상을 해주시다니. 우리의 마음을 쥐락펴락하는 능력이 놀라울 따름이다. 사우나의 새하얀 수증기 때문에 앞이 잘 보이지 않았지만 단단한 근육질의 고릴라 같은 몸집들이 우글대는 것을 보니 우리 야구부원들이 틀림없었다. 마치 사우나를 점령한 외계 괴물들 같았다. 나는 샤워기를 틀었다. 온몸에 따뜻한 물을 맞는 순간 천국에 온 것만 같았다. 시간이 멈췄으면 좋겠다는 생각이 들었다. 그렇게 몸을 씻으며 자유를 만끽하고 있는데 갑자기 사우나 안에 우렁찬 목소리가 울려 퍼졌다. 중도 형이었다.

"야, 다들 모여봐. 탕 안으로 모두 들어와라. 우리 얘기들 좀 하자."

3학년 형들이 고개를 끄덕이며 하나하나 탕 안으로 들어갔다. 그걸 보며 우리도 쭈뼛쭈뼛 따라 들어갔다.

중도 형이 말했다.

"얘들아, 감독님이 우리 모두 허심탄회하게 이야기 나누고 오라 하셨거든. 마침 나도 이런 자리 마련하려고 했었는데 잘됐다. 우리 학년 의견은 어때?"

일포 형이 말했다.

"좋지."

그러자 옆에 있던 대인이 형도 맞장구를 쳤다.

"맞아, 우리 진짜 좋은 대학 가고 프로 가려면 이런 자리 필요해."

3학년 형들이 다들 고개를 끄덕이며 동조했다.

중도 형이 말했다.

"그럼, 말해봐. 우리 학년부터."

그러자 우리 팀 지주인, 에이스 태식이 형이 말을 이어갔다.

"1, 2학년 후배들아. 지금까지 형들이 많이 힘들게 했지? 형들이 다 미안하다. 우리도 저학년 때 겪었고 그래서 그렇게 하는 것이 당연한 줄 알았어. 근데 돌이켜보니 정말 잘못된 관행이었다는 걸 깨달았다. 황금사자기 때도 우리가 조금만 더 단합했으면 좋은 성적 거뒀을 텐데…… 우리가 함께 뭉치지 못해서 그런 결과가 나왔던 것 같아. 지금이라도 형들이 바뀔 테니 너희도 우리 좀 도와줘라. 우리가 좋은 대학 가고 프로 선수로 뛰려면 우승을 해야 해. 그런데 형들 힘만으로는 안 돼. 우리는 팀이잖아. 우리 지금부터라도 으쌰으쌰 단합하고 3주 동안 준비 잘해서 다 같이 여의주 한번 가져와보자!"

그 말이 끝나자 탕 안에는 적막이 흘렀다. 길게는 2년, 짧게는 1년, 동고동락하던 형들의 진심 어린 말은 우리 모두를 감동시키기에 충분했다.

'이 형, 이 말 진심이구나. 진짜 꼭 청룡기 대회는 우승했으면 좋겠다.'

우리는 사우나의 열기처럼 함께 모여 같이 뜨거워지고 있었다. 태식이 형의 말이 끝나자 진영이 형과 기백이 형도 비슷한 취지의 말을 했고, 이 모든 말은 일포 형의 한마디로 정리되었다.

"진짜 잘해보자. 열심히 준비해서 다섯 경기만 미치면 된다. 우리 진짜 힘들었잖아. 개인을 앞세우지 말고 팀을 위해 움직이자. 그러면 된다. 우리 진짜 우승하자."

일포 형의 말이 끝나자 내 가슴속의 피가 끓는 게 느껴졌다. 나뿐만 아니라 모두가 숙연해졌고, 목표 의식 없이 흐리멍덩했던 동기들의 눈빛에서는 레이저가 쏟아져 나오고 있었다. 역시 사람의 마음을 움직이는 데 감동적인 말만큼 좋은 무기가 없다. 정말 우승이 아니면 안 될 것 같았다. 내가 실수했던 황금사자기가 억울해서라도, 이 개고생을 하는 것이 억울해서라도 우리가 우승을 해야만 할 것 같았다.

묵묵히 듣고 있던 중도 형이 마무리를 했다.

"모두들 정말 고맙다. 다 같이 죽을 각오로 우승하자. 너희가 다치면 형도 다칠 거고 너희들이 아프면 나도 아플 거야. 그러니까 우리 정신 차리고 우승이란 샴페인 한번 터뜨려보자. 알았지?"

혼낼 때는 너무 싫었는데 가끔씩 이런 멋지고 감동적인 말을 해서 미워할 수가 없다. 중도 형은 정말 사람을 이끌어갈 줄 아는 사람이라고 생각했다.

우린 다 같이 대답했다.

"네."

형들도 말했다.

"주장, 좀 멋있네."

"역시, 캡틴!"

탕 속의 미팅이 끝나고 고학년과 저학년들 사이가 더 돈독해진 것 같았다. 그뿐만이 아니라 서로의 마음에는 우승이라는 공동 신념이 불타오르게 되었다.

사우나 결의 다음 날 우리는 다시 운동장에 모였다. 저학년들은 운동장 정리를 하고 3학년 형들은 먼저 간단하게 스트레칭을 하고 있었다. 그렇게 다들 자기 일에 몰두하고 있는데 감독님과 코치님이 홈플레이트 근처 컨테이너 박스 앞으로 나오셨다.

독고 코치님이 말씀하셨다.

"얘들아, 벤치로 집합해라."

벤치로 집합하면서 주변을 둘러보니 우리 팀원들의 눈빛이 승리에 대한 의지로 불타오르고 있었다.

감독님이 말씀하셨다.

"다들 어제 사우나 잘 다녀왔지? 감독이 말했듯이 오늘부터 다 같이 죽어보자! 독고 코치, 스케줄 브리핑!"

독고 코치님이 그 말을 듣고 웃으며 스케줄을 읽어 내려갔다.

"새벽 1시까지 운동하고, 새벽 5시에 일어나 5시 반에 특타를 한다. 특타를 한 뒤에는 수업을 받고 나와 다시 운동한다."

코치님의 말과 함께 우리 얼굴은 굳은 결의로 가득 찼다.

'와, 이런 스케줄은 들어본 적이 없는데…… 1학년만 죽어나겠구나.'

그렇다. 1학년은 운동만 하는 것이 아니라 팀 전체의 뒷마무리를 해야 했기 때문에 그 시간보다 더 늦어진다. 잠시 굳어 있던 우리는 감독님의 "시작하자"라는 소리에 정신 차리고 운동을 시작했다.

먼저 수비 훈련이었다. 가볍게 몸을 풀고 캐치볼을 했다. 여전히 나와 일포 형의 어깨는 비교가 안 될 만큼 수준 차이가 났다. 하지만 우승에 목말랐던 나는 실력보다는 악과 깡으로 무장하고 있었다.

캐치볼이 끝나고 펑고 훈련에 들어갔다. 외야 펑고부터 시작했는데 다들 예전과는 움직임이 달랐다. 처음 스타트한 좌익수 상우는 몽키라는 별명에 걸맞게 재빠르게 움직였다. 송구도 평소보다 두세 배는 더 강력해진 것 같았다. 그걸 본 팀원들은 사기가 올랐는지 파이팅 소리를 엄청 크게 질러대기 시작했다.

"나이스!"

"가자, 우승!"

"3주밖에 안 남았다."

나는 홈에서 포수 장비를 입고 그 광경을 지켜보고 있었다. 청춘 영화의 주인공이라도 된 것 같았다. 가슴이 뭉클했다. 모두가 한 가지 목표를 가지고 한마음이 되어 노력하는 모습은 그야말로 오랜만에 접하는 광경이었다. 그 모습에 나도 알 수 없는 기운이 샘솟기 시작했다. 실력은 떨어지지만 어떻게든 팀원들에게 도움이 되려고 미친 듯이 파이팅을 질렀다.

'이래서 내가 야구를 좋아하지. 힘든 시련은 누구한테나 오는 것이니 멋지게 이겨내고 지금보다 더 열심히 해서 청룡기 때는 좋은 모습을 보여주자.'

펑고가 끝나고 내가 제일 좋아하는 배팅 시간이 왔다. 하지만 평소와는 다르게 실전 경기처럼 하는 라이브 배팅이었다. 주루 플레이를 하면서 병행하는 배팅 훈련인데, 뒤에서 감독님이 지켜보고 있어 다들 긴장했다. 이때 중요한 건 실제로 투수가 올라가서 타자와 대결하는 형식의 훈련을 한다는 사실이다. 그렇기 때문에 투수나 타자 모두 진지한 자세로 임하게 된다.

나는 아직 저학년이기 때문에 배팅보다는 먼저 주루 플레이 조에 들어갔다. 황금사자기 대회의 실수를 보완한다는 차원으로 2루에서부터 훈련을 시작했다. 나는 2루 베이스 위치로 가서 몸을 풀었다. 타자는 배팅을 준비하면서 몸을 풀고 투수는 전력투구를 위해 가볍게 스트레칭을 했다.

그때 주루 플레이의 왕이라고 일컬어지는 기백이 형이 내게 조언을 해줬다.

"주루 플레이는 자신감이야. 그러니까 네가 먼저 해봐."

먼저 주루 플레이를 시작하는 것은 처음이었다. 그것도 그거지만, 처음부터 내가 실수해버리면 분위기가 바로 가라앉을 수도 있었기에 걱정이 앞섰다. 갑자기 손에서 땀이 나기 시작했다. 마운드에서는 1학년 에이스 시우가 몸을 다 풀었다는 사인을 보냈다. 시우가 와인드업 동작에 들어갔다. 타석은 우리 팀에서 방망이를 잘 치기로 정평이 나 있는 대인이 형이었다. 안타가 나올 것 같은 기분이었다.

'자, 집중하자. 집중.' 연습이기는 하지만 저번처럼 실수하고 싶진 않았다. 시우가 공을 던졌다. 나는 스킵 동작에 들어갔다. 시우가 던지는 공이 포수 미트로 빨려 들어갈 찰나, 시원한 타격음이 들렸다. 대인이 형이 공을 정확히 때려낸 것이다. 공은 라이너성 타구로 2루수 키를 넘어갈 듯 보였다. 나는 그 짧은 와중에 고민했다. '뛰어야 하나, 말아야 하나.'

고민을 하고 있는데 도무지 판단이 서지 않았다. 나는 그냥 냅다 뛰었다. 세 발자국 정도 뛰어가다 보니 코치님이 보이기 시작했다. 코치님이 팔을 원 모양으로 돌리고 있었다. 홈에 들어가라는 뜻이었다. 다행히 공이 2루수 키를 살짝 넘어가면서 안타가 된 것이었다. 하늘이 도왔다. 그렇게 내 차례가 끝나고, 나는 코치님에게 칭찬을 들었다.

"오우, 파치 많이 늘었네. 다음 경기 때는 실수하면 안 된다. 알지?"

양심에 찔렸지만 난 크게 대답했다.

"넵."

하늘이 나에게 시련과 고통만 주는 건 아님을 깨달았다. 이렇게 운 좋은 날도 오는구나. 실력이 부족해도 포기하지 않고 끈질기게 하다 보면 하늘이 돕는구나. 너무나 기분 좋은 하루였다.

열정적으로 운동을 마치고 저녁을 먹은 후 잠시 휴식을 취한 우리는 야간 훈련에 돌입했다. 평소 밤 10시에 끝나던 운동이 새벽 1시에 끝난다니, 고문을 당하는 기분이었다. 시간이 늘어난 만큼 훈련량도 늘어났기에 언더셔츠는 이미 땀으로 흠뻑 젖었고 손에는 물집이 잡혔다. 단 하루의 운동량으로 말이다. 첫 날 운동을 그렇게 마치고 우리는 다시 모였다.

중도 형이 말했다.

"오늘 모두 수고 많았고, 조금만 더 버티자. 야, 진짜 나도 죽을 것 같다. 1학년들은 더 힘들겠지만 힘내자! 이만 해산."

우리 1학년들은 뒷정리가 남아 있었다. 1학년 동기들의 눈에 검은 그림자가 드리워졌다. 그렇게 전체 미팅이 끝나고 1학년들끼리 다시 따로 모였다. 그때 재간둥이 오기우의 개그 센스가 우리의 피로를 덜어줬다.

"야, 이러다가 정말로 우리 죽으면 어떡해. 아니, 진짜로 나 죽으면 부조하러 와야 돼. 나 죽어서도 돈 액수 다 셀 거니까 양심껏 넣어라, 알았지? 나 진짜 너무 힘들다."

순간, 우리는 빵 터지고 말았다. 힘든 상황을 웃음으로 승화시키는 오기우 특유의 유머 감각이 지친 우리를 달래주었다.

이어서 몽키 구상우가 흥을 돋웠다.

"아, 띠발. 난 몰라. 띠발, 그냥 해. 띠발. 빨리 하고 자자, 띠발."

우리는 배꼽을 잡고 웃기 시작했다. 한참을 웃고 나서 운동장 정리를 한 뒤 빨래를 돌렸다. 그리고 청소까지 끝낸 다음 이부자리에 누웠다. 하루가 마무리된 것이다.

'힘들긴 하지만 이런 게 다 추억이 되는 것인가? 반드시 우승해서 이 아이들과 좋은 추억을 나누고 싶다. 요즘 시대에 이렇게 단합하는 팀이 있을까? 아, 그리고 하늘에 계신 분, 오늘 정말 고마웠습니다. 오늘 안타 만들어주시지 않았으면, 저는…… 나중에 성공해서 꼭 기부 많이 할게요! 감사합니다.'

혼자 이런 생각을 하면서 눈을 붙였는데, 갑자기 누군가 툭툭 치는 느낌에 눈을 뜨고 일어나서 시계를 보니 새벽 5시였다. 눈을 감자마자 떴는데 말이다…… 우리는 나갈 준비를 마치고 또다시 운동장으로 올라갔다. 코치님께서 말씀하신 시간표는 한 치의 오차도 없었다. 그렇게 새로운 하루가 시작되었고, 또 힘들지만 즐겁게 운동을 종료했다.

며칠이 지나자 복근이 생기기 시작했다. 살이 빠져서 그렇게 보이는 건지, 아니면 진짜 근육이 생긴 건지 알 수 없었다. 몸은 힘들었지만 우승이라는 공동 목표가 있었기에 마음만은 즐거웠다.

2주가 흘렀다. 청룡기 대회까지는 일주일밖에 남지 않았다. 훈련도 정말 많이 하고 연습경기도 여러 번 했다. 그 성과를 보여주듯 우리는 연습경기를 하면 지는 법이 없었다. 청룡기 일주일 전까지는 말이다.

연습경기 때마다 늘 이겼지만 엄청난 훈련량 때문에 다들 몸에 무리가 오고 있었다. 그러한 우려가 대회 일주일 전에 터졌다. 우리 학교의 도루왕 기백이 형은 햄스트링을 다치고, 일포 형도 무릎이 좋지 않았다. 또 대인이 형과 주전 2루수 로한이는 손목이 좋지 않았다. 나는 살이 너무 빠져 운동을 하기만 하면 머리가 어지러웠다.

그러는 사이 전승을 하고 있던 연습경기의 좋은 분위기도 깨지고 말았다. 그것도 약팀으로 평가받던 인수고에 대패한 것이다. 그 경기를 지고 나서 우리는 사기가 꺾여버렸다. '열심히 해도 안 되는 건가' 하는 불안감이 엄습해왔다. 뭔가 변화가 필요했다. 연습경기가 끝나고 학교에 돌아오자마자 침울해져 있는 우리에게 독고 코치님이 말했다.

"애들아, 감독님께서 모이란다. 힘든 건 알겠지만 빨리 모이고 쉬자."

팀원들을 보니 너무 안쓰러웠다. 죽을병 걸린 사람들 같았다. 걱정스러운 한편으로, 마치 다들 좀비 무리라도 된 것 같아서 힘든 와중에도 웃음이 나왔다. 우리는 평소 집합 대형처럼 감독님을 가운데 두고 네모난 직사각형 모양으로 모였다. 감독님께서 감았던 눈을 뜨며 말씀하셨다.

"여러분들 힘든 거 알아요. 하지만 우리가 이 고비를 넘기고 우승이라는 성취를 얻으면 말이죠, 여러분은 거기서 대학이라는 열매와 취업이라는 과일을 따 먹을 수 있을 거예요. 진짜 거의 다 왔어요. 여기 서 있는 이 감독, 아니, 이 선장이 책임지겠습니다. 그러니 여러분, 별로 안 남았어요. 파이팅하고! 오늘부터 운동은 조절해서 할 테니 다들 맛있는 것 많이 먹고! 어이, 독고 코치. 오늘 애들 쉬게 해라!"

감독님이 들어가시고, 독고 코치님께서 말씀하셨다.

"얘들아, 고생한다. 별로 안 남았으니 우리 한번 멋지게 가보자."

우리는 힘차게 대답했다.

"넵!"

대답하면서 주위를 둘러보니 팀원들의 눈빛이 불타오르는 게 느껴졌다. 정말 우승을 할 수 있을 것 같았다. 모두가 한마음이 되었으니까.

'그래, 눈 딱 감고 6일만 버텨보자, 파이팅!'

그 뒤로는 연습량이 눈에 띄게 줄었다. 좀비 같았던 얼굴은 점점 원래의 모습을 되찾아가고, 힘들어서 말도 잘 못 하던 형들은 정상으로 돌아왔다. 타자들의 타구는 로켓이 발사되는 것처럼 날아가고, 투수들은 날카롭게 제구되는 속구를 계속 쏘아댔다. 우리 모두 컨디션이 점점 절정을 향해가고 있음을 느낄 수 있었다. 경기가 4일 남았을 때쯤 드디어 대진표가 나왔다.

첫 경기 상대는 안서고였다. 선수들의 체격이 크고 파워가 세기로 유명한 팀이었다. 매우 어려운 경기가 될 것으로 예측되어서 다들 걱정이 컸다. 그 경기만 이기면 성주고와 지악고의 승자와 맞붙게 되는데, 두 팀이 신생팀이기 때문에 어렵지 않게 이길 수 있으리라 여겼다. 그다음이 문제였다. 황금사자기 대회 우승팀인 천북고와 지난 대회 4강 팀인 한양고의 승자와 맞붙을 가능성이 컸다. 우리는 천북고가 올라와서 지난번의 복수를 했으면 좋겠다고 큰소리를 쳤다. 하지만 내심 우리가 이기기 쉬운 한양고가 올라오기를 바라는 마음이 간절했다. 그다음 4강은 경상권의 절대강자 광남고가 될 가능성이 컸다. 고교 최대 거포이면서 1루수인 강이태와 고교 특급 투수로 알려진 소이건이 주축이었다. 다만 소이건이 팔꿈치 부상에서 완전히 부활하지 못했다는 점이 관건이었다. 전문가들의 예상대로라면, 결승은 올시즌 서울 최고의 전력이라고 알려진 인문고와 전라권의 맹주인 동천고의 승자가 올라올 가능성이 컸다. 인문고는 투타가 안정되어 있었고, 동천고에는 150km가 넘는 강속구 투수가 둘이나 있었다. 어떻게 될 것인가.

지역 예선을 거치고 올라온 33개 팀이 학교의 명예와 개인의 미래를 걸고 마지막 경쟁을 펼친다. 이 대회가 끝나면 바로 프로야구 신인 드래프트가 열리기 때문에 그야말로 총성 없는 전쟁이 펼쳐질 것이다. 3학년 형들은 스카우터들에게 실력을 보여줄 마지막 기회였다. 그리고 대학 진학도 걸려 있었다. 진학을 위해서는 8강보다는 4강, 4강보다는 우승의 실적이 우대를 받는다. 그만큼 더 많은 진로 선택의 기회가 주어지는 것이다. 게다가 총 다섯 번의 경기만 이기면 4년 연속 청룡기를 품을 수 있다는 것이 우리를 설레게 했다. 지금까지 3년 연속 우승팀은 2개 팀이 있었지만 4년 연속 우승팀은 없었다. 그 명예에 우리가 도전하는 것이다.

안서고는 복병이면서 도깨비팀이라고 소문난 팀이었다. 전력이 들쑥날쑥해서 분위기를 타면 프로 2군 팀이 와도 이기기 힘들 것이라는 농담이 돌 정도였지만 컨디션이 좋지 않을 때는 이상하게 맥없이 무너지곤 했다. 그렇지만 올해 멤버가 황금 멤버라는 소문이 돌고 있기도 했기 때문에 안심할 수 없었다. 평균 구속 140km인 투수가 두 명이나 있는 데다 야수들의 타격 솜씨도 뛰어나다는 평이 있었다. 팀 홈런이 벌써 일곱 개라는 사실이 놀라웠다. 우리는 네 개밖에 안 되는데 말이다.

'아, 나도 홈런 하나만 쳐봤으면 좋겠다.'

***

드디어 결전의 날이 밝았다. 우리의 기세는 하늘을 찌를 듯 위풍당당했다. 온몸이 타버릴 것 같은 지옥 훈련을 견뎌내고 이 자리에 섰기 때문이다. 상대방은 우리의 기세에 이미 눌린 듯 보였다. 운이 좋은 건지, 마침 안서고가 팀 컨디션 관리에 실패한 것 같았다. 오히려 우리의 적은 상대방이 아닌 우리 자신이었다. 한 번 지면 끝나는 토너먼트이기 때문에 누가 더 과감하고 자신 있게 하느냐에 승부가 갈린다. 지난번 나의 주루 플레이처럼 잔실수라도 나오는 날에는 지는 것이다.

〈딩동댕동!〉

경기가 시작됐다. 우리는 말 공격이었고, 선발 투수는 당연히 기태식이었다. 투수가 태식이 형만 있는 건 아니지만 이 대회에서 좋은 성적을 얻지 못하면 다른 형들도 대학을 가지 못하기 때문에 어쩔 수 없었다. 더구나 태식이 형이 감독님과 면담을 하면서 결승까지 모든 경기를 던지고 싶다고 강하게 의견을 피력한 상태였다. 남들에겐 바보처럼 보일지 몰라도 우리 눈에는 너무 멋있기만 했다.

"퍼억!"

"스트라이크!"

태식이 형의 볼은 언제나 좋았다. 우리는 태식이 형이 공을 던질 때마다 박수를 치며 응원했다.

"스트라이크, 아웃!"

태식이 형의 슬라이더가 스트라이크 존을 날카롭게 통과하면서 1회 초 수비를 깔끔하게 막아냈다. 벤치로 들어오자 감독님께서 우리를 불러 당부했다.

"어이, 야수들. 지금부터 정신 차려. 찬스 못 살리면 우리 태산도 끝이고, 이 엄청난 대업도 물거품이 되는 거야. 기회는 다시 돌아오지 않는다, 알겠나?"

우리는 목을 들며 크게 소리쳤다.

"넵!"

1번 타자 기백이 형이 타석에 들어섰다. 상대방 투수는 안서고의 황금기를 이끈 강금산이라는 선수였다. 폼이 메이저리그 박찬호 투수와 놀란 라이언을 섞어놓은 것 같았는데, 공이 위력적이었다. 또 타이밍 맞추기가 어려웠다. 기백이 형이 초구를 흘려보냈다. 스트라이크였다. 초구를 본 뒤 우리에게 직구가 위력이 있다는 시그널을 보내줬다.

투수가 두 번째 공을 던졌다. 이번에는 볼이었다. 커브였다. 형이 이번에는 치기 좋다는 시그널을 보냈다. 우리는 벤치에서 서로 고개를 끄덕이며 커브 타이밍만 재고 있었다. 역시 눈썰미가 빠른 기백이 형도 직구는 다 거르고 커브를 노리기 시작했다.

"쉬욱!"

"따악!"

"촤악!"

"딱!"

투 스트라이크에 몰린 기백이 형은 1번 타자답게 끈질기게 물고 늘어졌다. 어떤 공도 파울을 시켰다. 그때였다. 기백이 형의 앞발 타이밍과 투수가 던지는 타이밍이 딱 맞아떨어지는 느낌이 들었다. 나의 예감은 적중했다.

"따아아각!"

공은 방망이의 스윙 스폿에 맞아 외야로 뻗어가고 있었다. 우중간 쪽이었다. 공은 수비수를 넘어 펜스 앞까지 도달했다. 달리기가 빠른 기백이 형은 이미 2루를 돌았다. 우리는 벤치에서 만세를 불렀다. 3루타였다. 첫 단추가 잘 꿰인 것 같아서 기분이 좋았다. 2번 타자는 작전 수행의 왕 진영이 형이었다. 그래서 우리는 어떤 작전이 나올지 예상하고 있었다. 역시나 예상은 빗나가지 않았다. 스퀴즈 사인이 나온 것이다. 스퀴즈는 무엇보다 타자의 번트 정확성이 요구되는 작전이다. 하지만 진영이 형에게는 껌 씹는 것만큼이나 쉬운 일이었다.

"틱."

공이 정확히 투수 앞으로 굴러갔다. 기백이 형은 투수가 공을 잡을 때 이미 홈으로 들어왔고 진영이 형은 1루에서 아웃됐다. 1회 초부터 완벽한 플레이로 1점을 낸 것이다. 엄청난 양의 훈련과 스트레스를 이겨낸 우리의 기세는 걷잡을 수 없었다. 그 어떤 상황이 닥친다 해도 우리의 기세는 꺾일 것 같지 않았다. 낙숫물이 바위를 뚫는다고, 우리의 작은 노력들이 더해지니 두려울 게 없었다.

감독님도 기분이 좋으셨는지 기백이 형과 진영이 형에게 하이파이브를 해주셨다. 정말 이번 대회는 뭔가 만들어져가는 분위기였다. 3주간의 합숙은 전혀 헛되지 않았다. 많은 땀방울과 피눈물. 하지만 우리는 모든 어려움을 다 같이 이겨냈다. 페르시아 100만 군대를 물리친 300명의 스파르타 군대처럼 말이다. 안서고전을 시작으로 우리는 커다란 응집력과 안정된 기본기로 결승전까지 갔다.

다른 팀들의 경기도 거의 우리 예상대로 진행되었다. 다행히 우리는 천북고를 피할 수 있었다. 우리는 2차전과 3차전에서 각각 지악고와 한양고를 만났다. 두 팀 다 우리만 만나면 이상하게 경기가 풀리지 않는 징크스가 있는 팀이었기에 큰 어려움 없이 이길 수 있었다.

특히 한양고는 에이스인 도이탁이 어깨 부상으로 출전하지 못하는 악재까지 겹쳐 힘 한번 써보지 못하고 탈락했다. 운이 좋으려고 그랬는지, 4강에서 만날 수도 있겠다 긴장하게 만들었던 광남고는 수원의 신생팀인 화산고에 패하고 말았다.

이번 대회 최대 이변이었다. 덕택에 우리는 태식이 형의 체력을 아끼면서 결승까지 진출할 수 있었다. 화산고는 광남고전에서 다음 경기는 생각할 여유도 없이 모든 투수진을 기용하며 전력을 쏟아부었던 탓에 정작 우리와 붙은 준결승전에서는 이미 체력적으로 무너져 있었다. 중반까지 팽팽하던 경기가 후반에 우리 팀으로 확 기울어진 이유였다. 단기간에 치러지는 토너먼트 대회에서 선수층이 얇은 팀은 이처럼 어려움을 겪을 수밖에 없다.

매 경기 승부는 팽팽했고 긴장의 연속이었지만 지나고 보니 정말 눈 깜짝할 사이였다. 대진 운도 우리가 바라는 것 이상으로 치러지고 있었고 모든 운이 우리에게 몰려드는 것 같았다.

마지막 결승전 상대는 인문고였다. 지금껏 우리는 출렁이는 파도를 잘 타고 넘어왔다. 이제 눈앞에 도도히 밀려오는 커다란 파도 하나만 더 넘어가면 우승이다.

결승전은 야간 경기라 늦잠을 잤다. 오랜만의 늦잠이라 너무 개운했다. 유니폼을 갈아입고 경기 전 간단한 식사로 김밥을 먹고 있을 때 중도 형이 소리쳤다.

"얘들아, 오늘 우리 다 같이 한번 미쳐보자! 끝장내버리자고!"

그러자 옆에 있던 형들도 대답했다.

"당연하지!"

우리의 사기는 하늘을 찌를 듯했다.

'힘든 순간을 같이 이겨낸 사람들은 억만금을 주더라도 잡아라'라는 말뜻이 온몸으로 녹아드는 것 같았다. 우리는 강력 접착제로 이어붙인 듯이 끈끈해졌다. 경기가 시작되기 직전 우리는 감독님 앞에 집합했다. 감독님이 말했다.

"제군들, 여기까지 오느라 수고 많았어요. 하지만 여기서 실수하면 지금까지 노를 저었던 순간들은 헛수고가 돼버려요. 많이 힘들고 어려웠는데 감독 믿고 끝까지 노력해줘서 고마워요. 이제는 정말 마지막이에요. 몸속에 있는 에너지를 다 꺼내요. 다 꺼내서 쏟아부읍시다. 오늘 여러분은 다시 태어날 거예요. 한번 해봅시다. 청룡기 4연패란 대업을 달성해보자고요. 가보자! 태산."

평소 같았으면 오글거렸을 테지만 그 상황에서는 이 말이 너무 멋있게 들렸다. 영화 속 주인공이 된 것 같았다.

우리 라인업이 더그아웃에 게시되었다.

청룡기 인문고전 라인업		
타순	이름	수비 위치
1	이기백	중견수
2	하진영	3루수
3	장일포	포수
4	정중도	우익수
5	옥대인	1루수
6	강파치	지명타자
7	구상우	좌익수
8	유비호	유격수
9	이로한	2루수
선발 투수	가두기	

시간이 흐르고 심판의 플레이볼 외침과 함께 경기가 시작됐다. 우리 선발 투수는 예상과 다르게 두기 형이었다. 그간의 피칭으로 태식의 형의 어깨는 부황 자국이 넘쳐났다. 두기 형도 팔꿈치에 염증이 있는 상태였다. 두기 형이 4회까지 던지고 5회부터 태식이 형이 이어받을 계획이었다. 두 투수모두 투혼을 불사르고 있었다. 두기 형도 마지막인 걸 의식했는지 젖먹던 힘까지 짜내며 공을 뿌려댔다.

"퍽!"

"퍽!"

"퍽!"

"스트라이크 아웃!"

그야말로 괴물이었다. 전광판에는 145km의 직구 스피드

가 찍혔고 세 개의 직구로만 타자를 제압했다. 우리 팀 벤치
와 관중석은 난리가 났다. 그렇게 1회 초를 마치고 기분 좋
게 벤치로 들어왔다. 느낌이 너무 좋았다. 평소와는 다르게
긴장이 되질 않았다. 그냥 그 순간이 너무 즐거웠다. 항상 진
지했던 형들의 얼굴도 웃음꽃이 피고 있었다. 갑자기 소나무
할아버지의 말씀이 떠올랐다. 우리는 우승이라는 목표만 가
지고 야구를 하고 있는 것이 아니었다. 지금 이 순간, 경기
속에 녹아들어 소통하며 즐기고 있었다.

　1회 말 공격이 시작되었다. 1번 타자인 기백이 형이 출루하
고 진영이 형의 번트, 일포 형의 짧은 안타로 원 아웃 1, 3루가
됐다. 다음 타석은 중도 형이었다. 중도 형은 감독님의 지시
대로 직구를 노리고 쳤다. 타구는 그라운드 위를 미끄러지
며 1루 라인 선상을 향했다. 빠지면 3루타성이다. 그런데,
그런데…… 이런 미친 플레이가 있나. 그 멋진 타구는 1루수
의 다이빙 캐치에 잡히고 말았다. 그사이 3루 주자는 홈으
로 들어왔다. 1루수는 재빨리 일어나 1루 베이스를 찍고 나
서 2루로 송구했다. 리버스 포스 더블 플레이*를 노린 것이
었다. 타이밍이 아슬아슬했다. 아웃되면 득점이 모두 무효
가 된다.

　안 돼.

　안 돼.

* 1루수가 공을 잡고 타자 주자를 아웃시키고 난 뒤 다시 2루로 공을 던져 1루 주자를
아웃시키는 것. 이때는 반드시 태그 아웃을 시켜야 한다.

우리가 질러대는 외마디 비명이 더그아웃을 울렸다. 일포 형의 필사적인 헤드퍼스트 슬라이딩. 순간 운동장이 고요해졌다. 잠시 뒤, 2루심이 팔을 크게 벌리며 고함을 질렀다.

"세이—프."

감독님이 길게 한숨을 내쉬는 게 보였다. 우리는 다 같이 가슴을 쓸어내리는 포즈를 취하며 안도의 한숨을 내쉬었다. 기가 막힌 슬라이딩이었다. 교묘하게 태그를 피하고 베이스 옆으로 미끄러지며 오른손으로 베이스 터치를 한 것이었다. 2루수는 팔짝팔짝 뛰며 아웃 아니냐고 온몸으로 항의를 하고 있었다. 인문고 감독님도 용수철처럼 뛰어나가며 2루심에게 항의를 했다. 결국 심판들이 모여서 합의 판정을 했다. 하지만 결과는 바뀌지 않았다.

1:0, 2사 2루. 타석에는 대인이 형이 서 있었다. 잠시 볼데드 상태가 되어 있었기 때문에 응원석은 함성과 응원 열기로 더욱 고조되었다. 더그아웃에 있는 우리의 말소리가 서로에게 들리지 않을 정도였다. 감독님이 벤치에서 소리 지르며 사인을 냈다.

'머리, 벨트, 귀.' 런 앤드 히트* 사인이었다. 대인이 형이 긴장되어 있을 것을 염려한 감독님의 고육지책이었다. 이런 상황에서는 투수가 가장 자신 있는 공을 던지게 되어 있다. 지금 그것은 직구일 수밖에 없었다.

---

* 주자가 먼저 뛰고 타자는 무조건 타격해야 하는 작전.

대인이 형은 숨을 가다듬고 방망이를 짧게 쥔 채 직구를 노렸다. 투수가 투구 동작에 들어갔고, 형도 레그킥 모션을 취했다. 역시 감독님의 예상이 맞아떨어졌다. 직구. 그 순간 우리 모두 조용해졌다.

"슈우욱."

"따악."

공은 좌중간 빈 곳을 향해 시원하게 날아가고 있었다. 스타트를 끊은 일포 형은 3루를 돌아 홈까지 여유 있게 들어왔다. 대인이 형은 독고 코치님의 신호를 보면서 전력 질주했다. 2사 2루. 또다시 득점 찬스. 우리들의 얼굴은 기쁨과 환희로 빛나고 있었다. 모두가 하나가 되어 그 순간을 즐기고 있었다. 상대 팀을 포함한 모든 관중의 아쉬움과 기쁨이 교차하는 그 지점에서 우리는 짜릿한 흥분을 선사하는 감정의 미끄럼틀을 타고 내려오며 환호성을 질러대고 있었다.

그때 난 처음으로 '즐긴다'는 말의 의미를 몸으로 해석할 수 있게 됐다. 평소에 갈등이 있는 동료와도, 전혀 모르는 사람들과도 하나로 뭉치게 되는 것. 자신이 좋아하는 그 무엇과 호흡을 같이하며 동료들과 그리고 우리를 응원해주는 응원단과 하나가 되는 것. 그것이 바로 '즐긴다'는 말의 진정한 의미였다.

2:0. 다음은 내 타석이었다. 하지만 아쉽게도 나는 우익수 플라이로 물러나 더 이상의 점수는 내지 못했다. 그래도 이렇게 막상막하의 경기에서 선취점은 커다란 의미를 갖는다.

경기는 점점 긴장의 강도를 높여가고 있었다. 두기 형의 완벽투가 이어졌고 몸을 사리지 않는 야수들의 허슬 플레이가 펼쳐졌다. 우리는 청룡기 4연패를 향해 힘차게 나아갔다.

하지만 인문고도 만만치 않았다. 그들의 반격은 3회에 시작됐다. 하위 타순인데도 불구하고 타자들의 자세가 1, 2회와는 달랐다. 그들은 투수가 무엇을 던질지 알고 들어온 것만 같았다. 본격적으로 한 가지 구종만 노리기 시작했다. 역시 인문고 감독님의 분석력은 혀를 내두를 만했다. 두기 형의 투구 습관이 노출된 것이다.

7번 타자의 내야 안타에 흔들린 두기 형은 8번, 9번 타자에게 연속 볼넷을 내주고 말았다. 유인구가 먹히지 않았다. 불안한 기운을 느낀 우리 감독님이 타임을 걸고 마운드로 올라갔다. 응원단에서는 기태식의 이름이 울려 퍼졌다. 우리도 태식이 형으로 바뀌는 줄 알았다. 하지만 감독님은 아직 두기 형 공의 위력이 살아 있다고 판단한 것 같았다. 투수의 엉덩이를 두드려주고 내려왔다. 일포 형은 홈플레이트에서 야수들 위치를 잡아주었다.

다음 타석에 선 선수는 까다로운 1번 타자였다. 두기 형의 얼굴은 굳은 투지로 가득 차 있었다. 남아 있는 모든 힘을 다 쥐어짜고 있었다. 평소와 달리 힘차게 내지르는 기합 소리가 우리 벤치에까지 들렸다. 일포 형은 바깥쪽 직구와 슬라이더를 유도했다. 컨트롤이 기가 막혔다. 3구는 몸쪽으로 파고들며 상대의 허를 찔렀다. 꼼짝없는 삼진이었다. 우리는 승리의 환호성을 질렀다. 두기 형과 일포 형도 마음을 놓는 것 같았다. 1사 만루. 이 위기는 충분히 막을 수 있다는 자신감이 있었다.

하지만 다음 타자 때 예상치 못한 일이 벌어졌다. 두기 형이 다리를 들자마자 주자들이 일제히 뛰기 시작했다. 초구 스퀴즈 번트였다. 만루에서 스퀴즈를 댄다는 것은 전혀 예상 밖이었다. 공은 투수 앞으로 구르고 있었다. 이미 3루 주자는 홈에 들어왔다. 하지만 당황한 두기 형이 3루를 돌고 있는 2루 주자를 확인하지 못한 채 여유롭게 1루로 송구한 것이 화근이었다. 2루 주자의 목표는 3루가 아니라 홈이었다. 3루 주루 코치가 계속 팔을 돌렸다. 주자는 홈으로 그대로 돌진했다. 뒤늦게 상황 파악을 한 1루수 대인이 형이 서둘러 홈으로 공을 던졌다. 하지만 공은 포수의 오른쪽으로 치우쳐서 아슬아슬하게 세이프되고 말았다. 그사이 1루 주자는 3루에 안착해 있었고, 투 아웃 3루의 위기가 됐다.

인문고 벤치는 난리가 났다. 선수들끼리 하이파이브를 하고 환희의 환호성을 질러댔다. 순식간에 2:2 동점이 된 것이다. 인문고 동문 응원단에서는 승리의 교가가 울려 퍼졌다. 그때 인문고 감독님의 표정은 영화 〈조커〉의 주인공처럼 시니컬하게 느껴졌다. 마치 '너희도 당하니까 기분이 어때?' 하고 속삭이는 것만 같았다. 스퀴즈는 우리의 승리 공식처럼 되어 있던 작전인데, 인문고에서 역으로 활용한 것이었다.

애써 포커페이스를 유지하고 있는 우리 감독님의 눈은 충혈되어 있었다. 우리의 필승 전략에 역으로 당한 분노를 삭이는 듯 감독님은 발을 구르며 주먹을 꽉 쥐고 있었다. 청룡기 4연패란 대업을 위해 참고 있는 것 같았다.

그때였다. 감독님이 마운드로 올라갔다. 이어서 두기 형의 공을 받아들고 어깨를 두드려주었다. 두기 형은 고개를 숙이며 내려왔다. 태산고의 모든 응원단이 박수를 치며 두기 형을 맞아주었다. 드디어 태식이 형이 등판했다. 연습 투구 중 전광판에는 150km가 찍혔다. 우리 응원단에서는 기쁨의 함성이 울려 퍼졌다. 우리의 기대대로 3번 타자는 유격수 땅볼로 끝났다.

이어서 9회까지 팽팽한 투수전이 펼쳐졌다. 인문고는 우리를 상대하려고 많은 준비를 해온 것 같았다. 우리의 작전 패턴을 간파해서 피치아웃*으로 도루를 잡아내며 우리의 숨통을 조였다. 반면 인문고 타선은 태식이 형의 호투 앞에 처참히 무너졌다. 찬스가 없었던 것은 아니다. 7회 무사 상황에서 3루 쪽 빗맞은 내야 안타가 나오는 행운이 있었다. 이어 보내기 번트로 주자를 2루까지 보냈지만, 잘 맞은 타구에 몸을 날린 유격수 비호 형의 멋진 다이빙 캐치에 이은 병살 플레이로 흐름이 완전히 끊기고 말았다.

우리도 매회 선두 타자가 출루하는 기회를 잡았고, 이어지는 작전 야구로 3루까지 진출시켰다. 하지만 후속타 불발로

---

* 주자를 쉽게 잡기 위해 포수가 옆으로 빠진 뒤 일어나서 잡는 것.

점수를 내는 데 실패하고 말았다. 팽팽한 긴장감이 계속해서 운동장을 가득 채우고 있었다.

스코어는 2:2. 순식간에 9회 말이 끝났다. 많은 작전과 공방이 오갔다. 피치아웃, 히트 앤드 런, 스퀴즈 플레이 등 모든 경우의 수가 나왔다. 제갈공명과 사마천의 지략 대결을 실제로 보는 듯했다.

홈런을 노리라고 한 뒤에 기습 번트를 시키는 인문고 감독님. 투수에게 타자만 상대하라고 크게 외친 뒤 바로 견제를 시키는 우리 감독님. 칼과 총만 없지, 그야말로 전쟁터였다. 성공하지 못하면 죽는 경기를 우리가 하고 있었다.

양쪽 벤치는 비명 같은 응원 소리와 땀 냄새로 가득 찼고, 응원단 쪽에서는 북소리와 앰프 소리, 교가 소리가 크게 울려 퍼졌다.

다른 대회와 다르게 청룡기는 동점 상황에서 정규 이닝이 끝나면 바로 승부치기*를 한다. 그리고 원래 규정에는 공격팀이 원하는 타순부터 골라 공격할 수 있었지만, 청룡기 대회에서는 9회 마지막 타자 다음 타순부터 승부치기에 들어갔다.

10회 초, 인문고 공격. 지명타자인 나는 벤치 의자에 몸을 기댄 채 공이 멈춰 있는 마운드 쪽을 쳐다봤다. 터벅터벅 걸어가는 태식이 형이 너무 고독해 보였다. 동그란 원 안에서 혼자 싸워야 하는 게 투수의 숙명이라지만 너무 힘들어 보였

---

* 연장 10회까지 승부를 가리지 못했을 때 시행하는 승부 방식이다. 양 팀 모두 무사 주자 1, 2루 상황에서 공격을 시작한다.

다. 그런 모습을 보니 꼭 이겨야겠다는 생각이 들었다.

"태식이 형, 힘내요! 할 수 있어요!"

내가 소리쳤다. 그러자 태식이 형이 씨익 웃으며 나에게 윙크했다. 가슴이 뭉클했다.

심판의 플레이볼 소리와 함께 다시 경기가 시작됐다. 인문고는 6번부터 타선이 시작됐기 때문에 4번과 5번이 2루, 1루에 있었다. 다행히 주자들이 발이 느리고 타선도 좋지 않아 태산고에 유리했다.

타자가 번트 모션을 취했다. 아웃 카운트를 하나 내주고 주자를 2, 3루 스코어링 포지션*으로 보내려는 전략이었다. 하지만 뭔가 이상했다. 스코어링 포지션에 보내는 이유는 타선을 믿고 안타나 홈런으로 점수를 뽑으려는 것인데, 6번 타자가 아웃되면 그다음은 타력이 약한 7번 타자였다. 확률을 따지면 번트보다 강공을 선택해야 했다. 태식이 형이 세트 포지션에 들어갔고 타자는 번트 모션을 취했다. 우리 벤치에선 2루 견제 사인이 나왔다.

"퍽."

"촤아악."

견제 타이밍은 좋았지만 미리 대비하고 있던 주자는 슬라이딩을 시도하여 살았다. 다시 태식이 형이 세트 포지션에 들어가 공을 뿌렸다. 그때였다.

---

* 단타나 희생타 등으로도 점수를 얻을 수 있게 주자가 2루나 3루에 있는 상태를 말한다.

"친다! 전원 수비해."

감독님과 코치님이 동시에 소리쳤다. 의심이 확신이 되는 데까지는 1초도 걸리지 않았다. 페이크 앤 슬러시* 작전이었다.

"따악."

공은 정확히 방망이의 중심에 맞았다. 타구는 빠른 타구로 3루 옆을 뚫었다. 인문고 3루 베이스 코치가 팔을 힘차게 돌리고 있었다.

3:2. 노 아웃 주자 2, 3루. 위기에 직면했다. 감독님은 분했는지 타임을 크게 외치고 마운드로 걸어 올라갔다. 그러고선 야수들에게 소리쳤다.

"야수들, 조금만 집중하자. 내야 앞에서 홈 들어가는 주자 잡을 수 있도록. 외야도 앞으로 와라!"

수비 위치를 변경한 뒤 감독님은 태식이 형과 일포 형에게 귓속말로 속삭였다. 무슨 말을 했는지는 알 수 없었지만 벤치로 내려오는 감독님의 눈엔 오로지 승리에 대한 집념만이 가득했다.

인문고 벤치에서는 난리가 났다. 조롱 섞인 응원도 했다. 심지어 인문고 감독님은 웃으며 사인을 냈다. 상대의 수를 다 읽고 있다는 기운이 느껴졌다. 그걸 본 우리는 참을 수가 없었다. 다 같이 감독님을 쳐다봤다.

"어이, 제군들. 인문고 페이스에 말려들면 안 돼. 내가 반

* 번트를 대는 척 페이크를 하고 타격하는 것.

전을 보여줄 테니."

감독님은 의미심장한 말을 한 뒤 배터리를 향해 고개를 끄덕였다. 태식이 형이 초구를 던질 준비를 했다. 다리를 드는 순간 3루 주자가 홈을 향해 뛰었다. 스퀴즈였던 것이다. 우리 전부가 '망했다'는 생각을 하는 순간, 일포 형이 피치아웃을 하고 있었다. 미리 예상했던 것이다. 타자는 공을 맞히지 못했고, 3루 주자는 일포 형의 태그에 아웃되고 말았다. 경기장에는 적막만이 감돌았다. 적막을 깬 건 감독님이었다.

"나이스. 일포, 태식이!"

우리는 미친 듯이 환호하며 인문고 벤치를 향해 고함을 질러댔다. 이렇게 주고받은 게 벌써 몇 번째인가. 우리 응원단에서는 난리가 났다. 학부모님들과 머리가 희끗희끗한 대선배들이 일제히 들고일어났다. 순식간에 야구장 분위기가 바뀌었다. 태식이 형은 기세를 몰아서 불꽃같은 강속구로 2연속 삼진 아웃을 잡으며 10회를 종료시켰다. 스코어는 3:2.

이젠 우리 팀의 공격 차례다. 타석에는 3번 타자 일포 형이 있었다. 2루와 1루에는 1번 타자 이기백, 2번 타자 하진영 형이었다. 벤치에서 번트 사인을 냈다. 일포 형은 작전 수행 능력이 뛰어났기 때문에 아무도 걱정하지 않았다.

"틱."

공이 1루 쪽으로 굴러갔다. 성공이었다. 원 아웃 주자 2, 3루가 됐다. 짧은 안타 하나면 우승이다. 우리 응원단과 벤치는 난리가 났다. 소리 지르는 팀원들, 북을 찢어버릴 듯이 두드려대는 동문 선배들. 분위기만큼은 압승이었다.

우연의 일치인지 모르겠지만 타석에 선 사람은 주장 중도 형이었다. 야구와 공부를 병행하느라 밤늦게까지 고생하고, 코피를 너무 많이 흘려 빈혈을 의심했던 형. 형이 그만큼 죽기 살기로 했기에 난 두 손을 모으고 좋은 결과가 나오길 바랐다.

투수가 와인드업을 했다.

"퍽."

"스트라이크!"

공이 모서리에 박혔다. 상대 팀 투수도 이를 악물고 던졌다.

"퍼억."

"스트라이크!"

우리는 두 손을 머리 위로 올리며 난리를 쳤다. 볼 같았는데 스트라이크 판정을 받았기 때문이다. 정말 눈이 아찔했다. 중도 형이 해주지 못한다면 투 아웃이 되기 때문에 다음 타자도 부담감이 크다. 심리 싸움인 야구에서 타자에게 투 아웃이란 상황은 엄청난 압박감이다.

우리는 소리쳤다.

"중도 형! 부탁해요. 캡티인~~~ 우승 가자!"

소리를 들었는지 중도 형은 방망이를 더 짧게 잡았다. 우리는 빌고 또 빌었다. 투수가 이를 악물고 공을 뿌렸다.

"틱."

파울이었다.

"티익."

"타악."

"팅."

그 뒤로도 계속 파울이었다. 그야말로 엄청난 집중력이었다. 용과 호랑이의 싸움을 보는 것 같았다. 투수가 마음을 가다듬고 다리를 들었다. 중도 형도 레그킥에 들어갔다.

'제발…….' 난 마음속으로 외쳤다.

"쉬우웅."

"따악."

공은 순식간에 우익수 앞으로 날아갔다. 독고 코치님은 3루에서 팔을 프로펠러처럼 돌렸다. 짧은 안타지만 2루 주자도 들어올 수 있는 타구였다. 우리는 우승을 직감하고 벤치 밖으로 뛰어나갈 준비를 했다. 3루 주자는 홈을 밟았다. 관건은 2루 주자였다. 진영이 형이 3루 베이스를 밟고 두 발 정도 뛰었을 때, 외야는 홈 송구를 시작했다. 우리는 날뛰기 시작했다. 몇 명은 흐느끼며 눈물을 보이기 시작했다. 우승을 직감한 것이다.

진영이 형이 과감하게 슬라이딩을 했다. 흙먼지가 날려 잘 보이지 않았다. 하지만 타이밍이 좋았기 때문에 우리는 세이프를 기대하며 함성을 질러댔다. 우승이라 생각했기 때문이다. 그런데 우리 귀를 의심케 하는 소리가 들렸다.

"아아아아아아웃!"

이럴 수가. 흙먼지가 사라지고 보니 포수가 공이 들어 있는 글러브로 홈을 막고 있었다. 희비가 엇갈렸다. 안타를 친

중도 형부터 홈플레이트에 누워 있는 진영이 형까지 우리 모두 그 자리에서 굳어버렸다. 수비에 성공한 인문고는 난리가 났다. 우리 감독님은 아쉬운 마음에 심판에게 아웃 여부를 다시 물어봤다. 결과는 바뀌지 않았다.

정말 치열했다. 한 번의 실수로 승부가 갈린다는 것을 알기에 더 집중했다.

3:3. 투 아웃 주자 1루였다. 분위기는 이제 인문고로 넘어갔다. 인문고 투수는 기세등등하여 더욱 위력적인 공을 뿌려 댔다. 하지만 감독님은 대인이 형의 방망이를 믿었다. 1루 주자인 중도 형만 2루로 보낸다면 승산이 있다고 생각했다. 초구는 스트라이크였다. 노 볼 원 스트라이크. 투수에게 유리한 볼 카운트였기 때문에 변화구가 올 확률이 높았다. 변화구를 던지면 도루 성공률이 높았다. 감독님은 과감히 도루 사인을 냈다. 중도 형은 투수가 세트 포지션에서 투구 동작으로 들어서자마자 뛰기 시작했다. 하지만 예상과는 달리 직구였다. 작전을 간파한 것일까. 포수의 완벽한 송구에 중도 형은 아웃되고 말았다. 우리 벤치에는 아쉬움의 탄성이 울려 퍼졌다.

11회 초. 우리 마운드는 여전히 태식이 형이었다. 의지와 투지로 뭉친 태식이 형의 어깨는 건재했다. 구속은 아직도 140km 중반을 웃돌았다. 많은 투구에도 빠른 구속을 유지한다는 것은 대단한 일이었다.

인문고는 9번 타자부터 시작했다. 2루에는 7번 타자, 1루에는 8번 타자가 진출해 있었다. 타석의 9번 타자는 당연히 번트를 댔다. 원 아웃 주자는 2루와 3루가 되었다. 다시 실점 위기였다. 1번 타자는 선구안이 좋기로 유명한 선수였다. 적극적으로 치지 않고 볼넷 진루를 노리기 때문에 초구부터 승부를 해야 하는 타자였다. 태식이 형이 힘차게 공을 뿌렸다.

"펑."

볼이었다. 다시 호흡을 가다듬고 공을 던졌다.

"퍼억."

또 볼이었다. 투 볼. 타자 입장에서는 하나의 구종을 노려 자신 있게 칠 수 있는 상황이었다. 태식이 형이 전력투구를 했다. 공은 무시무시한 바람 소리와 함께 포수 미트를 향했다.

"쉬이익."

"팅."

타자도 풀 스윙을 했다. 한 방을 노렸지만 빗맞아서 유격수 쪽으로 굴러갔다. 우리는 "됐다" 하며 외쳤다.

그런데, 그런데 이게 어찌 된 일인가. 유격수 유비호 형 글러브로 순순히 굴러가던 공이 갑자기 튀어 올랐다. 순식간에 벌어진 일이었다. 비호 형은 얼굴을 부여잡으며 쓰러졌다. 공은 중견수 쪽으로 굴러갔다. 선수가 쓰러졌지만 플레이는 계속 진행되고 있었다. 2루 주자와 3루 주자는 홈으로 들어왔다. 중견수가 공을 잡아들고 볼 데드가 선언되었다. 그라운드의 선수들이 비호 형 쪽으로 뛰어갔다.

나는 네 개의 생수병을 들고 뛰어갔다. 혹시 피를 씻어내야 할 수도 있었기 때문이다. 도착해보니 비호 형의 귀 쪽에 출혈이 있었다. 다행히 크게 찢어진 것 같지는 않았다. 너무 마음이 아파서 눈물이 났다.

의료지원 선생님이 뛰어와 비호 형에게 말했다.

"출혈은 많지 않은데 병원은 가야 할 것 같아요. 고막이 터졌을 수도 있어요."

옆에 있던 의료진들도 들것을 준비했다. 그때였다. 비호 형이 떨리는 목소리로 말했다.

"저기……요. 일단은…… 붕대로 감아주세요. 전 괜찮아요. 말리지 마세요. 병원은 끝나고 갈게요. 경기가 끝나지도 않았는데, 절대 못 가요. 이게 내 고등학교 마지막 경기가 될 수도 있는데. 저 때문에 2점이나 줬는데…… 전 못 가요."

독기를 품은 비호 형의 고집은 꺾을 수 없었다. 감독님도 그 고집을 꺾을 수 없었다. 의사는 할 수 없이 붕대를 감아주었다. 그 모습을 바라보는 우리의 눈시울은 더욱 붉어졌다. 주위에 있던 감독님과 코치님은 고개를 숙이며 아무 말도 하지 못했다. 말이 필요하지 않았다. 서로의 눈빛만 쳐다봐도 다 알 수 있었다.

응급처치를 끝내고 비호 형이 태식이 형에게 다가갔다.

"태식아, 미안하다. 이번만 잘 막아주라. 다음 공격에서 내가 역전시킬게."

태식이 형이 말했다.

"짜샤, 나 믿어, 인마. 너 고집도 대단하다. 한번 해보자."

둘은 씨익 웃었다. 내 마음속으로 알 수 없는 뜨거운 것이 솟구치고 있었다. 우리는 벤치로 돌아와서 다시 응원을 시작했다. 목소리는 더 커졌고, 눈에는 결연한 의지가 느껴졌다. 우리 응원단 쪽에서는 눈물을 흘리며 훌쩍이는 사람도 있었다. 목소리에 눈물이 묻어 있는 것이 느껴졌다.

"태산, 태산, 파이팅!"

"우리 후배들, 장하다!"

비호 형의 투혼이 응원단 가슴까지 뒤흔들고 있었다. 이미 승부는 중요치 않았다. 인문고 응원단도 마찬가지였다. 야구가 그곳에 있는 사람들 모두를 한마음으로 묶어놓고 있었다.

태식이 형의 투지도 불타올랐다. 프로 선수가 와도 쳐낼 수 없을 것 같았다.

"딱."

소리가 들리자마자 우리는 목청이 터져라 외쳤다.

"유격수! 병살, 병살!"

"아웃."

병살이었다. 이제 하늘은 우리를 도와줄까? 구름이 맑게 낀 하늘을 쳐다봤다.

스코어는 5:3. 지고 있다. 최소 2점을 못 내면 청룡기 4연패는 물 건너간다. 3연패의 역사는 많았지만 4연패는 전무후무한 일이다.

새로운 이닝에 들어가기 전, 우리는 다 같이 모여서 손을 포갰다. 주장인 중도 형이 말했다.

"애들아, 우리 고생 많았잖아? 이제 물러설 곳도 없다. 이번에 뒤집고 헹가래 한번 하자. 내가 태산! 하면, 너희는 가자!"

"태산!"

"가자!"

우리는 승리의 구호를 외치고 공격에 들어갔다. 타석에는 나의 앞 타자인 대인이 형이 섰다. 타격이 워낙 좋은 형이었기에 기대가 컸다. 2루에는 일포 형, 1루에는 중도 형이 진루해 있었다.

'대인이 형, 제발 안타 하나만!' 나는 마음속으로 빌었다. 인문고 투수도 대인이 형을 알기에 더욱 집중하고 있었다. 벤치에서는 강공 사인이 나왔다. 대인이 형만큼 믿음이 가는 타자가 없었다. 보내기 번트로 그 기회를 날려버리기에는 너무 아까웠다. 형은 알았다는 사인으로 헬멧을 만지며 타석에 들어섰다. 프로에서 주목하는 타자는 달랐다. 이 순간에도 위압감이 느껴졌다. 투수가 세트 포지션을 하다가 타임을 외쳤다. 그만큼 긴장되는 순간이었다. 포수와 투수가 이야기를 나누고 제자리로 돌아왔다. 투수가 공을 던졌다.

"최아악."

"퍽."

"악."

뜻밖의 데드볼이었다. 투수가 긴장한 나머지 실투를 한 것이다. 주자는 만루였다. 이제 승부의 추는 우리에게로 기우는 듯했다. 타석에는 강파치. 나에게 모든 것이 달려 있었다. 내 귀에는 아무 소리도 들리지 않았다. 벤치에서는 감독님이, 3루에서는 독고 코치님이, 1루에서는 여우택 코치님이 파이팅을 외치고 있었다.

밤늦게 연습했던 순간순간의 장면들이 스쳐 지나갔다. 지금의 투수는 쓰리쿼터에 변화구를 많이 던진다. 나한테는 분명히 슬라이더를 던질 것이다. 1학년이기에 변화구 위주로 던질 게 뻔하다. 나는 슬라이더를 노리기로 마음먹었다.

초구는 볼, 두 번째는 스트라이크였다. 원 볼 원 스트라이크. 슬라이더를 노리기에 딱 좋았다.

'왔다.' 슬라이더였다. 됐다. 나는 힘을 빼고 배트에 공을 맞히는 데 집중했다. 타구는 중견수 쪽으로 날아갔다. 라이너성 타구였던 터라 응원단에서는 와하는 함성이 터졌다. 안타 확률이 높았지만 인문고 중견수는 프로지명이 유력할 정도로 수비 능력이 뛰어난 선수였다. 그는 전력 질주를 해서 안전하게 포구해냈다. 일포 형이 리터치를 한 뒤 홈으로 돌진했다. 접전 타이밍이 될 것으로 보였지만 운 좋게 중견수의 송구가 투 바운드로 오는 바람에 세이프가 됐다.

스코어는 5:4. 원 아웃 1, 2루.

벤치에 들어온 나를 동료들이 환영해줬다. 내 역할을 한 것이다. 응원단에서는 내 이름이 불리고 있었다. 단타면 동점, 장타면 역전이다. 양쪽 벤치는 서로 바빴다. 인문고 쪽은 수비 위치를 바로잡느라 정신이 없었고, 우리 팀에서는 주자들에게 집중하라고 소리치고 있었다. 투수가 세트 포지션에 들어갔다. 타자는 7번 구상우. 그야말로 각본 없는 드라마였다. 칼 같은 제구력을 보여줬던 투수가 갑자기 흔들렸다. 2구 낮은 직구를 볼로 판정받은 게 화근이었다. 구상우는 볼넷으로 진루했다. 원 아웃 만루. 우리 응원단은 기쁨의 도가니였다. 다 이긴 것이나 다름없었다. 안타 하나면 끝난다.

붕대를 감은 비호 형이 들어섰다. 붕대 때문에 헬멧도 한 치수 큰 걸로 썼다. 뒤에서 물을 마시던 태식이 형이 벤치로 나와 소리 질렀다.

"야, 유비호! 한 방 쳐라. 액땜했잖아!"

진짜 한 방 칠 것 같았다. 신중하게 사인을 교환하던 투수가 마침내 공을 던졌다. 초구를 좋아하는 비호 형은 과감히 휘둘렀다. 헛스윙이었다. 공 하나하나에 희비가 엇갈렸다. 스트라이크 때는 우리 쪽에서 한숨 소리가, 볼일 때는 인문고 쪽에서 한숨 소리가 들렸다. 승부는 쓰리 볼 투 스트라이크, 풀카운트까지 갔다.

양쪽 벤치와 양교 응원단 모두 초긴장 상태였다. 내 마음속에서는 하느님, 부처님, 알라…… 지구상의 모든 신들이 다 불려 나오는 것 같았다. 더 이상 물러설 곳이 없었다.

투수가 세트 포지션에 들어갔다. 슬로비디오처럼 공이 거센 회전을 일으키며 포수 글러브를 향해 날아가는 게 보였다.

"따악."

경쾌한 음이었다. 맞자마자 우리는 팔을 높게 들었다. 순간적으로 인문고 응원단 쪽에서는 탄식 소리가 들려왔다. 하지만 잠시 뒤, 절망의 탄식을 쏟아낸 것은 우리 응원단 쪽이었다. 벤치의 우리는 다들 무릎을 꿇었다. 눈물이 쏟아졌다. 인문고 쪽에서는 난리가 났다.

비호 형의 타구가 2루수 직선 타구로 잡히는 바람에 더블 플레이*가 되고 만 것이었다. 너무 순식간에 일어난 일이라 2루 주자인 대인이 형이 귀루할 틈이 없었다.

지금까지 함께했던 고생이 파노라마처럼 흘러갔다. 사우나 결의부터 엄청난 훈련량을 소화해내며 힘들었던 순간들이 모두 떠올랐다.

시상식이 끝나고도 우리는 벤치를 떠나지 못했다. 인문고 감독님과 코치님이 오셔서 우리를 위로해주고 비호 형의 쾌유를 빌어줬다. 인문고 선수들도 모두 우리 벤치로 와서 위로와 격려를 하며 뜨거웠던 명승부의 추억을 되살렸다.

너무나 아쉬웠다. 비호 형은 대성통곡을 하며 병원으로 갔다. 눈물이 멈추지 않았다. 비록 우승은 못 했지만 우리는 돈 주고도 살 수 없는 추억을 얻었다. 모든 것을 다 쏟아부어 최선을 다한다면 결과는 그리 중요한 게 아님을 알게 되었다. 사람들은 우리가 멋지게 싸운 순간순간을 기억했다. '아마추어 고교 선수들의 아름다운 투혼.' 사람들이 붙여준 이름표였다. 우승이라는 목표를 향해 앞만 보며 힘차게 돌진하다

---

* 수비팀이 연속된 동작으로 두 명의 공격팀 선수를 아웃시키는 플레이.

비정한 운명 앞에 무릎 꿇는 비극적인 드라마에서 사람들은 무엇을 느꼈을까.

다음 날 스포츠신문에는 비호 형의 붕대 투혼이 대서특필 됐다. 우리는 우승팀보다 더 많은 스포트라이트를 받았다. 그런 면에서 우리는, 경기에서는 졌지만 야구에서는 승리한 것이나 다름없었다. 야구를 통해 더 많은 사람들의 마음을 얻었으니까 말이다. 우리는 '청춘'이란 도화지에 하나씩 자신의 색깔을 입히고 있었다. 값을 매길 수 없는 우리들의 의지와 열정으로.

II

끝날 때까지 끝난 게 아니다

첫사랑

"수연아, 이건 아니잖아, 우리의 목표를 이룰 때까지 보고 싶어도 꾹 참고 노력하기로 했잖아. 그래서 잠시 떨어져 지내기로 한 거고. 근데 이게 뭐야?"

"미안해. 얘가 좋아졌어."

나를 아끼고 나밖에 모르는 사람이라고 생각했던 수연이가 아무런 감정도 없이 무표정하게 말했다.

그 순간 나는 가슴 한구석에 구멍이 뻥 뚫리는 듯한 아픔을 느꼈다. 다리에 기운이 빠져 곧 쓰러질 것만 같았다. 나는 겨우 정신을 차리고 수연이 옆에 있던 멸치같이 생긴 녀석에게 차갑게 말했다.

"저기요. 내가 수연이 남자친구인데, 지금 뭐 하는 거죠?"

멸치가 잠시의 망설임도 없이 대꾸했다.

"내가 수연이를 너무 좋아해요. 수연이도 그렇고요."

자신만만한 그 말이 나를 얼어붙게 했다. 어이가 없었다.

막장 연애 스토리는 드라마에서만 나오는 줄 알았는데 그게 아니었다. 갑자기 나도 모르는 사이에, 내가 막장 드라마의 주인공이 되어 있었다.

수연이는 나의 첫사랑이었다. 1학년 때 야구 응원을 온 그 아이의 모습을 보고 한눈에 마음을 빼앗기고 말았다. 하지만 2학년이 될 때까지 말 한번 붙여보지 못하고 그저 먼 발치에서 바라보기만 했었다. 늘씬하게 키도 크고 공부도 잘하는 그런 애가 미쳤다고 나한테 관심이나 가질까 싶었다. 더군다나 나는 야구에 집중해야 했기에 호감을 보일 틈도 없었다. 그렇게 운동에 전념하고 있는 나에게 먼저 연락을 해온 건, 오히려 수연이 쪽이었다.

"저기, 파치 맞아? 체육 선생님이, 야구부 숙제 좀 챙겨주라고 하셔서. 다음 수업 시간까지 꼭 풀어오래."

본격적인 2학년 시즌이 시작되기 전, 야구부장인 체육 선생님께서 야구부의 학업 결손을 보충해주기 위해 야구부 공부 도우미를 모집했다더니 수연이가 나를 담당하게 된 것 같았다. 나에게 이런 행운이 쏟아지다니.

그 애 앞에 선 나는 긴장한 채 어쩔 줄 몰라 하며 한없이 쪼그라들고 있었다. 아무도 모르게 마음속에만 담아두고 있던 아이가 바로 지금 내 앞에 예쁜 미소를 지으며 서 있다니. 처음 느껴보는 알싸한 감정에 취해 정신을 잃을 것만 같았다. 하지만 멋진 사나이로 보이고 싶어 아주 쿨한 척 답했다.

"그래, 고마워! 나중에 내가 매점에서 한번 쏠게."

그렇게 말은 했지만 사실 그 애가 나의 제안을 받아들일 줄은 몰랐다. 그런데 수연이는 생글생글 웃으며 대답했다.

"그럼, 오늘 사줘. 점심시간 12시 45분! 내가 매점 앞으로 갈게."

그 말에 내 심장은 밖으로 뛰쳐나와 요동쳤다. 주체할 수 없는 흥분으로 가슴이 터져버릴 것 같았다. 그 애와 나 사이에 벚꽃인지 살구꽃인지 모를 예쁜 꽃잎들이 하늘하늘 흩날리며 떨어지고 있었다. 사랑하는 사람의 눈에만 보인다는 그 환영인가 보다.

'아오, 왜 이리 심장이 두근대지? 침착, 침착, 침착, 제발 침착하자.' 머리로는 그렇게 생각했는데 몸은 그게 아니었다. 굳은살이 박여 두툼해진 손이 떨리고 있었다. 점심시간만 기다려졌다. 한데 왠지 1분이 한 시간처럼 느리게만 흘러갔다. 싱숭생숭한 채로 시간이 흘렀다. 드디어 점심시간. 기다리던 그 시간이 되었다. 나는 만져지지도 않는 옆머리를 매만지고 몇 번씩이나 옷매무새를 고쳤다. 그리고 거울 앞에 섰다. 모두가 반할 미소를 지으며 어떤 멋진 남학생이 서 있으리라 생각했는데, 역시나 착각이었다. 멋지기는커녕 그냥 까맣게 탄 돼지 새끼 한 마리가 하얀 이빨을 내보이며 웃고 있을 뿐이었다.

'에이, 정말…… 이 정도는 아니었는데 오늘따라 왜 이리도 못생겨 보이지. 거기다 여드름은 왜 또 갑자기…… 아우!'

그렇게 한참 동안 거울 속의 나와 씨름하다가 점심을 먹는
둥 마는 둥 하고 약속 시간에 맞춰 매점으로 갔다. 매점으로
가는 발걸음이 즐거울 줄만 알았는데 오히려 천근만근 무거
웠다. 시계를 보니 12시 43분이었다. 뒤통수에서 식은땀이 나
기 시작했다. 누가 본다면 바보라고 놀려댈 게 뻔했다. 숙제
를 알려준 것에 대한 보답으로 매점에서 단지 간식 한번 사주
기로 한 건데 혼자 김칫국 들이켜고 있다고 말이다. 정말 바
보 같았다. 하지만 설렘과 떨림이 내 온몸을 타고 마치 피아
노 건반 연주처럼 울려대는데 어떻게 막을 방법이 없었다.

"파치야~~~"

혼자 잔뜩 긴장하고 있는데 뒤에서 천사의 목소리가 들려
왔다. 돌아보는 순간 환청이라도 들리는 듯 아름다운 음악
소리와 함께 그 애 모습 뒤로 하얀빛이 아우라처럼 번져 나
왔다. 눈이 부신 그 애의 모습에 심장이 걷잡을 수 없이 요동
치기 시작했다. 길쭉한 다리에 어울리는 하얀색 스니커즈,
물방울이라도 튕겨낼 것만 같은 매끈한 우윳빛 피부. 떨리는
마음을 진정시키며 한참 동안 수연이의 얼굴을 쳐다봤다. 그
런 내 눈빛을 의식했는지 수연이가 말했다.

"뭐야, 내 얼굴에 뭐 묻었어? 그렇게 쳐다보면 부끄럽잖아."

그렇게 말하는 수연이가 너무 귀여웠다. 같이 있으면 너무
행복할 것 같고 야구도 더 즐겁게 열심히 할 수 있을 것 같았
다. 매점에서 우유와 빵을 사 같이 나누어 먹으며 마치 소개팅
이라도 하는 것처럼 서로의 취미와 좋아하는 과목, 사는 동네

등을 꼬치꼬치 캐묻기도 하고 재미있게 이야기를 나누었다.

"너 야구하는 모습이 너무 멋있더라."

그 말을 듣는 순간 나도 모르게 몸을 배배 꼬았다. 번데기가 된 줄 알았다.

"앞으로도 잘 부탁해! 과제에 대해 물어볼 것도 많을 텐데…… 내가 연락해도 되지?"

무슨 배짱이었는지 모르겠지만 내 본심이 불쑥 튀어나왔다. 과제를 핑계로 연락을 이어갈 생각을 하다니, 나는 특급 연애 세포를 가졌나 보다.

"전화해도 돼. 연락은 부담 없이 하고. 알았지?"

수연이의 말에 내 가슴속에 숨겨져 있던 종들이 다시 힘차게 울렸고, 머릿속에서는 환희의 폭죽이 터졌다. '부담 없이'라는 단어가 이렇게 가슴 떨리는 말인 줄 처음 알았다. 15분 정도의 시간이었지만, 1분도 지나지 않은 것처럼 느껴졌다. 그렇게 특별한 점심시간이 지나고 구름 위에 떠 있는 기분으로 수업을 마친 후 운동까지 모두 끝냈다.

운동을 하면서도 내내 실실 웃고 있었던 것 같다. 야구공이 동그란 수연이 얼굴처럼 보였다. 하얀 공이 나에게 '파치야, 보고 싶어.' 하며 날아왔다. 넋이 나간 듯 보이는 나에게 감독님께서 집중하라고 소리를 지르셨지만, 그런 감독님 얼굴마저 솜사탕처럼 부드럽게 느껴졌다. 감독님의 화난 목소리가, '파치야, 얼른 연락해. 빨리 연락 안 할 거야?' 하고 투정을 부리는 수연이 목소리처럼 나긋나긋하게 들렸다.

운동이 끝나자마자 나는 부리나케 수연이에게 문자 메시지를 보냈다. 수연이도 나의 답을 기다리고 있었는지 바로 답이 왔다. 우리는 그렇게 한 시간 동안 문자를 주고받았다. 가까운 친구에게도 쉽게 터놓지 못했던 힘든 얘기부터 시작해서 서로의 이상형에 대해, 그리고 각자 좋아하는 패션과 연애 스타일에 대해, 심지어 예전 키웠던 반려동물에 대해서도 모두 얘기했다.

연일 문자를 주고받으며 우리는 서로에게 호감이 커져갔다. 어색했던 우리 사이는 일주일 만에 서로의 숨소리도 느낄 수 있을 만큼 가까워졌다. 그 애한테서 풍겨 나오는 향긋한 샴푸 내음과 예쁜 눈웃음, 그리고 애교 섞인 귀여운 말투에 내 마음은 달콤한 아이스크림처럼 살살 녹아내렸고 몸은 엿가락처럼 배배 꼬였다. 수연이는 나를 완전히 다른 사람으로 바꿔놓았다. 우리가 만난 지 열흘째 되던 날, 트레이닝복 밖에 입지 않던 내가 옷을 사러 가겠다고 하자 부모님은 무슨 일인가 하면서 의아해하셨다. 수연이한테 잘보이기 위해 오늘은 무엇을 입어야 할까 고민하며 옷 고르는 시간만 한없이 늘어지곤 했다. 밖에서 맛있는 걸 먹거나 뭔가 예쁜 것만 봐도 수연이 생각부터 났다.

나는 그동안 모아둔 용돈을 털어서 예쁜 유리 꽃을 샀다. 수연이에게 내 마음을 고백하려고 준비한 것이다. 새로 산 옷을 신경 써서 차려입고 한 손에는 조심히 꽃을 들었다. 그리고 수연이네 집 앞으로 찾아갔다. 떨리는 손으로 핸드폰

번호를 눌렀다.

"뚜루루루루뚜루루루, 여보세요?"

나는 연습한 대로 차분히 말했다.

"수연아, 잠깐만 내려와봐."

그랬더니 수연이가 웃으며 말했다.

"알았어, 파치야. 근데 너 큰일 날 뻔했어. 방금 나 화장 지우려고 했거든. 화장 지웠으면 못 만났지롱. 역시 타이밍도 잘 맞추네. 금방 내려갈게."

나는 건물 밖에서 엘리베이터 문이 열리기만 기다렸다. 띵 하는 소리와 함께 엘리베이터 문이 열리면서 수연이가 내 쪽으로 뛰어왔다. 그 모습을 보며 나는 심장이 멎어버릴 것만 같았다. 내가 떨지 않고 고백을 잘 할 수 있을까.

"무슨 일이야? 왜 뒷짐은 지고 있어? 허리 아파?"

방에서 거울을 보고 수없이 연습했던 대로 뒤에 숨겨놓았던 꽃을 건네며 말했다.

"수연아, 우리 사귀자. 내가 쳐낸 야구공이 멀리 날아가는 것처럼, 네 기분이 하늘을 날게 해줄게."

나는 순간 아차 싶었다. 연습한 말만 해야 하는데 쓸데없는 긴장감에 야구 얘기까지 해버린 것이다. 정말 내 머리를 한 대 후려치고 싶었다. 심장 박동이 갑자기 빨라졌다.

잠시 말없이 나를 바라보던 수연이가 드디어 입을 열었다. 그때까지의 시간이 얼마나 길던지, 우주 한 바퀴를 돌고 온 기분이었다.

"글쎄, 내가 워낙 눈이 높아서······."

잠깐의 정적이 흐르는 사이 나는 심장이 떨어져 나가는 줄 알았다.

"풋! 장난이고, 좋아!"

생글거리며 말하는 그 대답에 나는 하늘을 날 듯 기뻤다. 너무도 행복했던 우리의 만남은 그렇게 시작되었다. 우리 둘은 성향도 잘 맞았고, 진짜 눈에 콩깍지가 씌었는지 날이 갈수록 내겐 그 애의 좋은 점만 돋보였다. 아무튼 수연이가 내 운명의 짝이라는 확신이 들었다. 그때까지는 그랬다. 수연이의 부모님이 알기 전까지는 말이다.

꿈같은 만남이 시작되고 언제부터인가 수연이의 얼굴에서 빛나던 미소가 조금씩 사라져갔다. 아무것도 아닌 일로 싸우는 일이 잦아지기도 했다. 급기야 수연이가 잠깐 시간을 갖자는 말까지 했다. 하지만 왜 그래야 하는지 이유를 알 수 없었기 때문에 나는 혼란스럽기만 했다. 나는 그럴 수 없다고 고집을 부렸다. 그제야 수연이는 참았던 울음을 터뜨리며 속내를 말했다.

"부모님이 엄청 화가 많이 나셨어. 너와 빨리 헤어지래."

"아니 왜?"

"왜 공부도 열심히 안 하는 운동선수랑 사귀느냐고, 인생 버릴 일 있냐고 막 그러셨어. 내가 아니라고, 성실하고 멋진 미래 계획을 가진 애라고 대들면서까지 설명했는데 그래도 안 된대. 그리고 너랑 통화 한번 하고 싶으시대. 부모님 반대가 너무 심해서 우리 더 큰 상처 입기 전에 헤어지는 게 좋을 것 같아. 나도 더 이상 어쩔 수가 없어. 미안해, 파치야."

바로 그때 내 핸드폰이 울렸다. 모르는 번호라서 무시하려고 했는데 수연이가 자기 엄마라고 말했다. 나는 긴장하면서 전화를 받았다.

"파치 학생, 미안한데 우리 수연이랑 좀 헤어져줘요. 우리 딸 인생 망치기 싫어. 이제 수능 치르고 대학 가야 하는데 요즘 공부가 통 안 되는 것 같아서 왜 그런가 했더니, 학생 때문이더라고. 그리고 운동선수하고 우리 애는 맞지 않아요. 더 이상 우리 애 만나지 말아줘요. 부탁해요."

그 말을 듣자 현기증이 일었다. 왜 사람들은 대개 운동선수는 공부를 안 해서 무식하고 장래가 불투명하다고 생각할까. 그리고 내가 직접 그런 얘기를 듣게 될 줄이야. 머리로 피가 솟구치는 것 같더니 눈앞이 핑그르르 돌면서 쓰러지기 일보 직전이었다. 운동선수하고는 맞지 않는다니. 내가 야구를 하기 때문에 안 된다는 말이지 않은가.

"제가 수연이를 만나면 수연이 인생이 망가지는 건가요?"

그러자 어머님이 언성을 더욱 높이셨다.

"우리 수연이는 좋은 대학 가고 좋은 직장 가서 좋은 사람 만나 잘 살아야 해. 그런데 너처럼 무식한 운동선수하고 사귈 거라고는 생각도 하지 않았어. 네가 정 인정받고 싶다면 공부나 열심히 해서 수연이에게 어울리는 직업을 갖춰 다시 와라, 알겠니? 난 더 이상 할 말 없다. 마지막 경고야, 헤어지지 않으면 너희 부모님을 찾아가겠어. 알겠니?"

"뚜뚜뚜뚜."

전화는 바로 끊겼다. 눈에서 눈물이 핑 돌았다. 어렸을 때 부모님이 하신 말씀이 갑자기 생각났다. "파치야, 너의 꿈은 존중한다만 아직까지 한국 사회에서 운동선수는 직업으로 존중받지 못하고 있어. 나중에 홀대받거나 차별당해도 이겨 낼 수 있겠니? 그 모든 힘든 상황 앞에 굴복하지 않고 너만 의 당당한 삶으로 헤쳐나갈 자신이 있다면 야구하는 거 허락 해주마." 그때 나는 자신 있게 웃으면서 말했다. "에이, 멋지 게 성공하면 되죠. 박용택이나 이승엽 선수처럼요."

그때 나는 지금과 같은 무시를 당할 거라고는 상상도 못 했다. 사실 당시 부모님 표정을 잊을 수가 없다. 입은 웃고 계셨는데 눈은 그렇지 않았다. 걱정이 가득한 눈빛이었다. 바로 이런 상황을 예견하셨던가 보다. 부모님 말씀 안 들어 서 좋을 거 하나 없다는 말을 이런 식으로 실감하게 될 줄이 야…… 운동을 선택한 것에 대해 후회는 눈곱만큼도 없었다. 하지만 무엇보다 내게 꿈과도 같은 야구선수가 이런 대접을 받았다는 것이 너무도 속상했다. 여러 가지 기분이 뒤엉킨 채 나는 아무 말 없이 수연이를 바라보았다. 몇 분이나 지났 을까, 수연이가 나직하지만 결연한 목소리로 말했다.

"파치야, 난 여전히 네가 좋아. 하지만 어쩔 수 없어."

"내가 너희 어머님 만나 뵙고 허락받으면 안 될까?"

"조금 전 통화해서 알잖아, 우리 엄마 이기기 힘들어. 정말로 너희 부모님을 찾아가실 거야. 담임선생님도 찾아갈 거고. 그러면 너는 정말 마음의 상처를 크게 받을 거야. 어떡하니. 내가 정말 미안해. 하지만 내게는 네가 최고야."

그렇게 말해주는 수연이가 고마웠다. 하지만 내가 생각해도 현재 상황은 어쩔 수 없는 것 같았다. 영화에서처럼 타임머신을 타고 한순간에 미래로 날아가 최고의 선수가 된 뒤 수연이 어머니에게 만남을 허락받을 수도 없는 노릇이고. 훌륭한 야구선수가 되어 수연이 어머니 앞에서 당당하고 멋지게 허락을 구하는 장면은 현실에서는 좀처럼 일어나기 힘든 일이었다. 그렇다고 내 꿈과 인생을 포기할 수도 없었다. 이러저러한 생각을 하면서 한참 동안 서 있다가 조심히 입을 떼었다.

"수연아, 너 나 계속 좋아할 거지?"

"그야 물론이지."

"너희 어머니가 네 진로 문제 때문에 걱정하시는 거 당연해. 그래서 하는 말인데, 지금은 우리 잠깐 떨어져 지내며 시간을 갖자. 서로 힘내서 각자의 목표를 이루고 졸업한 뒤에 다시 만나는 거야. 어때?"

너무 마음이 아파 금방이라도 눈물방울이 떨어질 것 같았지만 수연이를 향해 살짝 웃어 보였다. 지금으로선 달리 할 수 있는 게 없었다. 눈에서 멀어지면 마음에서도 멀어진다는데, 두렵기도 했지만 우리 나이 고작 열여덟 살, 고등학교 2학년 학생이었다. 우리 앞날엔 수많은 가능성이 무궁무진하게 펼쳐져 있다. 그렇다고 해도 야구선수라는 이유만으로 부정적인 시선을 감내해야 하고, 나에게 가장 중요한 것들을 잠시나마 포기해야 한다는 사실에 나는 처참하게 무너져 내렸다.

수연이는 눈이 붓도록 펑펑 울었다.

"그래, 알았어. 하지만 우리 꼭 다시 만나는 거다, 알았지?"

"응, 내가 반드시 성공할게. 세상 사람들이 모두 인정하도록. 그러면 너희 어머니도 받아주실 거야. 그때까지 기다려야 해, 알았지?"

두 눈은 붉게 충혈된 채 희미하게 미소 지으며 수연이가 고개를 끄덕였다.

내 인생에서 가장 힘든 시간을 보내고 집으로 돌아온 나는 이불을 뒤집어쓰고 마음껏 눈물을 쏟아냈다. 하늘이 무너지는 듯했다. 운동선수라서 무시당한 데에 자존심이 상했고, 야구를 선택했던 내가 갑자기 한심하게 느껴졌다. 하지만 수연이를 위해서 또 나를 위해서 그리고 우리 부모님의 자존심을 위해서라도 나는 칼을 갈아야 했다. 그것이 내 의무인 것 같았다. 그러려면 야구선수로서 성공하는 방법밖에 없었다.

친구들은 우리의 이별 소식을 귀신처럼 알아챘다. 슬금슬금 내 눈치를 보는 게 느껴졌다. 하지만 누구 하나도 대놓고 이유를 물어보지는 않았다. 고마웠다. 내가 그만큼 상심이 컸기 때문이다. 수연이와의 이별 뒤에 나는 더욱 마음을 다잡고 운동에 전념했다. 적어도 땀을 흘리는 동안은 어떤 잡념도 들지 않았다. 누군가를 좋아한다는 것이 그렇게나 힘든 일인 줄 처음 깨달았다. 내 몸속에서 부처님 사리가 만들어지고 있는 것처럼 느껴질 정도로 힘겹게 고통을 이겨내고 있었다. 그런데, 그런데…… 이런 일이 벌어진 것이다.

수연이와 다시 잘 지낼 수 있는 날이 오기를 바라며 열심히 달려왔는데, 지금 이게 무슨 상황이란 말인가. 멸치의 당당한 말에 부화가 솟구쳤다.

"나, 부모님이 좋아할 만한 친구를 만났어. 공부 잘하는 사람. 파치야, 정말 미안하긴 한데 날 좋아한다면 이제 그만 날 잊어줘."

도대체 뭐가 그리 당당한 건지, 아무렇지도 않은 표정으로 멸치 옆에서 그렇게 말하는 수연이의 얼굴을 보니 더욱 억장이 무너졌다. 자연스레 주먹이 불끈 쥐어졌다.

수연이 옆에 있는 멸치 녀석을 한 대 패주고 싶었지만 꾹 참았다. 나는 팬들의 사랑을 받는 멋진 프로야구 선수가 될 몸이 아닌가. 이런 일로 자제를 못 하면 안 된다. 아버지가 항상 해주시던 말씀이 떠올랐다. "옳은 일이 아니라면 맞서지 마라. 똥은 더러워서 피하지, 무서워서 피하는 것이 아니니까."

"유유상종이라고, 참 어울리는 한 커플이네. 수연아, 너와 헤어진 게 얼마나 다행인지 모르겠다. 고맙다!"

그렇게 담담한 척 말하고 나서 무슨 정신으로 집에 왔는지 모르겠다. 다행히도 집에는 아무도 없었다. 나는 누군가 앞에 있는 것처럼 마구 소리를 질러댔다. 미친 듯이 말이다.

하루가 지나고 이틀이 지났다. 수연이를 잊으려고 노력했다. 갑자기 화가 날 때면 지칠 때까지 뛰어보기도 하고, 일부러 밤새 운동을 하기도 했다. 정말 괘씸했다. 어떻게 나한테 그럴 수가 있을까. 얼마간 그렇게 시간이 흘렀다. 하지만 여전히 나는 수연이라는 존재의 블랙홀 속에서 허우적대고 있었다. 내가 얼마나 좋아했는데. 나에게 한없이 다정하던 수연이의 마음을 얼어붙게 한 그 애 어머니가 너무 싫었고 어머니 말을 그대로 따른 수연이도 원망스러웠다. 그러는 사이 며칠이 지났는지 모르게 시간이 흘러갔다.

'안되겠다.' 도저히 참을 수가 없었다. 뭐라도 해야 할 것 같았다. 어떠한 심한 말을 듣더라도 수연이에게 다시 가서 이야기를 나눠봐야 할 것 같았다. 다음 날 마음을 굳게 먹고 쉬는 시간을 이용해 수연이네 반으로 찾아갔다. 교실 문을 조심스레 열고 안쪽을 둘러봤다. 그런데 수연이는 보이지 않고, 내 앞에 나선 건 수연이의 절친이자 그 반의 회장을 맡고 있는 민서였다.

"무슨 일이지? 너희 반으로 빨리 돌아가. 담임선생님이 알면 혼나."

"응, 그래, 뭐 좀 물어볼 게 있어서. 다른 애들한테는 비밀로 해주고. 저기⋯⋯."

나는 조금 망설이다 다시 작은 목소리로 물었다.

"혹시 수연이 어디 있어?"

겨우 속마음을 털어놓았지만 얼굴이 화끈거리며 빨개지는 게 온몸으로 느껴졌다.

민서는 나를 바라보며 잠시 고민하는 것 같더니 어쩔 수 없다는 듯 대답했다.

"수연이, 너랑 그런 일 있고 나서 전학 갔어. 나한테 한마디 말도 없이. 그렇게 쉽게 전학을 갈 줄은 몰랐는데 말이야. 도대체 이게 어찌 된 일인지…… 너, 내 친구에게 무슨 짓을 한 거야? 하…… 아니다. 네 잘못은 아니니까."

처음에 따지듯 말하던 민서의 목소리가 조금 누그러졌다.

"뭐? 전학을 갔다고? 어디로?"

무언가로 머리를 세게 얻어맞은 것 같았다. 민서와 나 사이에 어색한 공기가 흐르고 있었고, 무슨 말이든 더 이어가야 했다. 그런데 어느 순간 민서의 눈동자가 흔들리는 게 보였다. 아, 뭔가 있다. 내가 모르는 비밀이!

"아니, 근데, 잠깐만. 내 잘못이 아니라는 건 무슨 말이지? 수연이와 내가 헤어진 이유는 아무도 모르는데. 도대체 뭐야?"

내가 눈을 동그랗게 뜨며 말하자 민서는 내 눈을 피하듯 고개를 숙였다. 그 모습을 보자 수만 가지 생각이 들었다.

'뭐야, 나와 사귀다 헤어진 게 부끄러워서 전학을 간 걸까? 내가 그렇게도 싫었나? 부모님이 원하는 남자친구도 만났으면서 바로 전학을 갔다고? 이건 무슨 일이지?'

"야, 숨기지 말고 아는 대로 다 말해줘. 아니면 나 진짜 화날 거 같아."

민서의 어깨를 잡으면서 다그쳐 물었다. 깜짝 놀란 듯한 민서는 천천히 고개를 들었다. 투명한 두 눈에 눈물방울이 막 맺히고 있었다.

"수연이, 다른 남자친구 사귄 거 아니야. 널 위해 연기한 거야. 부모님이 워낙 반대가 심하셨어. 그런 상황에서 너랑 계속 만나면 네가 더 힘들어질까 봐 일부러 그런 거야. 너한테 다른 남자애랑 손잡고 걸어가는 모습 보여주고 난 뒤 하루 종일 울었어. 자기가 제일 좋아하는 사람 마음에 상처 줬다면서. 나중에 뼈저리게 후회할 거 같다고. 하지만 너를 위해서 그렇게 할 수밖에 없었대. 자기 때문에 네가 힘들어하는 거 보기 싫다고. 자기가 희생하겠다고. 그래서 전학 간 거야. 이 중요한 시기에……."

그 얘기를 듣는데 나도 모르게 눈물이 뚝뚝 흘러내렸다. 그런 줄도 모르고. 그럼 그렇지, 수연이가 나를 배신할 애가 아니지. 민서도 울고 나도 울고…… 누가 보면 우리 둘 사이에 무슨 일이 있나 오해라도 할 법했다. 민서가 훌쩍이며 말했다.

"수연이 어머니도 너무하셨어. 그냥 만나게 두었으면 좋았을 텐데. 운동선수가 어때서? 힘내, 파치야."

그리고 잠시 생각하다가 결심한 듯 말을 이었다.

"아, 그리고 수연이가 바뀐 전화번호 주고 갔어. 나중에 네가 모든 사실을 알게 되면 전해주라고 했어. 근데 이렇게 알아버렸으니 지금 줄게. 그렇지만 수연이가 너 야구 성공할 때까지는 연락 안 할 거래. 이건 진심인 거 같으니까, 오늘만이라도 그냥 너 하고 싶은 말 써서 보내."

민서가 말을 마치자마자 수업 시간을 알리는 종이 울렸다. 나는 뺨 위로 흘러내린 눈물을 닦고 우리 교실로 돌아왔다. 어떻게 돌아왔는지, 나를 바라보는 친구들의 표정이 어땠는지, 아무것도 생각나지 않았다. 내가 제일 좋아하는 과학 수업이었는데도 선생님이 무슨 말씀을 하셨는지, 어떻게 시간이 흘러갔는지 몰랐다.

눈길이 닿는 곳마다 수연이가 웃으며 나를 향해 걸어오고 있었다. 수연이 얼굴이 내 마음속을 가득 채웠고 그 애 웃음소리가 귓가를 맴돌았다. 수업이고 운동이고 어떻게 했는지 모르게 하루가 지나가고 있었다. 운동을 마치고 울적할 때 마음을 달래려 가끔 찾아가는 학교 근처 공원의 자그마한 벤치에 앉았다. 떨리는 손으로 핸드폰을 꺼내 들었다. 잠시 생각을 정리하고 바로 문자를 쓰기 시작했다.

안녕, 수연아?

얘기 다 들었어. 전학 간 학교에서는 잘 적응하고 있지?

잘 챙겨주지 못해서 미안해.

너 힘들지 않게 내가 먼저 배려했어야 했는데.

지금은 아무 말도 하지 않을래.

앞으로 1년 무조건 열심히 해서 뭔가 보여줄게.

너희 부모님께도 인정받는 그런 사람이 될 테니 그때 다시 만나자.

그동안 잘 지내고. 기다려줘야 해, 꼭!

어린 시절 읽었던 민들레 이야기가 생각났다. 민들레는 사람이 죽은 뒤 환생하여 피어나는 꽃이라고 했다. 그런데 모든 사람이 민들레로 환생하는 것은 아니었다. 사랑하는 사람과 맺어지지 못한 사람들이 민들레로 다시 태어난다고 했다. 하얀 솜털 같은 민들레 홀씨가 바람을 타고 날아가는 것은 사랑하는 사람을 찾아가는 것이란다. 나도 나중에 민들레로 환생하는 것일까. 내가 수연이였다면 그렇게 자신을 희생할 수 있었을까. 너무 이기적이기만 했던 내가 부끄러웠다. 나는 한참을 고민하며 문자를 썼지만 전송 버튼은 누르지 않았다. 조용히 고개 들어 밤하늘을 쳐다보니 무수한 별들이 떠 있었다. 나는 잠시 다른 별에 가 있었던 것이다. 수연이라는 별에. 그 별에서 나는 사랑이라는 소중한 감정을 알게 되었고 지금은 어쩔 수 없이 떠나야 할 순간임을 알았다. 그 별을 지켜주기 위해. 수연이는 얼마나 괴로웠을까. 별똥별 하나가 하늘을 가로지르며 떨어지고 있었다.

내 곁을 떠나간 친구들

"맴맴맴 매~~~앰!"

매미의 울음소리가 사이렌 소리처럼 길게 울려 퍼졌다. 우리 유니폼은 땀과 흙으로 뒤범벅이 되어 더러운 교실 바닥을 방금 닦아낸 대걸레처럼 시커멓게 변해갔다.

"야 이 굼벵이들아, 빨리 움직여!"

평소 부처님처럼 자비로웠던 독고 코치님이 소리를 질렀다. 펑고 방망이를 든 여 코치님도 옆구리에 손을 올린 것을 보니 다들 화가 많이 나신 모양이었다. 우리는 연습경기에서 대패했다. 대패한 정도가 아니라 요리사의 칼에 대파가 썰려 나가듯 상대 팀에게 무참히 썰렸다. 그렇게 된 제일 큰 원인 제공자는 나와 나의 베스트 프렌드 준수였다. 동갑이지만 나보다 한 학년 위인 한준수는 팀에서 2루를 맡고 있었다. 1학년에 상우, 로한, 태연, 내가 있다면 준수는 유일하게 2학년에서 경기조인 친구였다. 처음에는 선배로 만났지만 나이가 같다며 친구로 지내자고 말해준 유일한 인간이었다.

1루수였던 대인이 형이 발목을 크게 접질리는 바람에 내가 1루수로 선발 출전을 했다. 오랜만에 맡은 수비 포지션이라 무척 긴장되어 심장이 두근두근 뛰었다. 어깨 위에 큰 곰한 마리가 올라타고 있기라도 한 것처럼 몸이 무겁기만 하고 쉽사리 움직여지지 않았다. 그리고 바로 이런 몸 상태가 문제가 되어 터진 것이다. 지금 준수와 함께 옷이 걸레짝이 되도록 훈련을 받고 있는 이유기도 하다.

사건은 이랬다.

우리 수비 이닝 때 투수가 흔들리는 바람에 원 아웃 주자만루가 되었다. 더블 플레이가 가장 필요한 순간이었다.

"따악."

상대 팀 선수가 친 공이 총알같이 2루수 쪽으로 향했다. 준수가 안전하게 잘 잡아 유격수 쪽으로 토스를 하는 순간 공이 손에서 빠져버렸다. 그 짧은 순간 준수의 얼굴은 발로 밟혀 찌그러진 빈 깡통처럼 보였다. 2루에서는 세이프가 됐지만 재빨리 공을 잡아 1루로 던지면 1루에서는 아웃시킬 수도 있는 타이밍이었다. 준수가 떨어뜨린 공을 다시 잡아 내 쪽으로 던지는 순간 준수의 손 모양이 닭발 모양처럼 이상하게 바뀌었다. 급하게 서두르는 바람에 공을 잘못 잡은 것이었다. 공은 그대로 내 키를 넘어갔다. 모든 주자가 성난 황소처럼 홈을 향해 돌진했다. 이미 2루에 진출해 있던 주자는 3루에 도착했고, 1루 펜스 쪽으로 뛰어가 공을 잡은 내 눈엔 2루로 성큼성큼 뛰어가는 주자만 보였다. 나는 공을 재빠르게 2루로 던졌다. 공을 잡아 던지는 동작만 재빨랐을 뿐이지 나의 송구는 크게 빗나가 좌중간 쪽으로 쭉쭉 뻗어가고 있었다. 타석에서 홈런을 쳐야 하는데 수비에서 홈런을 날려버린 것이다. 이 실책이 빌미가 되어 우리 팀은 13:1이라는, 있을 수 없는 점수 차로 패했다. 경기가 끝나자마자 감독님의 불호령이 떨어졌다.

"어이, 제군들. 정신이 너무 빠졌어요. 어이, 독고 코치. 아까 환상의 쇼를 보여준 한준수와 강파치에게 진짜 멋진 파라다이스를 보여줘요. 그리고 나머지는 내가 멈추라고 할 때까지 뛰어!"

이렇게 해서 지금 모두가 걸레가 되고 있는 중이다. 끝없이 반복되는 펑고를 받아내며 정말이지 글러브를 집어 던지고 야구 그만하겠다 소리라도 지르고 싶은 심정이었다. 하지만 나는 그럴 만한 배짱이 없었다. 얼굴에서는 굵은 땀방울이 쉴 새 없이 떨어지는데 눈물인지 콧물인지 침인지 구분이 되지 않았다. 그렇게 기합 같은 운동을 시작한 지 세 시간이 지나서야 우리의 파라다이스 체험은 끝이 났다. 정신없이 펑고를 받을 땐 하늘이 빙글빙글 돌았다. 하지만 기분이 썩 나쁘지만은 않았다. 결국 이렇게 받은 훈련이 부족한 내 실력을 키우는 데 도움이 될 일 아니던가. 천국과 지옥 그 사이를 오가며 무언지 모를 짜릿함을 경험했던 훈련과 모든 미팅이 끝나고 준수가 말을 꺼냈다.

"제기랄. 죽을 뻔했어. 진짜 이렇게까지 하는데 야구로 성공 못 하면 나는 죽는다."

그 말에 내가 크게 웃으며 말했다.

"야, 솔직히 이렇게까지 열심히 하는데 성공 안 시켜주면 신은 없는 거야. 하느님이 존재하고 하늘의 뜻도 있으니 우리 둘 다 프로팀에 가서 FA*로 50억은 받지 않을까?"

그때였다. 누군가 뒤에서 우리의 뒤통수를 쳐댔다. 갑작스러운 가격에 화가 난 우리는 동시에 욕설을 내뱉으며 고개 돌려 뒤를 쳐다봤다. 순간 우리는 돌처럼 굳어버렸다. 감독님이었다.

"어이, 제군들. 누가 그쪽한테 50억을 줘요? 프로가 자선단체야? 너희가 커피 타드리면서 데려가주세요, 해도 모자랄 판에?"

"죄송합니다."

우리가 고개를 숙이자 감독님이 다시 말을 꺼냈다.

"하지만 이 감독이 말이에요, 그렇게 만들어드리겠습니다요. 내일부터 지옥 훈련합시다. 그럼 이만. 허허허허."

마지막의 웃음소리는 흡사 전설의 고향에 나오는 저승사자의 웃음소리 같았다. 온몸에 소름이 돋았다. 하지만 한 가지만은 확실했다. 다음 날부터 우리는 지옥에서 땀방울을 흘려야 한다는 사실 말이다.

---

* Free Agent. 자신이 속한 팀에서 일정 기간 활동한 뒤 다른 팀과 자유롭게 계약을 맺어 이적할 수 있도록 한 제도.

이튿날 준수와 나는 감독님이 말한 지옥 훈련에 들어갔다. 그냥 지옥이 아니라, 말 그대로 생지옥이었다. 수많은 슬라이딩과 엄청난 양의 포구와 송구 훈련으로 옷은 땀에 절어 너덜너덜해지고 몸은 시퍼런 멍 자국과 자잘한 상처들로 빈틈이 없었다. 펑고를 받으면서 이렇게까지 야구를 해야 하는지 다시금 회의가 들 지경이었다. 하지만 우리는 FA 50억이라는 환상을 좇으며 악으로 깡으로 버텨냈다. 몸에서 힘이 다 빠져 서 있기도 어려울 때 펑고는 끝이 났다.

"50억 가즈아! 50억 받으면 후배들 훈련 편하게 하라고 돔하우스 설치해준다, 내가."

준수가 소리치자 운동장에 있던 감독님과 코치님, 그리고 야구부원들은 허세 가득한 그 말에 크게 웃었다. 그라운드에 드러누워 거친 호흡으로 일그러져 있던 내 얼굴에도 숨길 수 없는 미소가 번졌다.

'역시 내 친구, 긍정적이어서 좋아. 같이 성공하자, 준수야!' 나는 속으로 다짐했다.

생지옥 훈련이 하루가 지나고 이틀이 지나면서 준수와 나의 실력은 조금씩 업그레이드되고 있었다. 하지만 몸에 쌓이는 피로는 어쩔 수가 없었다. 자기 전에 씻는 것이 어려울 만큼 피곤했고, 베개에 머리를 대는 순간 코를 골았다. 그리고 아침엔 알람 소리를 듣지 못해 학교 수업에 지각하는 상황까지 이르렀다. 담임선생님한테 종종 혼이 나긴 했지만 힘든 훈련과정을 이겨내고 있다는 뿌듯함은 우리에게 황홀한 기쁨을 가져다주었다.

최고 강도의 훈련으로 정신없이 보낸 한 주가 끝나고 단 하루의 달콤한 휴식이 허락된 일요일이 왔다. 준수와 학교 앞 카페에서 만나기로 했다. 우리는 초췌하게 변한 서로의 모습을 보고 한참 동안 웃다가 카페 안으로 들어가 어른들이 즐기는 아이스 아메리카노 두 잔을 시켜 천천히 음미하며 마셨다. 정말이지 최고의 힐링이었다. 커피를 마시며 준수가 먼저 얘기를 꺼냈다.

"파치야, 나 진짜 너무 힘들다. 못 하겠어."

나도 맞장구쳤다.

"야, 나도 죽을 거 같아. 시간을 되돌릴 수 있다면 똑같은 상황에서 어이없는 송구 실책은 하지 않을 텐데. 우리의 흑역사는 태산고 야구부 역사책에 남지 않겠지?"

우리 둘은 크게 웃었다.

"무조건 이겨내자. 우리가 진짜 최고의 프로 선수가 될지 누가 알아? 그래도 나는 네가 있어서 버틴다, 파치야."

"뭐야, 오글거리게. 그런 멘트는 네 여친한테나 해라. 근데 아픈 데는 없지, 준수?"

준수가 자신의 무릎을 내려다보며 대답했다.

"사실, 무릎이 많이 아파 걱정이긴 해."

"야, 관리 잘해라, 50억 받으려면."

준수가 웃으며 말했다.

"닥쳐! 너나 잘해. 우리는 성공할 수밖에 없어. 근데 파치야, 나는 야구가 너무 좋다. 야구는 내가 존재하는 이유 같다니까. 힘들긴 하지만 치고 달리고, 넘어져도 다시 일어나 던지는 데서 오는 그 쾌감은 말로 표현할 수가 없어. 성공한 사람들이 말하길, 항상 자신이 하는 일을 즐기라고 하잖아. 처음엔 그게 뭔 소린가 했는데 야구를 진정으로 사랑하게 되니까 정말 즐기게 되더라."

밝게 이야기를 이어가는 준수의 얼굴에 소나무 할아버지가 겹쳐 보이는 듯했다. 나는 손을 내저으며 말했다.

"아오, 철학가 납셨네. 나도 너 이상으로 야구 사랑하거든. 근데 힘든 건 언제나 고통스럽더라."

준수와 나는 다시 함께 크게 웃었다. 그러고 나서 준수는 멋진 한마디를 덧붙였다.

"아무튼 야구는 나의 존재 이유야. 삶의 원동력이기도 하고. 야구선수라는 꿈이 있다는 게 너무 행복해. 파치야, 우리 열심히 해보자!"

우리는 손을 높이 올려 하이파이브를 했다.

'친구지만 배울 것이 참 많은 녀석이다. 쓸데없이 멋지긴 하지만.' 나는 마음속으로 웃었다.

우리는 여자친구 얘기, 운동 얘기, 학교 친구 얘기를 하면서 그날 오후를 즐겁게 보냈다. 즐거운 시간은 언제나 그렇듯 빨리 지나갔고, 우리는 다시 지옥으로 돌아왔다. 카페에서 마셨던 커피 대신 다시 흙먼지를 마시는 가운데 일상인 듯 굵은 땀방울을 흘리며 훈련에 전념했다. 끝이 없는 슬라이딩과 반복되는 송구 연습에 조금씩 길들여져갔다.

그러던 어느 날이었다. 그날도 똑같은 스케줄, 똑같은 패턴으로 훈련이 진행되고 있었다. 훈련이 한창 막바지에 다다를 무렵이었다. 펑고를 한 시간 정도 한 후 잠시 목을 축이다 보니 오후 3시임에도 주변이 어두워지고 있었다. 투수 마운드가 갈라지며 귀신이라도 나올 것 같은 날씨였다. 우리는 대수롭지 않게 다시 훈련을 시작했다.

또다시 펑고가 시작되었고 외야로 빠져나갈 듯한 강한 타구를 준수가 멋지게 슬라이딩하며 잡아냈다. 실력이 늘어 있었다. 그에 질세라 나도 온몸을 던져 슬라이딩 캐치를 해냈다. 그리고 천천히 일어나며 위를 올려다보니 하늘이 검은빛 도는 회색으로 바뀌고 있었다. 정말 이상한 날씨였다.

"아아아아악."

그때였다. 준수의 비명소리가 들려왔다. 살면서 그렇게 끔찍한 소리는 처음이었다. 내 몸에 칼이 꽂혀도 그런 소리는 나오지 않을 거다. 소리 나는 쪽을 쳐다보니 준수가 무릎과 발목을 잡고 이리저리 나뒹굴고 있었다. 감독님과 코치님, 그리고 우리 모두 용수철처럼 튀어 나갔다. 준수가 소리 지르며 울고 있었다. 슬라이딩을 잘못해서 다리가 완전 뒤집어졌다고 했다. 발목이 돌아가서 너덜너덜해진 것을 겉으로만 봐도 알 수 있었다. 골절되었는지 다리 어디에선가 피까지 흘러나오고 있었다. 정말 끔찍했다. 나도 같이 고통을 느끼며 눈물을 흘렸다.

"준수야, 준수야!"

나는 응급처치를 받고 있는 준수 이름을 슬프게 불러댔다.

"아아악."

준수의 입에서는 대답 대신 비명소리만 흘러나왔다. 사태의 심각성이 어느 정도인지 느껴졌다. 매사 긍정적이었던 준수가 아무 말도 못 하는 상황은 처음 봤다. 나는 너무 놀란 나머지 입에서 침이 새어 나와 흐르는 줄도 모르고 있었다.

곧바로 준수는 구급차에 실려 가고, 우리의 훈련은 거기서 멈추었다. 나는 착잡한 마음으로 그라운드 흙에 묻은 준수의 흔적을 지워냈다. 자꾸 눈물이 났다. 무서웠다. 학급 종례를 마치고 나는 곧장 병원으로 달려갔다.

병원에는 준수의 어머니가 와 계셨다. 나는 다급하게 물었다.

"어머니, 준수는요?"

쉴 새 없이 흘리던 눈물을 닦아내며 준수 어머니께서 떨리는 목소리로 말했다.

"십자인대가 파열돼서 응급 수술 들어갔어. 또 골절상이랑 출혈이 심해서……."

나는 그 자리에 주저앉았다. 서로 의지하며 프로 선수의 꿈을 향해 달려가던 우리의 미래가 사라져버린 것 같았다. 수술이 끝나고 나오면 준수는 또 얼마나 좌절할지 상상이 가지 않았다.

눈물이 나오려는 걸 참으려고 눈을 꼭 감았다. 그 순간 갑자기 예전의 사건 하나가 떠올랐다.

운동에 집중하다 보면 얼굴에서 흘러내리는 게 땀인지 콧물인지 몰랐던 찔찔이 중학교 시절, 내게는 준수와 같은 친구가 있었다. 이름은 박서운. 사이드암 투수*였다. 운동도 정말 열심히 하고 팔굽혀펴기 열 개를 하라고 하면 한 개를 덧붙여 열한 개를 해야 직성이 풀리는, 선수로서의 성공을 확신하는 자신만만한 친구였다. 그리고 평소와 다를 바 없는 어느 날, 경기를 앞둔 때였다.

우리 팀 포수가 다치는 바람에 내가 포수 마스크를 대신 쓰고 선발로 나가게 되었다. 평소에는 선발이 아니던 서운이도 이전 경기에서 완벽한 피칭을 보여준 덕택에 이날 선발이 됐다. 그때 서운이는 신나서 떠벌였다.

"파치, 봤지. 노력은 배신하지 않는다고. 너도 노력하니까 어떻게든 포수로 경기 뛰잖아. 우리 이대로 영원한 배터리가 되자! 강민호 선수와 정대현 선수처럼."

그 말에 나도 덩달아 기분이 좋아져서 함께 맞장구쳤다.

"해보자. 너와 야구를 하게 돼서 기분이 너무 좋다. 너 없인 강파치는 존재하지 않는다."

서운이는 엄지를 들어 올리며 고개를 끄덕였다.

경기가 시작됐다. 우리는 퍼펙트게임**을 상상하며 경기에 임했다. 그러나 결과는 정반대였다. 서운이가 초구부터 볼넷을 남발하더니 데드볼까지 저지르며 10구 만에 주자가

---

* 공을 허리 높이에서 던지는 투구 스타일의 투수.
** 한 명의 투수가 선발 등판해 단 한 명의 타자도 진루시키지 않고 끝내는 경기.

만루가 되었다. 우리 팀 벤치에서는 감독 코치님이 좌불안석이었다. 상대 팀에서는 선수 보호를 해야 한다며 우리 투수를 강판시키라고 소리쳤다. 서운이는 나라 잃은 표정으로 어쩔 줄 몰라 했다. 설상가상 다음은 4번 타자였다.

"타임."

내가 타임을 외치고 마운드로 뛰어 올라갔다. 예상대로 서운이의 호흡은 거칠었다.

"서운아, 심호흡하고 타자 없이 던지는 피칭이라고 생각하자."

서운이가 대답했다.

"그…… 그…… 그래……."

맘속으로는 큰 소리로 호통치듯 정신 차리라고 말하고 싶었지만, 투수의 멘탈이 중요한 상황이라 그럴 수가 없었다. 나는 다시 홈으로 와서 사인을 냈다. 직구 사인이었다. 이 상황에서는 타자도 직구를 노릴 것이라는 사실을 알고 있었지만 투수가 컨트롤이 안 되었기에 어쩔 수 없었다.

"좌악."

서운이가 공을 던졌다. 결과는 뻔했다. 상대 팀에서 최고로 잘 친다는 4번 타자는 그 공을 담장 밖으로 날려버렸다. 타구의 스피드는 혜성같이 빨랐다. 그 공을 마지막으로 서운이는 바로 강판당했다. 서운이는 내려가자마자 눈물을 쏟았다. 가까이 가서 위로해주고 싶었지만 경기를 해야 했기에 그러지 못했다. 경기가 끝나고 더그아웃 앞에 모두 모였다.

9:2의 처참한 스코어였다. 감독님은 서운이에게 바로 독설을 날렸다.

"서운. 그따위로 해서 뭐 할래? 너 재능이 없나 보다. 그러면 더 열심히 해야지. 혼자만 하려고 하지 말고 코치 말도 좀 듣고 말야. 웬 고집이 그렇게 세냐. 제대로 안 할래?"

순식간에 정적이 흘렀다. 한 번 똑딱이는 1초가 그렇게 길게 느껴지기는 처음이었다. 슬쩍 서운이 쪽을 쳐다보았다. 서운이는 아무 말도 못 한 채 굵은 눈물방울을 뚝뚝 흘리고 있었다. 나도 마음이 아팠다. 포수였던 내 책임도 없지 않았다. 투수가 흔들릴 때 다독이고 용기를 불러일으켜줄 수 있어야 하는데 그러질 못 했다. 그 이후 서운이는 마음을 잡지 못했다. 공을 잡고 행복하게 웃던 예전의 미소를 다시 볼 수 없었다. 엎친 데 덮친 격으로 팔꿈치 부상까지 당하는 바람에 야구부에 나오지도 못 하게 되었다. 그렇게 시간이 흐르고 어느 순간부터 야구부에서 그는 투명 인간이 되어버린 것 같았다.

하지만 아무도 그런 사실을 알지 못했고 관심도 없는 듯했다. 야구부에 그런 아이가 있긴 있었나 할 정도였다. 그렇게 친했던 나도 점점 그 아이를 잊어가고 있었다. 아니, 훈련이 워낙 힘들어서 이것저것 생각할 겨를이 없었다고 하는 쪽이 맞을 것이다. 따로 서운이네 반으로 찾아갈 수도 없었다. 부상으로 쉬고 있는 서운이와 달리 하루의 대부분을 운동장에서 보내야 했기 때문이다. 하지만 가끔 한쪽 구석에서 혼자 훈련하는 그 녀석이 눈에 띌 때도 있었다. 어쩌면 나도 녀석처럼 팀의 기대와 관심 밖으로 밀려날지 모른다고 생각하니 저절로 한숨이 새어 나왔다. 연습이 끝나고 우울한 마음으로 숙소로 들어가려 할 때 바로 뒤 더그아웃에서 고함소리가 들려왔다.

"감독님이 제 마음을 아세요? 좀 더 잘하고 싶어서 아무리 힘들어도 밤마다 연습하는데 감독님한테 인정받지 못해 괴로운 제 마음을 아시느냐고요? 이제 그까짓 야구 안 할 테니 저, 찾지 마세요!"

그 말을 끝으로 서운이는 학교 정문 쪽으로 뛰어갔다. 나는 서운이를 쫓아가며 잡아보려 손을 뻗었지만 나의 손길은 닿지 않았다. 〈원피스〉라는 만화에 나오는 누구처럼 팔이 늘어나는 능력이 없는 게 원망스러웠다. 저 멀리 뛰어가는 서운이의 뒷모습은 초라하고 슬퍼 보였다. 그것이 서운이의 마지막 모습이었다.

서운이가 뛰쳐나가고 잠시 혼란스러워하던 감독님이 목에 힘을 주고 우리에게 말했다.

"저런 나약한 정신으로 어떻게 야구판에서 살아남을 수 있겠냐? 너희들도 마음 단단히 먹어!"

하지만 우리 누구도 서운이를 비난할 수 없었다. 스포츠 세계란 약육강식이 펼쳐지는 밀림의 세계와 다를 바 없음을 누구보다 잘 알고 있었기 때문이다. 언제 어느 순간에 우리 중 누구라도 그처럼 소리 없이 사라질 수 있는 것이다.

서운이는 야구를 그만두고 다른 학교로 전학 갔다고 했다.

나에게 인사도 없이. 야구로 맺어졌던 친구, 나에게 유일하게 위로가 되어줬던 친구를 그렇게 보냈다. 그때 내가 옆에서 지켜주지 못한 것이 너무 후회가 됐다.

그리고 오늘, 다시 단짝 친구 준수에게 큰 시련이 닥친 것이다. 여러 가지 복잡한 생각을 누르고 천천히 눈을 떴다. 그때처럼 가장 소중한 친구를 잃을 수는 없었다. 제발 수술이 잘 끝나기를, 세상의 모든 신께 빌고 또 빌었다.

준수는 열두 시간의 대수술을 마치고 마취가 덜 풀린 상태로 나왔다. 준수의 손톱 사이에는 모래가 잔뜩 껴 있었다. 오물을 깨끗이 씻어낼 여유조차 없을 정도로 긴박한 수술이었구나 하는 생각에 눈물이 왈칵 쏟아졌다. 그래도 다행인 건 수술이 잘돼서 앞으로 일상 생활하는 데는 지장이 없다고 들었다. 하지만 다시는 야구를 할 수 없다고 했다. 야구를 같이 해나갈 친구 한 명을 또다시 잃다니. 다 내 탓인 것만 같았다. 준수가 다치기 전에 내가 좀 더 챙길걸. 마음이 찢어지다 못해 너덜거렸다. 준수 어머니가 나를 병실 밖으로 조용히 부르시더니 무겁게 입을 떼셨다.

"미안한데 부탁 하나만 할게. 내가 말을 못 하겠어서…… 언제 시간 봐서 준수한테 앞으로 운동은 못 한다고, 네가 말해주면 안 될까?"

눈앞이 캄캄해졌다. 나도 준수의 얼굴을 볼 자신이 없었다. 하지만 부모님의 마음은 나보다 몇 배 더 아플 것이다. 미친 듯이 괴로워하는 자식의 모습을 바라봐야 할 준수 부모님을 생각하니 그래도 내가 얘기하는 게 낫겠다 싶었다. 나는 고개를 끄덕였다.

준수가 수술을 마치고 병실로 옮겨진 지 일주일이 지났다. 나는 큰마음 먹고 준수를 찾아갔다. 준수는 조용히 눈을 감고 있었다.

"야, 일어나."

내 목소리에 준수가 눈을 떴다.

"어, 왔어? 그새 나를 잊어버린 줄 알았지. 심심했는데, 잘 왔다."

"하하하."

우리는 서로 멋쩍은 웃음을 터뜨렸다. 어색한 공기가 우리를 감쌌다. 잠시 뒤 나는 준수를 보며 입을 열었다.

"준수야. 좋은 소식과 나쁜 소식이 있다. 어느 것부터 들을래?"

마치 아무 일도 없었다는 듯 내 목소리는 평소에 장난을 치며 말할 때처럼 쾌활하게 울려 나왔다. 어떻게 그런 말이 나왔는지 나 스스로도 놀랐다. 준수에게 어떻게 얘기하면 좋을지 몇 가지 생각해둔 말도 있었지만, 막상 준수의 맑은 눈망울을 보니 아무 생각도 나지 않았다. 그런데 나도 모르게 불쑥 그렇게 말한 것이었다.

"장난하냐? 아픈 사람한테. 음, 그럼 좋은 소식부터……"

준수는 작은 목소리로 겨우 대답을 했다. 목소리에 힘이 없었다.

"일단 수술이 잘됐대. 앞으로 지내는 데 아무런 문제 없을 거래. 큰일 날 뻔했어, 너!"

준수가 그건 이미 알고 있다는 듯이 피식 웃었다. 그 웃음 속에 뭔지 모를 아쉬움과 두려움이 느껴졌다. 아마 짐작하고 있으리라.

"야, 내가 누군데, 짜샤. 당연히 괜찮지, 그리고 나쁜 소식!"

나는 쉽게 입을 열지 못했다. 준수도 뭔가 이상한 낌새를 느꼈는지 가만히 내 눈동자를 바라보고 있었다. 나도 모르게 눈물이 흘러나왔다. 목이 메었다.

"준수야…… 앞으로 너…… 이제 앞으로는 야구를 못 한대."

6인실 병실 가득 무거운 정적이 흘렀다. 병문안 와서 이야기를 나누던 사람들의 목소리도 순간 잦아들었다. 그렇게 얼마나 지났을까, 준수가 젖은 목소리로 말했다.

"잠깐 나가줘."

나는 밖으로 나왔다. 병실의 방음 시설이 그렇게 허술한 줄 처음 알았다. 준수의 억누른 듯한 울음소리가 병실 복도로 흘러나왔다. 그렇게 조금씩 새어 나오던 준수의 울음소리는 곧 복도 전체에 가득 찼다. 한이 서려 있는 울음소리였다. 부모 잃은 사람도 그렇게까지 울진 않을 것이다. 복도를 지나가는 사람들이 무슨 일인가 싶어 병실 안을 기웃거리기도 했다.

나중에 병원으로 달려오신 준수 아버지는 하느님을 원망했다. 그렇게 열심히 신앙생활을 했는데 이게 뭐냐고. 차라리 자신을 쓰러뜨리지 왜 하필 준수냐고. 준수 아버지의 울먹이는 목소리를 뒤로하고 나는 병원을 나설 수밖에 없었다. 내가 할 수 있는 일은 없었다. 그날 밤 나는 뜬눈으로 지새웠다.

날이 밝았다. 수업 시간이 어떻게 끝났는지 모르게 지나 갔다. 겨우겨우 운동까지 마치고 병원에 가보니 준수는 탈 진 상태였다. 간호사 누나 말로는 밤에 거의 잠을 못 이루다 가 설핏 잠이 들었을 때는 잠꼬대까지 하며 울었다고 한다. 꿈속에서까지 고통스러워하다니 너무 마음이 아팠다. 나는 매일 병원을 찾아갔다. 하지만 탈진 증세가 계속되는 준수는 만날 수 없었고, 준수 부모님과 의례적인 인사 몇 마디만 나 눈 뒤 돌아오기 일쑤였다.

2주 정도 지난 어느 날 마침내 준수의 얼굴을 볼 수 있었 다. 준수는 음식물을 잘 먹지 못해서 링거와 영양제로 겨우 버티고 있었다. 꿈과 희망이 처참히 깨진 아이. 힘을 다해 나 아갈 미래를 빼앗기고 삶의 이유를 잃어버린 채 초점 없는 눈 동자로 나를 바라보고 있는 아이. 왠지 낯설게만 보이는 그 아이가 바로 준수였다. 그토록 긍정적이고 열정적이었던 녀 석이 이렇게까지 무너질 수 있으리라곤 예상치 못했다. 나는 어떻게 하면 좋을지 가늠이 안 됐다. 마음을 가다듬고 준수의 얼굴을 다시 찬찬히 살펴보니 몰골이 곧 죽을 사람 같았다. 무슨 말을 해야 할지 몰라 잠자코 있는데 고맙게도 준수가 먼 저 말문을 열었다. 저세상을 갔다 온 것 같은 목소리였다.

"파치야, 내 꿈이 산산조각 나버렸어."

"그래도 희망을 잃지 말자. 네 주변도 생각해야지."

몇 년 전의 서운이가 생각났다. 준수의 두 손을 꼭 잡고 힘을 불어넣어주고 싶었다. 다시는 소중한 친구를 잃고 싶지 않았다. 준수가 기운 없는 목소리로 말했다.

"우리 삶은 파이(π)와 다를 바 없는 거 같아. 파이는 숫자로 정확히 떨어지지 않잖아. 내 인생도 그 길이를 정확히 알 수 없는 둥그런 원과 같아. 언제나 끝없이 이어지는 물음표로만 가득한 삶. 내가 일주일 동안 병원에 누워 생각한 건 바로 그거야. 답이 없다는 거지."

원주율을 나타내는 수학 기호 π. 준수는 왜 파이를 떠올렸을까, 너무 궁금했지만 지금 그걸 물어볼 때는 아닌 거 같아서 그냥 형식적으로 대답했다.

"그래."

답이 없다…… 준수나 나나 다를 게 뭐가 있겠는가. 답을 알고 살아가는 사람이 있을까. 그냥 우리 삶이 파이의 숫자들처럼 끊임없이 이어져야 하는 것이다. 끊임없는 희망 고문. 그러다가 삶이 끝날 때, 포기하고 멈추었을 때, 우리 앞에 놓인 숫자가 인생의 답은 아닐까. 어쨌든 그 답은 각자의 몫으로 결정될 것이다. 요기 베라가 한 말이 떠올랐다. "끝날 때까지 끝난 게 아니다."

내가 포기할 때까지는 그 어떤 것도 끝난 게 아니다. 사람은 누구나 태어날 때 자신만의 파이를 부여받는다. 파이의 소수점 몇 번째 자리까지 나아갈 것인지, 그건 결국 자신이 결정할 일이다. 타자의 타율이 그 타자의 존재 가치를 알려주는 것처럼. 우리는 결국 파이 위의 삶을 사는 것이다.

'짜식. 병상에서 철학자가 다 되었구나.'

말로는 설명할 수 없는 감정이 솟구쳤다. 잠시 숨을 고르던 준수가 다시 말을 이어갔다.

"하지만 파이값을 끝까지 구해보려고 계산하는 노력이 없었으면 말이야, 파이가 끝이 없는 값이라는 걸 알았을까? 나도 야구선수로서의 인생은 끝났지만 내 삶의 가치는 누구도 제한할 수 없는, 무한히 열린 가능성을 가지고 있잖아. 혹시 알아? 내가 다른 모습으로 좋아하는 야구장으로 돌아오게 될지. 나만의 파이를 구할 수 있을 때까지 포기하지 않고 열심히 살아볼게. 지금은 미래가 명확히 보이진 않더라도 또다른 희망을 얻게 된 기분 정도는 가질 수 있겠지."

준수가 씨익 웃었다.

"어때, 멋있지 않냐?"

그렇게 말하는 준수의 표정은 밝았지만 그 말 속에 감춰진 슬픔도 함께 느껴졌다.

막다른 길까지 가보지 않은 사람은 새로운 길이 있다는 사실을 알지 못한다. 자기 앞의 막다른 길을 인정하고 그 길을 벗어나 또 다른 새로운 길을 찾아 힘차게 발을 내디딜 수 있는 사람은 얼마나 행복할까. 많은 사람들이 막다른 길에 부딪히면 좌절하여 주저앉고 만다. 쉽게 버리지 못하는 미련과 결정 장애로 사람들은 대부분 멈춰 선 그 자리에서 한 발도 나아가지 못하고 주위만 맴돌게 된다. 그나마 용기를 잃지 않고 다시 일어서는 사람은 위대한 사람이다. 준수는 지금 막다른 길에서 새로운 길을 찾아 일어서려 한다. 내 친구지만 정말 존경스러웠다. 어떤 상황이든지 선택하고 대응하여 주어진 인생을 마음대로 만들어나갈 수 있다면 얼마나 좋을까. 세상이 우리에게 던진 껄끄러운 난제들을 스스로 자유롭게 풀어내고자 하는 의지, 준수는 내게 그런 멋진 모습을 보여주었다.

준수가 다시 밝아진 거 같아서 기분이 좋았다. 우리는 서로 손을 잡고 한참을 말없이 있었다. 굳이 말로 표현하지 않아도 준수의 새로운 다짐과 준수를 응원하는 내 마음은 서로에게 분명하게 전해졌다. 준수가 마지막으로 말했다.

"야, 하여튼 이제는 찾아오지 마. 나, 야구로 50억은 아니더라도 다른 길로 100억은 벌 테니까. 너는 내 몫까지 해줘라. 이 형님은 알아서 열심히 살게. 야구에 쏟아부은 열정만큼 다른 일에 집중하면 성공 못 할 수가 없겠지. 우리 꼭 성공합시다, 강파치 씨. 한데, 너 이제 내일 죽겠네. 지옥 훈련해야지, 하하하."

우리는 마음껏 크게 웃으며 서로를 안아줬다. 병실 창문 안으로 고요히 따스한 햇살이 비쳤다. 마치 희망을 전해주기라도 하듯이. 온몸이 따뜻해졌다.

미친 슬럼프여!!

"야, 이 미친놈아. 똑바로 해!"

이제 곧 3학년이 되는 병구가 짜증을 냈다.

"네."

난 어찌할 줄 모르고 고개를 푹 숙였다. 선배라고 하지만 사실 중학교 때는 친구였다. 내가 야구를 배우기 위해 유급을 선택한 탓에 나보다 한 학년 높은 선배가 됐다. 나랑 병구는 중학교 때 같은 방까지 쓰면서 함께 고민을 나누기도 한 친한 친구였다. 하지만 지금은…… 그저 나를 갈구고 힘들게 하는 악마일 뿐이다.

'아니, 정말 무서운 게 사람이라고 자기가 필요할 때는 친구고, 지금은 내가 별 도움이 안 되는 것 같으니 그저 밟으려 하는구나.'

너무 자존심이 상했다. 한때 친구였던 애가 나에게 욕을 하며 함부로 대하다니. 정말 힘들다. 한번 친구는 영원한 친구인 줄만 알았는데…… 어디서부터 어떻게 잘못된 것일까. 어쨌든 나는 모든 어려움을 견뎌내고 꿋꿋이 내 갈 길을 가야 한다. 아니, 살아남아야 한다. 그렇게 친했던 병구가 이러는 데는 분명 이유가 있을 것이다. 나한테 뭔가 불만이 쌓여 있다는 얘기다. 병구가 다시 까칠하게 말했다.

"강파치! 가서 물 좀 떠와라."

순간 주먹이 불끈 쥐어졌다. 맘 같으면 벌써 저 자식의 턱에 주먹을 날렸을 것이다. 하지만 어쩔 수가 없었다. 내가 여기서 선배에게 덤비기라도 하면 나의 야구부 생활은 그걸로 끝이다. 나는 어색한 미소를 지으며 물을 떠다 주었다.

"여기 있습니다, 형."

정말 수치스러웠다. 친구였던 놈에게 이래야 하다니 울화통이 터질 것 같았지만 꾹 참았다. 그렇게 하루 운동을 끝내고 다음 날 등굣길에 또다시 병구와 마주쳤다. 병구가 저만치서 나에게 오라는 손짓을 했다. 나는 천천히 다가갔다.

"왜요?"

"아니, 선배가 오라면 부리나케 뛰어와야지, 뭐 하냐? 다시 뛰어갔다가 와봐."

정말 어처구니가 없었다. 야구부원들이 있는 데서는 그렇다고 쳐도 둘이 있을 때까지 선배 대접을 바라고 자기 위치를 이용해 나를 힘들게 한다는 건 있을 수 없는 일이다. 야구부에서 선후배 관계만 아니었으면 나한테 꼼짝도 못 할 녀석이 지금은 야구부 선배랍시고 유세를 떨다니. 욱하는 기분이 치밀었다. 그 순간 아버지 말씀을 떠올리지 않았다면 정말 무슨 일이 생겨도 생겼을 거다. "너는 유급을 했기 때문에 나이는 같지만 한 학년 위인 아이들이 너를 힘들게 할지도 몰라. 아니, 분명 그럴 거다! 그럴 때 너의 마음은 큰 그릇과 같아야 한다. 그릇이 작은 애들이나 어깃장 부리고 낮은 위치의 사람들을 괴롭히지. 넌 그런 친구들을 모두 포용하면서 네가 하고 싶은 야구만 하면 된다."

그 말을 되새기며 나는 아무렇지 않은 듯 지나왔던 복도를 되돌아갔다. 신기하게도 그런 행동이 비굴하게 느껴지기보다는 아버지 말씀처럼, 도량이 큰 사람으로서 어리석은 친구를 포용하는 느낌이 들었다. 평소 같았으면 못 참았을 텐데 말이다. 내가 병구에게로 다시 뛰어가자 병구가 말했다.

"선배 말 좀 잘 듣자?"

나는 투정 부리는 어린아이를 어르듯이 부드러운 듯 강하게 대답했다.

"넵. 물론입니다, 선배님."

그때 마침 옆 계단에서 올라오던 야구부 선배들이 우리를 보면서 웃어댔다.

"야, 병구야. 나이만 많지 나잇값 못하는 애 그렇게 잡아 뭐하냐?!"

그렇다. 사실 나는 병구에게만 그런 것이 아니라 1년 선배들의 눈 밖에 나 있기도 했다. 나와 동갑이었기 때문에 그들은 나를 껄끄러워했다. 더군다나 내가 1학년 신입생 때부터 주전으로 뛰었기에 더욱 못마땅했을 것이다. 무엇이든 작은 꼬투리 하나만 있어도 나를 잡아먹지 못해 안달이었다.

병구가 가라는 손짓을 했다. 나는 꾸벅 인사를 하고 뒤돌아서 걸어갔다. 한곳에 같이 모인 3학년들이 뒤에서 계속 구시렁거리며 웃는 것이 느껴졌다. 유급한 게 무슨 큰 죄도 아니고, 또다시 화가 치밀어 차라리 야구를 그만둘까 하는 생각까지 들었다. 하지만 내가 택한 길이었고 더욱이 부모님을 실망하게 할 수는 없었다. 그건 내 자존심도 허락지 않았다. 나에게 해가 되는 짓을 나 스스로 저지르는 바보가 되고 싶지는 않았다. 그러자 들끓던 마음이 가라앉는 것 같았다. 조금만 참자고 마음을 다잡고서 그날 학교 수업을 마친 뒤 평소처럼 야구장으로 갔다.

예상치 못한 사건은 그때 일어났다. 나도 이제 2학년이었지만 아직 1학년이 합류하기 전이었기 때문에 우리 동기들이 운동장 정리를 해야 했다. 나는 포수였기에 홈그라운드를 열심히 정리하고 있었다. 그때였다. 갑자기 병구가 나에게 다가와 말했다.

"어이, 강파치. 똑바로 쓸어라. 그러다 진짜 혼난다."

그 말을 들으니 참고 있던 마음이 다시 부글부글 끓기 시작했다. 머릿속에서 활화산이 폭발하는 것 같더니 나도 모르게 입이 춤을 췄다.

"아니, 병구야. 우리 친구였잖아. 너무하는 거 아니야? 그리고 선배라고 치면, 선배가 한번 쓸어보세요. 저 진짜 열심히 쓸고 있어요.”

속은 후련했지만 일그러지는 병구의 표정을 보면서 아뿔싸, 그제야 뭔가 잘못되어가고 있음을 느꼈다.

“야, 네가 드디어 미쳤구나. 미친놈, 좀 이따 보자. 그리고 네가 내 친구냐? 후배지, 인마!”

아무리 친구였고, 순간 화를 참지 못했다고 하지만, 야구부에서 선후배의 위계를 어겨서는 안 되었다. 잠시 잠깐 속은 후련했지만 아차하는 생각에 손이 떨리기 시작했다. 정말 큰 실수를 저질렀다.

후회스러운 그 순간이 지나고 본격적으로 훈련이 시작됐다. 공이 나를 향해 날아왔지만, 야구는 이미 내 머릿속을 떠나 있었다. 병구의 화난 얼굴만 계속 떠올랐다. 공을 잡고 2루로 던져야 하는데 2루에 있는 병구의 얼굴을 보는 순간 공을 잡은 팔이 떨리기 시작했다. 독고 코치님이 옆에서 소리쳤다.

“야, 뭐 해. 빨리 안 던져?”

나는 막다른 골목에 몰린 쥐가 무슨 생각을 하는지, 아니, 어떤 생각도 할 수 없음을 알게 되었다. 병구가 있는 2루로 공을 던져야 했지만 머리 따로 몸 따로, 망가진 장난감처럼 어기적거리는 내 몸이 내 몸 같지 않았다. 나는 눈을 질끈 감고 던졌다. 뜨거웠던 야구장 분위기가 갑자기 싸해지는 것이 느껴졌다. 나는 손에서 빠져나간 공의 궤적을 쫓았다. 공은 2루수 키를 넘어 외야로 빠르게 굴러가고 있었다. 중요한 순간에 너무나 큰 실수를 저지른 것이었다.

독고 코치님이 소리를 질렀다.

"야, 이 자식. 똑바로 못 해. 뭐 하는 거야?"

"죄송합니다!"

다시 연습이 시작되었고 얼마 뒤 비슷한 타구가 내 쪽으로 왔다. 또다시 실수하지 않기 위해 호흡을 가다듬고 2루로 던졌다. 그런데 팔이 계속 떨리면서 이번에도 악송구를 하고 말았다. 연이은 두 번의 실수에 독고 코치님은 나를 연습에서 제외시켰다. 평소 같으면 눈물이 났을 텐데 눈물도 나오지 않았다. 저 멀리서 병구가 고소하다는 눈빛으로 나를 바라보며 히죽거리고 있었다. 한때는 친한 친구 사이였는데, 무엇이 우리를 이렇게 만든 건지 알 수가 없었다.

그리고 내 멘탈이 이렇게 나약했었나 하는 자괴감도 들었다. 유급을 선택한 나 자신이 원망스럽고 야구가 원망스러웠다. 나머지 훈련 시간 동안 나는 운동장 한편에 멀뚱히 서서 동료들이 연습하는 것을 지켜보기만 했다. 동료들이 소리 지르며 즐겁게 운동하는 모습을 보니 마음이 너무 아팠다.

하지만 정말 큰 문제는 다른 데 있었다. 공만 잡으면 떨리는 내 팔이었다. 야구를 하는 중에 정신적으로 큰 충격을 받거나 스트레스를 받아서 공을 못 던지는 경우가 부지기수다. 사실 이전까지만 해도 그런 일이 이해되지 않았는데 지금 내가 그렇게 된 것 같았다. '입스'*에 걸리면 야구를 그만두게

---

* 어떤 심리적인 이유로 갑자기 스트라이크를 꽂지 못하거나 송구를 못 하게 되는 상태를 이른다.

된다는데, 내가 그런 거면 어떡하나 너무 걱정됐다.

고통스러웠던 훈련 시간이 끝나고 선수단 미팅이 있었다. 3학년 선배들을 중심으로 집합 대형을 만들었다. 병구가 먼저 얘기를 꺼냈다.

"야, 강파치 미친놈아. 너는 그따위니까 야구도 못하는 거야."

내가 대답했다.

"아닙니다."

등줄기에서 식은땀이 흘러내리고 있었다. 병구가 자기 동기들을 보며 얘기했다.

"아니, 얘들아. 이 녀석이 내가 아까 빗질 똑바로 하라고 했는데, 나보고 쓸어보란다. 이 미친놈이."

그러자 선배들이 웅성대며 한마디씩 거들었다.

"야, 강파치 그렇게 안 봤는데."

"와, 진짜 많이 컸네. 유급하면 뵈는 게 없는 건가?"

"미친놈. 병구야, 그냥 작살을 내버려."

이런 얘기를 듣고 있자니 심장이 두근거렸다. 정말 미칠 노릇이었다. 다시 병구가 말했다.

"파치야, 진짜 지옥 맛을 보게 해줄게. 못 버티겠으면 나가든가."

쥐가 막다른 길에 몰리면 고양이를 문다고 했던가. 더는 물러날 곳이 없었던 나는 그 순간 사이코 기질이 발동했다. 조금 전까지 벌벌 떨던 모습은 온데간데없이 사라지고 나는 어느샌가 병구를 똑바로 쳐다보며 반항하는 말투로 대꾸하고 있었다.

"선배가 나가십시오, 제가 왜 나갑니까?"

나도 모르게 불쑥 쏟아진 말. 아차 싶었다. 분위기는 점점 더 험악해졌다. 조금 전까지 몇 마디씩 말로만 거들던 3학년 선배들이 이제는 손가락질과 함께 욕을 뱉어댔다. 병구와 나 사이의 일을 알지 못하는 선배들로서는 당연한 반응이었다. 병구는 나의 기를 죽이려는 듯 옆에 있는 방망이를 집어 들었다. 하지만 코치님께서 어떤 경우에도 체벌이 있으면 안 된다고 엄포를 놓은 게 얼마 전이었다. 만에 하나라도 체벌이 일어나면 야구부에서 옷 벗을 각오하라 하셨다. 그래서 그랬는지, 병구는 한 손으로 방망이를 휘휘 돌리더니 그대로 내려놓고 3학년 선배들 무리 곁으로 돌아갔다.

"야, 강파치. 네 뜻 잘 알겠다. 앞으로 두고 보자, 뭐든 한 번 더 걸리면 가만두지 않을 테니까."

병구가 씩씩대며 말했다.

난 문제가 더 커지는 걸 바라지 않아 조용히 말했다.

"죄송합니다."

하지만 이미 엎질러진 물이었다. 나의 사과는 주장인 치수 형의 "해산!"이라는 말과 함께 허공 속에 묻히고 말았다. 내가 처한 상황이 서러웠다. 그래도 동기들이 최고였다. 로한이부터 시작해 키가 작아 가장 뒷번호였던 기우까지 줄줄이 내게로 다가와 위로를 해줬다.

"그냥 참아, 파치!"

"너무 심하긴 한데, 똥 밟았다 생각해."

"네 곁엔 우리가 있으니까, 힘내!"

버틸 힘조차 없던 내게 비타민 같은 말들이었지만 외톨이가 된 기분이었다.

그날 밤 밤잠을 설치며 몇 차례 뒤척였는데 어느새 아침이되었다. 여느 때 같았으면 제일 먼저 일어나 콧노래를 부르며 아침을 맞이했을 텐데, 좀처럼 일어나기가 싫었다. 평소와 다른 내 모습에 엄마가 걱정하며 물으셨다.

"파치야, 왜 그래. 무슨 일 있어?"

모든 것을 말하고 싶었지만 입이 움직이질 않았다. 말한다고 뭐가 달라질까? 어른들의 답은 뻔하다. '너희들 나이에는그럴 수 있다. 그런 거 하나 이겨내지 못한다면 어떻게 운동을 할 수 있겠냐. 힘들어도 참고 견뎌라. 견뎌낸 사람이 이기는 거다.' 이전부터 늘 그래왔으니까 당연한 과정이라는 얘기다. 문제를 제기하는 사람만 찌질이 소리나 듣고…… 그렇게 온통 불평불만으로 가득 차 마음이 어지러울 때, 문득 동대문운동장 근처 야구용품매장에서 근무하는 형과 나눴던대화가 떠올랐다.

그 형은 청소년 국가대표까지 할 정도로 재능을 인정받은야구 유망주였다. 그런데 자신과 포지션이 겹치는 선배가 계속 괴롭혔단다. 야구 실력으로 경쟁이 안 되니까 자신을 괴롭혀서 내쫓으려고 그랬다는 것이다. 그럼에도 아랑곳하지 않고 오로지 실력으로 모든 난관을 극복할 수 있으리라 생각하며 참고 견뎌오다가 결국 그 형은 야구를 그만두게 되었다고 한다. 그 당시에는 그만하기를 잘했다고 큰소리쳤는데 시간이 흐르자 그게 아니었다고, 그렇게 후회될 수가 없었다고 했다.

그 형이 말하길, 살다 보면 자신과 마음이 맞지 않는 사람을 만나게 되는 건 당연한 일이라면서, 그때 어떻게 대처해야 좋을지 진지하게 고민해봐야 했는데 자신은 그러지 못했다고 했다. 순간의 감정에 휘둘려 자기가 정말 꿈꾸는 삶을 어이없게 포기해버린 것이 못내 아쉬울 뿐이라고. 그러면서 강인한 마음가짐으로 자신을 다스릴 줄 아는 것도 실력이라고 했다. 또 이런 말도 했다. 야구는 혼을 실어서 해야 하는데 자신은 그 혼을 쉽게 잃어버렸던 것 같다고. 그리고 나중에 가만히 돌이켜보니 모든 갈등의 원인은 자신에게 있었던 것 같다고 했다. 무심코 내뱉은 말 한마디, 사소한 행동 하나가 갈등의 씨앗이었다는 것이다. 그러니까 해결책도 자기 자신에게 있는 것이라고. 그 형이 마지막으로 나에게 신신당부했던 말이 또렷이 생각난다.

"갈등과 고난은 어디에나 있다. 그것을 얼마나 슬기롭게 해결하며 자신의 꿈을 향해 나아가느냐 하는 것이 진짜 실력이다. 눈앞의 갈등을 해결하지 못한다면 앞으로 무엇을 해도 실패할 수밖에 없을 것이다."

갈등의 원인이 나한테 있다? 정말 그럴까? 에이, 모르겠다. 정말 모르겠어. 어쨌든 나는 무조건 버텨 이겨낼 것이다. 다행히 우리 학교 코치님이나 감독님은 매사에 공정하려고 노력하시는 분들이었다. 졸업한 선배들도 우리에게 당당한 야구선수가 되어야 한다고 충고를 그치지 않았다. 이제는 세상이 바뀌었다고, 진정한 프로는 실력으로 말하는 것이라고 했다. 그런 면에서 가장 앞서가는 학교로 알려진 우리 학교가 아닌가. 우리 학교가 소속된 교육청에서도 1년에 한 번 우리를 불러 모아, 어떤 경우에도 다른 사람을 힘들게 해서는 안 된다고 거듭 강조하곤 했다. 나만 열심히 하면 된다. 그런데, 힘들다. 정말.

부모님의 걱정에 무관심한 척하며 간단히 아침밥을 먹고 학교로 갔다. 수업 시간에는 책상에 엎드려 잠만 잤다. 선생님들이 어디 아픈 건 아니냐고, 괜찮으냐고 관심을 기울여주셨다. 문득 '내가 그래도 학교생활은 잘해왔구나' 하는 생각에 위로가 되었다. 나를 인정해주고 응원해주는 사람들이 이렇게 많은데 뭐가 걱정이람. 교실에서 이렇게 따뜻한 말 한마디 건네주시는 선생님이 그날따라 고마웠다. 나는 선생님께 몸이 좀 안 좋다고 양해를 구하고는 그냥 엎드려 있었다. 마음의 고통으로 일그러진 얼굴을 보이고 싶지 않았다.

내가 왜 이러는지 나 스스로도 이해가 되지 않았다. 이래선 안 되는 줄 알면서도 몸이 뜻대로 움직이지 않았다. 수업이 끝나는 종소리가 울리고 이제 야구부에 가야 할 시간인데

발이 쉽게 떨어지질 않았다. 저 멀리 보이는 야구부 기숙사가 마치 영화 〈해리 포터〉 속 공포의 존재이자 해리 포터를 괴롭혔던 괴물 볼드모트의 성처럼 느껴졌다. 내키지 않는 발걸음을 질질 끌고 야구부 숙소에 들어서자마자 마주친 사람은, 또 병구였다. 참 악연도 운명이라고, 왜 이렇게 꼬이는지 알 수가 없었다. 하지만 야구부에선 내가 후배니까 병구한테 인사를 건넸다.

"안녕하십니까."

하지만 병구는 인사를 받지 않고 지나가버렸다. 다른 선배들도 마찬가지였다. 서로 말을 맞춘 것 같았다. 평소 같으면 "어이, 파치 왔냐?" 하며 받아주는 선배들까지 지금은 나를 아예 없는 존재 취급하고 있었다. 이 난관을 어떻게 극복해야 할까. 여러 가지 생각으로 머릿속이 어지러웠지만 마땅한 답은 떠오르지 않았다.

에잇, 될 대로 되라지. 케세라세라.* 언젠가 아버지가 해준 말이었다. "어떤 답도 떠오르지 않을 때는, 그냥 케세라세라 하면서 무시해버려라. 모든 건 시간이 해결해줄 테니."

야구복으로 갈아입고 운동장으로 들어섰다. 운동장에 들어서면 항상 기분이 좋아지곤 했는데…… 향기롭게 풍겨오는 운동장의 흙냄새. 푸른 인조 잔디 구장에서 슬라이딩할 때 쭉 미끄러지며 느끼는 짜릿한 기분. 하지만 오늘은 어떠

---

* 스페인어로 '될 대로 돼라', '어떻게든 되겠지'라는 의미.

한 감흥도 일지 않았다.

그렇다고 기분에 따라 운동을 줄이거나 쉴 수는 없는 노릇이었다. 마음을 가다듬으려 크게 심호흡을 하고 야구공을 잡았다. 그런데 야구공이 평소와는 다르게 느껴졌다. 더 무거워지고 손에 착 달라붙지 않았다. 지금까지의 느낌과는 많이 달랐다. 당황스러웠다. 정말 입스에 걸린 게 아닐까. 야구공을 잡은 내 손이 심하게 떨렸다.

지금 상황을 부정하고 싶었다. 마음을 가다듬고 가슴을 앞으로 내밀며 깊게 심호흡을 한 뒤 앞쪽 그물망에 공을 던져보았다. 하지만 폼도 그렇고 공의 스피드도 생각대로 되지 않았다. 다시 던져보았다. 공이 날아가다가 바로 땅에 꽂혔다. 정말 어이가 없었다. 입스에 걸린 것이다. 나는 그 사실을 누구에게도 알리고 싶지 않았지만, 운동이 시작되고 캐치볼을 하는 순간 모두가 알게 되었다.

저 멀리서 지켜보던 감독님이 독고 코치님에게 잠깐 오라는 손짓을 했다. 내 얘기를 하시는 것 같았다. 감독님과 얘기를 끝낸 독고 코치님이 내게 오시더니 말을 꺼내셨다.

"파치야, 감독님이 볼 땐 너, 입스가 온 것 같단다. 우리 팀에선 너의 타격이 더 중요하니 오늘부터 당분간 공은 던지지 말고 스윙 연습을 많이 하자, 알았지?"

나는 고개를 숙이며 기어들어가는 목소리로 대답했다.

"네."

풀이 죽은 채로 캐치볼 대신 타격 연습을 하러 가는데 그토록 처참한 상태의 나를 보고 병구가 비웃으며 말했다.

"야, 야구공도 던지지 못하는 게 무슨 야구선수냐."

옆에 있던 선배 하나도 함께 웃었다. 그 말에 화가 치밀었지만 반박하지 못했다. 맞는 말이었기 때문이다. 자존감이 바닥을 쳤지만 내색하기는 싫어 웃는 척했다. 하지만 웃는 게 웃는 게 아니었다. 그렇게 타격 훈련에 들어갔지만 평소와 달리 힘이 나지 않았다. 내가 가장 좋아하는 타격 훈련인데도 말이다. 어쩔 수 없이 타석에 들어섰다. 배팅볼 투수는 여우태 코치님이었다. 여 코치님이 다리를 들었다. 나도 여 코치님의 투구 타이밍에 맞춰 타격 자세를 취했다.

"좌악."

날아오는 공을 보며 배트를 있는 힘껏 휘둘렀다.

"픽."

보통 때 같으면 경쾌한 타격음과 함께 외야 멀리까지 날아가야 할 공은 3루 쪽 파울라인 선상으로 느리게 굴러갔다. 주변에 있던 선수들과 병구가 웃었다. 사실 웃음거리가 될 만한 상황이었다. 온몸에 힘을 실어 전력 풀스윙을 했는데 배트 끝에 빗맞아 내야 쪽으로 힘없이 굴러가는 타구가 나왔으니 말이다. 하지만 여 코치님에게는 웃을 일이 아니었다. 코치님이 나를 향해 크게 소리 지르셨다.

"야, 강파치. 뭐 해? 똑바로 보고 쳐야지!"

"옙!"

대답은 했지만 무엇을 어떻게 하면 좋을지 몰랐다. 온몸이 땅속으로 가라앉는 것만 같았다. 이렇듯 끝도 없이 무너질 수 있는 거구나 하는 걸 처음으로 느꼈다. 언젠가 봤던 과학 책 내용이 떠올랐다. 똑같은 품종의 씨앗을 두 화분에 심어 놓고 한 개의 화분에는 줄곧 칭찬만 하고, 다른 한 개의 화분에는 부정적인 말만 계속하는 실험이었다. 칭찬을 듣고 자란 씨앗은 새싹을 예쁘게 틔워 올렸고 부정적인 말을 듣고 자란 씨앗은 똑같은 환경임에도 불구하고 싹을 틔우지 못했거나 씨앗이 그대로 썩어버렸다. 지금의 나는 썩어 문드러져가는 씨앗이었다.

첫 번째 공에 이어 여 코치님께서 두 번, 세 번 공을 연달아 던져주었지만 내 타격은 나아지지 않았다. 타격 박스 뒤에서는 병구 패거리의 웃음소리가 터져 나왔고, 투수 마운드 근처에 서 계신 공득도 코치님으로부터는 따끔한 질타가 날아왔다. 노이로제가 걸릴 것만 같았다. 머릿속에서는 이미 생각이 멈춰 선 지 오래였다. 나의 뇌에서는 이 상황을 어떻게 해결해야 할지 몸으로 신호를 보내지 않고 있었다. 결국 그렇게 타격 훈련에서도 제외당했다. 정말 최악이었다.

'아니, 진짜 이건 뭐지? 왜 나를 칭찬해주는 사람은 없는 거야. 왜 날 다 싫어하지? 내가 뭘 그리 잘못했나? 왜 나를 못살게 구는 거냐고?'

마음속에 슬픈 감정의 소용돌이가 휘몰아치다 응어리가 지기 시작했다. 나는 야구를 해서는 안 될 사람이었나, 야구를 포기해야 하나 싶었다. 그런데 다시 생각해보니 나는 야구 때문에 힘들어하고 있는 게 아니라 다른 사람들과의 관계 때문에 힘겨워하고 있었다. 내가 처신을 잘못하고 있는 걸까. 모든 갈등의 원인은 나 자신에게 있다는 야구용품점 형의 말이 불현듯 떠올랐다. 왜 모두 나를 미워하는 걸까. 아무 생각 말고 야구에만 집중하면 모든 문제가 해결될까. 야구에 대한 고민 하나만 해도 시간이 부족한데 내 에너지가 엉뚱한 곳으로 새어 나가고 있었다. 그러니 입스가 올 법도 했다.

그렇게 하루의 운동이 끝났지만 나는 집으로 돌아가지 못했다. 머리가 복잡했다. 학교 앞 정자에 멍하니 앉아 있다가 뒤로 누워 하늘을 바라보았다. 초저녁이어서 그런지 별은 몇 개 보이지 않았다. 그 순간 어둑해진 하늘에서 별똥별 하나가 꼬리를 끌며 예각으로 낙하하는 것이 보였다. 잠시 보였다가 곧 아스라이 사라지는 별빛을 보니 마음이 저려왔다.

'저 별은 나를 닮은 건가? 잠시 빛을 내는 듯하다가 금세 사그라드니…… 우리의 삶도 저 별처럼 부질없이 사라질 운명일 텐데 열심히 살 필요가 있을까?'

매사에 긍정적이고 열심이었던 내가 이런 회의적인 생각에 빠져 있다니, 나 스스로도 놀랐다. 하지만 달리 어찌 할 수 있을까. 매번 나를 사냥감 삼아 궁지로 몰아넣는 병구와 그 패거리들이 있는 한 그 어떤 즐거운 생각도 떠올릴 수 없을 것 같았다. 그때 갑자기 내 안에서 또 다른 자아의 목소리가 들렸다. 나는 그 목소리와 정면으로 마주했다.

'뭐야, 지금 무슨 생각을 하고 있는 거지?'

'파치야, 지금까지 고생 많이 했다. 이제 그만하자.'

'뭘 그만해?'

'야구 그만두고 다른 일을 해도 너는 잘할 수 있을 거야. 그러니까 힘든 야구 그만두고 네가 즐겁게 할 수 있는 걸 하자.'

이제 내 마음은 한쪽으로 기울었다.

'그래, 파치야. 여기서 그만두는 거야!'

나는 정자에서 내려와 집으로 향했다. 집까지 그렇게 가깝게 느껴지긴 처음이었다. 정말 순식간이었다. 운동 후 녹초가 되어 지하철을 타면 시간은 언제나 느리게만 흘렀는데 오늘은 그렇지 않았다. 그동안 끙끙 앓던 문제가 해결된 것 같은 기분에 오늘 탄 지하철은 행복으로 가는 특급 열차 같았다.

발걸음도 구름 위를 걷는 듯 가볍게 느껴졌다. 그렇게 어느샌가 보라색 도어락을 단 우리 집에 도착했다. 나는 서둘러 비밀번호를 눌렀다.

"띠리리릭."

문이 열리자 거실 소파에 앉아서 티비를 보고 계시는 아버지가 바로 보였다.

"다녀왔습니다!"

내 목소리에 힘이 들어가 있었는지 아버지가 놀란 듯 대답하셨다.

"어우, 깜짝이야. 아들 잘 다녀왔나. 요즘 야구가 잘되는 모양인데? 표정이 좋다, 야~"

아버지의 그 말에 내 마음은 바늘로 찔리는 것처럼 아팠다. 하지만 나는 이미 결심한 바가 있었다.

"아버지, 드릴 말씀이 있습니다. 죄송한데 잠깐 티비 꺼주실 수 있어요?"

아버지가 황급히 티비를 끄고 내 쪽으로 돌아앉으셨다.

"무슨 일이야? 할 얘기가 뭐지?"

"후."

나는 크게 한번 숨을 내쉬고 얘기를 꺼냈다.

"아버지, 저 야구 그만둘래요."

내 말이 떨어지기 무섭게 엄마와 동생이 놀란 듯 방에서 뛰쳐나오며 소리쳤다.

"뭐라고?"

그렇지만 아버지는 표정 하나 변하지 않으셨다. 그저 모아이 석상 같은 표정으로 나의 얘기를 재촉했다.

"사실 야구하는 것도 너무 힘들고 잘 안 돼요. 선배들이 저를 너무 못살게 굴기도 하고요. 그 때문인지 입스도 오고 운동하기가 쉽지가 않아요. 너무 힘듭니다. 일반 학생들처럼 공부해서 원하는 대학 가고 직장에 취업해 평범하지만 행복하게 살고 싶어요. 저 진짜 많이 고민하고 말씀드리는 거니, 이해해주세요……."

잠깐 동안 정적이 흘렀다. 평소와 달리 그 정적을 깬 건 아버지가 아니라 엄마였다.

"여보, 오늘은 아무 소리도 하지 마요. 내가 파치와 얘기해볼게요."

그러고서 엄마는 나를 돌아보며 방으로 들어가자고 하셨다.

"파치야, 엄마도 많이 힘들었던 때가 있었어. 아무런 의욕도 없이 무기력한 날들을 보냈지. 그땐 주변 사람들이 왜 그렇게 나를 힘들게 하던지……."

나는 퉁명스럽게 답했다.

"그래서요?"

엄마가 다시 이야기를 이어나갔다.

"나는 네가 야구를 정말로 좋아한다는 걸 알아. 그것도 미친 듯이 말야. 물론 좋아했던 야구가 싫어질 수도 있어. 그럴 때는 다른 선택도 고민해봐야지. 하지만 지금 당장 그럴 필요는 없잖아? 야구도 아닌 다른 이유로 스트레스를 받아서 네가 그토록 좋아하고 꿈꿔오던 일을 그만두겠다는 건 옳은 판단은 아닌 것 같아. 파치야, 네가 가장 즐거웠던 순간을 떠올려봐. 오래전 말고 최근, 이번 한 달 동안만이라도."

또 시작이다. 지금까지 내가 힘들 때마다 어른들은 거의 비슷한 말들을 했다. 선배도, 코치님도, 감독님도. 그리고 이제 부모님까지. 어른들은 왜 다들 똑같은 말을 하는 걸까. 나는 엄마가 하시는 말씀을 흘려듣고 있었다. 그런 내 태도에 실망하셨는지 엄마는 조금만 더 시간을 갖고 생각해보라는 말을 남기고 방을 나가셨다. 혼자 남겨지고 나서야 엄마의 얘기를 다시 찬찬히 곱씹어보았다.

'음, 내가 가장 즐거웠던 순간이라…… 아, 맞다. 연습 때 내가 친 공이 학교에 설치된 망을 넘어 도로로 떨어진 때가 있었지. 코치님들은 박수를 쳐주시고 선배들은 환호성을 질렀지. 그때 나는 야구하길 잘했다고 생각하면서 행복해했었잖아.'

돌아보니 내가 기쁨을 느꼈던 순간들 대부분은 야구를 할 때였다. 이런저런 일들을 떠올려본 후 나는 다시 거실로 나가서 말했다.

"엄마, 아빠. 저는 야구할 때가 가장 즐거웠어요."

그러자 엄마가 조용히 웃으며 말했다.

"그것 봐, 너는 야구할 때가 제일 행복하잖아. 그런데도 지금 다른 문제로 좀 힘들다고 네가 가장 좋아하는 것을 포기하겠다고?"

엄마의 얘길 듣자 감정이 복받쳐서 나는 울먹이며 말했다.

"그럼 어떡해요. 어른들은 잘못된 환경을 바꿔줄 생각은 하지 않고 맨날 저더러 참고 견뎌야 한대요. 제가 안 하는 게 아니잖아요. 내 꿈을 쫓아다니라고 하고선, 막상 열심히 하려고 하면 손발을 다 묶어버리잖아요. 왜 다른 사람이 저를 괴롭히는 건 당연하고, 저는 무조건 참아야 하는 건데요?"

나의 물음에 엄마는 눈물을 보이며 대답하셨다.

"그렇게까지 힘들었었구나. 근데 엄마나 아빠가 아무것도 해줄 수 있는 게 없어서 미안하다. 지금 당장 뭐라고 답해줄 말이 없네. 어떻게 하면 좋을까?"

엄마가 오히려 나에게 되물었다. 내가 묵묵히 고개를 숙이고 있자 엄마가 다시 말씀하셨다.

"하지만 파치야, 이거 하나만큼은 분명하게 말할 수 있어. 네가 즐거워하는 일이라면 아무리 힘들고 어려운 일이 닥친다 해도 포기해서는 안 된다는 거야. 네가 지지 않았으면 좋겠다. 너를 힘들게 하는 사람도 있겠지만, 반대로 너를 좋아하고 응원하는 사람도 많아. 지금 우리가 너를 응원하고 있는 것처럼 말이야. 네가 진정 무엇을 원하는지 네 마음속 목소리에 집중해보렴."

나 자신의 목소리…… 당연히 내 마음속 목소리는 야구를 하고 싶다고 소리치고 있었다. 그렇지만 나는 쉬운 길로 가고 싶었다. 자존심 상해가면서까지 다른 사람의 눈치를 살피며 살고 싶지 않았다. 하지만 그것은 내 꿈을 포기해야 가능한 일이었다. 어떻게 해야 할까. 사실 속으로는 누군가 내 억울함을 알아주고 격려해주면서, 야구를 그만두겠다는 생각을 막아주기 바라는 마음이 있었는지도 모르겠다.

엄마가 얘기를 이어갔다.

"가장 중요한 건 너 자신을 다른 사람과 비교하지 말아야 한다는 거야. 싸우더라도 다른 사람이 아닌 너 자신과 싸워! 입스가 와서 친구들이 놀린다고? 그 소리를 무시해. 듣지 말란 말야. 그저 네 안의 소리에만 집중해. 네 마음의 소리가 널 좋은 방향으로 이끌어줄 거야. 네 인생을 이끌어갈 사람은 너 자신밖에 없어. 잘하는 일이 있으면 스스로 칭찬도 해주고 맘에 들지 않으면 따끔하게 혼도 내주고 말이야. 네 마음속에 선인장 하나를 키운다는 생각으로 물도 주고 햇빛도

쬐어주면서! 우리 아들, 안타깝지만 엄마 아빠가 이런 얘기를 해주는 것 말고 달리 도와줄 수 있는 게 없어서 어쩌지? 그냥 응원해주는 것밖에는……."

엄마는 정말 속상하신지 울먹이면서 얘기하고 있었다. 사실 엄마의 말은 뻔한 얘기였다. 나에게 조언을 해주는 사람들이 늘 하는 얘기, 야구를 시작한 뒤 장애물이 생길 때마다 늘 듣던 말이었으니까. 그런데 내 마음을 움직인 것은 나의 꿈도 엄마의 그럴듯한 조언도 아니었다. 그것은 바로 엄마의 눈물이었다. 그 눈물을 보는 순간, 엄마로부터 내게 신비한 에너지가 쏟아져 들어오는 것 같았다. 나를 가련하게 여겨주는 존재가 있다는 사실이 내가 다시 새로운 세상으로 나아갈 수 있도록 해주었다.

'내가 야구를 싫어한다면 그만두는 것이 맞지만, 나는 야구를 사랑해. 순간 포기하려 했지만 그건 단지 주변 사람들의 말과 조롱에 지쳐서 그랬을 뿐이잖아. 어찌 보면 힘든 상황을 어떻게든 모면하고자 했던 나약한 마음 때문이기도 해. 지금이 나에게 가장 힘든 상황일지도 몰라. 이 순간을 이겨낸다면 앞으로 어떤 어려움도 물리칠 수 있을 거야. 그래, 날 응원해주는 사람들을 위해서라도 이겨내보자.'

나는 마음속으로 생각을 정리한 뒤 가족들을 향해 말했다.

"제가 충동적이었던 것 같아요. 이 순간만 극복하면 레벨업할 수 있는 건데 잠깐의 어려움으로 포기하려 했다니, 이거 마치 게임에서 모든 난관을 뚫어내고 마지막 일격으로 승리를 따내기 전 스스로 GG*한 것과도 같네요. 어떻게든 한 번 버텨내볼게요!"

엄마 아빠가 아무런 말 없이 안타까운 눈빛만 보내고 있는 가운데 어색한 분위기를 깬 것은 동생이었다.

"형, 맨날 게임만 하니 비유도 그렇지. 쯧쯧, 부족하다, 부족해."

동생의 말에 머리를 긁적이며 나도 정말 오랜만에 크게 웃었다. 내가 처음 말을 꺼냈을 때의 무거웠던 분위기는 이제 웃음꽃이 피어나는 경쾌한 분위기로 바뀌어 있었다. 하지만 지금 내가 맞닥뜨린 문제를 어떻게 극복해낼 것이냐 하는 본질적인 문제가 남았다. 돌고 돌아 결국 다시 나 혼자다. 죽이 되든 밥이 되든 어떻게든 나 스스로가 헤쳐나가야 한다.

이리저리 뒤척이다가 아침이 됐다. 이제부터는 나와의 싸움이었다. 운동화를 신으며 신발 끈을 단단히 동여맸다. 엄마 말대로, 앞으로는 외부의 모든 부정적인 소리는 차단하고 내 마음의 소리에만 집중해보기로 했다.

그래, 가자. 심호흡을 크게 한번 하고 문을 열었다. 바깥의 공기는 어제와 다르게 너무 맑고 부드러웠다. 날씨도 내 마음 따라 변하는 건지 헛웃음이 흘러나왔다. 학교에 도착하자마자 운명의 장난처럼 또 병구를 만났다. 저 멀리서 병구가 놀

---

* 게임의 패배를 인정하고 포기할 때 패자 쪽에서 하는 '항복선언'.

리는 말투로 소리치며 나에게 뛰어오라는 제스처를 했다.

"어이, 공도 못 던지는 야구선수. 빨리 뛰어와서 인사해야지."

나의 마음은 이제 강철처럼 강해져 있었기 때문에 그런 말을 듣고도 이상하게 아무렇지 않았다.

"네, 형."

아무 일 없다는 듯 웃으며 대답하는 나의 태도에 병구가 놀란 듯 말했다.

"아니, 왜 이리 실실 쪼개. 공 못 던지는데, 좋아?"

너무 신기했다. 어떤 비꼬는 소릴 들어도 전혀 기분이 나쁘지 않았다. 내가 천연덕스럽게 말했다.

"형, 저 진짜 어떡해요. 공 던지는 것 좀 가르쳐주세요. 하, 진짜 야구 접어야 하나, 하하하하하."

나의 그런 모습에 어안이 벙벙해진 병구가 말했다.

"야, 너 뭐 잘못 먹었냐? 평소처럼 대들어야지, 인마. 왜 이래?"

나는 한 발짝 더 나가보았다.

"형, 지금까지는 죄송했어요. 앞으로 시키면 뭐든지 다 잘하는 후배 강파치가 되겠습니다. 하하하하하."

마음이 가벼워졌다. 한층 더 성숙해진 기분이 들었다. 내 인격과 품성을 담는 그릇이 한결 커진 듯한 느낌. 다시 병구를 쳐다봤는데 정말이지 저승사자라도 마주친 표정이라 웃음이 터져 나오려고 했다. 하지만 비꼬는 것처럼 보일까 봐

애써 표정이 드러나지 않도록 했다. 그때였다. 한참을 침묵 속에서 무표정하던 병구가 힘겹게 입을 열었다.

"흠, 그래, 파치야. 내가 좀 심했지…… 네가 나를 무시하는 것 같아 자존심이 상해서 그랬던 건데, 흠흠, 네가 이렇게 나오니까…… 나도 앞으로는 잘해줄게."

병구가 나에게 손을 내밀었다. 이건 뭐지? 아, 나는 친구라고 생각해서 편하게 대했던 건데, 병구가 오해했던 모양이구나. 하긴, 다른 선배들을 대하는 태도와 병구를 대하는 태도가 다르긴 했다. 그것 때문이었구나. 모든 갈등의 원인은 나한테 있다는 말, 그 말이 입증되는 순간이었다. 병구는 씨익 미소를 지어 보인 뒤 고개를 돌리고 부리나케 가버렸다. 희망 한 점 없고 빠져나갈 구멍도 없이 꽉 막혀 있던 상황이 한순간에 반전되었다. 신기했다. 나의 생각과 태도가 바뀌니 세상도 바뀌었다. 말 한마디가 천 냥 빚 갚는다는 옛말이 틀린 게 아니었다. 이렇게 간단한 것을. 이렇게 사소했던 것을. 결국 나의 태도가 문제였던 것이다. 기분이 좋았다. 어깻죽지에서 날개라도 돋아 날아오른 듯 마음이 가뿐해졌다. 생각 하나를 바꾸었을 뿐인데 세상이 다르게 보였다.

수업 시간이 끝나고 운동부 숙소로 내려가니 병구와 선배들이 모여 있었다. 앞으로 잘해주겠다는 말을 듣긴 했지만, 그래도 여전히 긴장됐다. 병구가 어떻게 나올지 몰랐기 때문이다. 하지만 그 걱정은 말 그대로 기우에 지나지 않았다.

"어이, 파치. 하이. 오늘 하루도 열심히 해보자, 잉."

병구의 살가운 인사말에 동기와 선배들이 수군거리기 시작했다. 평소 늘 날이 선 목소리로 비아냥거리기만 하고, 티격태격 서로 잡아먹지 못해 안달하는 것처럼 보이던 두 사람이었기에 모두가 놀랄 만도 했다. 하지만 이젠 아무 상관이 없었다. 나도 웃으며 병구에게 인사했다.

"안녕하세요, 병구 형. 오늘 하루도 파이팅~~~~"

병구도 웃으며 대답했다.

"오키."

너무 기분이 좋았다. 몇 년 묵은 체증이 내려가듯 시원했다. 소화제가 따로 필요 없었다. 나는 운동장으로 날아갈 듯 뛰어 올라가 열심히 운동장 정비를 한 후 운동을 시작했다.

"하나, 둘, 셋, 넷."

간단한 스트레칭을 마치고 캐치볼 연습 시간이 되었다. 다시 긴장이 시작됐다. 눈앞에 빨간 연지곤지를 한 하얀 공이 휙휙 날아다녔다. 나는 심호흡을 하며 캐치볼을 해도 될까 고민하고 있었다. 독고 코치님이 다 나을 때까지는 공을 안 잡아도 된다고 했으나 부딪쳐보고 싶은 생각이 들었다.

'누가 그냥 내 손 위에 공을 올려놨으면 좋겠다.'

그때였다. 누군가 내 팔을 덥석 잡더니 손바닥 위에 공을 올려놓으며 말하는 것이 아닌가.

"야, 병신아. 그냥 잡고 던져. 너 정도면 평균 이상이야."

뒤를 돌아보았는데 병구였다. 병구가 나에게 그런 말을 해주다니 정말 놀라웠다. 하지만 내색하면 이상할 것 같아서 나는 애써 침착하게 대답했다.

"넵."

하지만 대답이 입 밖으로 나오기도 전에 병구는 이미 저 멀리 걸어가고 있었다. 정말 고마웠다. 근데 어쩐지 츤데레 느낌이 일어 피식 웃음이 났다.

'아, 놔. 저자식 얼굴도 잘생겼는데 성격까지 좋아지면 어떡하지.'

살짝 질투도 났다. 정말 나 자신한테 어이가 없었다. 그렇게 서로 미워하며 티격태격하다가 한순간에 이렇게 바뀌다니. 하지만 이제 가장 중요한 순간이 남았다. 공을 잡은 손이 어떤 반응을 보일지 살펴야 했기 때문이다. 나는 아래를 천천히 내려다봤다. 영화 〈죠스〉의 배경 음악이 깔리는 듯했다. '따란따란 따라따라따라라라라라~'

손은, 떨리지 않았다. 너무도 기뻐서 눈물이 나올 것만 같았다. 반대편 쪽 망에다 공을 던져보았다.

"촤악, 탁."

원하는 곳에 정확히 꽂혔다. 감격의 연속이었다. 하루 만에 입스가 고쳐지다니. 나는 독고 코치님께 가서 캐치볼을 하겠다고 말했다. "확실해?" 독고 코치님이 의심스러운 눈빛으로 물었다. 난 자신 있게 "네." 하고 대답하며 글러브를 끼고 팔을 돌려 보았다. 포수 라운딩을 시작했다. 파이팅을 하고 공을 던지려는 순간 반대쪽에서 "여기로 던져." 하며 웃고 있는 병구가 보였다.

부모님 말씀이 맞았다. 세상에 노력하면 이루지 못할 것은 없었다. '세상이 바뀌길 바라지 말고 나를 바꿔라. 그러면 세상이 바뀔 것이다.'

"촤악!"

손에서 공이 빠져나갔다. 야구공에 누벼진 실밥이 빠른 속도로 돌면서 날아가고 있었다. 내 공은 시원하게 병구의 글러브 볼집에 박혔다. 너무도 개운했다. 뒤에서 내가 공 던지는 모습을 본 독고 코치님이 말씀하셨다.

"짜식, 이렇게 잘할 거면서! 자, 모두들 한번 해보자. 파이팅~~~"

내 인생에서 이렇게 보람찬 순간이 있었는지 잘 모르겠다. 정말 힘들었지만 나는 내 앞을 가로막아 서 있던 또 다른 나를 이겨내고 한 단계 성장한 것 같아 뿌듯했다. 나를 향해 날아오는 공을 보며 다짐했다.

'자, 가보자. 다음 시즌엔 더 크게 파이팅이다!'

야구 박사 할아버지

"흐음. 내가 진다고 말했지? 흐음, 너도 그렇게 생각하지?
오늘 하루도 고생했다. 흐음."

매일 똑같은 옷을 입고 3루 관중석 끝자리에 앉아 있는 노
인. 어른들에게는 야구 박사님이라 불리기도 하고, 학생들에
게는 '흐음버지'라 불리기도 한다. '흐음버지'는 '흐음'과 '할아
버지'를 합쳐 학생들이 만들어낸 신조어다. 줄여서 '흠버지'
라고도 불렀다. 흐음, 흐음 하며 말을 마무리 짓는 습관 때문
에 그런 별명이 붙은 것이다. 그리고 한편으론 KFC의 치킨
할아버지처럼 우리가 무엇을 하든 인자하게 웃어주기 때문
이기도 했다.

학생들한테는 그저 소소한 이야깃거리의 대상이자 호기심
을 유발하는 존재일 뿐이었지만 야구 관계자들 사이에서는
특별히 주목받는 분이었다. 그분은 경기 시작 전 비어 있는
야구장을 보면서 누군가와 대화하듯 혼잣말을 하며 승부를

예측하곤 했다. 적중률이 95프로 이상이어서 소름이 돋을 지경이라고 했다.

더 놀라운 건 우리 선수들에 대한 여러 가지 기록이 적혀 있는 것으로 보이는 마법의 노트였다. 누구에게도 보여주지 않는 그 노트는 분량이 꽤 많아 마치 야구 인물 백과사전 같다고 했다. 하지만 그 노트에 대해 정확히 알고 있는 사람은 아무도 없었다. 그냥 '카더라' 통신으로 떠도는 이야기들일 뿐이었다. 그래도 소문이 거짓은 아닌 것 같았다. 어느 날 내가 화장실을 가려고 할아버지 뒤쪽으로 지나칠 때였다. 할아버지는 피곤하셨는지 노트를 무릎 위에 펴놓고 잠시 졸고 계셨다. 나는 그 틈을 타 운 좋게도 그 '마법의 노트'를 볼 수 있었는데, 거기엔 선수들 하나하나에 대한 특기사항들이 꼼꼼히 기록되어 있었다. 심지어 선수들의 플레이 스타일이나 버릇까지 분석되어 있었다. 스카우팅 리포트보다 더 세밀한 것 같았다. 그런 정보를 얻으려고 스카우팅 관계자들이 수시로 찾아가서 조언을 구한다는 소문도 돌았다. 야구 박사님이라고 불리는 이유가 있었다.

야구장에서 매일 볼 수 있기는 했지만 그 야구 박사 할아버지에 대해서 정확히 알고 있는 사람은 없었다. 야구 시즌이 되면 조용히 나타나 야구장 청소를 도맡아 한다는 정도가 다였다. 야구장 관리자가 그분의 야구 사랑에 감동해 소일거리를 마련해준 것이라고 했다. 야구 박사 할아버지에게는 일석이조였다. 좋아하는 야구 구경도 할 수 있고, 용돈 벌이도 할 수 있었으니까 말이다. 하지만 늘 꾀죄죄한 옷차림과 간혹 넋이 나간 듯 혼자 중얼거리는 모습 때문에 우리한테는 그 할아버지의 존재 자체가 미스터리였다. 야구장에 살다시피 하는 이유는 무엇인지, 누구와 대화를 하는 것인지, 이 두 가지가 가장 의문이었다.

파란만장했던 1학년 시절을 마치고 2학년이 되었다. 그래도 성공적으로 1학년을 보낸 셈이었다. 방망이를 잘 친다고 소문이 났으니 말이다. 고등학교 첫 시즌에 가능성을 보여줬기 때문에 2학년 때는 나 자신에 대한 기대감이 높았다. 하지만 돌아온 건 슬럼프로 인한 참담한 성적이었다. 팀 내 최다 삼진에 주전 자리까지 빼앗기고 말았다. 야구를 관둔 절친 준수와 성공한다고 멋들어지게 약속까지 했는데 지키지 못할 것 같다. 더 큰 문제는 갑자기 슬럼프에 빠진 이유를 알 수가 없다는 것이었다. 발버둥을 치면 칠수록 늪에 빠져드는 듯 나락으로 떨어질 뿐이었다.

다시 마음을 가다듬고 처음으로 돌아가자고 다짐했다. 많은 훈련을 소화하려 노력했고 소나무 할아버지한테도 찾아갔다. 하지만 무리한 운동 때문에 오히려 허리 쪽으로 부상이 왔고, 꿈속에도 할아버지는 나타나지 않았다. 절실하지 않았기 때문일까. 정말 원망스러웠다. 힘들 때마다 내게 위안이 되어주고 힘이 되어주던 할아버지. 도와줄 거면 끝까지 도와주시지 않고…… 내 고교 2학년 야구 인생은 그렇게 한없이 어둠의 미로 속으로 빠져들어가고 있었다. 그런 상태에서 시즌을 마치고 한창 마무리 훈련을 하던 때였다.

"야, 흠버지 미스터리 푸는 사람 내가 평생 형님으로 모신다."

옆에서 스윙을 돌리고 있던 기우가 말했다. 뜬금없었다. 시즌도 끝났는데 난데없이 흠버지 미스터리라니. 하긴 모두가 궁금해할 법도 하지. 까닭 없이 솟아오른 호기심에 전염된 우리는 흠버지에 대한 이야기꽃을 피워냈다. 정말 궁금하긴 했다. 날씨도 추워지는데 겨울이 되면 어떻게 지내실까 걱정도 되었다. 보기와는 달리 갑부라는 주장부터 그 할아버지의 기록 노트를 사고 싶어 하는 야구박물관이 있다는 헛소리까지, 우리의 웃음소리와 함께 온갖 상상력이 펼쳐지고 있었다.

"내가 꼭 풀어서 네 형님 되어줄 테니, 설거지 준비해라."

내가 웃으며 기우에게 말했다. 사실 너무 알고 싶었다. 그 할아버지가 야구장을 바라보며 혼잣말을 중얼거릴 때 자꾸 소나무 할아버지와 닮았다는 생각이 들었기 때문이다. 남들은 정신 나간 소리라고 할지 모르겠지만 내겐 진지한 문제였다. 자신의 속마음을 털어놓을 대상이 있다는 게 얼마나 행복하고 축복받은 일인지. 그 대상이 실질적인 존재이든 만들어낸 허구의 그 무엇이든 말이다.

며칠 후 일요일 아침, 아버지가 나를 불렀다.

"파치야. 오늘 등산이라도 다녀와라. 가는 길에 절 있잖아? 거기 들러 마음도 좀 다스리고 새로운 다짐도 하고."

그리 내키지는 않지만 '새로운 다짐'이라는 말에 마음이 흔들렸다. 마무리 훈련하느라 몸이 녹초였지만 새로운 시즌 대비도 할 겸 등산을 하기로 했다. 집에서 가까워 평소에도 가끔 오르곤 하던 산이었는데, 목이 마를 때쯤 도착하는 곳이 바로 그 절이었다. 약수로 소문난 물맛, 그리고 앞마당이 산 아래 한강을 내려다보며 절경을 뽐내고 있었기에 그 절은 등산객들의 인기 답방 코스가 되어 있었다.

마음이 혼란스럽거나 기운이 빠질 때면 가족과 함께 등산하며 들렀던 절이라 추억이 쌓여 있는 곳이기도 했다. 오랜만에 올라가는 산은 나쁘지 않았다. 길에 수북이 쌓인 단풍잎은 마음을 달래기에 충분했다. 월동 준비를 하며 도토리를 숨기는 다람쥐와 썩은 감을 파먹고 있는 까치는 귀엽기까지 했다.

나는 땀을 뻘뻘 흘리며 절에 도착해서 약수를 들이켰다. 그 절은 부처님을 모시는 곳인 대웅전과 돌아가신 분들을 모시는 전각으로 나뉘어 있었다. 불교를 믿는 사람들은 대웅전으로 들어가서 기도를 드리기도 했지만, 그렇지 않은 사람들은 시원스럽게 펼쳐진 전망을 내려다보며 마음의 짐을 내려놓고 새로운 각오를 다지기에 알맞았다. 나도 여느 등산객들처럼 멀리 펼쳐진 한강 물줄기를 바라보며 심호흡을 했다. 무거웠던 마음이 조금은 가벼워졌다. 눈을 감고 바람 소리도 들으며 마음속 잡념들을 날려 보냈다. 빈둥빈둥 시간을 보내며 오래간만에 여유를 만끽했다. 그러다 하산하려고 신발 끈을 매는 순간이었다. 어디선가 낯익은 목소리가 들렸다.

"흐음, 이제 야구 시즌도 끝나서 어떡하냐 흐음. 널 보려면 내년 봄까지 기다려야 되니? 흐음. 그래도 올 한 해 잘 보냈네. 흐음."

아니, 이럴 수가. 그 목소리의 주인공은 바로 야구 박사 할아버지였다.

"허억."

실체를 파악한 순간, 뒤로 놀라 자빠질 뻔했다. 세상에 이런 인연도 있을 수 있나. 야구장에서 보던 분을 이런 곳에서 만나다니. 우리는 눈이 마주쳤다. 할아버지도 놀라셨는지 인상을 찌푸렸다.

"야, 너, 태산고 강파치 아니야? 흐음, 왜 여기 있어?"

나는 멋쩍은 웃음을 지으며 대답했다.

"역시, 할아버지는 모든 선수 이름을 외우고 계시네요. 바람도 쐴 겸 기분 전환하려고 왔어요. 이제 내려가려고요."

할아버지는 왜 여기에 계시느냐고 물어보고 싶었지만, 예의가 아닌 거 같아서 마음을 접었다.

"나도 내려갈 건데, 같이 내려가자, 그럼. 흐음."

할아버지의 말이 떨어지기가 무섭게 나는 바로 답했다.

"네, 저야 좋죠."

내려가는 길이 하나라 어쩔 수 없었다. 한 발짝 디딜 때마다 느껴지는 어색함이 주변 공기를 자극했다. 무슨 말을 하면서 가야 하나 궁리하고 있는데 먼저 적막을 깬 쪽은 할아버지였다.

"파치야, 올해 힘들었지? 흐음, 괜찮아. 내년에는 잘할 거야. 올해 스윙 보니 괜찮더라. 흐음, 성적이 안 나오는 건 벌크 업* 때문일 거야. 흐음. 사람이 자신의 몸에 적응하려면 5개월 정도가 필요한 법이지. 넌 그 과정이 없었기에 실패한 거야. 아마 내년에는 잘할 거야. 또……."

그 말을 듣자마자 나는 놀랄 수밖에 없었다. 설명이 너무나 체계적이고 전문가 포스가 느껴졌기 때문이다. 전문가보다 더 전문가였다. 과거 야구선수 출신이신가, 아니면 감독을 하신 분인가? 야구장에서는 횡설수설하시던 분인데, 이렇게까지 논리적인 분이었나? 갑자기 야구 박사 할아버지의 삶에 관심이 갔다. 나는 바로 물었다.

"어떻게 이렇게 야구를 잘 아세요? 매일 야구장에 찾아오시는 이유도 궁금한데…… 실례가 되지 않는다면 여쭤봐도 될까요?"

물어보고도 심장이 두근댔다. 아무도 모르는 미스터리를 먼저 알 수도 있다는 흥분감 때문이었다. 몇 초간 정적이 흘렀다. 단풍이 발에 밟혀 사부작대는 소리만 울려 퍼졌다.

"정말 알고 싶니? 흐음."

할아버지가 말을 이어갔다.

"그 대신 너만 알기로 하자. 혹시 시간 되니?"

"네, 오늘 쉬는 날이라 괜찮아요."

---

* 근육과 살을 찌우는 것.

대답이 끝나기 무섭게 야구 박사 할아버지는 내 손목을 잡고 내려가던 발걸음을 되돌려서 절 쪽으로 다시 올라가기 시작했다. 내 손을 잡고 있던 할아버지의 손아귀 힘이 너무 강해서 아프기까지 할 정도였다. 그래서 나는 할아버지 옆에 바싹 붙어 따라가야 했다.

'도대체 어디로 가는 걸까?' 할아버지와 나는 아무 말 없이 계속 걸었다. 처음 올라올 때 보였던 다람쥐와 까치는 어디로 갔는지 코빼기도 보이지 않았다. 터벅터벅 걷는 소리만 숲속으로 울려 퍼지고 있었다. 몇 분이 지났을까, 걷는 속도가 점차 느려지더니 할아버지의 발걸음이 갈색 잔디밭에서 멈춰 섰다. 마침내 할아버지가 입을 열었다.

"다 왔다."

잡혀 있던 손이 아파 땅만 보며 걷던 나는 그제야 고개를 들었다. 앞에는 묘가 몇 개 있었다. 오랫동안 방치된 듯한 모습이었다. 그 뒤로 절의 대웅전이 보였다.

생각지도 못 한 장소이기에 두 눈이 크게 떠졌다. 마음 한구석에서는 얼마 전 봤던 공포영화가 생각났다. 공동묘지로 데려가서 사람을 죽이는 영화였다. 나는 놀란 목소리로 말했다.

"아니, 할아버지. 공동묘지에는 왜……."

손이 바들바들 떨렸다. 두려움이 몸을 감쌌다. 할아버지가 입을 열었다.

"아니, 뭐 이리 떨어. 걱정 마. 네가 생각하는 그런 거 아니니까. 흐흐흠, 여기 보이지? 내 아들의 묘다."

그 말을 듣고 나는 더더욱 놀랐다.

"네?"

할아버지가 계속 말을 이어갔다.

"이십여 년 전 내 아들은 야구선수였지. 너처럼. 흐음, 3루수 백우혁. 딱, 네 또래였지. 흐음. 우혁이는 야구를 참 좋아했어. 글러브를 끼고 야구하자며 노래 부른 게 엊그제 같은데…… 흐음."

무겁고 슬픈 정적이 흘렀다. 어떻게 반응해야 할지 감이 잡히지 않았다. 공감이라도 해드려야 할 것 같은데…….

"무슨 일이 있었어요? 어디 아팠나요?"

나는 조심히 물었다. 그러자 할아버지가 말했다.

"경기를 하다가 쓰러졌어. 흐음, 슬라이딩을 하다가 수비수 무릎에 얼굴을 부딪쳤지. 근데 부딪칠 때 충격이 너무 커서 의식을 잃고 말았어. 한 일주일 동안 중환자실에 있다가 하늘나라로 갔어. 흐음. 마지막 인사도 못 하고 말이야, 흐음. 처음에는 꿈인 줄 알았어. 어딘가에 살아 있는 것만 같고. 어디 잠깐 여행 간 것 같았어. 조금만 기다리면 돌아올 것만 같고. 미친놈마냥 없는 아들내미를 밤낮으로 찾아 헤매었으니…… 흐음."

그 말을 끝으로 잠시 동안 대화가 끊어졌다. 귀뚜라미 소리만 한없이 들렸다. '귀뚤귀뚤' 하고 들려야 할 소리가 '어흑-어흑-어흑' 하는 울음소리처럼 들렸다. 벌레들의 울음 합창 연주가 끝날 때쯤 할아버지가 말을 이어갔다.

"너무 힘들어서 삶을 포기하려고도 했어. 흐음. 죽어서라
도 아들 얼굴이 너무 보고 싶었거든. 하지만 그건 그 애가 바
라는 바가 아닐 거 같아서 머리를 깎고 절에 들어갔지. 흐음.
녀석의 명복이라도 빌어주고 싶어서. 그 절이 여기, 전화사
야. 매일매일 부처님께 빌었지. 흐음. 제발 아들 얼굴 한 번
만 보게 해달라고 말이야. 그런데 어찌 된 일인지…… 야속
하게도 우혁이는 얼굴 한번 보여주지 않더라."

한숨을 크게 한번 쉬고서 할아버지가 다시 말을 이었다.

"흐음. 시간이 지날수록 그리움이 더 커지더구나. 차라리
잊히면 더 좋았을 텐데 말이야. 그럴수록 부처님께 더 의지
했지. 속세와 인연을 끊고 싶었는데 시간이 갈수록 그 인연
의 끈이 더 강해지는 거야. 흐음. 결국 절을 내려오게 됐지.
그런데 어떻게 해야 할지 감이 오지도 않더라. 정신없이 돌
아다니기만 했어. 먹지도 씻지도 않고 목적지도 없이 말이
야. 또다시 미치광이가 되고 있었지. 그때였어……."

할아버지의 입가에 웃음이 피어나고 있었다. 신기한 건 아
무 이유 없이 내 입가도 양쪽으로 올라가고 있었다는 것이
다. 한번 씨익 웃으시더니 할아버지가 말했다.

"'야구해요'라는 소리가 내 고막을 때렸어. 한 번도 아니고
수십 번이나 들렸어. 그 소리를 따라 천천히 걸어갔지. 소리
가 들리는 쪽으로 갈수록 우혁이의 목소리가 겹쳐 들렸어.
도착해보니 너희가 경기하는 곳, 목동야구장이었지. 눈에서
눈물이 미친 듯이 흘렀어. 3루 쪽으로 가면 아들이 보일 거

같았어. 온몸에 흙먼지를 묻히고 글러브를 두들기는 아들의 모습 말이야. 난 3루 관중석에 도착하자마자 쓰러졌어. 밝고 따스한 햇살과 포근한 의자. 아직도 그 순간을 기억해. 밝은 햇빛 때문에 눈앞이 잘 보이지 않던 그때, 기적적으로 아들이 보였어. 그렇게 보고 싶던 그 애가 내 앞에서 웃으며 '야구해요'라고 말하더라고. 가슴속에 뭉쳐 있던 응어리를 뽑아내기 위해 소리 내며 울었지. 그러고선 아무 말 없이 아들을 보내줬어. 그래서 매일 야구장에 가는 거란다. 3루석에 앉아 있으면 아들이 보여. 아들의 목소리가 들리고. 그러다가 너희들 기록을 하나씩 정리하기 시작했어. 그 덕에 야구 박사가 됐지, 흐음. 하하하."

어느새 내 눈에는 눈물이 맺혀 있었다. 너무 슬펐다. 이런 사연이 있을 줄 누가 알았을까. 볼을 타고 눈물이 흘러내렸다.

"울지 마라, 파치야. 흐음. 네가 왜 우니. 우혁이는 하늘에서도 즐겁게 야구하고 있을 거야. 흐음. 파치야, 이 얘기를 아는 사람은 네가 처음이다. 내가 부탁 하나 해도 될까?"

나는 눈물을 닦으며 고개를 끄덕였다.

"네가 하고 싶은 것을 즐겨라. 의무감으로 야구를 하지 말고. 그리고 책임감을 가졌으면 좋겠다. 잘생기고 멋진 야구 선수들이 잘못 생각하는 게 하나 있어. 자신이 하고 있는 야구가 혼자만의 것이라는 착각 말이다. 그건 잘못된 거야. 야구는 자기 혼자만의 것이 아니야. 사람들은 야구를 보며 많은 감정을 느낀단다. 깔깔거리며 웃을 때도 있고, 살면서 받았던 상처를 치유하기도 해. 나처럼 말이야. 모든 야구선수가 알았으면 좋겠어. 자신이 힘들면 보는 사람도 힘들고, 자신이 즐거우면 보는 사람도 즐거움을 얻는다는 걸 말이야. 그들의 플레이가 한 사람의 인생을 좌지우지할 수도 있거든. 그만큼 책임감을 가져줬으면 좋겠다. 파치야, 너의 플레이를 보면 내 아들이 떠오르는구나. 네가 꼭 성공했으면 좋겠다. 야구를 좋아하는 사람들에게 힘을 다오."

할아버지의 사연을 알게 된 나는 심장이 요동쳤다. 내가 하고 있는 야구가 남에게 힘이 되다니. 처음 느껴보는 감정이었다. 50억 FA가 되겠다면서 큰소리를 쳤던 내가 부끄러워졌다.

야구는 돈을 벌기 위한 수단이 아니다. 직업 그 이상의 뭔가가 있다. 갑자기 부끄러워졌다. 그리고 죄송했다. 그동안 나는 할아버지를 호기심의 대상으로만 바라보았다. 그냥 할 일 없이 떠돌아다니다가 시간을 때우기 위해 야구장에 오는 노숙자 할아버지로 생각한 나 자신이 한심하게 느껴졌다.

야구는 도대체 뭘까? 뜨거워지는 가슴을 안은 채 할아버지와 산을 내려왔다. 내가 지금 하고 있는 야구가 누군가에게는 목숨을 바칠 정도로 소중한 것이었다니. 지금도 얼마나 많은 사람들이 야구에 목을 매고 있을까. 사람들을 울게도 하고, 웃게도 하며, 그들을 살아 있게 만드는 영혼의 스포츠.

내 단짝 친구 준수. 그라운드 위의 개똥 철학자, 준수. 아마 그 녀석이 하고 싶었던 말이 바로 이것이지 않았을까. 야구 박사, 흠버지, 야구 할아버지…… 야구는 야구를 하는 선수들의 것만이 아니다…… 야구를 책임져라…….

집에 돌아와 오늘 있었던 일을 곱씹어보았다. 우리 학교 소나무 할아버지가 얘기해주었던 것처럼 나는 아직도 성공에 집착하고 있었다. 여전히 야구를 성공의 수단으로만 생각했다. 하지만 오늘, 깨달았다. 아니 머리로만 알고 있었던 것을 몸으로 느끼게 되었다. 야구를 통해 사람들과 교감하고 야구와 공존하는 것, 그 자체가 성공이라고. 나의 야구로 다른 사람의 상처를 치유할 수 있다면 그것으로 충분하다. 야구는 나만의 것이 아니다.

고교 마지막 전지훈련, 새 희망을 향하여

눈 깜짝할 새에 2학년 시즌이 끝나 있었다. 시즌 초반에 기대했던 것과는 달리 성적이 좋지 않았다. 학년 초에 터진 첫사랑 사건은 나의 집중력을 흩트려놓았고, 그 이후 어떤 노력으로도 이전의 성적을 회복하지 못했다. 나의 방망이는 무게 중심을 잃고 붕붕 허공을 가르기만 했다. 수비에서는 송구 에러를 여러 차례 범하며 실점의 빌미를 제공하는 최악의 활약을 펼쳤다.

이뿐만이 아니었다. 실수는 나 혼자로 그치지 않았다. 팀워크 하면 또 태산고 아니던가. 뱀의 머리가 가는 곳에 뱀의 꼬리가 따라가는 것처럼 모든 야구부원들이 마치 잘못된 길에 들어선 나를 따라오는 듯했다. 내가 삼진을 먹으면 이어서 삼진을 먹고 내가 에러를 하면 또 그 뒤를 이어서 에러를 했다. 정말 미칠 노릇이었다. 나 자신에게도 실망스러웠지만 우리 팀도 실망스러웠다. 갈수록 자신감이 떨어져서 경기에 나가기 싫을 지경이었다.

상황이 이렇다 보니 팀 운영 또한 제대로 될 리가 없었다. 태산 역사상 전국대회 8강전을 올라가지 못한 적이 없었는데 우리는 계속 역대 최초라는 좋지 않은 기록을 세워가고 있었다. 이제 바닥이니 올라갈 일만 남았다고 위안을 삼아보았지만 그 밑으로 더 깊은 지하가 있을 줄이야. 깊이를 알 수 없는 수렁 속으로 빨려 들어가기만 했다. 마치 늪 같았다. 발버둥 치면 칠수록 점점 가라앉아서 마침내 목까지 잠겨 최후를 맞이할 수밖에 없는 늪. 어서 시간이 흘러 새로운 시즌이 시작되기만을 바랐다. 정말 망한 시즌이었다. 나의 고등학교 2학년 시절은 그렇게 비참하게 삭제되고 있었다.

'망할 놈의 시즌!!!' 미국행 비행기에 몸을 싣고 생각했다. 엄청난 부진으로 정신적으로도 너무 힘들었던 2학년 시절이었다. 내가 흘린 눈물을 담으면 정말 몇 사발은 나왔을 것이다. 마음은 이미 갈가리 찢긴 지 오래였다. 올해가 지나면 프로나 대학을 선택해야 하는데, 나에게는 선명한 길이 보이지 않았다. 자신감도 너무 많이 떨어져 있었다.

지금 왜 미국으로 가는지도 모르겠다. 짧은 순간 희망이 보이다가도 갑자기 길이 사라지고 절망이 나를 휘감았다. 그러니 뚜렷한 목표가 있을 리 없었다. 올 시즌 성적이 너무 형편없어서 무슨 계획이나 꿈을 얘기할 상황이 아니었다. 차가운 겨울 바다에서 물고기 한 마리라도 건지면 좋겠다는 심정이었다.

'후, 잠이라도 자자. 다른 애들은 희망을 품고 가는데 나는 절망을 안고 가네. 미치겠다, 진짜. 겨울만 되면 왜 매번 전지훈련을 가는 거야. 그냥 쉬면 좋으련만.' 그러고는 눈을 감았다가 얼마나 시간이 흘렀는지 모르게 다시 눈을 떴다.

"안녕하십니까, 여러분? 저희 항공과 편안한 여행 되셨습니까? 고객님의 미래가 우리 항공의 모토처럼 쭉쭉, 저 멀리 더 높게 펼쳐지게 되기를 바랍니다."

안내 방송을 듣고 나는 혼자 중얼거렸다. "아니, 뭔가 조금이라도 미래가 보여야 멀리든 높이든 펼치지."

투덜대며 말은 했지만 나는 이미 속으로 내 미래도 시원하게 활짝 펼쳐지기를 간절히 바라고 있었다. 이번 미국 전지훈련은 우리 학교 총동문회가 미국에 자리 잡은 동문들과 힘을 합쳐 준비하고 지원해준 것이었다.

고등학교 때 해외 전지훈련을 갈 수 있는 학교에 다니게 된 것은 얼마나 큰 행운인가. 동문회는 작년 무관의 설움을 없애기 위해 전폭적인 지원을 해주기로 했다고 한다. 나도 처음이고 친구들도 처음이라 너무 설레기도 했지만, 사실은 부담이 크기도 했다. 지원해준 만큼 성적으로 보답을 해야 했기 때문이다.

미국 공항에 내리자마자 우리는 평소처럼 감독님을 중심으로 대형을 이뤄 모였다. 감독님께서 웃는 얼굴로 말씀하셨다.

"제군들, 여기는 감독도 처음 와보는 곳이에요. 여러분도 알다시피 미국은 총기가 허용돼요. 그러니 한국에서처럼 허튼짓하면 총 맞아요. 허허."

우리가 웃자 자신의 농담에 흡족한 듯 감독님도 함께 웃었다. 그 순간 문제가 터졌다.

반대쪽에서 코가 바늘처럼 뾰족하게 생긴 키 큰 백인 남자와 몸에 쇠를 넣었는지 이두박근에 낙타의 쌍봉 같은 알통을 장착한 흑인 남자가 괴성을 지르며 달려오고 있었다. 물론 옆에는 진짜 권총을 차고서 말이다. 우리는 그 모습을 보고 뒷걸음질 치기 시작했다. 감독님과 코치님도 놀랐는지 출처가 불분명한 사투리를 쓰며 기겁했다.

"아니 뭣이여."

"독고 코치, 쟈들 뭐여."

"저도 잘 모르겠습니다."

정말 온몸에 소름이 끼쳤다. 그들은 우리를 보며 손가락질을 해댔다. 우리가 미국에 도착해 맞닥뜨린 첫 외국인이었다.

"헤이, 유 가이스, 왓 얼유 두잉?"

그 소릴 듣고 감독님이 말했다.

"위 해브 미팅, 나우. 와이?"

약간의 콩글리시였지만 다행히 알아들었는지 그들의 태도가 조금 누그러졌다.

"헤이, 돈 듀 댓 히얼, 오케이? 이프 유얼 두잉, 라잌 댓, 인 아메리카, 메이비 유 거너 고우 투 제일."

여기서는, 우리처럼 공공장소에서 여러 사람이 이유 없이 몰려 있으면 위험하게 보일 수 있다는 얘기였다. 감독님이 재빠르게 대답하며 상황정리를 하셨다.

"오케이, 쏘리, 쏘리."

이 미국이라는 나라는 어떤 곳일까? TV에서 본 것처럼 대자연이 펼쳐지고 활기가 넘쳐나는 아름다운 곳일까? 하지만 그런 기대는 공항을 나오자마자 깨져버리고 말았다. 대형 트럭들이 험하게 운전을 해대었고, 다양한 인종들이 큰 소리와 함께 북적대었으며, 무엇보다 인상을 찌푸리게 한 건 우리나라와 다르게 공항 시설 여기저기가 더러웠다. 그걸 본 태연이가 말했다.

"어른들이 말하는 게 맞네!"

"뭔데?"

태연이가 웃으며 말했다.

"돈만 있으면 한국이 제일 살기 좋은 나라래."

우리는 어이없다는 듯 웃었다. 그리고 버스에 짐을 싣고 올라타는 순간 다시 우리의 인상이 찌푸려졌다. 한국 버스와 달리 너무 지저분했기 때문이다. 태연이에게 내가 말했다.

"태연아, 네 말이 맞을 수도 있겠다."

태연이도 고개를 끄덕였다. 우리가 접한 미국의 첫인상은 기대했던 바와는 많이 달랐다. 하지만 이제 막 도착했으니 그러려니 했다. 버스로 두 시간을 달려 숙소에 도착했다. 우리가 묵는 곳이 호텔이라 하길래 한국과 같은 호텔인 줄 알았는데 여인숙 같은 곳이었다.

숙소에 도착하자마자 동기이자 올해 주장이 된 로한이가 실실 웃으며 농담하듯 말했다.

"아니, 여기 무슨 가축 호텔이야? 바퀴벌레 나오겠다."

아닌 게 아니라 진짜 호텔이라는 이름이 붙은 게 신기할 정도로 시설이 열악했다. 감독님이 우리의 생각을 읽으셨는지 이렇게 말씀하셨다.

"왜? 시설이 안 좋아? 내가 알기론 이곳 LA에 좋은 호텔이 있어. 근데 우리 야구장이랑 30분 거리야. 하지만 여기는 5분 거리고. 이 감독은 야구장에 갈 때 여러분을 뛰어다니게 할 텐데, 어떻게, 우리 좋은 호텔로 옮겨볼까?"

그 말을 듣자 실컷 투덜거렸던 로한이가 바로 대답했다.

"아닙니다. 여기 너무 좋습니다. 환상적인 것 같습니다. 거의 에버랜드급인데요?"

그 말에 우리는 야유하듯 탄성을 질러댔다. 그런 80년대 아재급 개그를…… 공득도 코치님이 웃으며 말했다.

"으유, 으유. 너 큰일 나겠다, 큰일 나겠어. 그런 입으로 나중에 여자친구나 사귀겠냐? 야구 실력이 안 되면 말솜씨라도 좋아야지. 안 그러냐?"

로한이는 이내 얼굴이 빨개지고, 우리는 한참을 웃었다. 그때였다. 감독님도 실컷 웃으시고는 다시 분위기를 잡았다.

"자, 여러분, 잠깐 모여봐요."

"제군들, 스케줄 알려줄게요. 우리는 여기 놀러 온 게 아니라 태산고등학교의 명성을 드높이기 위해서 온 것이고 여러분의 미래를 위해 온 것이에요. 오늘 많은 일이 있었지만, 앞으로 예상치 못한 일들이 언제라도 있을 거예요. 우리하고 다른 생활문화이기 때문이죠. 그러니 여러분도 경솔하게 행동하지 말고 다치지 않게 조심히 운동합시다. 자, 우리는 여기 한 달 동안 있을 텐데 3주는 훈련하고 1주는 미국 고등학교 팀과 경기할 예정이에요. 아침 7시에 연습경기장으로 특훈 출발. 거기서 점심 먹고, 오후 운동하고 저녁에 밥 먹을 거예요. 그리고 들어와서 야간 운동. 모두들 오늘 잘 쉬고 내일 봅시다."

감독님과 코치님이 들어가시는 걸 확인하고 난 뒤 우리는 서로를 바라보며 짧은 한숨을 내쉬었다. 훈련이 힘들 거라는 건 짐작했지만, 막상 계획 일정을 들으니 두려웠던 것이다. 나는 이미 의욕은 떨어질 대로 떨어지고 한 치 앞의 미래도 보이지 않는 상태였기 때문에 더욱 힘이 빠졌다. 이런저런 생각으로 넋을 놓고 있을 때 뒤에서 나의 영원한 룸메이트인 기우가 불렀다.

"야, 강파치. 빨리 와, 인마. 나 힘들어."

"알았어."

방으로 올라가서 씻고 침대에 누워 막 잠이 들려고 하는데 옆 침대에서 기우가 고개를 들고 나를 보며 말했다.

"야, 파치. 우리 한 달 금방 가겠지?"

"그러지 않을까? 우리 벌써 3학년이야. 1학년 때 진짜 힘들었는데. 작년은 생각도 하기 싫고!"

기우가 인상을 찌푸리며 말했다.

"야, 얘기도 하지 마라. 근데 벌써 3학년이라는 게 조금 무섭다. 이럴 줄 알았으면 더 열심히 할걸. 그런데 후회하면 뭐해. 지금부터라도 열심히 하자."

나는 놀란 눈으로 기우를 쳐다보며 말했다.

"짜식, 제법 어른스러운데? 순간 우리 아버지가 말하는 줄. 하하하하하."

우리 둘은 서로를 쳐다보며 웃었다. 그리고 기우와 나는 다시 잠이 들었다. 멀리 떠나온 타지에서 맞는 첫 밤은 언제나 설레고 두렵다.

"똑, 똑, 똑."

누군가 우리 방문을 두들겼다. 아침잠이 많은 기우는 문소리를 듣지 못했다. 1학년 전지훈련 이후로 적응이 된 나는 벌떡 일어나서 문을 열었다. 그때처럼 여우태 코치님이 문 앞에 서 계셨다. 3년 내내 가장 먼저 일어나 일하시는 코치님이 참 대단하다고 느껴졌다.

"파치야, 너 특훈조다. 아침밥 먼저 먹고 출발하자."

"넵."

아니, 이게 무슨 황당한 소식인가. 나는 자고 있는 기우를 깨워서 먼저 나간다고 말하고 아침을 먹으러 갔다. 아침 식사 메뉴는 시리얼과 우유 그리고 바나나가 다였다. 어찌 이럴 수가. 한국에서 언제나 아침밥을 챙겨 먹었던 나로서는 믿을 수가 없었다.

'달랑 이거 먹고 운동하라니, 이러다가 영양실조 걸리는 거 아닌가?' 나는 적게 먹으면 정말로 쓰러질까 봐 시리얼을 세 그릇이나 말아 먹었다.

옆에서 여우태 코치님이 날 보고 웃으며 말했다.

"야, 너 돈 더 내, 인마."

내가 말했다.

"코치님. 이렇게라도 안 먹으면 죽을 것 같아서 그렇습니다."

여 코치님이 그 말을 듣더니 크게 웃으셨다. 그렇게 꾸역 꾸역 먹으며 얘기하는 동안 2루수에서 유격수로 포지션을 바꾼 이로한과 3루수 장인택이 합류했다. 식사를 끝내고 우리는 야구장으로 같이 걸어갔다. 로한이와 인택이는 미국에서 야구하는 것이 설렜는지 기분이 좋아 보였다. 하지만 나는 전혀 그렇지 못했다. 사실 나는 지금 목표도 없고 자신도 없었다. 작년의 상처가 너무 컸다. 야구장에 도착해서 우리는 몸을 풀었다. 야구의 본고장인 미국에 걸맞게 야구장 시설이 너무 좋았다.

"진짜, 미쳤다. 괜히 메이저리그가 있는 나라가 아니구먼."

그렇게 한동안 운동장도 둘러보면서 몸을 풀었다. 이어서 캐치볼을 끝내고 펑고 받을 준비를 마쳤다.

"와이이~~"

야구장이 좋아서 신난 인택이가 기합을 냈다.

"타—타—탁, 탁, 촤아아악, 퍽."

경쾌한 스텝과 함께 좋은 송구를 뿌렸다.

"유후."

다음은 로한이였다. 로한이는 뭐가 그리 신났는지 거의 포켓몬스터의 피카츄처럼 발랄하게 뛰어다녔다. 저렇게 즐거워하는 모습을 보니 1학년 때 내 모습을 보는 것 같았다. 그런데 지금의 나는? 너무도 지쳐 있었다. 활력이 될 만한 삶의 비타민이 필요했다. 드디어 내 차례였다.

"워이."

파이팅하는 소리가 크게 나오지 못했다. 여우태 코치님이 그 소리를 듣고 펑고를 치기 위해 공을 띄웠다가 다시 잡았다. 코치님이 소리를 질렀다.

"더 크게, 인마!"

나는 조금 더 크게 소리를 질렀지만 코치님의 마음에 들지 않은 듯했다. 저 멀리서 코치님이 나에게 홈으로 뛰어오라는 손짓을 했다. 나는 고개를 숙이고 뛰어갔다. 내가 생각해도 이런 바보 머저리가 없었다. 코치님 앞에 도착해 고개를 들자 내 얼굴은 땀과 눈물로 범벅이 되어 있었다. 코치님도 놀란 눈치였다.

"뭐야, 왜 울어? 아직 아무것도 안 했는데, 어디 아파?"

내 심리상태를 말하고 싶었지만 입술이 떨어지지 않았다. 코치님이 나를 보고 한숨을 쉬더니 말했다.

"감독님이 너 보면 분명 뭐라고 할 테니까 눈물 닦고 저기 앉아서 쉬고 있어. 좀 이따가 나랑 얘기 좀 하자."

"네."

풀이 죽은 나는 힘없이 대답하고 천천히 벤치 쪽으로 가서 뺨에 흘러내린 눈물을 닦으며 앉았다. 운동할 때는 몰랐는데 미국의 하늘은 내 마음과 정반대로 푸르고 너무 맑았다. 어제 본 밤 풍경과는 완전히 달랐다.

'내가 지금 여기서 뭘 하고 있는 거지? 아무런 의욕도 없이…… 이놈의 하늘은 왜 이리도 아름답게 펼쳐져 있는 거야, 진짜.'

그러고 있는 동안 펑고 훈련이 끝났다. 땀을 뻘뻘 흘린 로한이와 인택이는 저 멀리서 공을 주우며 운동장 정비를 했다. 그들의 모습을 물끄러미 바라보고 있는데 여 코치님이 다가왔다. 내가 일어서려고 하자 코치님이 그냥 앉아 있으라고 손짓을 했다. 코치님은 내 옆에 앉아서 한숨을 한번 내쉬더니 말을 꺼냈다.

"무슨 일이야? 첫날부터. 항상 웃으며 투지 넘치게 야구하던 강파치 어디 갔어?"

나는 대답을 할 수가 없었다. 코치님이 다시 물었다.

"왜 그래. 말을 해야 알지. 얼른 얘기해봐."

두 눈에서는 또다시 이유 없이 눈물이 흘러내렸다. 막막한 미래의 모습만 떠올랐다. 2학년 때 그렇게 열심히 준비했는데도 계획한 대로 실력이 늘지 않는 것 같았고, 성적도 좋지 않았기 때문이다. 그나마 타격 하나만 믿고 버텨왔는데 2학년 때 타율이 2할에도 미치지 못했다.

수비는 아직도 기본기가 부족한 것만 같았다. 부모님의 격려와 야구 박사 할아버지의 조언으로 마음을 다잡을 수 있었지만, 그것도 잠시뿐이었다. 마음먹었던 것과 실제 몸이 움직이는 것 사이에는 엄청난 차이가 있었다. 특히 수비는 그야말로 나의 아킬레스건이었다. 다른 팀에서라면 주전으로 뛸 수 있는 실력이라는 평가도 있긴 했지만, 우리 팀에서는 아니었다. 캐칭과 송구, 뭐 하나 동료들보다 두드러지게 뛰어난 것이 없었다. 다 고만고만했다. 그래서 감독님도 나를 지명타자로만 출장시키지 않았던가. 그런 내가 갑자기 실력이 늘어서 프로나 대학팀에 가게 되리라는 희망은 찾을 수 없었다. 1년 정도만 더 여유가 있다면 얼마나 좋을까. 얼마든지 만회할 수 있을 것 같았다. 그럴 자신이 있었다. 하지만 시간은 나를 기다려주지 않는다.

3학년이 되고 보니 이런 냉정한 현실이 더욱 절실하게 느껴졌던 것이다. 로한이나 인택이는 어릴 때부터 야구를 한 덕분에 수비 기본기가 탄탄했다. 감독님이나 코치님이 늘 인정할 수밖에 없는 수준을 유지하고 있었다. 그들에 비하면 나는 여전히 햇병아리나 다름없었다. 그러니 지금 나는 벼랑 끝에 서 있는 셈이었다. 이런 사실은 나뿐만 아니라 주변 사람들 모두가 똑같이 인식하고 있었다. 다만 모두 모른 척하며 거짓 희망을 불어넣어주고 있을 뿐이었다.

말하고 싶은데 말할 수가 없었다. 사실 그냥 말하기가 싫었다. 코치님이 눈을 지그시 감더니 다시 입을 열었다.

"파치. 난 너를 도와주려고 온 거야. 만약 네가 아무 말도 하지 않는다면 감독님도 널 이해해주지 못할 거야. 가능한 한 도움이 되어줄 테니 내게 모든 걸 자세히 이야기해봐. 어쩌면 마지막 기회일지도 몰라."

난 두 손으로 뺨을 문지르듯 눈물을 닦았다. 그리고 천천히 입을 열었다.

"1학년 때부터 너무 힘들었습니다."

"어떤 게?"

"선후배 관계부터 시작해서 야구도 잘 안 되고요. 사실 여러 가지 문제들로 힘들었습니다. 저, 정말 야구 좋아합니다. 야구가 너무 좋아서 무작정 시작하기도 했고요. 그런데 1학년 끝나고 나서부터 2학년 내내 뭔가 벽에 막힌 기분이 들었습니다. 실력도 잘 안 늘고 넘을 수 없을 것 같은 한계를 느끼니 점점 의욕도 떨어지고요. 제가 좋아하는 운동인데도 의욕이 떨어지니 야구하는 게 싫어집니다. 그러다 보니 제가 여기 온 이유조차 모르겠습니다. 열심히 해도 실력은 늘지 않고, 제게 남은 시간은 너무 짧게만 느껴집니다. 가망 없는 저 자신에게 실망만 하게 되니 훈련도 하기 싫습니다."

그렇게 나의 진심을 말하고 다시 눈물을 쏟았다. 마음 한구석에 쟁여놓았던 모든 고민을 털어놓은 것이었다. 내 말을 듣고 잠잠히 계시던 코치님이 해가 뜨고 있는 동쪽 하늘을 한참 동안 바라보시더니 말을 꺼냈다.

"눈물을 멈춰라. 야구선수는 눈물을 많이 흘리면 안 돼,

인마. 내 얘기 한번 들어봐."

나는 고개를 끄덕였다.

"너 아직도 야구 좋아하지?"

내가 대답했다.

"네, 좋아합니다."

여 코치님이 다시 말했다.

"넌 한 단계 발전하고 있는 도중에 조그만 한계에 마주친 거야. 그것도 네가 만든 한계에 말이야."

난 아무 대답도 하지 못했다. 그저 감정만 복받쳐 올라왔다. 코치님이 말을 이었다.

"파치야, 너는 1학년 때부터 계속 성장해왔어. 이제 말하는 거지만, 우리는 너한테 큰 기대를 하지 않았어. 늦게 시작했기 때문에 기본기가 부족했었거든. 그런데 어느 순간부터, '어, 이 녀석 봐라' 하고 주목을 하게 됐어. 그건 네가 스스로 노력해서 발전했기 때문이야. 사람은 누구나 한계에 부딪힌다. 특히, 야구라는 게 그래. 하나를 깨부수면 또 다른 게 나타나. 저기 인택이나 로한이도 마찬가지야. 처음부터 잘한 게 아니잖아. 너는 모르겠지만, 내가 보기에는 너도 이미 쟤네들이랑 비슷한 수준에 올라와 있어. 2학년 때 네가 주춤했던 건 실력이 없어서가 아니야. 네가 고민하는 사이에도 네 실력은 늘고 있었고, 이제 곧 보여주게 될 거야. 슬럼프를 좀 겪는다고 자신감을 잃고 주춤거리면 안 돼. 넌 이제 날개만 펴면 날아오를 수 있어. 그런데 시도도 해보지 않고 포기할 거야? 파치야, 네 앞길을 막는 벽이 있다고 치자. 그 벽을 꼭 부수고 가야 할까?"

아니, 이건 또 뭔 뚱딴지같은 소리인가. 답하기가 어려웠다. 벽이고 나발이고, 코치님이 2학년 얘기를 하셔서 그런지 2학년 때의 생각밖에 나지 않았다.

"그럼, 어떻게 해야 됩니까?"

코치님이 웃으며 말했다.

"네 앞을 가로막는 그 벽을 굳이 깨야 할까? 장애물에 무작정 달려들 필요는 없다는 말이야. 그것을 넘어가도 되고 돌아서 다른 길로 가도 되고 말이야. 이 말은 포기하라는 말이 아니야. 너 야구 좋다며? 야구 계속하고 싶다며? 그렇게 좋아하는 야구를 계속하는 방법이 하나만 있는 게 아니라는 거지."

나는 고개를 갸우뚱하며 코치님을 쳐다봤다.

"사실 잘 이해가 되지 않습니다. 코치님."

코치님이 다시 웃으며 설명해주었다.

"그동안 너 자신을 채찍질하며 야구를 해온 거라면, 앞으로는 너 스스로 즐기는 야구를 하란 말이야."

즐기는 야구? 갑자기 전지훈련 오기 전에 만났던 야구 박사 할아버지가 생각났다. 내가 힘들 때마다 주변 사람들이 조언해줬던 '즐기라'는 말! 나도 즐기려고 해봤다. 하지만 그건 쉬운 일이 아니다. 어떻게 하는 것이 즐기는 것인가? 그 답을 나는 여태 찾지 못하고 있었다. 즐기면 실력도 팍팍 늘고, 행복해지고, 내 진로도 저절로 열리는 건가?

그런데 정말, '즐긴다'는 의미는 무엇인가? 대화를 나눌 때는 확실하게 이해한 것 같았는데, 막상 야구로 돌아가면 뭐가 뭔지 알 수가 없었다. 성적이 좋으면 즐기지 말라고 해도 즐길 수 있다. 하지만 그 반대의 경우라면? 어른들은 우리에게 무엇인가를 즐길 수 있는 여유를 준 적이 있었던가? 우리의 잠재력이 폭발할 때까지 기다려준 적이 있었던가? 즐기지 못하는 것은 오히려 어른들이 아닌. 그런데 또, 즐기라고 한다. 정말, 답이 없다.

"야구를 즐겨라." 야구를 시작하고 나서 귀가 닳도록 들은 말이다. 부모님, 야구 박사 할아버지, 소나무 할아버지, 그리고 지금 여 코치님까지. 내가 힘들다고 하소연을 할 때마다 '즐기라'고 한다. 도대체 무엇일까? 나는 또다시 '즐긴다'는 말과 씨름을 시작했다.

코치님한테 위안을 얻은 것은, 내가 꾸준히 성장해왔다는 말씀이었다. 나는 모르고 있었는데, 코치님은 느끼고 있었다는 것이다.

돌이켜보니, 야구를 좋아한다고는 했지만 나는 다른 사람과 비교하고 경쟁하면서 스스로를 혹사시키고 있었다. 나보다 앞서가는 동료나 선배들을 쫓아가고 이길 생각만 했지 야구 자체의 즐거움과 책임감을 누리는 방법은 찾지 못했다. 아니, 말로는 즐긴다고 하면서 마음은 그러질 못했다는 말이 정확할 것이다. 그런 나에게 '즐긴다'는 말이나 '책임진다'는 말은 웬만큼 득도의 경지에 오르지 않고는 누릴 수 없는 신선계의 단어였다.

'즐기는' 것도 경쟁에서 살아남은 다음에나 얻을 수 있는 선물이 아닌가? 그럼, 떨어져 나간 친구들은 즐기지 못해서 그렇게 된 것인가? 아니다. 나보다 실력이 있다고 정평이 나 있던 친구들도 야구를 그만두었다. 그들과 나의 차이점은 뭐지? 실력이 부족했어도 나는 여기 남아 있다. 그들은 실력이 있었지만 지금 여기에 없다. 그 차이다. 나는 버텨냈고 그들은 버텨내지 못했다. 단지 버텨내는 것이 즐기는 것은 아닐 터이다. 하지만 그 속에서 묘한 쾌감을 느낀 것은 사실이다. 남이 못하는 것을 해냈다는 뿌듯함 같은 감정 말이다. 그러나 이것만으로는 설명이 부족하다.

그렇다. 나는 주변 사람들을 극복하고 이겨내야 할 경쟁자로만 생각해왔던 것이다. 그러다 보니 내가 극복해야 할 경쟁자는 계속 생겨났다. 한 사람을 이겨내면 또 다른 경쟁자, 다시 또 경쟁자…… 내가 이 경쟁의 사슬에서 벗어나지 않는 한 그 싸움은 영원히 계속될 터였다. 그 과정에서 나보다 못하는 선수를 만나면 우쭐했고, 그 반대의 경우엔 의기소침해졌다. 그러다 보니 나도 모르게 주변 사람들을 편안하게 대하지 못하고 경계했던 것 같다. 그러니 다른 사람들과의 관계가 살갑지 않았고, 나는 스스로에게 채찍질만 했다. 만족을 모르는 선수 생활. 그러니 행복을 느낄 겨를이 없는 것은 당연했다.

'무조건 이겨야 한다. 내 주변 사람을 눌러야만 살 수 있고, 그래야 야구를 즐길 수 있다.' 이게 그 당시까지 내가 야구를 하던 방식이었다. 이런 태도 때문에 더욱 힘들었던 것도 사실이다. 성공하기 위해선 자신한테 엄격하고 혹독해져야 한다는 게 당시 나의 신념이기도 했다. 그런데 그게 아니라는 것이다. 여 코치님은 야구를 진정 '즐긴다'는 것이 무엇인지를 말하고 있었다. 그게 뭘까?

여 코치님의 조언으로 마음속에 자리 잡고 있던 무거운 짐이 조금은 가벼워지는 듯했다. 나도 모르게 쌓여가던 짐이었다. 말로는 즐겨야 한다고 하면서도 내 무의식 속에는 언제나 경쟁 심리가 가득했다. 경쟁에서 이겨 다른 선수를 내리누르면 내 '자존심'이 빛이 났다. 그렇게 믿었다. 나는 그것이 '즐긴다'는 말의 의미라고 생각했다.

하지만 과연 그런가? 여 코치님은 그러한 내 믿음에 의문을 던져주었다. 배팅볼을 던져주듯이. 코치님은 어쩌면, 내가 과감한 스윙으로 그 질문을 때려내서 홈런으로 응답해주기를 바라고 있는 것인지도 몰랐다.

자존심은 내가 스스로를 존중할 때만 생겨날 수 있는 것이다. 다른 사람이 내 자존심을 세워주진 못 한다. 누군가 나를 힘들게 하고 무시한다 해도 그것이 내 자존감을 무너뜨리는 건 아니다. 자신에 대한 소중함을 잃을 때, 자존심은 훼손되는 것이다. 그렇다면 그동안 내가 무시당했던 일들은 내가 스스로를 무시했기 때문에 생긴 결과이리라. 내가 다른 사람들을 존중하지 않았기 때문에 나 역시도 존중받지 못했던 것이다. 나는 야구를 한 게 아니라 다른 사람들과 전투를 했던 것이다.

전투는 나만 살고 상대방은 죽어야 끝이 난다. 둘 중 하나는 무조건 죽어야 한다. 하지만 야구는 서로를 살리는 운동이다. 경기에는 져도 자신의 성적은 지킬 수 있는 운동이다. 모든 것이 통계자료로 남는 스포츠 아니던가. 개인 성적이 좋지 않아도 팀 성적은 좋을 수 있으며, 반대로 팀 성적은 좋지 않은데 개인 성적이 좋을 수도 있다. 야구는 모든 것이 기록으로 증명된다. 타율부터 시작해서 하다못해 구속이나 에러 개수까지 모든 게 기록으로 남는다.

그렇다면 야구에서 경쟁 상대는 바로 나 자신인 것이다. 상대는 '어제의 나'이다. 나를 이기기 위해선 어제의 나보다 타율이 좋으면 되고, 에러 개수를 줄이면 된다. 어제의 내가 갖고 있던 기록보다 좋아지면 되는 것이다.

그런 생각이 들자 눈앞에 새로운 세상이 펼쳐졌다. 그래, 그 얘기였구나. "다른 사람 신경 쓰지 말고 네 마음속 목소리를 들어라" 말씀하셨던 부모님의 뜻이 이거였구나. 야구 박사 할아버지나 소나무 할아버지가 했던 말도 이런 뜻이었구나. "다른 사람과 싸우지 말고, 자기 자신과 싸워라."

문득 빨리 야구공을 잡고 그라운드로 뛰어나가고 싶었다. 심장 박동이 빨라졌다. 나는 눈을 크게 뜨고 여 코치님께 말했다.

"코치님, 감사합니다. 코치님하고 얘기하면서 '즐긴다'는 말의 의미를 다시 한번 새겨보게 되었습니다. 처음에는 야구를 즐기는 것 같았는데 어느 순간부터 계속 다른 사람과 비교하며 자책만 하고 있었던 것 같습니다. 그러다 보니 부정적인 사람이 되어버렸어요. 이제부터는 야구를 처음 알게 되었던 때의 느낌으로 돌아가서 다시 즐겁게 야구를 해보겠습니다."

내 말을 가만히 듣고 계시던 코치님이 빙그레 웃으며 말했다.

"그래, 다행이다. 결국 답은 네가 찾는 거야. 나는 네 고민을 들어주기만 했는걸, 뭐. 어차피 한 번 사는 인생, 너 하고 싶은 거 마음껏 해봐라. 그리고 오해는 하지 마라. 즐기라고 해서 편하게 하라는 건 아니다. 하늘이 노랗게 보일 정도로 힘들게 훈련시킬 거야, 알겠지? 너 좋아하는 야구를 계속하려면 어쩔 수 없다. 잘해야 오래 하지, 하하."

난 웃으며 씩씩하게 대답했다.

"넵, 코치님."

그 후로 나는 긍정적인 사람으로 변화해갔다. 운동이 힘들어 심장이 터질 것 같을 때는 그 순간들이 나의 꿈을 이루게 해줄 거라고 믿었다. 어제의 나보다 발전하는 나. 어제의 나와 싸워 이긴 오늘의 나. 그거면 된 거다. 나한테 최고의 찬사는 '야, 너 좋아졌다'이다. '누구누구보다 잘한다'가 아니고.

신기한 건 1, 2, 3학년까지 올라오면서 '즐긴다'라는 단어의 의미 또한 각각 다르게 느껴왔다는 사실이다. 마치 같은 된장이라도 얼마나 묵혔느냐에 따라 맛이 깊어지고 구수해지는 것과 같다고 할까.

그렇다. 모든 문제는 나에게 있었다. 2학년 때 성적이 나오지 않았던 것도 다른 사람들과의 경쟁에만 신경을 썼기 때문이다. 내 실력이 늘고 있다는 데 집중하지 않고, 내 능력을 극대화시키는 데 집중하지 못하고, 경쟁 상대에게만 집중했다. 이제부터 나의 꿈, 나의 목표에만 집중하다 보면 다른 사람들을 향한 불필요한 경쟁심은 사라지리라.

야구 박사 할아버지가 말하지 않았던가. 야구로 성공하는 게 성공하는 것이 아니라, 야구를 즐기며 교감하는 것 자체가 성공이라고. 경기에서 경쟁자가 안타를 치면 나는 2루타나 홈런을 치려고 욕심부렸는데, 그런 조급함이 결국은 나 자신을 무너뜨리게 한 요인이 되었다. 내 능력만큼 내 행복의 양을 누리면 되는 것이었다. 일포 형을 이기려고 애쓰다 어깨 부상을 당하기도 했고, 주변 사람들 평판을 쫓다가 자존감에 상처를 입기도 하지 않았던가.

나는 전지훈련 기간 내내 '그래, 즐기며 나 자신과 멋진 경쟁을 해보자.' 하는 마음가짐으로 웃으며 야구를 했다. 오죽하면 감독님께서 '웃음꾼'이라는 별명까지 지어주셨을까. 그러는 사이, 정말 눈 깜짝할 사이에 3주의 시간이 흘러갔다.

***

우리의 피부는 검게 그을렸고 손에는 피물집이 잡혔다. 모르는 사람이 보면 감독님과 코치님들이 우리를 학대한다고 했을 것이다. 작년에 우승하지 못한 설움을 깨기 위해 우리는 자발적으로 혼신의 노력을 다해 훈련에 임했다. 우승에 대한 갈망이 컸기에 1, 2, 3학년 모두 하나가 됐다. 그렇게 마지막 주 연습이 끝나고 모처럼 휴식 시간을 가졌다. 침대에 누워 알아듣지도 못 하는 티비를 보고 있는데 감독님의 비상 호출 소리가 들렸다.

"식당으로 집합!"

우리는 무슨 일이 난 줄 알았다. 황급히 옷을 갈아입고 뛰어갔다. 옆에서 같이 뛰어가던 기우가 말했다.

"아, 또 저학년이 말썽을 일으켰나?"

나도 그렇게 생각했다. 그렇지 않고서는 감독님이 갑자기 식당으로 우리를 부를 분이 아니었기 때문이다. 하지만 식당에 도착했을 때 놀라운 반전이 기다리고 있었다. 테이블 위에 최고급 스테이크가 놓여 있었다. 아메리칸 스테이크를 보는 순간 우리는 박수와 환호성을 내지르며 군침을 흘렸다. 이전에 볼 수 없었던 역대급 고기 두께와 특유의 육즙이 우리를 놀라게 했다.

'와, 끝내주는걸. 그렇지 않아도 위장에서 기름칠 좀 해달라고 아우성이었는데.'

눈앞의 만찬에 들떠 있을 때 감독님께서 말씀하셨다.

"어이, 제군들. 3주 동안 힘들게 훈련하느라 수고 많았어요. 내일부터는 미국 고교팀과 경기인 거 알죠? 이곳에 한국 고교 랭킹 1위 팀이 왔다고 이미 소문이 자자해요. 오늘 많이 먹고 내일 미친 듯이 힘냅시다. 태산고의 위상을 보여줍시다!
자, 맛있게 먹읍시다. 남기면 모두 야간 훈련할 줄 알아요!"

우리는 싱글벙글 웃으며 크게 대답했다.

"넵."

우리는 그 많은 아메리카산 스테이크를 조금도 남기지 않
고 다 먹어 치웠다. 그리고 서로의 부풀어 오른 배를 보며 웃
었다. 감독님과 코치님들도 기분이 좋아 보였다. 마치 우승
이라도 한 분위기였다. 하지만 아직 전지훈련은 끝나지 않았
다. 당장 내일부터 펼쳐지는 연습경기의 뚜껑부터 열어봐야
그간 땀 흘린 노력의 결과물을 알게 될 것이다.

'그래, 내일 한번 멋지게 실력을 보여주자!'

즐겁게 스테이크 파티를 끝내고 다음 날 아침을 맞이했다.
우리는 시리얼과 빵으로 가볍게 아침을 먹고 버스에 몸을 실
었다.

"제군들, 오늘 우리가 상대할 팀은 미국에서 6위 정도 하
는 팀이에요. 첫 경기라고 하여 일부러 약한 팀을 잡았어요.
우린 이미 한국 1위 팀이라고 소개됐으니까 한국을 대표한다
생각하고 좋은 경기 부탁해요."

우리는 큰 소리로 대답했다.

"네!"

경기장으로 가는 버스 밖 풍경을 둘러보다가 깜박 잠이 들
었다. 꿈속에서 나는 행복했다. 경기 중에 야구공이 수박만
하게 보였다. 나는 모든 타석에서 안타를 날렸고, 경기가 끝

난 뒤에는 사람들한테 둘러싸여 인터뷰를 하고 있었다. 제발 이게 꿈이 아니길 바랐다.

"자, 기상. 얼른 일어나 경기 준비하자."

여우태 코치님의 큰 목소리에 내 단꿈은 단번에 깨져버렸다. 아이, 조금만 더 행복을 만끽하고 싶었는데. 아쉬웠지만 단체 도구와 개인 장비를 각자 나누어 짊어지고 경기장까지 걸어갔다. 그런데 경기장이 정말 어마어마했다. 과연 '야구의 나라'라 할 만했다. 시설과 경관이 너무 좋았다. 우리는 야구장을 앞에 놓고 넋이 나갔다. 옆에 있던 기우가 말했다.

"야, 파치야. 여기 야구장 끝내주네. 진짜~ 너무 좋은데?"

내가 말했다.

"그러게. 근데 우리 너무 들떠 있는 것 같아 걱정이다. 이러면 안 될 텐데."

하지만 팀원에 대한 걱정은 그라운드를 밟는 순간 사라졌다. 오늘 경기에서는 내 느낌에만 충실하고 싶었다.

경기장에서는 체구나 생김새가 우리와 완전 딴판인 아이들이 몸을 풀고 있었다. 인종도 다양하게 섞여 있는 야구부였다. 무엇보다도 그네들의 덩치를 보고 우리는 정말 놀라지 않을 수 없었다.

"야, 쟤는 왜 저렇게 큰 거냐?"

"헐, 저 덩치로 야구는 할 수 있을까?"

우리는 상대 선수들을 호기심 어린 눈으로 바라보며 이야기한 뒤 짐을 풀고 워밍업을 시작했다. 항상 똑같은 워밍업이었지만 오늘은 평소와 다르게 분위기가 어수선했다. 미국아이들의 자유분방함 때문이었다. 그들은 제멋대로 돌아다니고 크게 웃고 떠들며 해바라기씨를 까먹고 있었다. 야구를하러 온 게 아니라 소풍을 온 것 같았고, 마치 우리는 안중에도 없는 듯했다. 그런 모습에 우리는 평소의 리듬을 빼앗기고 있었다. 주장인 로한이도 어딘가 위압감을 느꼈는지 아이들에게 강경한 말투로 미국 팀을 쳐다보지 말라고 지시했다. 그렇지만 집중이 안 되기는 마찬가지였다. 어수선한 분위기는 계속되었다.

그러는 사이에 경기 시간이 다가왔다. 감독님이 라인업을 발표했다. 나는 4번 타자에 1루수였다. 4번 타자로서 뭔가보여줘야 한다. 지금까지 야구를 하느니 마느니 하면서 어린애처럼 징징대었던 나 자신에 대한 각오라고 할까, 나를 위해 응원해준 사람들에 대한 보답이라고 할까. 이제 그 결과를 확인하는 주사위가 던져지는 순간이다. 앞으로 남은 1년에 내 야구 인생이 걸렸다. 나뿐 아니라 우리 3학년 동기들의 얼굴에서는, 예전에는 보지 못했던 비장함이 느껴졌다.

미팅이 끝나고 우리는 홈플레이트 앞에서 기념사진을 찍었다. 이어 미국식으로 "와썹, 와썹" 하며 악수를 하고 난 뒤경기를 시작했다. 우리가 방문 팀이기에 초 공격이었다. 상대 팀의 선발 투수는 머리가 장발인 백인 남자아이였다. 마치 예전 LG에서 뛰었던 이상훈 선수를 연상시키는 폼이었다. 하지만 구속은 평균 143km를 웃도는 평범한 수준이었다. 충분히 공략해낼 수 있는 공이었다.

우리 팀의 1번 타자는 중견수 구상우였다. 상우가 번트 모션을 취하면서 투수를 흔들었다. 그게 효과적이었는지 투수는 컨트롤을 못 잡고 볼넷을 허용했다. 주자 1루 상황에서 2번 타자는 2학년 2루수 지수행이었다. 벤치에서 번트 사인이 나왔다. 수행이는 역시 '작전의 왕'답게 초구 번트를 가볍게 성공시켰다. 우리 팀 벤치 분위기는 조금씩 달아오르기 시작했다. 3주 동안 이어진 지옥 훈련의 마땅한 결과를 의심하는 사람은 아무도 없었다. 이어 3번 타자는 2학년 포수 강지구였다. 지구는 '초구 왕자'라는 별명을 얻을 만큼 초구를 좋아했다.

"따악."

역시나 지구는 투수가 던진 초구를 받아쳤다. 공이 맞는 순간 우리는 환호성을 올렸고, 타구는 우익수 방면으로 힘차게 날아갔다. 당연히 안타가 되고 점수가 날 줄 알았다. 하지만 팔이 긴 우익수가 놀라운 운동 신경으로 다이빙 캐치를 성공시켰다. 우리는 입을 다물 수가 없었다. 지구는 매우 아쉬워하는 표정으로 들어왔지만, 감독님은 좋은 타격을 보여준 지구에게 격려의 박수를 쳐주었다. 다음 타순은 나였다. 팀의 4번 타자인 만큼 2루 주자인 상우를 어떻게든 홈으로 불러들여야만 했다.

'내가 여기서 점수를 내지 못한다면 오늘 흐름은 이상하게

꼬일 수 있다. 집중하자.'

벤치에서도 응원 소리가 들려왔다.

"파치 형, 힘내요."

"파치야, 한 방."

투수가 다이나믹한 투구 동작에 들어갔다.

"좌악."

직구처럼 빠르게 날아오다가 휘어지는 슬라이더였다. 하지만 볼이었다. 나는 3루 쪽에 있는 독고 코치님을 쳐다봤다. 독고 코치님이 '직구 타이밍이니 노려서 치라'는 사인을 냈다. 나는 알겠다는 신호를 보냈다. 투수가 손을 크게 휘두르며 공을 던졌다.

"좌아악."

실밥이 강하게 채지는 소리가 들리며 공이 날아왔다. 직구였다. 나는 직구를 노리고 있었기에 놓치지 않고 방망이 중심에 정확히 가져다 댔다.

"빠악."

공이 잘 맞는 소리를 넘어서 빠개지는 소리가 들렸다. 타구는 좌중간 쪽을 향해 날아갔다. 손맛이라는 게 이런 걸까. 홈런을 직감할 수 있는 타구였다. '3주간의 결실이 맺어지는구나!' 하는 생각이 들었다. 공이 날아가는 순간, 그동안 땀 흘리며 소리 지르고 힘겹게 견뎌낸 하루하루가 파노라마처럼 지나가는 듯했다.

'됐다, 됐어!' 나는 타구를 바라보며 힘차게 달렸다. 타구

궤적을 보니 펜스를 넘어가고 있었다. 정말 기분이 좋았다. 하지만 그 순간이었다. 공을 끝까지 따라간 좌익수가 펜스를 잡고 점프하더니 넘어가는 타구를 잡아버리는 것이 아닌가. 온몸에 소름이 돋았다. 그야말로 입이 떡 벌어지는 환상적인 플레이였다. 메이저리그에서나 나올 법한 플레이를 여기서 보다니. 우리 벤치는 순식간에 조용해졌다. 반면 상대 팀 벤치는 열광의 도가니였다.

직감적으로 오늘 경기가 잘 안 풀릴 것이라는 느낌이 왔다. 팀원 모두 긴장한 모습이 역력했다. 1회가 채 끝나기도 전에 흐름은 완전히 미국 팀 쪽으로 넘어가 있었다.

1회 말. 우리 수비로는 팀의 에이스인 시우가 등판했다. 그런데 마운드에 올라가 연습 피칭을 하는 시우의 볼이 스트라이크 존을 벗어나고 있었다. 평소의 공이 아니었다. 유격수인 로한이가 시우에게 다가갔다. 긴장하지 말고 편안하게 던지라고 격려해준 듯했다. 지금 상황을 나만 불안하게 느끼고 있는 것이 아니었다. 시우의 볼은 좀처럼 위력을 찾지 못한 채 연습피칭을 마쳤다.

1번 타자에게 초구를 던졌다. 볼이었다. 두 번째도 볼. 세 번째, 네 번째도 볼이었다. 볼넷. 그렇게 노 아웃 1루가 되자 화가 난 감독님께서 소리를 질러댔다. 상황이 악화될 것을 염려한 탓인지 우리는 하나같이 몸이 경직되어 있었다. 주위를 둘러보니 전부 평소와 다른 몸짓들을 보여주고 있었다. 경쾌함은 사라지고 두 발은 그라운드에 접착제를 발라놓은 듯 고정시킨 채 다들 자기 쪽으로 공이 오지 않기만을 바라고 있는 것 같았다. 상대 팀 호수비 두 번에 보기 좋게 나가떨어진 꼴이었다. 제구가 되지 않으면 직구에 의존할 수밖에 없다는 것을 우리도 알고, 상대 팀도 알고 있었다. 예상대로 2번 타자는 직구를 노려 통타했다. 우익수 선상 2루타 코스였다. 맞은 건 어쩔 수 없었다고 치자. 문제는 그때부터 시작됐다.

우익수인 태연이가 성급하게 공을 처리하다가 악송구를 하자 우리는 당황해서 허둥대기 시작했다. 악송구로 인해 일단 1루 주자는 홈에 들어갔다. 그런데 중계 플레이를 선 2루수 수행이가 연이어 홈으로 악송구를 하고 말았다. 타자 주자가 3루에 멈춰 섰기 때문에 홈으로 던지지 말았어야 했는데, 콜 플레이가 제대로 이뤄지지 않아서 생긴 사건이었다. 정말 미칠 노릇이었다. 감독님도 머리를 쥐어뜯으며 그야말로 난리도 아니었다. 결국 타자 주자까지 홈으로 들여보내고 말았다. 어이없는 실책으로 홈런을 내준 거나 마찬가지였다. 우리는 모두 고개를 숙였다. 상대편 벤치는 축제도 그런 축제가 없었다.

"Thank you, Thank you, Korea Taesan."

정말 꼴보기 싫을 정도로 호들갑을 떨어댔다. 그 모습을 본 감독님은 더 화가 나서 뒤에 있는 쓰레기통을 걷어찼다. 정말이지 우리도 각자 자신에게 너무 실망했다. 겨우 수비를 끝내고 벤치에 들어왔는데 감독님을 비롯해 코치님들까지 전부 아무 말씀이 없으셨다. 주장 로한이도 감독님과 코치님들 눈치만 살피느라 어깨를 펴지 못했다. 그렇게 우리는 처참히 무너졌다.

그 뒤로는 실책도 없었고 타격도 무난했지만 다들 멘붕에 빠져 이러지도 저러지도 못 한 채 허둥지둥 경기를 마치고 말았다. 3주간 힘든 훈련의 결과물이 겨우 이것밖에 안 된단 말인가.

상대 팀 벤치를 보니 너무 부러웠다. 여유롭게 해바라기씨나 까먹으면서 희희낙락 이야기꽃을 피우고 있었다. 오늘은 이겼다는 저 여유로움. 어제 먹은 스테이크가 전혀 힘을 발휘하지 못했다. 너무 배가 불렀던 걸까. 긴장이 풀어진 탓일까. 속상했다. 하지만 실패는 성공의 어머니라고 하지 않았던가. 실패 속에 성공의 씨앗이 자라고 패배 속에 승리의 기운은 싹트는 법이다. 우리는 이를 악물었다. 어이없는 패배에도 불구하고 우리 팀원들의 눈빛은 무섭게 타오르고 있었다.

"게임 오버. 나이스 게임, 가이스."

경기는 그렇게 끝이 났다. 4:0. 원래 경기가 끝나면 감독님과 미팅을 갖는 게 관례였다. 그런데 감독님도 충격을 받으셨는지 별다른 말씀 없이 가버리셨다. 독고 코치님이 우리를 불러 모았다.

"애들아. 감독님께서 저녁 먹고 얘기하자 하시니까 그렇게 알고 있도록. 그리고 오늘 너희 실망이다, 진짜."

우리는 고개를 푹 숙인 채 침묵을 질질 끌며 저녁 식사 장소로 갔다. 어제저녁의 즐겁고 행복했던 스테이크 파티가 마치 꿈 같았다. 인간만사 새옹지마라더니. 어제는 희극, 오늘은 비극. 왜 이러냐…… 맨날 긴장의 연속이다, 진짜.

저녁으로는 맛있는 어묵볶음과 잔치국수가 나왔다. 속으로 웃음이 났다.

'참 나. 아이러니의 끝판왕이네. 오늘 분위기가 이런데 잔치국수라니, 이런 미친!'

정말 배가 고팠다. 하지만 감독님과 코치님들이 식사도 하지 않고 바로 숙소로 들어가버리셨기에 우리 또한 별수 없었다. 먹을 수가 없었다. 3주간의 훈련이 쓸데없었나. 미치도록 분했다. 3학년들 전체가 숟가락도 들지 못하고 식당을 나왔다. 룸메이트인 기우와 나는 숙소로 돌아와 서로를 바라보며 웃었다. 뭐가 그리 웃겼는지…… 그때 밖에서 감독님의 호통 소리가 들려왔다.

"어이, 제군들. 빨리 튀어나와. 유니폼 입고."

우리는 눈을 휘둥그레 뜨며 벗었던 유니폼을 다시 입고 뛰쳐나갔다. 감독님께서 우리에게 소리쳤다.

"어이, 제군들. 나 화나서 안되겠어. 우리가 저런 팀한테 지다니. 여러분 그렇게 야구하면 아무 데도 못 가고 실업자가 되는 거야. 오늘 숙소 주변 계속 뛰어."

우리는 그 말을 듣고 3열로 맞춰 러닝을 하기 시작했다. 그냥 러닝을 하면 상관이 없는데 감독님께서 시간을 재라고 하셨다. 뛰다가 토하는 애들도 있었다. 하지만 저녁을 안 먹었기 때문에 그저 새하얀 침과 냄새나는 위액만 게워낼 뿐이었다. 나도 너무 힘들어서 헉헉댔다.

"우리 몇 바퀴 뛸 것 같냐?"

"열 바퀴."

하지만 그 예상은 빗나갔다. 열 바퀴는 이미 넘었고 벌써 열다섯 바퀴째를 뛰고 있었다. 저 뒤쪽으로는 뛰다가 쓰러진 아이도 보였다. 하지만 감독님과 코치님들은 쳐다보지도 않았다. 처음에는 1학년들이 낙오하더니 그다음은 2학년 비경기조 애들이 이탈했다. 하지만 3학년은 3학년답게 이를 악물고 뛰었고, 2학년 경기조도 결코 뒤처지지 않았다.

"자, 스톱!"

정확히 30바퀴째였다. 두 시간이 훌쩍 지나가 있었다. 감독님이 말했다.

"어이, 제군들. 너흰 오늘 엄청난 실수를 한 거야. 무슨 실수를 한 것인지 아나?"

주장인 로한이가 대답했다.

"연습은 많이 했는데 경기에서 져서 그런 것 같습니다!"

그러자 감독님이 인상을 쓰며 말했다.

"이런 미련하고 멍청한 자식들. 너희는 지금 너희들의 미래를! 그리고 야구를! 모욕한 거라고! 알아?"

우리는 고개를 숙였다. 감독님이 다시 얘기를 꺼냈다.

"실수는 할 수 있어. 근데, 포기는 하지 말아야지, 자식들

아. 초반에 깨진다고 경기를 그렇게 해? 너흰 이미 패배자인 거야. 프로? 대학? 거기 가려고 발버둥 치는 애들이 얼마나 많은데, 어? 너희는 시즌이 시작돼도 초반에 잘못하면 다 포기할 놈들이야, 바보같이. 이 자식들아, 이 감독은 너네 그렇게 안 가르쳤어. 질 때 지더라도 물고 늘어지면서 끈질기게 포기하지 않는 야구를 가르친 것 같은데, 아니야?"

로한이가 말했다.

"맞습니다."

그 소리를 듣고 감독님이 다시 고함을 질렀다.

"이 자식들, 다시 한번 뛰면서 더 느껴봐, 계속 뛰어!"

우리는 감독님의 고함이 끝나자마자 다시 뛰기 시작했다. 내 주변 팀원들은 이미 얼굴이 창백해졌고, 나도 너무 힘들었다. 다리가 나를 이끄는 건지 정신력으로 버티는 건지 알 수 없었다. 우리는 다시 다섯 바퀴를 넘어 여섯 바퀴째를 돌고 있었다. 시간 가는 줄 모르고 미친 듯이 뛰었더니 정신을 차릴 수가 없었다. 정말 분하고 한심했다. 연습을 그렇게 했는데 맥없이 지다니.

내일은 꼭 우리의 진짜 실력을 보여줘야겠다는 생각이 내 머릿속을 지배했다. 로한이와 태연이를 쳐다보니 두 사람도 나와 같은 생각을 하고 있다는 눈빛이었다. 그렇게 우리는 열 바퀴를 더 뛰었다. 총 40바퀴를 다 채우고서야 러닝을 마쳤다. 감독님이 다시 우리를 불러 모았다.

"힘들지?"

우리는 마지막 남은 힘을 끌어모아 겨우 대답했다.

"아닙니다!"

"힘든 거 다 알아. 근데 말이야, 오늘 경기에서처럼 끈질기게 도전하지 않고 포기해버리는 정신 상태로라면 앞으로 너희 미래는 이보다 몇 배는 더 힘들 거다. 내일만큼은 정말 너희들이 이 감독에게 집념을 보여줘라. 알았나?"

"넵!"

그렇게 러닝이 끝나고 우리는 서로를 보며 웃었다. 땀으로 범벅이 된 얼굴이 너무 괴상망측했기 때문이다. 신기한 것은, 몸은 그렇게 힘든데도 불구하고 마음은 너무나 뿌듯하고 행복했다는 점이다. 뭔가를 해냈다는 자부심, 다른 사람은 경험하지 못한 것을 우리만 해냈다는 자신감이 우리를 하나로 똘똘 뭉치게 해주었다. 인택이가 말했다.

"야, 나 진짜 너무 힘들었어. 아까 러닝 뛰면서 저녁때 못 먹은 어묵볶음이 생각났다니까. 어묵볶음아, 미안하다, 큭."

그 말에 다들 깔깔 웃었다. 그러고 나서 말로는 표현하지 않았지만 우리는 서로에게 '내일 제대로 한번 보여주자!' 하는 무언의 신호를 보내고 있었다.

다음 날 아침이 밝았다. 우리는 아침을 먹으면서 서로의 엉덩이를 토닥여주었다. 아무 말 없이. 하지만 식당 안을 휘감는 공기가 분명한 메시지를 전달해주고 있었다. 식사를 마친 뒤 우리는 경기장에 도착해 몸을 풀고 두 번째 경기에 들어갔다. 아침의 다짐이 통했는지 1번 타자 구상우를 필두로 우리는 불방망이를 뽐어댔다. 나 역시 4타수 2안타를 기록하며 어제의 분노를 성적으로 보여줬다. 감독님은 아무 말도 하지 않고 계셨지만 매우 흡족한 표정이었다.

어제 선발로 나섰던 시우도 기가 막힌 공을 던져서 우리 팀 벤치를 후끈 달궜다. 과연 에이스다웠다. 뿐만이 아니었다. 마무리 투수로 나온 재중이의 커브는 말 그대로 폭포수였다. 공이 타자의 가슴 쪽에서 뚝뚝 떨어져 내렸다. 그렇게 우리는 16:1이라는 엄청난 점수 차로 이겼다. 정말 우리는 쉴 새 없이 점수를 뽑았다. 마치 영화 〈300〉의 스파르타 전사들처럼 말이다.

'어제와 오늘의 경험은 그야말로 값진 경험이었다. 마음가짐 하나만 바꿔도 이렇게 달라지는 건데…… 앞으로 포기는 배추 셀 때만 떠올리는 것으로 하자.'

다음 날과 그다음 날 경기 모두 점수 차를 크게 벌리며 압승을 거두었다. 이곳까지 우리를 초대해준 선배님들은 태산고가 미국 고등학교들에 알려졌다며, '포기를 모르는 학교'라고들 한다면서 자랑스러워했다. 뿌듯했다. 하지만 우리는 자만하지 않고 그 분위기를 그대로 이어갔다. 처음 1패 후 우리는 한 주 동안 펼쳐진 모든 경기를 이겨버렸다. 그것도 기본 10점 이상으로 말이다. 더군다나 이들은 미국 전역에서 손꼽히는 야구팀들이라고 했다. 우리한테는 정말이지 성공적인 전지훈련이었다.

"수고하셨습니다."

우리는 마지막 날 감독님과 코치님들께 인사했다. 그리고 뿌듯한 기분으로 귀국 비행기에 올랐다. 올 한 해는 우리의 해다. 기다려라, 한국. 우리가 간다!

III

청룡이 되어 날아오르다

봄, 불사조처럼 살아나리라

전지훈련이 끝나고 한국으로 돌아왔다. 험난한 여정이었지만 미국 전지훈련은 좋은 추억을 만들어주었다. 따뜻한 봄기운이 서서히 내려앉는 가운데 우리 3학년의 고교 마지막 시즌이 다가오고 있었다.

온종일 긴장감이 감돌던 어느 날, 운동이 끝나자 감독님은 우리를 불러 모았다.

"어이, 제군들. 우리의 경기 스케줄이 나왔다. 올해부터는 학생들의 학습권을 보장한다고 주말리그 하는 거 알지? 우리의 첫 주말리그 상대는 서산고다. 잘해보자. 정확히 일주일 남았으니까 분석 열심히 해보자고. 첫 단추를 잘 끼워야 한다, 알았나?"

우리는 우렁차게 대답했다.

"넵!"

그리고 다시 운동장으로 나갔다. 이미 전력분석을 다 끝낸 독고 코치님이 우리를 모아놓고 얘기했다.

"자, 서산고는 말이야, 별거 없어. 하지만 김현무라는 아이를 조심해야 돼. 김현무가 터지면 그 팀도 같이 터지거든. 하지만 반대로 김현무가 못하면 팀 전체가 분위기를 타지 못한다. 이런 팀은 우리같이 팀워크를 최우선으로 하는 야구부를 만나면 힘도 못 쓴다. 그러니까 우리는 그냥 원래 하던 대로 팀플레이에 집중한다. 잘해보자."

우리는 바로 실전 같은 훈련에 들어갔다. 먼저 수비였다. 나는 1루수였기 때문에 번트 수비를 많이 신경 써야 했다. 번트 수비 전담을 맡은 여우태 코치님이 소리를 질렀다.

"어이, 강파치. 이번 서산고전은 번트 수비가 중요해. 김현무 타석 앞에서 번트를 많이 하더라."

"넵!"

대답하면서 나는 긴장의 끈을 놓지 않기 위해 집중했다. 투수가 세트 모션에 들어갔다. 주자는 1, 2루 상황이다. 나는 2루에 있는 선행주자를 잡기 위해 심호흡을 했다. 투수가 공을 던졌다.

"꽉."

"틱."

여 코치님이 정확히 내 쪽으로 공을 보냈다. 나는 백핸드로 공을 잡은 뒤 3루에 공을 뿌렸다.

"퍽."

좋은 송구였다. 플레이는 3루, 1루 더블 플레이로 종료됐다. 여 코치님이 칭찬해주셨다.

"야, 강파치. 전지훈련에서 욕 많이 먹더니 사람 됐구나. 앞으로 더 많이 욕해야겠다."

코치님의 말에 나는 웃었다. 우리 팀 분위기는 상당히 좋았다. 수비 훈련이 끝나고 바로 실전 배팅 훈련으로 들어갔다. 이번에도 배팅 볼을 던지는 여 코치님이 우리를 향해 소리쳤다.

"아마 선발은 김현무가 나오지는 않을 거야."

그 말을 들은 우리는 귀를 의심했다. 주장 로한이가 바로 코치님에게 물었다.

"코치님, 김현무가 투수도 합니까?"

여 코치님이 웃으면서 말했다.

"이름 봐라. 일단 현무라는 이름부터가 멋있잖아. 투수로도 150km 뿌린단다."

우리는 입을 다물지 못했다.

'도대체 그 자식은 정체가 뭐야?'

코치님께서 다시 말씀하셨다.

"아마 김현무는 안 올라오고 사이드암 투수 한 명이 올라올 거야. 그 아이 공도 나쁘지 않지. 주무기가 슬라이더니까 슬라이더 공략만 잘해낸다면 우리의 승리다. 자, 한번 해보자."

우리는 사기충천해서 대답했다.

"넵."

코치님께서 공을 잡고 와인드업 자세에 들어갔다. 우리 팀의 1번 타자는 늘 그래왔던 것처럼 몽키 구상우였다. 코치님이 다리를 들었다. 상우도 다리를 들었다.

"쉭."

"따악."

경쾌한 소리였다. 깔끔한 중견수 앞 안타였다. 우리는 환호성을 질렀다.

"야, 좋다, 좋다~~"

"나이스 배팅!"

스타트가 좋았다. 다음 타자인 2학년 수행이는 아까운 우익수 플라이를 쳤지만 타격 타이밍도 좋았고 정확도도 좋았다. 3번인 주장 로한이도 대처가 좋았다. 드디어 내 타석이었다. 나는 심호흡을 한번 한 뒤 코치님을 서산고 사이드암 투수라고 생각했다.

'좋아, 다 뒈졌어. 이번 동계 때 우리가 얼마나 힘들었는지 아냐? 슬라이더 던진다고 했지.'

코치님이 다리를 드는 동작에 맞춰서 나도 다리를 들었다. 던지는 순간 슬라이더라는 것을 직감했다. 왼쪽 어깨를 조금 더 닫아놓고 배트 중심에 공을 맞혔다.

"따아악."

굉장한 타격음이었다. 손에 전율이 오기 시작했다. 슬쩍 봤는데 공은 벌써 펜스 근처로 날아가고 있었다. 홈런이었다. 정말 기분이 좋았다. 동기들은 물론 독고 코치님과 여 코치님이 박수를 쳤다.

'좋아, 이대로 가자. 강파치, 올해는 나의 것이다.'

연습을 거듭하는 동안 일주일이 순식간에 지나갔다. 드디어 결전의 날. 얼마나 기다리고 기다리던 날인가. 우리의 기세는 더 위풍당당해졌고 누구에게도 질 것 같지 않은 분위기였다. 프로 스카우터나 대학 관계자들도 우리의 기세가 궁금했는지 연습 현장을 보러 오기도 했다. 우리는 모든 준비를 끝마쳤다. 간단하게 워밍업을 하고 애국가를 제창했다. 나는 태극기를 보며 '오늘 제발, 잘하게 해주십시오.' 하고 빌었다.

"서산고와 태산고의 주말리그를 시작하겠습니다."

장내 아나운서의 목소리가 야구의 봄이 시작되었음을 알렸다. 우리가 1루 더그아웃이기에 초 공격이었다. 상대 선발 투수는 여 코치님의 전력분석대로 사이드암 투수가 올라왔다. 여 코치님이 입에 발리도록 칭찬한 김현무는 지명타자였다.

'얼마나 잘하길래. 내가 그 콧대를 눌러주겠어.'

나는 의지를 불태웠다.

"좌압."

선발 투수가 첫 공을 던진 순간 운동장의 공기가 달라졌다. 1번 타자인 상우도 초구 공을 지켜보더니 우리 쪽을 향해 칠만하다는 제스처를 보냈다. 우리는 웃으며 고개를 끄덕였다.

"따악."

상우가 그간 치열하게 연습했던 슬라이더를 제대로 받아

쳤다. 공이 맞는 순간 안타를 직감했다. 그런데 서산고 2루수의 호수비에 걸렸다. 정말 아쉬웠지만 우리는 상우에게 박수를 보내줬다.

다음 타자는 수행이었다. 쓰리 볼 투 스트라이크까지 가는 접전 끝에 볼넷을 골라냈다. 올해 첫 대회 첫 출루였기 때문에 우리 벤치는 후끈 달아올랐다.

이어서 3번 타자인 로한이가 초구에 바로 좋은 경쾌음을 뽑아냈다.

"땅."

누가 봐도 잘 맞은 안타였다. 하지만 서산고의 우익수가 다이빙 캐치로 공을 걷어냈다. 우리 벤치 주변의 공기가 서늘해졌다. 미국 전지훈련 때의 경기가 생각났다. 서산고 벤치에서는 환호성이 쏟아졌다. 양 팀의 분위기는 오르락내리락 순간순간 자리가 바뀌는 시소와도 같았다. 상우와 로한이가 아웃되어 투 아웃 주자 1루 상황에서 다음 타석은 바로 나였다. 첫 타석, 야구하는 사람들끼리 항상 하는 말이 있다.

"한 시즌이 잘되고 못되는 것은 첫 타석에 달려 있다."

올해 첫 타석에서 잘 치게 해달라고 나는 마음속으로 빌고 또 빌었다. 투수가 다리를 들어 올리며 투구 동작에 들어갔다. 나도 타격 자세를 갖췄다. 연습했던 대로 슬라이더를 노렸다. 공이 날아오기 시작했다.

"추아악."

공의 회전이 똑바로 들어오고 있었다. 직구였다. 슬라이더를 노린 나는 공을 흘려보냈다. 스트라이크였다. 카운트는 노 볼 원 스트라이크. 벤치에서 응원의 목소리가 들려왔다.

"파치 형, 날려버려."

"파치 형, 이제 온다, 온다, 그냥 받아놓고, 공 찢어버려!"

나는 그 말을 듣고 피식 웃었다. 다시 투수가 심호흡을 하고 글러브에서 공을 뽑았다. 나는 여전히 슬라이더 하나만 보고 있었다.

"좌악."

"퍽."

위기에 몰렸다. 슬라이더를 기다렸는데 직구가 들어온 것이다. 한가운데 꽂힌 기가 막힌 스트라이크였다. 카운트는 노 볼 투 스트라이크. 그때였다. 감독님께서 나를 크게 불렀다. 나는 감독님을 쳐다봤다. 감독님께서 손을 휘휘 저으며 이번엔 무조건 슬라이더라고 말씀해주셨다. 나는 고개를 끄덕이고 다시 슬라이더를 노렸다. 거의 도박이었다. 원래 투 스트라이크 이후의 노림수는 금기였다. 투수가 이를 악물고 공을 던졌다.

"치이익."

아까와는 다른 실밥이었다. 내 옆구리를 타고 들어오는 슬라이더였다. 나는 그 공을 놓치지 않고 연습한 대로 배트를 휘둘렀다.

"따악."

정말 잘 맞았다. 타구는 좌중간으로 쭉쭉 날아가고 있었

다. 누가 봐도 2루타 코스였다. 나도 달리면서 웃음을 지었다. '올해는 잘되겠구나.'

하지만 그때였다. 서산고의 중견수가 빠른 발로 달려가더니 나의 로켓 타구를 잡아버렸다. 도저히 납득이 안 가 옆에 계신 공득도 코치님께 여쭤봤다.

"코치님, 저게 왜 잡힌 거죠?"

"서산고 중견수가 수비 위치를 이상한 곳에 잡고 있었는데, 우연찮게 타구가 그리로 갔어. 하, 오늘 이상하게 다 잡히네."

나와 상우, 로한이 모두 다 잘 맞은 타구였다. 하지만 수비수가 있는 곳으로 타구가 갔다. 모두가 저주에 걸리기라도 한 듯 운이 따르지 않았다. 나뿐만이 아니라 우리 팀원 전체가 흔들리는 게 느껴졌다.

'잘 맞았는데도 타구가 잘 잡히면 그날은 경기가 안 풀리는 날이다. 승률이 20프로도 안 된다.' 야구에서 불문율과도 같은 이런 징크스를 잘 알고 있는 우리 팀과 서산고의 분위기는 천지 차이였다. 서산고 벤치는 신바람이 났고 우리 팀 벤치는 가라앉아 있었다. 마치 전지훈련 첫 경기 같은 분위기였다. 하지만 경기는 9회 말까지 가봐야 안다. 나는 더 열심히 하자고 다짐했다. 징크스는 징크스일 뿐이다. 우리가 부수면 되는 것이었다.

1회 말 수비가 시작됐다. 우리의 선발 투수는 에이스 박시우였다. 시우는 평소에 하던 대로 좋은 공을 던졌다. 큰

키에서 시원시원하게 내리꽂는 직구가 일품이었던 시우는 147km의 직구를 던졌다. 그 직구를 서산고 아이들은 공략하지 못했다. 우리 때와는 다르게 서산고의 공격은 삼자범퇴로 일찍 끝났다. 독고 코치님이 우리를 불렀다.

"애들아, 오늘은 점수를 짜내야 돼. 잘 맞은 타구가 잡히고 그러는 거 보면 우리 쪽 기운이 조금 불리하다. 한번 짜내보자, 우리. 알았지?"

"넵."

주장인 로한이가 거들었다.

"야, 우리 열심히 할 만큼 했잖아. 집중해서 이겨보자!"

우리는 손을 모아 파이팅을 외쳤다. 다시 우리의 공격이 시작됐다. 5번 타자인 태연이부터 시작된 타석은 아쉽게도 삼자범퇴로 끝났다. 눈 깜짝할 새에 수비로 넘어갔다. 선두 타석에는 우리가 경계했던 김현무가 들어서 있었다. 소문대로 타격 폼은 무시무시했다. 하지만 첫 타석이라 적응을 하지 못한 탓인지 4구 만에 삼진으로 물러났다. 서산고의 수비력과 태산고의 투수력이 빛을 발하고 있었다. 방패와 방패의 싸움. 경기장이 뜨겁게 달궈지고 있었다. 서산고의 김현무는 태산 에이스 박시우에게 적응을 못 하고 있었고, 태산고의 타자들은 서산 선수들의 그물망 같은 수비에 타율이 수직 하락하고 있었다. 그렇게 서로 주거니 받거니 하면서 8회가 지나갔다.

스코어는 0:0.

두 팀 다 발군의 실력을 보여주고 있었지만 승리의 여신은 자꾸 서산고 쪽으로 기우는 것 같았다. 내 몸에 붙어 있는 털들이 촉각을 곤두세우며 말해주고 있었다. 역시나 나쁜 예감은 틀리지 않았다. 우리 팀 공격이 무득점으로 끝나고 마지막 9회 말 상대 팀 공격이 시작됐다. 주말리그는 전국대회와 달리 연장 승부가 없기 때문에 이번 회 공격만 잘 막으면 무승부를 기록할 수 있었다. 하지만 시우의 표정이 앞선 이닝과는 너무 달랐다. 지금까지 던진 공의 개수는 이닝에 비해 적지만 지친 기색이 역력했다. 감독님이 타임아웃을 요청하고 마운드로 올라오셨다. 내야수들도 다 함께 마운드에 모였다.

"제군들, 우리 힘내자. 이번만 막으면 오늘 경기 끝이다. 시우야 조금만 더 힘내자!"

감독님의 말씀에 시우가 고개를 끄덕였다. 우리도 시우의 어깨를 다독여주며 응원의 말들을 전했다.

"플레이볼."

다시 경기가 시작됐다. 시우가 심호흡을 크게 했다. 우리도 덩달아 자세를 낮췄다.

"이얍."

시우가 기합 소리를 내면서 공을 뿌렸다.

"볼."

그래도 전광판에 찍힌 구속이 나쁘지는 않았다. 시우가 다시 공을 잡고 뿌렸다.

"퍽."

"볼."

투 볼이었다. 시우가 우리를 쳐다보았다. 우리는 괜찮다며 여유 있는 척 파이팅을 외쳤지만 속은 타들어가고 있었다. 분위기가 기울고 있음을 느낀 것이다. 그렇게 시우가 소리를 질러가며 던진 세 번째 공도 볼이 됐다. 쓰리 볼이었다. 서산고 벤치는 난리가 났다. 정말 미칠 노릇이었다.

'조금만 더 힘내자. 제발, 시우야!' 볼넷은 주지 말아야 한다는 마음으로 나는 빌고 또 빌었다. 시우가 다리를 들었다. 나도 미세하게나마 같이 다리를 들었다. 같이 던져줘야 스트라이크를 던질 것 같았다.

"핫!"

"볼. 포볼."

볼넷이었다. 이번 공격이 마지막 공격이던 서산고 벤치는 선두 타자 출루에 난리가 났다. 방망이를 마이크 삼아 노래를 부르고 야구공을 벽에 두드리며 큰북 소리를 냈다. 우리 삼촌이 결혼할 때도 저런 분위기는 아니었는데, 이게 바로 야구의 묘미인가.

노 아웃 1루.

전광판을 보니 다음다음 순서에 김현무라는 이름이 있었다. '이번 타자를 막지 못하면 위기에 빠지겠구나.' 직감적으로 그런 생각이 들었다.

'이번에 병살 가자, 제발.'

타자가 방망이를 들고 타석에 들어섰다. 다음 대기 타석을 보니 허벅지가 탄탄한 김현무가 흥얼거리며 스윙을 북북 돌리고 있었다.

'저, 미친 녀석. 지금 상황에서 노래가 나오냐. 어우, 넌 삼진이다. 제발 삼진이요, 하느님!'

시우가 공을 뿌렸다. 스트라이크였다. 느낌이 좋았다. 어쩐지 병살이 나올 것 같았다. 시우의 초구 스트라이크에 우리 팀 벤치에서도 희망이 느껴졌다. 시우가 두 번째 공을 던졌다. 순간 아차 싶었다. 공이 높게 가고 있었던 것이다. 서산고 타자가 이를 잘근 씹으면서 스윙을 힘차게 돌렸다.

"따악."

"파울."

3루 쪽으로 강하게 가는 파울이었다. 정말 다행이었다. 파울 타구가 매우 강했기 때문에 야수들은 평소보다 두 배는 더 자세를 낮췄다. 시우가 심호흡을 하고 포수 미트 안에 공을 꽂았다.

"틱."

다시 파울이었다. 노 볼 투 스트라이크. 충분히 우리 팀이 원하던 병살타를 이끌어낼 수 있는 카운트였다. 그때 벤치에서 공득도 투수 코치님이 시우를 불렀다.

'시우야. 코치님 믿고 이거 한번 던져봐.' 코치님이 몸을 터치하면서 사인을 냈다. 포크볼이었다. 정말 병살 타구가 나올 것 같았다. 시우가 포크볼을 던지기 위해 손가락을 벌려 공을 잡았다. 우리도 수비 준비를 했다.

"촤악."

시우가 땅에다가 공을 던졌다. 타자가 한 손을 놓으며 공을 쳤다. 공이 유격수 쪽으로 또르르르 굴러갔다. 확실한 병살타 코스였다. 유격수인 로한이가 공을 잡고 2루수인 수행이에게 던졌다. 나는 베이스에 오른발을 올려놓으며 다리 뻗을 준비를 했다. 수행이가 공을 잡고 1루로 던지려는 순간, 서산고 주자가 수행이의 다리를 건드렸다. 그러자 수행이가 넘어지며 마운드 쪽으로 공을 던지고 말았다. 공은 마운드를 지나 포수 쪽으로 굴러가고 있었다. 타자 주자는 놀란 마음을 부여잡으며 1루를 돌아 2루에 편하게 안착했다. 병살타인 줄 알았던 그 짧은 순간 사소한 실수로 스코어링 포지션이 만들어진 것이었다. 벤치에서 감독님과 코치님이 소리를 지르며 강력하게 항의했지만 이미 판정은 끝난 뒤였다. 강한 항의에도 심판은 돌부처처럼 아무 말도 하지 않았다. 여태까지 잘 쌓아왔던 팀워크와 팀 분위기에 금이 가는 게 느껴졌다. 수행이는 고개를 숙이고 있었다. 항의를 끝내고 벤치로 들어간 감독님이 더 크게 소리를 질렀다.

"모두 고개 들어. 아직 안 끝났어!"

그 소리를 듣고 주장인 로한이가 다시 한번 우리를 다독였다.

"한번, 막아보자. 저 녀석, 괴물이지만 우리가 이긴다."

우리는 다시 고개를 들었다. 야수들이 각자 자리로 돌아가고 시우도 다시 마운드에 올랐다. 뭘 믿고 저러나 싶을 정도로 김현무는 평안하고 여유가 넘쳐 보였다. 벤치에서 공 코치님이 시우를 불렀다.

'시우야, 초구부터 치지 않을 거야. 초구는 직구로 가자.' 입 모양만으로 메시지를 주면서 코치님이 직구를 던지라는 신호를 보냈다. 시우도 그 의도를 파악했는지 고개를 끄덕였다. 이런 타이트한 순간에 성급히 초구부터 방망이를 낼 타자는 거의 없다. 특히 고교야구에서는 말이다. 그래서 나도 납득할 만한 사인이었다. 시우가 투구 준비 자세에 들어갔다. 온 힘을 다해 승부하려는 마음가짐이 몸에서 느껴졌다. 나는 김현무를 살폈다. 김현무는 여유 있게 타이밍을 잡고 있었다. 심지어 타격 준비 자세에서는 일반 선수들보다 더 높게 다리를 들었다. 장난으로 야구를 하는 것 같았다.

"합."

시우가 크게 기합 소리를 내며 전력투구를 했다.

"따악!"

김현무가 방망이를 가볍게 냈다. 공은 정확하게 방망이에 맞았고, 맞자마자 사라져버렸다. 초구를 치지 않을 것이라는 우리의 예상은 보기 좋게 빗나갔다. 천재는 천재였다. 공은 펜스 뒤로 넘어가고 김현무는 어깨를 털며 1루를 돌았다.

그 괴물은 1루를 돌며 '나이스. 역시, 나는 김현무!'라는 추임새를 넣었다. 이런 싸가지. 힘들게 준비했던 첫 경기를 우리는 허무하게 내주고 말았다.

경기를 마치고 돌아온 숙소는 그야말로 쥐가 한 천만 마리
는 죽은 듯이 조용했다. 옷을 갈아입고 샤워실로 가면서 서
로 눈을 마주쳐도 누구 하나 말을 하지 않았다. 정말 분위기
가 지옥 같았다. 우리는 샤워를 마치고 집합 대형을 갖췄다.
감독님이 먼저 말했다.

"제군들, 아…… 감독이 정말 할 말이 없습니다. 첫 단추
를 잘 꿰려고 했는데…… 이 못난 감독 탓이니 주변 말들 신
경 쓰지 말고 내일부터 열심히 합시다. 이상!"

주장인 로한이가 대표로 인사했다.

"수고하셨습니다."

다음은 독고 코치님이었다.

"얘들아, 힘내자. 어쩔 수 없어. 나도 자존심이 상한다, 진
짜로. 휴."

우리는 그 말을 듣고 고개를 푹 숙였다. 독고 코치님이 방
으로 들어가고 투수 코치인 공득도 코치님도 "힘내자!"라는
말과 함께 방으로 들어가셨다. 마지막으로 남은 여우태 코치
님이 말을 꺼냈다.

"야, 이 자슥들아!"

우리는 고개를 더 푹 숙였다. 다시 여 코치님이 말했다.

"야, 이 자슥들아. 이제 첫 경기 했어. 다들 고개 들어. 너
희 죄인 아니야!"

우리는 그 말을 듣고 고개를 들었다. 욕을 한 바가지로 먹
을 준비를 하고 있던 우리는 "죄인 아니야!"라는 말에 조금

당황했다. 여 코치님이 다시 말을 이었다.

"아무리 주변에서 우리가 망했다고 하지만 아직 첫 경기이고 나는 너희들을 믿는다. 우리는 누구보다 열심히 했고 너나없이 야구에 목숨 걸었어. 우리가 오늘 이 경기에 무릎을 꿇는다면 여태까지 한 노력은 다 거짓이 된다. 하지만 이 경기를 발판 삼아 한 단계 더 올라가려고 발버둥 친다면 우리는? 100프로 장담하는데 전국대회 우승한다. 여기 있는 코치가 장담할게. 너희! 포기하지 않으면 우승시켜줄게. 나? 유니폼 벗을 각오로 얘기한다. 진짜야. 그러니까 다들 의기소침해지지 말고! 앞으로 큰 소나무가 될 너희들이 산들바람에 무너져서 되겠냐. 거센 바람이 불어도 버텨내야지. 인생은 험난한 거야. 다 전화위복이다, 이놈들아. 피눈물 흘리면서 고생한 거, 우리 한번 전국에 떨쳐보자. 독하게 맘먹어보자!"

여 코치님의 말이 끝나자 온몸에 아드레날린이 폭주하는 것 같았다. 마치 『레미제라블』에서 장발장이 감옥을 나올 때처럼, 우리 모두 '우울함'이라는 감옥에서 빠져나온 것 같았다. 슬쩍 눈을 들어 주변을 둘러봤다. 나만 그런 것이 아니었다. 다른 아이들도 아까의 좌절 무드와는 다르게 의지가 활활 타오르고 있는 게 느껴졌다. 여 코치님이 들어간 뒤 우리끼리 원을 만들며 둥글게 모였다. 주장인 로한이가 말했다.

"우리 한번 독하게 해보자. 여 코치님 말대로 첫 단추를 잘못 끼웠지만 여기서 포기해버리면 계속 잘못 꿰게 돼. 그러니까 포기하지 말고 다시 처음부터 단추를 꿰든지, 차라리 옷을 새로 만들어버리든지 해보자, 우리."

그 말에 시우도 덧붙였다.

"야, 내가 더 체력 키워서 다음에는 노히트 노런 할게. 아, 러닝 좀 더 뛸걸. 체력이 부족해 가지고, 후!"

옆에 있는 기우가 말했다.

"근데, 진짜 김현무 미쳤더라. 진짜 미친놈이야, 그거. 근데 다음에는 내가 박살 내버린다."

우리는 다 같이 손을 모았다. 셋을 센 뒤 파이팅을 외쳤다. 분명 하나의 승리를 잃었지만 팀워크와 의지, 자신감이라는 값진 선물을 받았다.

'역시 옛말이 틀린 게 없네. 실패하면 더 많이 배운다더니 정말이네. 가보자!'

첫 경기가 끝나고 우리는 단 하루도 쉬지 않고 미친 듯이 훈련했다. 마치 운동하는 로봇 같았다. 다른 학교들에선 우리가 무리하는 듯 보였을 것이다. 하지만 우리는 시간이 부족했다. 의지가 불타올랐다. 운동이 끝나면 세탁기는 우리의 땀과 흙먼지를 소화해내느라 고장이 날 지경이었다. 우리의 몸도 살려달라고 아우성을 치고 있었다. 하지만 우리는 멈추지 않았다. 전국대회 우승이라는 금자탑을 달성해야 했기 때문이다. 내가 고등학교에 온 이후로 태산고는 우승이 없다. 졸업하기 전에 꼭 우승해야만 했다.

그렇게 시간이 흐르고 또 주말이 왔다. 우리는 핸드폰까지 반납해가며 의지를 다졌다. 최상의 컨디션을 위해 야식까지도 포기했다. 야식 마니아였던 나와 태연이로서는 생지옥이었지만 참고 또 참았다. 마침내 날이 밝고, 우리는 출정했다. 상대는 약팀이라고 평가됐지만 나름 다크호스인 파래고였다. 하지만 파래고는 우리의 의지 앞엔 상대가 되지 않았다. 초반부터 우리의 매서운 방망이에 기가 죽더니 또 우리 투수진 앞에서는 추풍낙엽처럼 쓸려나갔다. 결과는 12:0 대승이었다.

우리는 그 기세로 서산고를 제외한 나머지 고등학교에 모두 승리했다. 스카우터나 다른 팀 감독들도 돌변한 우리의 모습을 보고 혀를 내두를 정도였다. 결국 우리는 주말리그를 조 2위로 마감하면서 전국대회 진출권을 따냈다. 좋은 성적이지만 서산고만 생각하면 피가 끓었다. 다음 전국대회인 황금사자기에서 본때를 보여주자고 합심했다.

주말리그를 끝내고 우리는 3일간의 휴가를 받았다. 미팅에서 감독님이 한마디 하셨다.

"어이, 제군들. 이번 주말리그 아주 고생 많았어요. 하지만 우리의 목표는 그게 아니잖아. 우리의 목표는 곧 다가오는 황금사자기 우승이다. 멋지게 한번 해보자. 잘 쉬고 심기일전해서 훈련 들어가자!"

"넵."

나는 이번 휴가를 위해 멋진 계획을 세워놨다. 황금사자기 우승도 물론 놓치고 싶지 않았지만, 무엇보다 내가 대회에서 주목받는 스타가 되고 싶었다. 그래서 휴가 기간 내내 훈련에 집중하기로 마음먹었다.

"깨톡."

그때였다. 핸드폰이 울려서 보니 주장인 로한이였다.

〈헤이, 친구들. 혹시 오늘부터 개인 훈련할 사람!〉

곧이어 핸드폰이 연속으로 울리기 시작했다.

"깨톡, 깨톡, 깨톡, 깨톡, 깨톡."

확인해보니, 〈나〉라고 쓴 대답이 줄줄이였다. 전부 3학년들이었다. 정말 신기했다. '이런 팀워크도 있을 수 있구나' 하는 생각이 들었다. 나도 〈나〉라고 답을 보냈다.

우리는 쉬는 날 아침부터 학교에 나와 훈련을 하고 또 결속을 다졌다. 황금사자기에서 박살 내고 싶은 서산고 투수들과 체형이 비슷한 1, 2학년 투수들을 불러 실전 배팅 연습을 하기도 했다. 정말 우리 스스로가 대견했다. 훈련 마지막 날, 우리는 마운드를 둘러싸고 전의를 다졌다. 누가 봐도 또라이들만 모아놓은 것 같았다. 우승할 수 있다!

휴가가 끝나고 우리는 대진표에 대한 얘기를 들었다. 독고 코치님이 말했다.

"자, 우리 1차전은 일단 광기고야. 그리고 2차전은…… 캬아아, 이런 인연이. 서산고와 경상도 맹주 태왕고전 승자를 만나게 된다."

우리는 독고 코치님의 과장된 말투를 들으며 웃었다. 이 순간을 얼마나 기다렸던가. 서산고의 김현무를 부술 기회다. 집합을 끝내고 우리는 실전 배팅과 실전 수비 훈련을 했다. 쉴 때도 함께 운동을 해왔기에 우리는 호흡이 잘 맞았다. 감독님도 그런 우리를 보며 흐뭇해하셨다. 다시 일어설 준비를 하며 땀 흘리는 동안 결전의 순간이 눈앞에 다가왔다.

황금사자기, 끝나지 않은 불행

경기장 아나운서가 개회선언문을 낭독하고 황금사자기 대회 시작을 알렸다. 우리의 관심은 오로지 서산고에만 쏠려 있었다. 첫 상대 광기고전도 끝나지 않았는데 말이다. 하지만 광기고는 우리의 적수가 되지 않았기에, 선수들 모두 서산고가 태왕고를 꺾고 올라오기만을 바랐다.

"황금사자기 시작하겠습니다. 어흥."

우리는 피식 웃었다. '어흥은 뭐야? 정말. 하여튼 간에 이번 대회 기분이 좋다. 가자!'

개회사가 끝나고 우리는 관중석으로 올라갔다. 우리는 두 번째 경기 출전이었기에 앞선 경기를 보며 마음을 다잡기로 했다. 나는 4번 타자였기에 나보다 먼저 홈런을 치는 사람이 없길 바랐다. 다행히도 홈런은 나오지 않았지만 엄청난 타격전이 벌어졌다. 누가 이길지 모르는 승부였다. 하지만 승부는 예전의 우리처럼 수비에서 결정 났다. 진 팀의 분위기는 암울했고 심지어 대성통곡하는 선수도 있었다. 부상에서 드디어 돌아온 왼손 에이스 편재중이 말했다.

"얘들아, 우리는 다시 저런 아픔 반복하지 말자."

우리는 모두 고개를 끄덕였다.

워밍업이 끝나고 경기가 시작되었다. 광기고도 나름 '역전의 명수' 소리를 듣는 팀이었지만 우리한테는 상대가 안 됐다. 그들은 태산고 원투 펀치의 한 축을 담당하고 있는 편재중의 고속 슬라이더에 헛방망이질을 해댔고 우리는 상대 팀실책에 편승하여 쉽게 점수를 냈다. 재중이의 볼은 스카우터의 박수를 이끌 만큼 날카로웠다.

6회 초, 스코어는 4:0이었다. 4점이라는 나름 괜찮은 점수 차였지만 앞 경기의 타격전을 볼 때 불안한 점수였다. 주자는 1, 2루. 타석에는 내가 서 있었다. 투수는 사이드암 에이스 투수인 이사금이었다. 투수 분석에서 직구보다는 슬라이더를 잘 던진다는 평가가 있어 나는 슬라이더를 노렸다. 하지만 상대방도 나의 의도를 알았는지 연신 바깥쪽 직구를 꽂아댔다.

카운트는 원 볼 투 스트라이크. 나는 배트를 짧게 잡았다. 어떻게든 이 찬스를 살려야 했다. 아까도 이런 찬스가 있었지만 희생타 하나와 볼넷으로 그치는 바람에 제대로 살리지 못했다. 나쁘지 않은 성적이었지만 4번 타자라는 역할에 비해 너무 부족했다. 이사금이 글러브에서 손을 빼며 투구했다. 바깥쪽 살짝 낮은 볼이었다. 등 뒤에 식은땀이 흘렀다.

심판이 스트라이크를 외쳐도 뭐라고 할 수 없는 공이었다. 카운트는 투 볼 투 스트라이크.

이사금이 호흡을 가다듬고 다시 공을 뿌렸다.

"촤악."

나는 놀라서 몸을 피했다. 몸쪽으로 휘어 들어오는 슬라이더였다. 하지만 다행히 공이 높았던 탓에 볼이 됐다. 풀카운트 승부. 여기서 나는 이를 악물고 이사금이 힘껏 던진 공을 파울로 커버해냈다. 양쪽 벤치에서 응원의 목소리가 높아졌고 우리 감독님과 코치님들도 힘내라며 박수를 쳐주었다.

투수가 다시 투구 동작에 들어갔다. 나는 심호흡을 멈추고 타격 타이밍을 노렸다. 그때 이사금의 눈이 나의 옆구리로 향하는 걸 느꼈다. 몸쪽이었다. 나는 다리를 빼고 연습한 대로 자신 있게 몸쪽 스윙을 돌렸다.

"따아악!"

정말 큰 타격음이었다. 맞자마자 홈런을 직감했다. 잘 맞은 공은 예상대로 좌익수 펜스 뒤로 넘어갔다. 황금사자기 1호 홈런이었다. 정말 기분이 좋았다. 그라운드가 술렁였다. 뒤에서 사진을 찍고 있는 기자들도 보였다. 우리 팀 벤치도 난리가 났다. 스코어는 7:0. 우리는 마지막 수비를 깔끔하게 막고 경기를 끝냈다.

경기가 끝나자 첫 홈런을 친 나에게 기자들이 다가왔다. 이런 관심을 받는 것이 처음이었기에 어떻게 해야 할지 감이 잡히지 않았다. 나를 향해 터지는 카메라 플래시들이 몹시

당황스러웠다. 그 모습을 본 감독님과 코치님이 웃으며 인터뷰 잘하라고 격려해주셨다. 제일 먼저 온 기자가 대표로 나에게 질문을 했다.

"강파치 선수, 이번 대회 첫 홈런입니다. 기분을 말해주세요."

"어. 어."

첫 인터뷰라 말을 더듬었다. 하지만 눈웃음을 지으며 지켜보는 감독님, 코치님들을 보며 다시 정신줄을 잡았다.

"어, 가볍게 친 게 잘 맞아서 넘어간 것 같습니다. 너무 기분이 좋고 잘 가르쳐주신 감독님과 코치님들께 감사드립니다."

"강파치 선수, 이번에 태산고가 주말리그 준우승을 했잖아요? 하지만 황금사자기 우승 후보로는 주말리그 우승을 한 서산고가 뽑혔습니다. 이 점에 대해서 한말씀 해주세요."

"우리는 준비를 진짜 많이 했습니다. 핸드폰도 반납하고, 새벽에 일어나서 밤늦게까지 훈련도 하고 말이죠. 이번 대회에는 우리가 우승할 겁니다. 다음 경기에 서산고와 태왕고 승자가 우리와 맞붙게 되는데, 우리는 준비가 되어 있습니다. 꼭 이겨서 동료들과 함께 황금사자를 품고 싶습니다."

난생처음 인터뷰를 마치고 버스에 오르자 감독님과 코치님이 웃으며 반겨주셨다. 감독님이 말했다.

"어이, 강파치. 애들한테 어디 한마디 해봐."

나는 어색해하면서 입을 열었다.

"우승하자!"

짧은 네 마디의 말이었지만 아이들의 호응은 폭발적이었고 우리는 그 어느 때보다 기분 좋게 귀가할 수 있었다.

파란만장했던 하루가 지나고 다음 날 서산고와 경상도의 자랑 태왕고의 승부를 티비 중계로 지켜봤다. 당연히 서산고가 올라올 줄 알고 우리는 서산고에 대한 대비를 하고 있었다. 하지만 뚜껑을 열어보니 태왕고의 전력이 대단했다. 140km 중반의 왼손 투수 피승철, 140km 후반의 오른손 투수 박인태를 필두로 발 빠른 타자가 대거 포진되어 있었다.

서산고의 내야진은 태왕고의 발 빠른 야구를 감당하지 못했고, 김현무도 왼손 투수 피승철을 이겨내지 못했다. 우리는 서산고가 패하는 것을 지켜보며 경악을 금치 못했다. 경기는 이틀 뒤인데 태왕고에 대한 대비가 전혀 되어 있지 않기 때문이다. 우리만 당황한 것이 아니었다. 감독님과 코치님도 방문을 걸어 잠그고 회의를 하기 시작했다. 일이 꼬였다. 그 낌새를 알아차린 로한이가 우리를 모아놓고 말했다.

"겨우 태왕고 정도를 두고 너무 호들갑스러운 거 아냐? 우리 노력 많이 한 거 우리가 다 잘 알잖아. 하늘도 우리에게 감동해서 승리를 주실 거야. 파이팅하자!"

그 말에 나도 동참했다. 기우, 태연이, 재중이, 시우도 다 같이 손을 모았다. 로한이가 크게 외쳤다.

"하나 둘 셋 하면 파이팅이다. 하나 둘 셋!"

"파이팅!"

우리의 다음 상대는 태왕고였다. 서산고의 오른손 투수와 사이드암 투수를 대비했던 타자들은 피승철과 박인태의 공을 분석하기에 바빴다. 또 발 빠른 태왕고의 타선을 생각해서 번트 시프트와 외야를 앞당긴 수비 위치 연습을 했다. 급한 훈련이었지만 조급해지지 않도록 노력했다. 감독님과 코치님들도 우리의 조급한 마음을 달래주기 위해서 훈련 속도를 늦췄다.

이틀이 지나고 경기장에 들어섰다. 우리의 표정은 비장했다. 피땀 흘려가며 연습해 여기까지 왔는데 2회전 탈락이라는 성적은 상상도 할 수 없었기에 마음의 무장을 단단히 했다. 경기장에 들어서 태왕고 벤치를 보니 다른 팀과는 분위기가 사뭇 달랐다. 오늘 피 튀기는 접전이 일어날 것 같은 기분이었다.

장내 아나운서가 경기 개시를 선언했다.

"경기 시작하겠습니다. 태왕고, 초 공격."

우리 선발 투수는 광기고전에서 멋진 투구를 보여준 편재 중이었다. 태왕고에 좌타자가 많기 때문에 감독님이 내린 결정이었다. 재중이가 던지다가 무너지면 에이스 시우를 투입할 계획이었다. 5개의 연습구가 끝나고 재중이가 공을 던졌다. 상대 팀 1번 타자는 우리 팀 상우와 비슷한 스타일이었다. 어떻게든 공을 맞히려고 하는 스타일. 쓰리 볼 투 스트라이크까지 가는 접전이 펼쳐졌다.

재중이가 앞발에 체중을 실으며 힘차게 공을 던졌다.

"따악."

공은 순식간에 유격수 옆으로 지나갔다. 태왕고 벤치에서는 난리가 났다.

"쏴라잇네."

"마, 최고다, 마."

전형적인 부산 사투리가 터져 나오면서 격렬한 응원전이 펼쳐졌다. 우리는 점점 경상도 남자들의 기세에 눌리기 시작했다. 2번 타자가 번트를 성공해서 주자는 1사 2루. 3번 타자는 부산에서 프로 지명 1순위로 꼽히는 마우석이었다. 어릴 때 뭘 먹었는지 궁금할 정도로 덩치가 컸다. 거인이 타석에 들어왔다. 재중이도 그 선수의 몸집을 보고 부담스러워하는 듯했다. 하지만 이대로 물러설 우리가 아니었다. 우리는 재중이에게 힘을 불어넣어주었다.

"재중아, 공 낮게 던지면 못 친다."

"재중아, 병살 플레이 가자."

재중이가 고개를 끄덕이며 공을 던졌다.

"퍽."

초구는 스트라이크였다.

"퍽."

두 번째도 스트라이크. 재중이가 호흡을 가다듬고 3구를 던졌다.

"따악."

마우석은 스윙 스피드부터가 달랐다. 공이 호랑이 소리를 내며 3루수 쪽으로 날아갔다. 누가 봐도 잘 맞은 타구였다. 하지만 그때 3루수 인택이가 엉겁결에 공 쪽으로 글러브를 내밀었고, 엄청난 속도였지만 운 좋게도 공이 글러브로 들어갔다. 직선타였다. 너무 빠른 플레이 상황에 2루에 있던 주자가 귀루하지 못하고 있었다. 모두가 소리쳤다.

"2루! 2루!"

미국 전지훈련에서 연습했던 빠른 캐치볼의 효과가 여기서 나왔다. 공이 정확히 2루수 수행이의 글러브에 박혔다. 그렇게 1회 초 수비를 겨우 끝냈다.

그리고 이어진 1회 말 공격. 투수는 우리가 예상한 대로 박인태라는 선수였다. 오른쪽 오버스로 투수인데 밑으로 떨어지는 커브가 일품이었다. 우리의 1번 타자는 구상우였는데, 상우는 투 볼 투 스트라이크의 접전 끝에 아쉽게 유격수 땅볼로 물러났다.

다음 타자는 지수행이었다. 상우가 유격수 땅볼로 물러나기 전 감독님께서 수행이한테 초구에 커브를 노리라고 주문했다. 박인태는 초구 피안타율이 높다는 약점이 있었다. 박인태가 힘을 모아 던졌다. 커브였다. 감독님의 주문을 받은 수행이는 커브를 그대로 받아쳤다. 공은 2루수 쪽으로 힘있게 뻗어나갔지만, 타구가 2루수 정면으로 가면서 아웃되고 말았다.

다음은 3번 타자, 포수 강지구였다. 박인태가 팔을 크게 돌리며 공을 뿌렸다.

"따악!"

수행이에 이어서 지구도 초구를 쳤다. 초구 대마왕인 지구가 공을 정확히 때렸다. 공이 중견수 쪽으로 뻗어나갔다. 하지만 태왕고 중견수의 다이빙 캐치 호수비로 우리 공격은 정확히 6구 만에 끝이 났다. 뭔가 느낌이 좋지 않았다. 잘 맞은 타구가 정면으로 가고 또 투수가 던진 공의 개수가 별로 안 된다는 게…… 마치 서산고전과 흡사했다. 재중이는 1회부터 투구 수가 많아지고 있었다. 나뿐만이 아니라 우리 팀 전체가 뭔가 불길한 기운을 느꼈다.

그러나 2회 초부터 재중이는 자기 실력을 뽐내기 시작했다. 세 타자를 깔끔하게 삼자범퇴로 처리했다. 감독님께서 2회 수비를 끝내고 들어온 우리를 불렀다.

"제군들, 모두들 다 집합!!!!"

우리는 빠르게 모였다. 감독님이 말씀하셨다.

"어이, 제군들. 오늘 태왕고전 승패는 벤치 싸움에 달려 있어요. 오늘은 감독 눈치 보지 마세요. 벤치에서 쇼하는 거, 이 감독이 오늘만큼은 이해할게요. 벤치 싸움에서 이겨 태왕고 멘탈을 한번 박살 내봐. 모두 내가 '가자!' 하면, '태산!' 하는 거야, 알았지?"

"가자~!"

"태산!"

미팅이 끝나고 주장인 로한이가 우리를 모아 얘기했다.

"경기 뛰는 사람들은 열심히 뛰어주고, 벤치에선 큰 목소리로 응원 부탁한다."

그러자 2학년 또라이 응원부장이라고 불리는 나천덕이 나섰다.

"형, 저만 믿어요."

그러고 난 뒤 막 공격을 시작하려는데 뒤에서 아이들이 키득거리며 웃기 시작했다. 왜 그러나 싶어 소리 나는 쪽을 쳐다봤더니, 천덕이가 어디서 났는지 모를 선글라스를 끼고 방망이를 끌어오고 있었다.

'미친놈!'

감독님과 코치님도 천덕이를 보고 놀라서 공격 사인을 내야 하는데 까먹고 계셨다. 우리 팀 벤치는 말 그대로 난리가 났다. 천덕이가 벤치 앞으로 나오더니 보헤미안 랩소디의 프레디 머큐리처럼 포즈를 잡았다. 그리고 소리쳤다.

"자, 오늘 태산고 2회전 진출 응원을 맡은 프레디 나천덕입니다. 호응을 잘해주면 태산고가 이길 거고요, 아님 집니다."

우리가 호응하자 천덕이가 응원을 시작했다.

"태산— 우우우우~ "

우리는 이 한 소절에 웃음보를 터뜨렸다. 〈보헤미안 랩소디〉를 패러디하고 있었기 때문이다. 정말 천덕이는 분위기를 잘 살려내는 예능 천재 같다.

"태에에에에에에에에르르르산, 올라잇."

이 응원에 힘입어 우리는 긴장감을 풀고 평상시 모습으로 돌아가고 있었다. 우리 팀의 사기는 점점 고조되어갔다. 태왕고 벤치는 잠잠해졌다. 0의 행진은 6회까지 이어졌다. 상대 팀도 우리 팀도 투수력이 월등했기 때문에 타자들이 출루하기가 어려웠다. 나의 타율도 선동열급 방어율인 1할대를 향해 수직 낙하하고 있었다.

7회 초 태왕고 공격이 시작됐다. 투수는 재중이에서 시우로 교체됐다. 우리는 재중이 등을 토닥여줬다.

재중이가 말했다.

"야, 니네 에러하면 뒈진다. 안 그래도 승리 투수가 되지 못해서 열 받는데."

우리는 웃으며 말했다.

"걱정하지 말고 꺼지세요."

심판이 다시 플레이볼을 외치고, 태왕고의 공격이 시작됐다. 시우는 컨디션이 좋은지 투 스트라이크를 먼저 잡았다. 우리가 소리쳤다.

"나이스 볼!!"

시우가 심호흡을 하고 결정구를 던질 준비를 했다. 시우가 손끝에 온 힘을 모아서 기합을 넣으며 공을 던졌다. 순간, 시우의 손끝에서 공이 빠지는 게 느껴졌다. 역시나, 바닥에 떨어져야 할 공이 가운데로 들어가고 있었다. 태왕고 타자는 그 실투를 놓치지 않았다. 그는 무게 중심을 잡고서 공을 중견수 앞으로 시원하게 받아쳤다. 태왕고 벤치의 사기가 치솟기 시작했다.

주자는 1루. 시우가 포수에게 미안하다는 제스처를 하고 다시 세트 포지션에 들어갔다. 도루를 막아야 했기 때문이다. 하지만 상대는 주루 플레이에 강했다. 초구에, 시우가 다리를 들자마자 1루 주자가 2루로 뛰었다. 주자가 스타트함과 동시에 나는 "뛴다"라고 소리를 질렀다. 포수인 지구가 재빠르게 공을 빼서 2루에 던졌지만 아쉽게도 세이프가 됐다.

상황은 노 아웃 주자 2루. 누가 봐도 보내기 번트 상황이었다. 그래서 우리끼리 열심히 연습한 번트 포메이션을 준비하고 있었다. 포수가 사인을 냈다. 2번 사인, 타자 쪽으로 강하게 압박해서 타구를 잡고 3루에서 아웃을 잡아내는 작전이다. 그런데 문제는 거기서 시작됐다. 이 사인은 타자가 번트 모션을 취했을 때만 나오는 작전인데 타자가 타격 모션에 들어갔기 때문이다. 그래서 자동적으로 사인이 취소됐고, 나와 내야수들은 정상 수비 포지션으로 돌아갔다. 시우가 다리를 들고 공을 던지려는 순간, 벤치에서 독고 코치님이 소리를 질렀다.

"야, 뛰어 들어가!"

타자가 기습 번트를 시도한 것이었다. 허를 찌르는 공격이었다. 나와 인택이가 허겁지겁 뛰어 들어갔다. 타자는 3루 쪽으로 강하게 번트를 댔다. 타구는 베이스라인을 타고 세차게 굴러가더니만 뛰어 들어가는 인택이의 옆을 아슬아슬하게 지나쳐 3루 베이스를 맞고 외야로 넘어갔다. 평소 같으면 쉽게 잡을 타구였는데 너무 놀란 나머지 인택이가 공을 놓치는 실수를 저지르고 말았다. 작전대로 먼저 스타트를 끊은 2루 주자는 여유 있게 홈에 들어왔다. 태왕고 벤치는 난리가 났다.

순식간에 스코어는 1:0이 되었다. 그래도 다행히 그 뒤로는 시우가 안정적인 피칭으로 잘 막아냈다. 하지만 팽팽한 승부에서 1점이 주는 위력은 어마어마했다. 우리는 급격히 초조해지기 시작했다. 선취점을 내야 하는데 오히려 당하고 말다니. 금세 8회가 지나가고 9회 초 태왕고 공격도 끝이 났다. 다행인 건 점수를 더 안 줬다는 사실이었다.

9회 말, 우리 팀의 마지막 공격이 시작됐다. 선두 타자는 6번 지명타자 오태풍 대신에 나온 대타 1학년 강재혁이었다. 감독님은 태풍이의 발보다 재혁이의 한 방이 더 필요하다고 생각했던 것 같다. 감독님이 벤치에서 스윙을 붕붕 돌리고 있는 재혁이를 불렀다. 재혁이는 한 방이 있는 타자였다. 스윙을 돌리기만 하면 붕붕 소리가 난다고 해서 '붕붕이'라는 별명도 가지고 있었다. 제발 출루하라고 우리는 두 손 모아 기도하고 또 소리쳤다. 상대 팀 투수는 여전히 박인태였다. 9회까지 완봉을 하고 있었다. 투수의 얼굴을 봤는데 지친 기색이 전혀 없었다.

"독한 새끼."

나도 모르게 새어 나온 말이었다. 박인태와 우리 팀 붕붕이의 접전은 그야말로 영화의 한 장면 같았다. 풀카운트까지 가는 접전이었다. 재혁이가 잘 치면 파울이 되고 박인태가 잘 던지면 살짝 빠진 볼이 되는 마법과 같은 순간이 계속되고 있었다. 그렇게 서로 장군 명군을 주고받다가 드디어 재혁이가 볼을 골라내서 출루했다.

우리는 주먹을 불끈 쥐며 환호했다. 감독님도 주먹을 불끈 쥐고는 타석에 들어선 7번 타자 태연이에게 바로 번트 사인을 냈다.

"딱."

태연이의 번트가 성공하면서 재혁이는 2루로 진루했다. 다음은 8번 타자 인택이였다. 정말 마지막 기회였다.

"타임."

심판이 크게 외쳤다. 태왕고 벤치에서 감독님이 올라오고 있었다. 또 반대편 불펜에서는 피승철이 문을 열고 뛰어나왔다. 투수 교체다. 그 장면을 보며 감독님께서 크게 웃었다. 우리는 왜 웃는지 몰랐지만 일단 원 아웃에 주자가 2루라는 사실이 즐거웠다.

"슈유웅 퍽."

피승철의 공은 소문과 달리 그렇게 좋지는 않았다. 1차 1번 얘기가 나오는 게 우스울 정도였다. 147km는 소문일 뿐이었다. 전광판에는 137km가 찍혔다. 컨트롤이 잡히지도 않았다. 연습구 4개가 끝나고 경기는 다시 시작됐다. 피승철의 공은 여전히 들쭉날쭉했다. 볼을 남발하며 인택이에게 금세 볼넷을 줬다. 우리 주자는 원 아웃 1, 2루. 순식간에 운동장 분위기는 우리 쪽으로 넘어왔다. 나천덕의 응원은 더 격해졌다.

"야, 다들 분위기 올려. 오늘 우리가 이긴다! 지금 앉아 있는 사람들 다 일어나세요, 요호~~~~피크 피크."

그라운드는 정말 무슨 일이 일어날 것만 같은 분위기였다. 기우가 타석에 들어섰다. 기우는 이번 대회 조금 부진했지만 기회에 강한 타자였다. 감독님이 기우를 향해 소리쳤다.

"기우야~ 초구에 네 것 오면 자신 있게 때려라."

우리의 마음도 똑같았다. 제발 초구를 때려서 이 길고 긴 경기를 끝내줬으면 하는 마음이었다. 하지만 웬만한 베테랑 프로 선수가 아니고서는 컨트롤이 안 되는 투수의 공을 초구부터 치지 않는다. 그런 점을 잘 알고 있기에 우리는 기우가 볼 하나는 지켜볼 것이라 생각하고 있었다.

피승철이 뜸을 들이다가 세트 포지션에 들어갔다. 우리도 덩달아 긴장했다. 피승철의 손이 가슴에 모였다가 허벅지를 스치듯 몸통 뒤로 가서 허공에 원을 그리듯 힘차게 공을 쏘아냈다. 초구를 치지는 않으리라 생각했기 때문에 우리는 조금 여유롭게 승부를 지켜보고 있었다.

"좌악."

투수 손에서 공이 뿌려졌다.

"따악."

우리는 그 소리에 놀라지 않을 수 없었다. 너무 순식간에 일어난 일이었다. 기우가 모두의 예상을 깨고 초구 승부를 시도한 것이다. 공은 좌익수 선상을 뚫었다. 놀란 우리가 환호할 새도 없이, 빠르게 굴러가던 공은 펜스를 직격해버렸다. 2루 주자인 재혁이가 안전하게 홈으로 들어왔고 1루 주자인 인택이는 3루를 밟고 있었다.

3루 베이스 코치인 독고 코치님이 소리 지르며 팔을 빠르게 돌렸다. 그 모습을 본 우리도 정신 차리고 같이 팔을 돌리며 소리 질렀다. 1루 주자까지 들어온다면 그대로 역전승이었기 때문이다. 펜스를 맞고 튕겨 나온 공은 유격수에게 전달되어 홈으로 날아오고 있었다. 인택이도 홈에 도달했다. 거의 비슷한 타이밍이었다. 우리는 소리를 질렀다.

"슬라이딩! 슬라이딩! 슬라이딩!"

홈플레이트 부근에서 흙먼지가 심하게 날렸다. 벤치에서는 확인을 하기 어려웠기에 양쪽 팀 모두 뛰어나왔다. 몇 초가 지나고 잠시의 정적, 그리고 흙먼지가 가라앉았다. 심판이 양팔을 힘차게 벌렸다. 세이프였다.

믿기지 않는 승리였다. 우리는 환호성을 지르며 그라운드로 뛰어나갔다. 9회 말에 엄청난 기적이 일어난 것이다. 어떤 말로도 이 기쁨을 표현할 수 없었다. 그저 하염없이 흐르는 눈물로 대신할 수밖에. 감독님과 코치님들의 눈에도 눈물이 고였다.

우리는 흥분된 마음을 가라앉히며 상대 팀과 인사를 나누고 더그아웃 앞으로 돌아와 미팅을 했다. 감독님께서 말을 꺼냈다.

"야, 오기우. 너 감독 말 잘 듣는다. 어떻게 초구 칠 생각을 다 하냐?"

기우가 그 말을 듣고 목청 높여 말했다.

"공을 부숴버리겠다 생각하고 휘둘렀습니다."

그 말에 우리도, 코치님들마저도 빵 터졌다. 역시 내 룸메이트였다.

다시 감독님이 말을 이어갔다.

"그래그래. 네가 대견스럽다, 오기우. 앞으로도 공을 부술 수 있도록. 넌 해낼 줄 알았어. 자, 제군들. 오늘 아주 멋진 경기였어. 하지만 우리 지금의 기쁨은 아껴뒀다가 우승하고 나서 맘껏 누리자고. 수고했다! 다음 경기 잘하자!!"

우리는 크게 대답했다.

"넵!"

2차전을 극적인 역전승으로 이긴 우리는 다음 상대인 광일고를 쉽게 제쳤다. 상승세가 무섭게 올라 있던 만큼 우리는 없던 실력도 생겨나는 듯했다. 광일고를 이긴 뒤에는 농산고와 붙게 됐다. 4강전이었다. 메이저리거까지 배출한 농산고는 전통적으로 기본기가 아주 잘 갖춰진 팀이기 때문에 상대하기 껄끄럽다는 평가가 있었다. 하지만 우리의 마음은 이미 결승에 가 있었다.

'뭐 어때. 우리는 무적 최강 태산고인걸.'

드디어 경기가 시작되었다. 우리 팀 투수는 편재중이었고, 상대 팀 투수는 처음 들어보는 이름이었지만 꽤 까다로운 공을 던지는 좌완 투수였다.

1회 초는 서로의 팀 컬러를 보여주는 시간이었다. 우리는 강력한 투수력과 수비력, 농산고는 기본기 있는 타격과 수비 짜임새가 좋았다. 서로 치고받는 공방전을 벌인 끝에 우리는 7회까지 3:0으로 앞서고 있었다. 이대로라면 결승은 문제없었다. 정말 문제가 없는 줄 알았다.

우리 팀 공격. 주자는 1, 2루였다. 타석에는 내가 서 있었다. 볼 카운트는 쓰리 볼 원 스트라이크. 광기고전 홈런 이후로 안타가 없던 나로서는 공 하나하나가 다 소중했기에 집중했다. 독고 코치님이 사인을 냈다. 손목─발─머리…… 치고 달리기였다. 투수가 세트 포지션에서 공을 빠르게 뿌렸다. 치고 달리기 작전이 나왔기 때문에 저 하얀 공을 무조건 맞혀야 했다. 주자는 뛰고 있었고 공은 커터성으로 나의 몸쪽을 향해 날아오고 있었다. 나는 과감히 배트를 냈다. 몸쪽 가까이 오는 공이었기 때문에 헛스윙할 가능성은 적었다. 있는 힘껏 방망이를 휘둘렀다. 그 순간, 공이 앞으로 굴러갔다. 투수가 공을 잡았으나 던지지 않았다. 1루로 뛰어나가려고 하는 찰나, 나는 눈앞이 하얘지는 고통을 느꼈다.

낭심 부위가 심하게 아파왔다. 공이 배트를 스치고 내 낭심을 맞힌 다음 굴러간 것이었다. 나는 비명을 질렀다. 우리 팀 벤치에서 의료진과 감독님이 뛰어나왔다. 나는 굴렁쇠마냥 땅바닥을 구르고 또 굴렀다. 너무도 고통스러웠던 나머지 나도 모르게 거친 욕들이 속사포처럼 마구 쏟아져 나왔다. 그다음은 기억이 안 난다.

***

얼마쯤 지났을까, 눈을 떠보니 그라운드에 있어야 할 내가 병원 침대에 누워 있었다. 갑자기 아랫배가 아파왔다. 하지만 아까보다는 참을 만했다. 경기 도중 실려 왔기에 내가 일어났다는 사실을 알리기 위해 호출 버튼을 눌렀다. 부모님을 불러 경기 결과를 묻자 아버지가 말을 꺼냈다.

"우리가 이겼다. 너 부상당하고 점수는 더 못 냈지만 재중이랑 2학년 투수 임재원이 잘 막아줘서 이겼다. 시우는 안 던졌어, 결승에 던질 건가 봐. 우리 결승 진출이야!"

그 말을 듣고 나는 환호했다. 기분 좋게 부모님과 얘기하는 도중에 의사 선생님이 들어왔다. 나는 기분이 좋아서 의사 선생님께 물어봤다.

"의사 선생님! 저 결승전 뛸 수 있는 거죠? 통증도 아까보다 없는 것 같아요."

그 말을 들은 의사 선생님이 진지한 표정으로 말했다.

"저기요. 결승전 못 뛰어요. 지금 바로 응급 수술 들어가야 됩니다. 그리고 지금 안 아픈 건 진통제를 투여했기 때문에 그런 거예요."

'응급 수술'이란 단어 이외에 다른 말은 들리지 않았다. 결승전을 못 뛴다니. 그럴 수는 없었다. 그래서는 안 되었다. 나는 3학년이었다. 성적을 내지 못하면 야구선수로서의 인생은 장담할 수 없는 것이었다.

어느새 잠깐 잠이 들었는지 이상한 기계음 소리에 잠을 깼다.

'무슨 소리지?' 소리가 나는 쪽을 쳐다보고서 나는 경악하지 않을 수 없었다. 여자 간호사가 면도기로 내 낭심 부위의 털을 깎고 있었다. '아니, 이건 뭐야? 왜, 여자가……' 내가 화를 내자 간호사가 차분한 목소리로 말했다.

"응급 수술 들어가실 거여서 밀어야 됩니다. 이 부위에 털이 있으면 감염 위험 있어요!"

나는 당황했다.

"아니 그러면 잠시만요, 혹시……."

간호사가 말했다.

"어쩔 수 없습니다! 빨리 들어가야 돼요!"

면도기의 기계음 소리가 병실을 가득 울리고 있었다. 털이 깎일 때마다 내 멘탈도 깎여나갔다. 눈물이 나왔다. 야구를 열심히 해보겠다는 마음가짐을 가진 지 5개월도 채 안 됐다. 근데 말도 안 되는 낭심 부상을 당하고, 그렇게 고대하던 결승전에도 뛰지 못하다니. 정말 서러웠다. 나는 마취 주사를 맞고 깊은 잠에 빠져들었다.

"강파치 환자분, 일어나세요."

의사가 말했다.

"수술은 잘 마쳤습니다. 고환에 문제가 있으면 어쩌나 걱정했는데 다행히 큰 문제가 없어서 그대로 봉합했어요. 3일 뒤부터 걸어다니시면 됩니다."

아니, 그대로 봉합했다니. 다행이긴 하지만, 뭐가 이래.

아니 정말, 이럴 수가 있나. 그냥 진통제 맞으면 경기 뛸 수 있는 건데. CT니 MRI니 다 찍으며 확인해놓고. 아이고, 하느님, 부처님, 성모 마리아님. 눈물도 나지 않았다. 나는 아버지에게 하소연하면서 화를 냈다. 애꿎은 아버지는 뭐라고 대답도 못 하면서 슬픈 표정만 지었다. 어쩔 수 없다는 사실이 정말 화가 났다.

너무 우울했다. 바로 다음 날이 결승전인데 이렇게 병상에 누워 있다니. 내 인생이 참 엿 같다고 느껴지면서 서럽게 눈물만 흘러나왔다. 회복실에서 옮겨진 후 나는 줄곧 아무 말도 하지 않은 채 눈을 감고 있었다. 그때였다. 갑자기 병실 문이 확 열렸다. 그 소리에 굴하지 않고 나는 계속 눈을 감고 있었다. 그러자 낯익은 목소리가 나를 깨웠다.

"야, 강파치 일어나라. 괜찮은가?"

감독님 목소리였다. 번개같이 눈을 떴다. 로한이가 이어서 말했다.

"파치야, 괜찮으냐? 다행히 결승이 내일이라 운동 끝나고 바로 왔다. 여기 이 모자 봐봐. 너 번호가 22번이잖아? 모자에 네 번호 새기고 결승전 뛰려고."

옆에 있던 재중이가 거들었다.

"인마, 너 없었으면 결승 못 왔어. 모자에 네 번호 새기고 너랑 같이 뛴다는 마음으로 경기할 테니 응원해줘라."

"허허, 이 녀석들 봐라. 참 오글거려서 못 보겠네. 우리 우승하자는 의미로 손 한번 모아보자."

나와 친구들은 손을 가운데로 모았다. 감독님이 파이팅을 크게 외치자 우리도 따라 외쳤다. 나는 감독님과 코치님, 선수들에게 고맙다고, 꼭 우승해달라고 울먹이며 얘기했다.

감동의 이 하루가 지나고 마침내 결전의 날, 시간에 맞춰 티비를 틀었다. 아이들의 모자와 각종 장비에는 22번이 씌어 있었다. 중계 해설자도 그 장면을 보고는 "이것이 바로 팀 플레이 스포츠, 아마추어 야구의 묘미 아니겠습니까?" 하며 감동을 불러일으켰다.

결승전 상대는 마왕고였다. 나를 위해 우승하겠다는 신념이 강했던 건지, 우리 팀은 초반부터 마왕고를 밀어붙이고 있었다. 어쩌면 나의 부상이, 우리 선수들이 하나로 뭉치는 데 크게 기여했을지도 모르겠다고 생각하니 뿌듯하기까지 했다. 경기가 시작된 지 세 시간이 지나고 나서 우리 팀은 결국 마왕고를 물리치고 우승을 차지했다. 모두 마운드로 뛰어나가 감독님과 우승 헹가래를 올렸다. 한 명만 잘해서도 안 되고, 한 명이 못해도 다른 동료들이 잘해준다면 이길 수 있는 경기. 딱 야구에서만 느낄 수 있는 묘미. 세상에 이렇게 공정하고 정의로운 스포츠가 또 있을까.

최우수 선수상을 받은 시우와 우수투수상 재중이는 인터뷰 도중 내 얘기를 해줬다. 정말 고마웠다. 이렇게 나의 3학년 첫 전국대회는 막을 내렸다. 뭔가 아쉬워서 아버지에게 나의 속마음을 말했다.

"아버지, 제 인생은 왜 이리 꼬이기만 하는 걸까요?"

아버지가 짧게 답했다.

"인마, 인간만사 새옹지마! 전화위복이다. 다음 청룡기 때는 네가 날아다닐 거다!"

우리는 그토록 바라던 우승을 했고, 나는 무사히 퇴원을 했다. 어떤 말로도 설명할 수 없는 복잡한 감정이 나를 휘감았다. 며칠이 지나서 몸이 회복되자 친구들을 만나기 위해 지하철을 타러 갔다. 그때였다. 지하철 승강장 안전문에 씌어 있는 시 한 편이 눈에 들어왔다.

봄, 꿈 발전소

거대한 꿈 발전소가 가동을 시작했다
얼어붙었던 얼음덩어리들은
발전소에서 꿈으로 재생된다
저 꿈의 빛깔들로 인해
우리들의 겨울은 얼마나 아름다웠던가
목도리로 칼바람을 가리고 입김으로 언 손을 녹이면서도
가슴속에 꿈 발전소 하나 지을 땅은 남겨뒀었거니
귀 기울여보라
가슴속에서 쿵쿵 발전소 돌아가는 소리가 들리리니
그 소리가 들리는 한, 아직 아무것도 끝난 것은 없는 것이다
저기, 녹색 꽃망울에서 붉게 솟구치는 꿈의 화염을 보라

나도 꿈 발전소였다. 정말 거대한 꿈을 꾸고 있었다. 조금씩 꿈이 이뤄진다고 생각했는데, 이제 청룡기 대회 하나만 남았다. 기회는 단 한 번. 지금까지 나를 꽁꽁 얼게 했던 고통과 고난의 시간들. 그 시간들이 내 꿈을 위한 씨앗이었는데. 그래서 어떠한 것도 참고 이겨낼 수 있었는데, 그 겨울의 꽁꽁 언 시간들을 참아낼 수 있었는데. 정말 눈앞이 캄캄했다. 그런데 정말, 내게 꿈 발전소 하나 지을 수 있는 여지가 남아 있을까. 아직도 남아 있을까.

나도 모르게 오른손을 들어서 왼쪽 가슴에 가져다 댔다. 쿵-쿵 심장 뛰는 소리가 느껴졌다. 내가 모르는 사이에도 나의 심장은 꿈을 이루기 위해 부지런히 움직이고 있었던 것이다. 그래, 이 소리가 멈추지 않는 한 아무것도 끝난 건 없는 거야. 갑자기 야구부 숙소 담장에 피었던 장미꽃이 떠올랐다. 붉게 솟구치는 꿈의 화염! 그건 우리 야구부원들이 피워낸 꿈의 불꽃이다. 그래, 끝날 때까지 끝난 게 아니다. 나에겐 아직 9회 말 마지막 공격이 남아 있다. 나는 친구들과의 만남을 취소하고 바로 집으로 돌아왔다. 다시 발전소를 가동하기 위해서.

청룡, 여의주를 물고 승천하다

황금사자기 우승의 여운이 가시지 않은 한여름, 학교 운동장에서는 동료들이 뜨거운 태양 아래 강렬하게 쏟아지는 자외선을 맞으며 훈련하고 있었다. 그때 독고 코치님께서 갑자기 3학년들을 불러 모았다.

"애들아, 다름이 아니라 이번 청룡기가 마지막 전국대회인 거 알지? 우리가 황금사자기 우승을 하긴 했는데…… 개인 성적도 중요하다고 하더라. 입시 전형 보면 말야. 하여튼 대학이든 프로든 개인 성적이 중요해. 조금 더 분발하자."

다른 아이들은 독고 코치님의 얘기가 끝나자 즐겁게 웃으며 다시 운동을 시작했지만, 나는 그럴 수 없었다. 우리 팀의 4번 타자임에도 내 타율은 고작 1할 9푼이었다. 1할 9푼! 1학년도 아니고 고3이, 더군다나 4번 타자가. 이 성적이면 아무도 관심을 갖지 않는다. 그래도 예전에는 우승팀 프리미엄이 있어 대학에서 자유롭게 스카우트를 할 수 있었지만, 지금은 오로지 성적으로 진학을 할 수밖에 없다.

열 타석 나와서 홈런을 세 개 쳐도 3할, 번트 안타를 세 개 쳐도 3할, 성적상으로는 똑같았다. 비록 홈런을 쳤다고 하더라도 타율이 형편없으니 다른 활로를 찾을 수 없다. 마음이 정말 착잡했다. 꿈 발전소, 맨날 꿈 발전기만 돌려봐야 아무 쓸모가 없다. 실질적인 성과가 눈앞에 나타나야지. 굳은 각오를 다지며 다시 마음을 다잡아봤지만 어디까지나 꿈은 꿈일 뿐, 그저 성공하지 못한 사람이 자신을 합리화시키려는 핑계만 같았다. 야구를 하는 동안은 즐거웠지만 그것이 곧바로 내 인생을 책임져주는 건 아니었다. 성적, 성적. 오로지 성적만이 내가 살 길이었다. 그런데 결과는? 1할 9푼이었다. 지금까지 살아온 내 인생의 가치가 고작 1할 9푼이었다. 백분율로 환산하면, 19프로짜리 인생 그 이상도 이하도 아니었다.

이제 다른 길을 생각해봐야 하는 건 아닐까. 청룡기 대회 하나가 내 인생을 바꿔놓을 수 있는 터닝 포인트일 확률이 얼마나 될까? 막연한 희망에 모든 것을 걸 수는 없는 노릇이잖아. 그렇게 싱숭생숭 오만 가지 생각을 다 하면서 쓸데없이 시간 낭비만 하고 있었다. 운동을 마치고 집에 오면서 계속 고민해봐도 야구를 직업으로 하기에는 역부족이겠다는 생각만 들었다. 다른 길을 찾는 게 낫지 않을까.

집에 들어왔더니 아버지께서 『눈표범』이라는 책을 보고 계셨다. 책을 읽는 아버지 표정이 평화로워 보였다.

"아버지?"

아버지가 화들짝 놀라면서 대답했다.

"뭔데? 나는 저녁 먹었다. 목소리가 왜 이리 달콤하냐? 치킨 사달라고 하면 너를 튀겨버릴 거야!"

우린 서로를 쳐다보면서 가볍게 웃었다.

"무슨 책이에요?"

"응, 멸종동물인 눈표범을 찾아 티베트로 떠난 사진작가에 대한 이야기야. '대자연이 전하는 인내와 침묵의 서정시'라는 문구가 마음에 들어서 읽어보는 중이지."

내 표정에서 뭔가 심상치 않음을 느끼셨는지, 아버지가 내 눈치를 살피면서 말을 이었다.

"뭐야? 뭔데, 갑자기?"

"사실은 야구 성적이 잘 안 나와서요. 정말이지 하느님, 부처님, 성모 마리아, 알라신, 하다못해 골목 처녀 보살 잡신한테까지 빌어봐도, 진짜 답이 없어요. 보약도 더 챙겨 먹고 그랬는데…… 신들도 저를 버린 것 같아요. 부상만 당하고."

별생각 없이 푸념하듯 한 말이었지만 일순간 아버지와 나를 감싼 공기가 무거워졌다. 아버지가 말없이 책을 내려놓으시더니 입을 열었다.

"그렇게 이 신, 저 신, 막 돌아다니니까 안 되지, 인마. 신들도 질투하는 거야."

내가 인생을 알 만하다고 생각했을 때 내 인생은 끝나 있었다. 정말 아이러니했다. 컴퓨터를 만들어낼 때 기본 소프

트웨어를 깔아서 내보내듯이 사람이 살면서 알아야 할 것들을 미리 설치해 태어나게 해줬으면 얼마나 좋았을까.

"인생은 도미노 게임과 같은 거라더라. 한번 시작하면 멈출 수가 없지. 뭔가를 포기해도 네가 죽을 때까지는 살아가야 한다고. 이 책에 이런 문구가 있더구나. '모든 건 지나가고, 모든 건 흘러가며, 모든 게 순환한다.' 네가 괴로워하는 지금 이 순간도 어차피 지나가고 흘러갈 거야. 두 번 다시 오지 않아. 그만큼 지금이 중요하단 얘기겠지. 아무리 힘들어도 뭔가는 해야 하잖아. 다 내려놓고 그냥 즐기고 끝내. 하던 거 포기하고 엉뚱한 데로 새지 말고, 그냥 앞만 보고 달려가봐. 그 길의 끝에 뭐가 있는지는 가봐야 알 거 아냐? 그래야 후회가 없지."

아버지는 진지한 표정으로 계속 말씀하셨다.

"생긴 대로, 느끼는 대로, 하고 싶은 대로 이 세상에 살다가 언젠가 때가 되어 네가 이제 좀 지루하다 싶어지면 신계서 죽음의 사신을 보내 널 데려가시잖아. 그건 조물주가 네 몸속에 이미 프로그래밍해놓은 거다. 그 기간 동안 너는 마음껏 즐기다 사라지면 되는 거야. 당장 내일 무슨 일이 생길지 그건 아무도 몰라! 그러니 아무런 걱정 없이 즐겨봐! 조물주가 네 몸속에 어떤 프로그램을 설치해놓았는지 우리 같이 한번 지켜보자꾸나. 뭔가 쓸모가 있어서 너를 이 세상에 태어나게 하고 야구를 시켰겠지. 그러니까 믿고 즐겨. 네 옆엔 항상 아빠가 있잖아. 우선 열심히 하고 결과를 기다려보자.

이 길이 아니라면 또 그때 가서 다른 길을 찾으면 되는 거고. 알겠지? 우리 파치, 파이팅하자!"

나는 잠시 멍하니 아버지를 쳐다봤다. 아버지 머리 뒤편으로 후광이 비치는 듯했다. 내가 의지해야 할 신은 우리 집에 있었구나. 갑자기 뒤통수를 한 대 얻어맞은 기분이었다.

"조그마한 실수에도 쓸모없는 사람이 된 것 같은 기분이 들어서 미치겠어요. 엄마나 아빠, 코치님과 감독님의 말씀을 들으면 머리로는 이해가 가는데 몸과 마음이 받아들이질 않아요. 어쨌든, 이번 청룡기 대회까지는 최선을 다해볼게요."

대화란 참 신기하다. 그냥 말 몇 마디 나눴을 뿐인데도 마음이 편안해지고 저절로 용기가 생긴다. 뻔한 얘기에 뻔한 대답인 것 같은데 그 말 속에 무슨 영혼의 힘이 숨겨져 있는 것만 같다. 대화는 마법이다.

아버지와 대화를 끝내고 침대에 누웠다. 나도 모르게 아버지의 말을 되새기고 있었다. '내 인생은 남이 아닌 내가 사는 거고, 내가 개척해나가는 거다. 순리대로 즐기면서 살아가자.'

낭심 수술 이후 내 신체 기능은 많이 떨어져 있었다. 하지만 정신적인 부분만큼은 강해졌다. 득점 찬스 앞에서 벌벌 떨던 내가 기회가 오기만을 기다렸고 수비도 안정적으로 해냈다. 실수가 두려워 소심한 플레이를 하고, 실패할까 봐 고민만 하던 내가 완전히 달라져 있었다. 포켓몬으로 치면 초특급 진화였다. 이번 대회가 나의 야구 인생에서 마지막이 될 수도 있겠다는 생각이 나의 온 신경을 훈련에 집중하도록 만들어주었다. 실패, 실수라는 단어는 상상조차 하지 않았다. '정말 마지막이 될 수도 있겠구나' 하고 생각하니 '할 수 있는 거 다 해보고 즐기자'라는 마음만 생겼다.

청룡기 대회가 코앞으로 다가왔다. 청룡기 대회는 신문사가 개최하는 대회라 언론 노출이 대단했다. 중요한 사건만 나온다는 9시 뉴스에 매일 기사가 뜨기도 했다. 경기 전부터 우리 학교는 관심의 대상이었다. 내가 1학년 때 4연패에 도전했지만 실패했기 때문이다. 뉴스 영상에 1학년 때의 내가 나왔다. 너무 풋풋했다. 하지만 지금 봐도 1학년 강파치의 방망이는 매섭게 돌아가고 있었다.

'저 때는 정말 자신 있었는데. 어떤 느낌으로 쳤지?'

마음속으로 곰곰이 생각해봤다. 눈을 감자 1학년인 내가 배트를 돌리고 있는 모습이 보였다. 그것도 아주 자신 있게 말이다. 지금의 나와는 달리 스윙을 세게만 돌리는 것이 아니었다. 인 아웃 스윙을 중요시 여기고 공과 배트가 만나는 타점을 끝까지 보며 스윙을 돌리고 있었다. 또 지금의 뒷다리 포즈와는 다르게 엄지발가락으로만 지탱하고 있었다. 허리 회전에 신경을 쓰고 있는 것이었다. 나는 소스라치게 놀랐다. 과거의 내가 지금의 나를 코치해주고 있었기 때문이다. 하늘에 계신 누군가가 나를 도와주는 것만 같았다. 나는 바로 후배를 불러 연습에 들어갔다.

'뒷다리는 엄지발가락으로만.'

"따악."

"따악."

뒷다리 포즈만 바꿨을 뿐인데 허리와 배트가 일심동체로 돌아가고 있었다.

'눈은 공만 보자.'

집중력이 강화되는 게 느껴졌고, 공은 정확히 배트 한가운데에 와서 꽂혔다. 빗맞는 비율이 줄어들고 있었다.

'이거다. 이 기분.'

기분이 너무 좋았다. 청룡기가 기대됐다. 강렬하게 내리쬐는 자외선 속에서 우리 얼굴은 검게 그을려가고 있었다. 고등학교 마지막 대회인 만큼 우리는 포기하지 않았다. 포기해서도 안 되었다. 그만큼 절실했다. 우승을 한 번 했지만 부족하다. 개인 성적이 뒷받침되지 않으면 모든 게 물거품이다.

드디어 경기가 하루 앞으로 다가왔다. 훈련이 끝나고 모두 마운드에 모였다. 주장인 로한이가 말했다.

"얘들아, 부족한 나를 따라와줘서 진짜 고맙다."

"뭐래. 네가 있어서 황금사자기도 우승했지. 그리고 버터 같은 그런 느끼한 말 하지 마."

상우가 말하자 우리는 크게 웃었다. 긴장감이 조금 가시는 듯했다. 다시 로한이가 말을 이었다.

"얘들아, 우리가 우승을 한 번 하긴 했지만 이번이 형들 마지막 대회인 만큼 추억 쌓게 해주라. 물론 너희들 중에 '3학년이 잘해야 이기죠.' 하는 생각을 가지고 있는 사람도 있을 거야. 하지만 우리가 우승한 학번이 된 건 모두 1, 2학년이 잘 도와줬기 때문이라고 생각한다. 그래서 말인데, 한 번만 더 고생해주고 응원해주라. 이번 청룡기도 잘 부탁한다."

말을 마친 로한이가 후배들을 향해 90도로 절했다. 놀란 우리도 덩달아 후배들에게 절을 했다. 선후배 위계가 확실한 운동계에서 아마도 처음 보는 광경일 거다. 선배가 이래도 되나 싶을 정도로 정말 깜짝 놀랐다. 나는 고개를 숙이는 도중 울컥하고 쏟아지는 눈물 때문에 당황했다. 화끈하고 힘들었던 고등학교 시절이 이 대회를 마지막으로 끝난다는 게 아쉬워서였을까. 머릿속이 너무 복잡했다. 다시 고개를 들자 더 놀라운 광경이 펼쳐졌다. 1, 2학년 후배들이 엎드려 절을 하면서 울고 있었다.

2학년 수행이가 울면서 말했다.

"형들, 진짜 고마웠어요. 추억 쌓게 해주셔서 고마워요. 우리 청룡기 꼭 우승해요, 형."

1학년 재혁이가 옆에서 거들었다.

"형들 덕에 남들이 해보지도 못 한 일을 해봐요. 고등학교 야구부에서 우승해본 팀이 몇 개 있겠어요. 형들 진짜 고생 많았어요. 마지막 대회, 우리가 도울게요!"

다른 후배들도 울먹이면서 한마디씩 했다. 멀리서 보면 누군가를 추모하는 광경쯤으로 생각할 것 같았다. 그렇게 우리는 하나가 되어가고 있었다.

***

청룡기 대회가 시작되었다. 야구는 팀 스포츠다. 아무리 뛰어난 선수들을 모아놨어도 한 팀이 되지 않으면 좋은 성적을 낼 수 없다. 우리는 개인 능력들도 뛰어났지만 이미 한 팀이 되어 있었다. 이상하게 어떤 경기도 질 것 같지 않았다. 하지만 나는 두려웠다. 이번 대회 결과에 따라 나의 진로가 달라지기 때문이다. 프로나 대학, 어디든 가려면 타율을 올려야 한다. 야구 할아버지 백과사전에 의하면 타율이 2할 8푼은 넘어야 야구 관계자들의 관심을 받을 수 있었다. 대충 계산해보니 5할 정도를 쳐야 했다. 두 번 타석에 나가면 안타를 하나씩 쳐야 한다는 얘기가 된다. 미쳐야 가능한 타율이었지만 볼넷과 희생타 같은, 타수에 포함되지 않는 부분까지 합친다면 불가능하진 않다.

"자, 내리자!"

독고 코치님이 소리쳤다.

나는 눈을 감고 몸에 최면을 걸었다. '마지막 기회다. 이번 청룡기 우승컵을 들어 올리지 못하면 진짜 야구 인생 끝이다. 불태우자, 파치야.'

우리의 첫 상대는 장만고였다. 역사와 전통이 깊은 명문고지만 올해 멤버가 별로 좋지 못했다. 승부가 거의 정해져 있다고 봐도 무방했다. 따라서 우리 모두 승패보다는 개개인의 성적을 끌어올리는 경기로 생각했다.

각자 몸을 풀고 경기를 시작했다. 서로 치고 막고 많은 공방이 있었지만 역시 예상대로 경기는 수월하게 끝이 났다. 11:4로 태산고의 승리였다. 그중 절반가량 타점의 주인공은 나, 강파치였다. 마지막 대회인 만큼 장만고는 에이스 원두풍을 기용했지만, 그는 컨디션이 썩 좋아 보이지 않았다. 비실거리던 기우부터 태연이까지 개인 기록만 올려주었다. 제일 많이 달라진 사람은 바로 나였다. 1학년 때의 빠른 허리회전 속도를 활용한 콘택트 능력이 좋아진 결과였고, 오른쪽 발끝에 힘을 주며 타격 타이밍 잡는 법을 되찾은 덕분이었다. 나는 원두풍의 실투를 담장 밖으로 날려버려 우리 팀의 사기를 한껏 올려놓았다.

신문에 내 얼굴이 대문짝만하게 나왔다. 이런 단일 대회에서 홈런을 치기란 쉽지 않다. 결승전까지 합쳐봐야 고작 5, 6경기로 끝나기 때문이었다. 그래서 황금사자기 대회 때도 한 개의 홈런으로 홈런상이 결정되었다. 하여 나는 내심 홈런상을 기대했다. 개인 수상 실적이 프로 진출이나 대학 입시에 큰 도움을 주기 때문에 조금은 안심이 되었다.

느낌이 좋았다. 4타수 3안타 1홈런, 4타점 1득점. 지금까지 첫 경기에서 이렇게 좋은 타격 성적을 올린 적이 있었던가. 황금사자기 때처럼 시작이 아주 좋았다. 하지만 태산이란 사자가 포효했다면, 나 강파치는 고양이가 운 수준이었다. 생각하고 싶지 않다. 그때의 아픔을 또 반복하지 않으리. 조금만 더, 조금만 더 집중하면 될 것 같았다. 조금만 더 하면 지하철에서 본 시구절처럼 붉은 불꽃을 피워 올릴 수 있을 것 같았다.

그렇게 첫 경기가 끝난 뒤 한 시간 정도 여유가 있어 라이벌인 서산고의 경기를 지켜보았다. 대진표상으로 보면 서산고와는 완전 반대 박스에 속해 있었기 때문에 결승전에서나 만날 수 있었다. 하지만 우리의 목표는 우승이었다. 전력분석을 해야 했기 때문에 모두 집중해서 관람했다. 서산고는 역시 강했다. 짜임새 있는 모습, 그물망 같은 수비, 폭발적인 타격. 그중 최고는 김현무의 연타석 홈런이었다. 좌중간으로 하나 치고 우중간으로 하나를 쳤다. 김현무의 타격 자체가 까스활명수를 생각나게 했다. 타구 방향이 정확하게 부채꼴이었다. 어디든 넘겨버리는 그 힘에 모두 혀를 내두를 정도였다. 4타수 3안타 2홈런, 3타점 2득점. 아직 2학년인데 초고교급 활약이었다. 저 녀석 능력의 끝은 어디일까.

이제 나의 홈런상 도전은 물 건너갔다고 생각했다. 천재 모차르트, 피나는 노력을 해도 그를 이기지 못하는 살리에르의 기분을 알 수 있을 것 같았다. 그냥 천재는 천재다. 하지만 그런 데에 신경 쓸 여력도 없었다. 어떻게든 야구 관계자의 관심을 받을 수 있는 타율을 맞춰야 했다. 잘 때도 방망이를 끌어안고 잤다. 방망이와 일심동체가 돼야 불가능을 가능으로 바꿀 수 있을 것 같았다.

두 번째 상대는 한양고였다. 한양고는 정말 까다로운 팀이었다. 발로 승부를 보는 스피디한 팀이었다. 한양고 4번 타자도 발이 엄청 빨랐다. 흡사 치타를 보는 듯했다. 그들의 전략은 정말 예상 밖이었다. 팀의 중심인 클린업트리오*도 기습 번트를 수없이 시도했다. 정신이 없었다. 포수인 강지구도 상대 팀의 많은 도루 시도에 팔이 아플 지경이었다. 다행히 지구의 컨디션이 나쁘지 않았다. 2루 송구가 기가 막혔는데, 지구는 연습 때도 뿌려본 적이 없는 송구를 아주 쉽게 뿌려대고 있었다. 이번 대회는 뭔가 될 것 같았다. 지구 덕택에 우리는 상대 팀의 페이스에 휘말리지 않고 5:3으로 겨우 승리했다. 나는 볼넷 하나와 몸에 맞는 사구를 얻는 데 그쳤다. 2타수 무안타 2득점. 그리고 지금까지 6타수 3안타 1홈런 4타점 3득점.

나의 첫 경기 활약을 염두에 둔 상대 팀 감독의 작전 때문이었다. 나는 타격 욕심으로 유인구에 말려들었다. 조금 더 여유를 가지고 방망이를 휘둘렀어야 했는데. 눈앞이 노래졌다. 이러면 안 되는데…… 대회 타율은 좋지만 이렇게 흘러가면 2할 8푼을 못 만들 수도 있다. 나의 야구 인생은 이렇게 끝나는 건가.

경기가 끝나고 우리는 이틀간의 재정비 시간을 가졌다. 그 이틀 동안 많은 일이 일어났다. 서산고의 엄청난 활약과 우승 후보였던 인문고의 탈락. 그리고 항상 꼴찌를 다퉜던 원산고의 반란. 이런 깜짝 이슈들 덕에 조용했던 야구장이 관중의

---

* 장타를 쳐서 주자를 모두 홈으로 불러들이는 비율이 높은 3, 4, 5번의 강타자들을 아울러 이르는 말.

열기로 가득 찼다. 서산고의 김현무도 두 번째 경기에서는 좋은 성적을 내지 못했다. 상대 팀 벤치에서는 차라리 볼넷을 주더라도 철저하게 유인구 승부를 지시했을 것이다. 김현무도 나처럼 유인구에 말려들었는지, 겨우 안타 하나를 기록하는 데 그쳤다고 했다. 7타수 4안타 2홈런, 3타점 2득점.

평상시보다 많은 기자들이 앞다퉈 취재를 했다. 비늘을 화려하게 펼친 청룡은 여의주의 주인을 찾고 있었다. 과연 누가 여의주를 물게 될 것인가.

목동야구장의 큰 함성 속에서 우리는 다크호스 원산고와의 3차전을 펼쳤다. 누구도 물러설 수 없었다. 그나마 내가 욕심낼 수 있었던 홈런상 타이틀도 거의 김현무로 굳어가는 상황이었기에 나는 타율과 함께 타점을 높이는 데 집중하기로 했다. 개인 실적 부분에서 유일하게 타점 1위를 달리고 있었기 때문이다. 타점상은 가능할 수도 있겠다는 생각이 들었다. 우리 팀 테이블 세터들인 1, 2, 3번 타자들의 출루율이 좋기에 가능성은 충분했다. 나만 잘해준다면 말이다.

나는 타격 폼을 미세하게 조정했다. 배트 손잡이 끝에 테이프를 감아 배트 끝에서 주먹 하나 정도 짧게 만들었다. 일명 똑딱이 타법. 공을 정확히 맞히는 콘택트 능력을 끌어올리기 위한 방법이었다. 그렇게 하면 배트 길이를 줄이는 효과가 생겨서 배트 무게가 감소해 다루기 쉬워진다. 공에만 집중해서 어떻게든 타율을 끌어올려야 한다.

결승까지 진출한다는 가정하에 무조건 이 경기에서 안타 두 개 이상은 쳐야 했다. 입이 바싹바싹 말랐다. 원산고의 투수는 김종현이었다. 왼손 투수에다 공이 좋았다. 소문에 의하면 지금의 김종현이 원산고의 기적을 일궈냈다고 했다. 그 역시 엄청난 노력 끝에 이제야 비로소 두각을 나타내는 선수였다. 나와 비슷한 길을 걷고 있는 것 같아서 동료애가 느껴졌다.

"퍼억."

다행히 첫 타석은 볼넷이었다. 소문대로 김종현의 체인지업은 시간의 흐름을 바꾸는 것 같다고 느껴질 정도였다. 잠깐 멈췄다가 들어오는 느낌이랄까. 기가 막혔다. 공회전도 직구와 비슷하게 느껴져 방망이가 나가질 않았다. 공이 포수 미트로 들어갈 때마다 등골에서 땀이 흘렀다. 그 이후로 계속해서 김종현의 투구는 완벽에 가까웠다. 나도 두 번째 타석에서는 평범한 외야 뜬공으로 물러나야 했다.

태산의 분위기가 잠시 식는 것처럼 느껴졌지만 그렇다고 가만히 있을 우리가 아니었다. 게다가 김종현은 지금까지 두 경기를 거의 혼자 책임지다시피 하고 있었기 때문에 투구 수가 많았다. 물론 상대 팀 벤치에서도 투구 수를 조절해주기 위해 2차전에서는 김종현을 마무리로 내세웠지만, 그럼에도 불구하고 그는 체력이 많이 떨어져 있을 게 분명했다. 우리 팀은 3학년 에이스 시우와 2학년 에이스 임재원의 호투 그리고 야수들의 멋진 호수비가 펼쳐졌다. 볼넷 이후 뜬공과 희생번트로 안타가 없던 나는 마음이 조급해지기 시작했다.

승부는 0대0으로 흘러갔다. 양 팀의 불붙은 접전으로 운동장 열기가 고조되고 있을 때, 승리의 여신을 불러온 건 다름 아닌 8회 말 원산고의 송구 실책이었다. 투 아웃 주자 3루. 내 타석이었다. 팀의 승리를 이끌어낼 수 있는 마지막 타석이었다. 개인적으로도 이번 타석에서 무조건 안타를 쳐야 했다. 그래야 야구 관계자들의 관심을 받을 수 있는 타율에 가까워진다. 눈을 크게 뜨고 방망이를 꽉 잡았다. 투수의 체인지업을 무너뜨려야 했다. 무조건 체인지업만 노리자고 마음을 굳게 먹었다. 초구 직구를 보내고 체인지업을 기다렸다. 김종현이 인상을 찌푸리며 공을 던졌다. 공은 직구인 척, 아주 느리게 날아오고 있었다. 나는 힘차게 방망이를 돌렸다.

"티익."

공은 3루 쪽으로 큰 바운드를 형성하며 굴러갔다. 타구를 누군가가 뒤에서 잡아당기고 있는 것처럼, 정말 느린 나무늘보처럼 굴러가고 있었다. 나는 이를 악물고 1루를 향해 전력 질주했다. 베이스에 거의 다다를 무렵, 1루수가 발을 뻗는 모습이 보였다. 슬라이딩을 하면 살 수 있을 거 같았다. 나는 1초의 망설임도 없이 몸을 날렸다. 1루 쪽에서의 슬라이딩은 부상 위험이 있으므로 하지 말라는 말은 머릿속에서 이미 지워지고 없었다. 온몸을 던져서라도 얻고 싶은 것은 오로지 '안타'뿐이었다. 슬라이딩 후 흙먼지가 가라앉자 나는 황급히 몸을 일으키며 심판을 봤다. 심판은 뒤돌아 펜스를 보고 있었다. 3루수의 송구 실책이었다. 1루 주루 코치님이 "뛰어, 뛰어." 하며 2루를 가리키고 있었다. 나는 바로 일어서 2루로 뛰었다. 그사이에 3루 주자는 홈으로 뛰어들고 있었다. 나는 2루로 뛰면서도 홈을 쳐다보았다. 3루 주자가 무사히 홈으로 들어가는 모습을 보며 나는 속으로 환호성을 질렀다. 그러면서 나는 2루 베이스를 향해 슬라이딩했다. 아슬아슬한 타이밍. 홈으로 들어가는 주자를 보고 뛰느라 늦었는지 귓가에 "아웃!"이라는 심판의 구호가 들려왔다.

나는 아웃되었지만 우리 팀 득점은 인정되었다. 스코어는 1:0. 태산고 벤치는 환호성으로 넘쳐났다. 감독님도 박수를 치고 있었다. 하지만 나에게 중요한 건 안타였다. 방금 전 1루 상황은 내야 안타인가 송구 실책인가. 모든 건 기록원의 판단에 달려 있었다. 두 손을 모으고 전광판을 봤다. 실책을 표시하는 E에 불이 켜지면 나는 망한다. 그냥 고졸 백수행이다. 제발 안타를 표시하는 H에 숫자가 뜨길.

전광판이 깜빡이는 순간, 전광판에는 H에 1이 표시됐다. 내야 안타로 판단된 것이다. 그렇게 일석이조. 팀의 승리와 행운의 안타까지 획득한 나는 내 심장 속 발전소가 열심히 돌아가는 것을 느끼고 있었다. 나는 8타수 4안타 1홈런, 5타점 3득점으로 위기를 넘겼다. 대회 타율은 높은데 전체 타율을 신경 쓰려니 기분이 좋은 듯하면서도 어딘가 찜찜했다. 달걀 풀지 않은 라면을 먹을 때와 같은 기분이랄까? 분명 라면을 먹으니 맛있어 좋긴 한데 달걀이 빠져서 어쩐지 좀 부족한, 뭔가 떨떠름한 느낌이었다. 하지만 이런 망상에 빠져 있을 때가 아니었다. 마음을 다잡고 다음 경기를 준비했다. 케세라세라. 될 대로 되겠지.

원산고와의 경기에서 대회 흐름을 가져온 우리 학교는 이름처럼 악명 높은 마왕고와 붙었다. 마왕고는 장타력이 뛰어난 팀이었다. 타자들의 방망이 돌리는 모습이 상대 팀을 위축시키기에 충분했다. 모든 타자의 방망이에서 태풍이 휘몰아치는 소리가 들리는 듯했다. 스윙 스피드가 번개처럼 빨랐다. 하지만 파워에 비해 정확도는 떨어졌다. 게다가 투수진이 약했다. 단기 토너먼트전에서 최악의 약점이었다.

어느 팀이든 산전수전 다 겪고 올라온 우리 팀을 타격으로만 상대하긴 역부족이었을 것이다. 더군다나 우리 팀 투수들도 만반의 준비를 하고 나섰기 때문에 호락호락 당하지 않았다. 1번 구상우부터 9번 오태풍까지 모두 안타를 쳤다. 여태까지 타율이 좋지 않았던 친구들도 많이 좋아졌다. 나도 서서히 타격 페이스를 끌어올릴 수 있었다. 무엇보다 놀라웠던 것은 나의 좌측 펜스를 넘기는 홈런이었다.

아무도 예상하지 못한 홈런이었다. 이미 승부가 결정 난 8회였다. 투 아웃, 주자 없이 들어선 타석. 마왕고는 이미 나올수 있는 투수가 바닥이 난 상태였다. 전국대회 4강까지 진출한 것으로 만족하는 분위기였다. 마지막까지 최선을 다해 승부하고 있었지만 이미 힘이 떨어진 상태였다. 그런 분위기에 대한 느낌은 누구보다 선수들이 빨리 느끼는 법이다. 나도 느끼고 마왕고의 투수와 포수도 마찬가지였다. 주자는 없고 점수 차도 많이 났지만 나의 집중력은 최고조를 달리고 있었다. 이미 두 번째 타석에서 두 명의 주자를 불러들이는 2루타를 기록했기에 마음이 편했다. 하지만 마왕고의 배터리는 뭔가 집중력이 떨어져 있는 것 같았다. 쓰리 볼 원 스트라이크. 투수는 볼넷을 내주지 않기 위해 스트라이크 존에 공을 던지려고 하는 것 같았다. 스트라이크를 잡으려는 직구가 몸쪽으로 밀려오고 있었고, 나는 거의 무의식적으로 허리를 3루쪽으로 돌리며 배트를 휘둘렀다.

"따악."

타격음이 너무나 경쾌하게 울려 퍼졌다. 내가 1루를 향해 전력 질주하고 있을 때, 응원단의 함성이 갑자기 커졌다. 나는 타구가 날아가는 쪽으로 고개를 돌렸다. 공이 펜스 위로 넘어가고 있었다. 주심이 검지를 크게 돌리고 있었다. 홈런! 이럴 수가. 됐다. 홈런왕도 노릴 수 있겠다. 현재 1위인 김현무와 동률이다. 2홈런!

나는 이 경기에서 홈런을 포함해 멀티히트를 기록하며 타격 페이스가 완전히 회복되었음을 보여주었다. 이 경기에서만 4타수 2안타 1홈런, 3타점 3득점을 올렸다. 1홈런의 파급력은 컸다. 현재 2홈런을 치고 있는 선수는 나와 김현무, 둘이었다. 하지만 내가 타율이 떨어지기 때문에 홈런상은 김현무가 유력했다. 그렇긴 해도 마지막 결승전에서 내가 타율을 끌어올릴 수만 있다면 얼마든지 역전이 가능했다.

'OK, 한번 해보자. 아직, 끝날 때까지 끝난 게 아니다.'

서산고가 결승전에 올라오기만 하면 된다. 우리 투수진이 김현무를 꽁꽁 막아 타율을 떨어뜨리고, 내가 타율을 높이기만 한다면…… 마왕고전에서 편재중과 임재원이 나눠 던지며 전체 팀 평균보다 높았던 방어율을 끌어내리는 것을 볼 때, 불가능한 상상도 아니었다. 아무리 천재 타자로 소문이 자자한 선수라지만 김현무도 인간이다. 우리 투수 코치님의 전력분석과 투수들의 투지가 합쳐지면 충분히 가능하다. 이번 대회에서만 12타수 6안타 2홈런, 8타점 6득점.

'옛말에 화살 하나는 부러뜨리기 쉽지만 많으면 부러뜨리기 어렵다고 했어. 딱 우리를 두고 하는 말 같네.'

서로서로 챙겨주는 분위기 속에서 선배는 후배들을 존중하고, 후배들은 선배들을 존경했다. 누군가가 실수를 해도 전혀 주눅 들지 않았다. 경기 중 실책을 하게 되면, 특히 후배들은 경기가 끝나고 숙소에서 선배들한테 한소리 들어야 했기 때문에 주눅이 들기 마련이었다. 하지만 우리는 그런 게 없었다. 후배의 실수에 선배들은 오히려 격려하고 용기를 북돋아주었다.

우리는 강팀들을 줄줄이 만나는 힘든 대진에도 불구하고 승승장구하며 결승전까지 진출했다. 동시에 개인 성적들도 많이 좋아졌다. 황금사자기 대회 때는 우승팀임에도 불구하고 개인 성적이 그리 좋지 못했다. 하지만 이번 청룡기 대회에서는 팀 성적과 개인 성적이 비례하여 좋게 나타나고 있었다.

결승전 상대는 나의 바람대로 인천의 명문팀 인서고를 이기고 올라온 서산고였다. 우리의 의지는 더더욱 불타올랐다. 이미 서산고에게 쓰라린 패배를 당한 경험이 있기 때문이다. 게다가 나는 개인적으로 김현무와 4번 타자 자존심을 건 승부를 펼치고 있었다. 현재 김현무는 2홈런, 9타점으로 홈런과 타점에서 1위를 달리고 있었다. 홈런 개수는 같지만 김현무가 타율이 더 높기에 난 홈런 2위였다. 타율 1위는 마왕고의 이기수였고, 김현무와 내가 그 뒤를 따르고 있었다. 나도 수치상으로 타율 1위를 노려볼 수 있었지만, 현실적으로는 조금 힘들었다. 타율 1위가 되기 위해서는 결승전 모든 타수에서 안타를 기록해야 했다. 득점왕 역시 나와는 아주 거리가 멀었다.

하지만 김현무와의 대결은 달랐다. 2홈런으로 동률이었고, 타점은 한 개 차이였다. 김현무는 13타수 8안타 2홈런, 9타점 5득점, 나는 12타수 6안타 2홈런, 8타점 6득점을 기록하고 있었다. 계산해보면 둘 다 네 번의 타석에 들어갔을 때, 내가 3타수 2안타를 기록하고 김현무가 4타수 1안타만 치면 간발의 차로 역전할 수 있었다. 그러면 홈런상도 내가 가져올 수 있었다. 더불어 타점상도 사정권에 들어와 있었다.

나는 이 모든 내용을 우연히 듣게 된 부모님의 대화를 통해서 알게 되었다. 아버지가 매 경기 일일이 모든 선수의 기록을 체크하고 있었던 것이다. 그리고 내가 부담을 느낄까 봐 나에게는 언급하지 않으셨다. 야구 경력을 고등학교에서 끝내느냐, 아니면 더 연장시킬 수 있느냐가 결정되는 순간이었기 때문이다. 선수들은 선수들끼리, 부모들은 부모들끼리, 서로 간절한 소망을 빌고 빌면서 마지막 경기를 기다리고 있었다.

이제 결승전이 하루 앞으로 다가왔다. 무엇이든지 나 혼자 하고 싶다고 되는 것도 아니고, 내가 포기한다고 포기가 되는 것도 아니다. 우리는 팀이다. 서로의 부족한 부분을 채워주고 서로 의지할 수 있는 팀. 나는 이미 주변 사람들 덕분에 내 능력의 최대치를 뛰어넘을 수도 있겠다는 자신감이 생기기 시작했다. 동고동락한 그들과 함께 졸업 전 최고의 피날레를 멋지게 장식하리라는 꿈도 생겼다. 내 가족과 팀원들, 그들의 관심과 사랑에서 비롯된 당근과 채찍질이 오늘의 나를 만들었다. 그리고 이제 마지막이다.

나는 잠자리에 들기 전 이미지 트레이닝을 계속했다. 화려한 피날레를 장식한 태산과 태산의 중심이 된 내가 상을 받는 모습까지 그려보면서 말이다.

"강파치 선수. 타점상, 홈런상 축하드립니다."

아나운서가 말했다. 기분이 너무 좋았다.

"이 모든 것이 부모님 덕분이고요, 감독님과 코치님이 잘 지도해주신 덕분입니다! 또 사랑하는 태산고 팀원들에게 한마디 하겠습니다! 너희 덕에 고등학교 시절이 행복했다. 이 추억은 평생 못 잊을 거야. 고맙다!"

아, 이렇게만 되면 얼마나 좋을까.

'내일, 한다. 나는 할 수 있다.'

그날 밤 혼자 이 말을 수없이 되뇌며 잠이 들었다.

***

마침내 새날이 밝았다. 내 인생이 새롭게 도약하느냐, 주저앉느냐가 결정되는 날이다. 나는 운동장에 도착하자마자 주위를 둘러봤다. 두 학교의 동문과 재학생들이 관중석을 꽉 채우고 있었다. 하지만 날씨는 귀신이라도 나올 법한 분위기였다. 일기 예보에 소나기가 온다고는 했지만 이건 너무했다. 야구장 주변이 어두운 기운으로 가득 찼다. 응원단에서는 비로 인해 경기가 취소되거나 연기되면 어떡하나 하는 걱정의 소리가 새어 나왔다. 반면 선수들의 부모님들은 비가 와서 선수들이 다치는 일이 벌어지기라도 하면 어쩌나 염려했다. 부모님들 얼굴에 걱정의 먹구름이 드리워져 있는 게 느껴졌다. 운동장에는 뭔지 모를 어수선함과 부산함이 깔리고 있었다.

몸을 풀고 태산 교가를 제창하며 의지를 다졌지만 어수선한 분위기에 집중력이 떨어지는 듯했다. 서산고도 마찬가지였다. 이런 경기는 초반 기선제압이 중요하다. 태산이 웃느냐, 서산이 웃느냐. 동문들의 신경전도 장난 아니었다. 벌써 응원전이 불붙고 있었다. 우리 팀 선발 투수는 에이스 시우였다. 시우의 표정도 다른 때보다 더 신중해 보였다.

우리는 초 수비였다. 시우의 공은 평소와 달랐다. 눈에서는 독기가, 몸에서는 살기가 뿜어져 나왔다. 공은 화살처럼 날아가 포수 미트에 박혔다. 태산고 벤치와 관중석은 난리가 났다.

"플레이볼."

5개의 연습 투구가 끝나고 심판이 플레이볼 선언을 했다. 경기장이 응원 소리로 떠나갈 듯했다.

"촤앗."

시우가 온몸을 비틀어서 공을 던졌다. 하지만 몸에 너무 힘이 들어갔는지, 아니면 긴장한 탓인지 볼넷을 내주고 말았다. 몸에 힘이 들어가면 유연성이 떨어지고 공의 컨트롤이 잡히지 않을 확률이 높다. 나는 투수를 향해 응원의 목소리를 높였다. 어떻게든 긴장을 풀어주고 싶었다. 서산고 벤치는 소리를 지르며 환호했고, 이어 번트 지시를 했다.

"틱."

"1루! 1루!"

"아웃."

임무를 성공한 서산고 2번 타자가 기세등등하게 하이파이브를 하면서 더그아웃으로 들어갔다. 원 아웃 주자 2루.

시우가 글러브를 펑펑 치더니 공을 건네주던 나에게 말했다.

"야, 감 잡았다. 와, 날씨 진짜 왜 이러냐. 너무 어두워서 분위기가 살지 않아. 하마터면 페이스 무너질 뻔했어."

시우는 그렇게 말하고서 내 말을 듣지도 않은 채 마운드로 올라갔다. 자신의 말대로 시우는 곧 페이스를 되찾았다. 화살 같은 직구와 뱀처럼 휘는 슬라이더로 다음 타자를 삼진으로 돌려세웠다. 투 아웃 주자 2루. 진짜 승부는 그다음이었다. 껌을 씹어대며 자신감 넘치는 표정으로 김현무가 타석에 들어섰다. 그의 등장만으로 서산고 벤치와 응원단 분위기는 하늘을 찌를 듯했다. 김현무만 살아나면 우승은 서산고였다. 그게 서산고 승리 공식이었으니까.

나는 시우에게 조금이라도 도움이 되려고 파이팅 소리를 더 크게 질러댔다. 목이 찢어지는 건지, 입이 찢어지는 건지 구분이 되지 않을 정도로 질러댔다.

시우가 포수 미트를 뚫어지게 바라보며 호흡을 가다듬고 다리를 꼰 뒤 공을 뿌렸다. 초구는 볼이었다. 하지만 공을 쫓는 김현무의 타격 타이밍은 들어맞는 것 같았다. 스트라이크가 들어갔더라면, 그 뒷일을 장담할 수 없었을 것이다. 시우도 위험을 감지했는지 더 힘을 냈다. 모자가 벗겨질 정도였다. 나는 시우의 그런 모습을 처음 보았다. 뭔지 모를 비장한 기운이 짙은 구름과 함께 운동장을 가득 메우고 있었다.

"퍼억."

몸쪽 슬라이더. 거의 완벽한 수준의 공이었다. 고교야구에서는 몸쪽에 슬라이더를 잘 안 던진다. 하지만 공득도 투수 코치님의 분석으로 김현무의 약점이 몸쪽 슬라이더라는 것을 알아냈다. 원 볼 원 스트라이크. 다시 몸쪽 슬라이더 사인이었다.

시우가 기합 소리를 내지르며 공을 뿌렸다.

"훗차."

그와 동시에 김현무가 방망이를 돌렸다. 내 몸이 흠칫했다.

"타악."

1루 강습 타구였다.

"피……잉……핑."

공이 굉음을 내며 나한테 다가왔다. 잡기 힘든 스피드였다. 이런 공은 몸으로 공을 막아놓는 것이 최상이다. 놓치면 2루타다. 나는 재빨리 두 무릎을 꿇고 포수의 블로킹 자세를 했다.

"틱!"

순간 정신이 아찔했다. 빠르게 날아오던 공이 불규칙 바운드로 튀어 오르며 내 가슴을 때렸다. 갈비뼈 쪽에서 묵직한 통증이 느껴졌다. 그리고 이어 코끝에도 날카로운 통증이 느껴졌다. 순간 눈앞이 잘 안 보였다.

"파치, 1루! 1루!"

시우가 재빠르게 1루 베이스로 달려오고 있었다. 시우가 튕겨 나간 공을 글러브로 가리키며 뛰어왔다. 다행히 공은 멀리 튕겨 나가지 않았다. 나는 정신을 차리고 정신없이 공을 주워 시우에게 토스했다. 아슬아슬한 타이밍! 시우가 공을 받은 뒤 1루 베이스를 밟고 파울라인 쪽으로 빠져나갔다. 뒤이어 김현무가 아쉬운 몸짓을 하며 1루 베이스를 밟고 지나갔다. 아웃!

아웃되는 장면을 보면서 나는 그 자리에 드러누웠다.

'날씨가 이상하더라니…… 황금사자기 때도 그렇고 왜 나한테만, 또 이렇게 재수가 없는 건가. 1회부터…….'

코피가 흐르고 있었다. 1학년 청룡기 결승전 때의 유비호 형이 생각났다. 우리 학교가 청룡기에 마가 끼었나. 벤치에서 감독님과 코치님 그리고 야구장 담당 의사까지 뛰쳐나왔다. 의사가 내 코에서 흐르는 피를 닦아내고 살펴보더니 말을 꺼냈다.

"코는 살짝 긁혔네요. 다행입니다."

그 말을 듣고 감독님과 코치님은 안도의 한숨을 내쉬었다.

"어휴, 넌 참. 사람 걱정하게 하는 데 재능 있다."

"가슴은 괜찮아?"

"이야, 얼굴 크니까 얼굴로 수비하네. 잘했다, 잘했어."

긴장감을 덜어주기 위한 농담과 격려가 계속됐다. 왠지 모르게 기분이 좋았다. 마지막으로 감독님께서 말씀하셨다.

"어이, 강파치. 나이스 수비. 저번 황금사자기와는 달라. 그때는 병원에 실려 갔지만 지금은 아무 이상 없잖아. 좋은 일 있을 거야. 긍정적으로 생각하자고!"

내가 대답했다.

"넵."

감독님 말씀처럼 이제는 물러설 곳도 없다. 되든 안 되든, 오늘로 내 인생이 결정된다. 전화위복이라고 했던가. 이번 수비로 우리 팀 분위기는 후끈 달아올랐다. 긴장감을 해소하면서 경기 집중력도 높아지고 있었다. 그렇게 1회 수비를 끝내고 공격 준비를 했다.

상대 투수는 예상외로 처음 보는 선수였다. 하지만 결승전 선발이라면 얘기가 다르다. 우리가 모르는 능력을 갖추고 있다는 뜻이다. 그동안 팔꿈치 부상 중이었는데 이제 나아서 처음으로 등판했다고 한다.

구속은 140km대 초반에 변화구가 좋은 투수라고 했다. 이름은 오승리였다. 연습 투구할 때 변화구를 보니 꽤 예리했다. 우리는 신중하게 투수의 공을 보면서 나름대로 분석을 하고 있었다. 드디어 공격 시작.

1번 타자 중견수 구상우가 기세등등하게 안타를 치고 나갔다. 우리 팀 벤치와 관중석의 열기가 치솟았다. 경기장을 가득 채운 앰프 소리도 엄청났다. 오승리가 긴장했는지 신발 끈을 풀었다 다시 묶었다. 그 모습을 본 응원 담당 나천덕이 소리를 질렀다.

"야, 긴장했냐? 역시 서산고는 새가슴~~"

우리 벤치에서는 웃음보가 터졌다. 서산고에서도 뭐라고 소리를 지르는 것 같았는데 앰프 소리 때문에 들리지 않았다. 오승리가 신발 끈을 묶고 세트 포지션에 들어갔다. 우리 쪽에서는 당연히 번트 사인이 나갔다. 결승전인 만큼 1점이 중요했기 때문이다. 태산고 작전왕, 2루수 수행이가 방망이를 짧게 쥐고 번트를 성공시켰다. 원 아웃 주자 2루. 이어 3번 타자 포수 강지구가 타석에 섰고, 초구 대마왕이라는 별명답게 슬라이더를 통타해 원 아웃 주자 1, 3루를 만들었다. 태산고의 응원석과 벤치가 떠들썩했다. 기선제압에 성공하려면 어떻게든 점수를 내야 한다.

이제 타석에는 4번 타자인 내가 들어섰다.

"타임입니다."

서산고 감독님이 벤치에서 마운드까지 뛰어 올라왔다. 1루에 있던 김현무가 팔을 돌리기 시작했다. 결승전은 1점이 승부를 가른다. 1회였지만 실점을 최소한으로 줄여야 했기 때문에 투수 운영 방식이 매우 중요하다. 결승전은 그야말로 각 팀 감독의 지략 싸움에 승패가 달렸다고 해도 과언이 아니다. 물론 선수들의 능력이 중요하다. 하지만 딱 결승전 전까지다. 결승에 올라온 선수들의 능력은 거의 같다. 우승을 하느냐 못 하느냐는 감독이 선수들을 어떻게 이끄느냐에 달려 있다. 서산고 감독님은 팀의 정신적 지주 김현무를 투입해 점수를 주지 않고 팀의 사기를 높일 생각을 하고 있는 것 같았다.

'그래, 현무야 올라와라. 나, 이 갈았다. 지난 경기 복수전이다. 올라와라.' 나는 마음속으로 외쳤다. 하지만 서산고 감독님은 선발 투수 엉덩이를 두드려주고서 다시 내려갔다. 오승리가 그대로 마운드에 섰다. 의외의 결정이었다. 승부는 다시 시작됐다. 오승리가 초구를 던졌다.

"스트라이크."

심판이 큰 소리로 외쳤다. 분명 낮았다고 생각했는데……

구위가 만만치 않았다. 나는 다시 호흡을 가다듬고 다음에 노릴 구종을 생각했다.

'지금까지는 직구 스트라이크를 잡으면 다음은 변화구였어. 변화구를 노리자.'

투수가 세트 포지션에 들어가기 전 나는 변화구를 노리겠다고 다짐했다. 투수가 다리를 들어 한 마리 독수리처럼 팔을 벌리더니 순식간에 공을 뿌려냈다.

"퍼엉!"

직구였다. 내 노림수가 틀렸다.

'아니, 이럴 리가 없는데……'

나는 마음을 추스르며 하늘을 올려다보았다. 점점 짙어가는 구름 사이로 옅은 햇살이 잠깐 보였다가 지워지고 있었다. 요즘 일기 예보는 틀리는 법이 없다. 멀리서 천둥소리도 어렴풋이 들려오는 것 같았다.

나는 목을 이리저리 돌리며 구시렁댔다. 마음속에 짙게 드리워진 불안을 어떻게든 몰아내고 무조건 이 기회를 살려야 했다. 타석에 들어가면서 상대 팀 벤치를 보니 투수에게 사인을 주고 있었다. 아까까지만 해도 투수에게 맡겼었는데 지금은 아니었다. 그래서 내 노림수가 틀렸던 거구나. 카운트는 노 볼 투 스트라이크였다. 나는 방망이를 짧게 잡았다. 팀의 분위기를 좌지우지할 수 있는 순간이었다. 4번 타자가 쉽게 무너진다면 팀의 사기도 떨어진다. 나는 심호흡을 크게 하고 눈을 크게 떴다.

"퍽."

"틱."

"틱."

"팍."

순식간에 공 세 개를 커트해냈다. 슬라이더, 체인지업 등 다양한 구종이 오갔다. 아쉽게도 카운트는 똑같았다. 다시 정신 집중을 했다. 뒷발을 신경 쓰고, 공 중심에만 맞히자고 생각했다. 투수가 글러브에 공을 넣고 던질 준비를 했다. 그때였다. 포수가 바깥쪽으로 빠져 앉는 게 느껴졌다.

'이렇게 빠져 앉으면 변화구가 아니라 직구일 텐데…… 직구를 한번 노려보자. 빠른 거…… 날 믿어보자.'

스스로 생각해도 무모한 짓이었다. 투 스트라이크 때 노림수를 갖고 타석에 서는 타자는 거의 없다. 주말리그 때 서산 고전에서 비슷한 경우가 있었지만 그때는 운 좋게 노린 구종이 들어왔다. 그런 행운은 쉽게 오지 않는다. 수많은 공 중에 한 구종을 노린다는 것은 얼마나 위험부담이 큰가. 확률이 너무 낮았다. 하지만 나는 모험을 강행할 수밖에 없었다. 상대 팀 벤치에서도 나에 대한 분석을 했을 테고, 내 약점을 찾아냈을 터이다. 내가 몸쪽 공에 강한 것은 세상이 다 아는 사실. 그러니 바깥쪽으로 승부를 하는 게 당연하다. 그렇다면 구종이 문제였다. 변화구인가? 직구인가? 여태까지 했던 훈련 양과 나의 운을 믿을 수밖에 없었다. 나는 직감에 따라 직구 대비를 했다. 만에 하나 변화구가 오더라도 커트는 될 것이다.

하지만 변화구를 노리다가 직구가 오게 되면 공의 스피드를 따라가지 못하고 삼진을 당할 확률이 더 컸다. 역적이 되느냐 영웅이 되느냐, 그 공 하나에 달려 있었다.

오승리가 다리를 들어 허리를 힘차게 틀며 공을 던졌다.

"합."

기합 소리도 엄청 컸다. 공이 뿌려지는 순간, 공을 잡은 손의 모양이 보였다. 직구다! 하얀색 공이 빠르게 바깥쪽으로 들어오고 있었다.

"따악."

나는 과감하게 방망이를 돌렸다. 공은 방망이 살짝 밑동에 맞았다. 하지만 내 하체의 중심 이동이 확실하게 되었기 때문에 공은 매우 빠른 속도로 굴러갔다. 유격수가 공을 따라갔지만 공이 글러브 밑으로 아슬아슬하게 지나갔다. 행운의 안타였다. 3루 주자는 홈으로 들어오고 1루 주자는 빠르게 뛰어 3루에 안착했다. 공이 3루로 가는 순간 나는 과감히 2루를 뛰었다. 잘못하면 아웃될 수도 있는 상황이어서 헤드퍼스트 슬라이딩을 했다. 흙먼지가 가라앉음과 동시에 나는 일어서며 한쪽 팔을 힘차게 들어 올렸다. 태산고 관중석에서는 교가가 울려 퍼지고 있었고 우리 팀 벤치는 흥분의 도가니가 되었다. 감독님과 코치님들도 박수를 치고 계셨다.

1:0. 하지만 후속타 불발. 분위기를 완전히 제압할 수 있는 기회를 놓치고 말았다. 1안타, 1타점. 나는 하늘을 보며 숨을 크게 내쉬었다.

그 뒤로는 결승전답게 투수전이 펼쳐졌다. 위력적인 시우의 볼에 서산고 타자들은 추풍낙엽처럼 쓰러져갔다. 정말 박빙의 승부였다. 땅볼을 친 뒤 어떻게든 살아보려고 1루에서 헤드퍼스트 슬라이딩을 하고, 수비 때는 타구를 잡기 위해 다이빙 캐치를 시도했다. 양 팀 야수들의 유니폼은 흙 범벅이 되어 있었다. 그 모습을 보고 감동받은 동문 선배들이 아낌없는 응원을 보내줬다.

두 번째 타석에서 나는 볼넷을 골라 나갔다. 그사이 김현무는, 첫 타석 때 시우와 투수 코치님의 환상적인 볼 배합에 속수무책이었다가 어느새 작전을 간파했는지 잘 떨어진 슬라이더를 걷어 올려 안타를 만들어냈다. 안타를 치고 난 후 1루 베이스를 밟은 김현무가 각종 보호장구를 풀면서 나에게 말했다.

"파치 형, 저랑 형이랑 경쟁이던데요? 형, 얼굴은 괜찮아요? 근데, 이젠 제가 역전했네요. 제가 투수로 올라가면 치기 힘드니까 그 전에 많이 쳐놓으세요. 하하하."

이런 싸가지 바가지가 다 있나. 어이가 없었다. 초면에 그런 말을 하다니. '두고 보자. 본때를 보여주마. 네 실력은 인정한다만 나도 이번만큼은 절대 안 진다.'

엎치락뒤치락하는 승부가 펼쳐졌다. 위기의 순간도 있었지만 감독님의 완벽한 전략으로 잘 넘어갔다. 하지만 반대로 공격에서는 서산고 감독님의 전략에 번번이 막혔다. 양 팀 감독님이 뛰어나와 박수를 치는 모습은 관중을 흥분의 도가

니로 만들었다.

순식간에 5회가 끝나고 클리닝 타임을 가졌다. 감독님께
서 우리를 모아놓고 얘기했다.

"아주 잘하고 있어요. 좋은 추억, 이 감독이 만들어줄게요.
수비는 지금처럼 열심히 하고. 자, 거기 뒤에도 잘 들어."

"넵."

감독님이 다시 말을 이었다.

"좋은 추억 쌓으려면 2점만 더 내자. 주자가 루상에 나가
면 철저히 작전 위주로 갈 거야. 시우야, 지금 좋으니까 김현
무만 조심하자, 알았지? 제군들! 우리 연습 많이 했잖아? 타
순에 상관없이 번트 사인도 내고 할 테니까 마음의 준비들
해둬. 우리 목표를 이뤄보자!"

"넵."

감독님 미팅이 끝나고 이어 독고 코치님이 말했다.

"긴장하지 말고! 긴장하는 팀이 지는 거야. 저기 서산고 벤
치 봐봐. 얼마나 긴장해 보이니. 고기도 먹어본 놈이 잘 먹는
다고, 우승도 해본 놈들이 하는 거야. 어떻게 하는지 알지?"

"당연하죠, 코치님."

주장인 로한이가 우리를 대표해서 말했다.

"태산고 수비! 얼른 나오세요!"

심판이 클리닝 타임 종료를 알렸다. 우리는 손을 모아 "해
보자!" 하며 파이팅을 외치고 수비에 나섰다. 투수는 여전히
시우였다. 땀을 뻘뻘 흘리며 공을 뿌리고 있는 시우를 보자

소름이 돋을 지경이었다. 시우의 혼이 담긴 투구에 1번 타자와 2번 타자가 땅볼로 물러났다. 하지만 3번 타자의 중견수 앞 안타로 주자 1루가 되었다. 그리고 타석에는 또다시 김현무가 섰다.

"시우야, 자신 있게 붙어! 지금 볼 좋다!" 벤치에 있던 공득도 코치님이 소리쳤다.

스코어는 2:1. 나의 안타와 기우의 희생플라이로 2점을 냈고, 서산고는 기가 막힌 스퀴즈 작전으로 1점을 냈다. 천금 같은 점수로 아직까지는 우리 팀이 1점을 리드하고 있었지만, 누구라도 지금이 승부가 갈릴 수 있는 순간이란 걸 알 수 있었다. 김현무도 아까의 느낌과는 달랐다. 그 역시 이번 타석에 모든 것을 쏟아붓고 있었다. 김현무와 시우, 둘 사이에 묘한 긴장감이 흘렀다. 시우는 공을 고르는 척, 김현무는 땅을 고르는 척 타이밍을 조절하며 서로의 집중력을 떨어뜨리고 기선을 잡기 위해 기싸움을 하고 있었다.

갑자기 비가 내리기 시작했다. "이러면 투수한테 불리한데……." 나는 입술을 깨물며 혼잣말을 중얼거렸다.

시우가 세트 포지션에 들어갔다. 그러고는 공을 간결하게 빼서 자신 있게 뿌렸다.

"하압."

초구는 김현무의 약점인 몸쪽 슬라이더였다.

"후우웅!"

김현무가 큰 스윙을 돌렸지만, 배트는 허공을 갈랐다.

"나이스 볼!"

공득도 코치님이 굳은 표정으로 박수를 치고 있었다. 노 볼 원 스트라이크. 시우가 두 번째 공을 힘차게 던졌다. 바 깥쪽 코스로 파고드는 직구였다. 하지만 아쉽게도 볼 판정을 받아 원 볼 원 스트라이크가 되었다. 벤치와 관중석은 갑자 기 조용해졌다. 모두 손에 땀을 쥐며 집중하고 있었다.

나도 평소보다 수비 자세를 더 낮췄다. 시우가 허리를 틀 며 강하게 공을 던졌다.

"촤아악!"

다시 몸쪽 슬라이더였다. 하지만 비 때문인지 손에서 공이 빠지며 궤적이 높게 형성됐다. 투 볼 원 스트라이크. 시우는 빗줄기로 인해 흔들리고 있었다. 태산의 벤치에 긴장감이 흘 렀다. 관중석에서는 알 수 없었지만, 경기장 안에서는 모든 게 느껴졌다.

시우가 미끄럼을 방지하는 로진을 만지고 다시 세트 포지 션에 들어갔다. 그리고 심호흡을 한 뒤 온몸에 힘을 모아 공 을 힘차게 뿌렸다. 하지만 갑자기 컨트롤이 되지 않았다. 공 은 땅바닥에 처박혔다. 공이 너무 앞으로 떨어지는 바람에 포수 강지구의 좋은 블로킹에도 1루 주자가 2루로 진루했다. 조용했던 서산고 벤치가 들썩였다. 그들 역시 우리의 에이스 시우가 흔들리는 것을 보았기 때문이다. 팀의 상징과도 같은 김현무가 해낼 것이란 믿음 또한 컸으리라.

쓰리 볼 원 스트라이크.

평소 같으면 고의사구 사인이 나왔을 것이다. 하지만 1점 차 승부에다 경기가 후반부였기 때문에 대량실점을 막아야 했다. 감독님은 고민 끝에 승부하라는 사인을 냈다. 몸쪽 슬라이더만 던질 수 있으면 승산이 있었기 때문이다.

시우가 고개를 끄덕이고 글러브에 공을 집어넣었다. 결정적인 순간, 김현무에게는 유리한 볼 카운트였다. 파이팅을 외치는 우리 팀 야수들의 함성이 터져 나왔다. 시우는 우리들의 응원을 온몸으로 끌어모은 뒤 힘차게 공을 뿌렸다. 몸쪽 슬라이더였다. 하지만 또 손에서 공이 빠지는 게 느껴졌다.

"좌앗!"

"퍼엉!"

순식간에 일어난 일이었다. 대포 소리 이후, 시우를 포함한 태산의 야수들은 모두 주저앉았다. 김현무는 방망이를 던지고 한 손을 들었다. 서산고와 태산고의 벤치에 앉아 있던 선수들은 공의 궤적을 쫓으며 고개를 내밀었다. 양쪽 감독님, 코치님들도 마찬가지였다. 공은 우측 폴대를 향해 날아가고 있었다. 그 순간이 너무 길었다.

'제발, 제발!' 태산과 서산의 팀원들은 이 순간 모두 한마음으로 기도하고 있었으리라.

공은 점점 폴대에 근접했다. 서산고 선수들은 고개를 왼쪽으로, 태산고 선수들은 고개를 오른쪽으로 기울였다. 타구가 자신들이 원하는 방향으로 가기를 원하는 마음에서였다. 공이 폴대에 거의 다다랐다. 시우를 포함한 태산의 모든 선수들과, 김현무를 포함한 서산의 모든 선수들이 동시에 점프하며 소리 질렀다.

"파울, 파울, 파울!"

"홈런, 홈런, 홈런!"

"터억— 틱."

공은 외야 관중석 쪽으로 살짝 비껴 떨어졌다. 모두 1루 쪽 심판을 쳐다봤다. 심판이 손을 벌렸다.

"파울."

'와, 살았다.' 나는 무릎에 손을 올리고 앉았다 일어났다를 반복했다. 김현무를 포함한 서산의 팀원들은 고개를 떨궜다. 우리 태산은 저승까지 갔다가 살아온 것처럼 안도의 한숨을 내뱉었다. 그때였다.

"타임입니다!"

우리 감독님이 올라왔다. 김현무의 엄청난 파워에 놀랐을 게 뻔하다. 우리 야수들도 마운드에 있는 로진을 만지러 다가갔다. 마운드에 올라온 감독님이 웃으며 말했다.

"어우, 날씨가 왜 이러냐. 비가 오고 있으니 제군들은 송구에 더 신경 쓰도록. 자, 시우는 지금처럼 자신 있게 던져. 지금 잘 맞았는데도 공이 좋으니까 파울이 된 거야. 이런 상황일 때 유명한 야구 격언이 있지?"

감독님의 말에 시우가 웃으면서 대답했다.

"파울 홈런 뒤에 삼진입니다."

감독님이 껄껄 웃으며 말했다.

"잘 아네. 그럼 이번에는 직구로 붙는다. 자신 있게 던지 도록!"

타임 시간이 끝나고 다시 경기가 시작됐다. 아깝게 역전 홈런을 놓친 김현무가 방망이를 휘두르며 구시렁대고 있었 다. 시우가 숨을 내뱉으며 세트 포지션에 들어갔다. 우리는 어떤 공이든 몸이라도 던져 막아낼 각오로 수비에 임했다. 시우가 씩씩한 표정으로 공을 힘차게 뿌렸다. 이번에는 디딤 발부터 모든 것이 완벽했다. 공은 빠르게 포수 미트를 향해 갔다. 김현무도 타격 자세를 취했다. 역시나 직구를 예상했 는지 타격 타이밍이 완벽했다. 하지만 시우의 공이 훨씬 좋 았다. 배트는 공을 맞히지 못하고 헛돌았다.

"퍼엉."

스트라이크. 시우는 주먹을 쥐며 호랑이처럼 포효했다. 김현무는 방망이를 땅에 내리찍었다. 태산의 벤치와 관중석 은 열광했다. 수비에 나섰던 선수들이 모두 벤치로 들어오며 한마디씩 했다.

"어우, 심장 터질 뻔했네. 야, 근데 파울 홈런 뒤에 삼진은 과학이다, 과학!"

모두 심장 쪽에 손을 올리고 웃었다. 하늘은 장난을 치는 건지, 우리 수비가 끝나자 비가 멈췄다.

김현무의 어마어마한 파울 타구 이후 나는 머리가 아파오 기 시작했다. 쌀쌀하고 어두컴컴한 날씨도 한몫했다. 현재까 지 그와 나는 타점과 홈런 개수가 같았다. 김현무가 안타를 못 치고 내가 안타를 하나 더 치게 된다면 얘기가 달라진다. 그러면 내가 타율이 앞서기 때문에 두 개의 타이틀을 확보할 수 있다.

힘들었던 6회 초 수비가 끝나고 태산과 서산은 서로 칼과 방패를 주고받으며 긴장의 끈을 더욱 팽팽하게 당기고 있었다. 시우의 볼은 김현무의 삼진 이후로 더 좋아졌다. 하지만 그라운드의 물기 때문이었는지 7회 초에 주장인 로한이가 송구 에러를 하면서 1점을 헌납했다.

2:2 동점. 승부는 원점으로 돌아갔다. 7회 말에는 정태연의 잘 맞은 타구가 서산고 좌익수의 다이빙 캐치에 잡혀서 점수를 내지 못했다. 엎치락뒤치락 손에 땀을 쥐게 하는 경기에 흥분한 관중들은 환호성을 질렀다. 청룡의 여의주를 품기 위해 선수들은 몸에 남아 있는 영혼의 티끌까지 끌어모아 경기에 전력을 쏟아붓고 있었다.

7회 초에 2:2 동점이 된 후 시우와 오승리는 8회까지 점수를 주지 않았다. 양 팀 타자들이 안타를 쳐내긴 했지만 후속타 불발과 상대의 호수비에 걸려 점수를 내지 못했다. 나는 세 번째 타석에서 오승리의 바깥쪽 직구에 삼진을 당했다. 이제 남은 기회는 단 한 번뿐이었다. 다행스러운 건 김현무가 시우의 계속되는 몸쪽 슬라이더 공에 말려드는 바람에 마지막 타석에서 안타를 치지 못했다는 사실이다. 이제 칼자루는 내가 쥐고 있었다. 팀과 내가 용솟음치며 하늘로 솟구쳐 오르느냐, 저 밑 지하로 가라앉느냐는 전적으로 나에게 달려 있었다. 팀의 주축 4번 타자인 내가 해내야 했다. 9회 말. 나에게는 마지막 타석이었다.

9회는 2번 타자 2루수 지수행부터 시작이었다. 투수는 여전히 오승리였다. 그런데 갑자기 이슬비가 내리기 시작했다. 참 알 수 없는 날씨였다. 타율이 2할대인 수행이가 공 두 개를 골라내더니 과감히 방망이를 돌렸다.

"따악."

중견수 앞 안타였다. 감독님도 박수를 치며 만족해했다. 다음은 3번 타자 포수 강지구였다. 번트를 예상하고 있던 지구는 얼굴이 매우 편안해 보였다. 수행이에게 맞은 안타가 거슬렸는지 오승리는 1루 쪽 견제를 세 번 연속했다. 우리가 얄밉게 야유를 보내자 오승리의 얼굴이 빨갛게 물들어갔다. 평정심을 유지해야 하는 스포츠인 야구에서 투수가 흥분해 있다는 것은 상황이 매우 좋지 않다는 걸 그대로 드러내준다. 결국 페이스를 잃고 흥분해버린 오승리는 지구에게 볼넷을 내주고 말았다.

번트를 대도록 해주었으면 1사 2루 상황이 되었을 텐데 번트를 주지 않기 위해 애쓰다 무사 1, 2루 상황이 되어버렸다. 운명의 장난인지 다음 타석은 나, 강파치였다. 9회 말 마지막 타석. 몇 시간 동안 치열하게 펼쳐진 경기의 승부를 가를 칼자루가 내 손에 들려 있었다. 모든 상황이 만들어졌다. 이제는 칼을 휘둘러 결과를 보기만 하면 된다.

'나의 가치를 증명하라고 하늘이 내려주신 기회다. 해결하자. 여기서 안타 하나 치면 게임 끝이다.'

하지만 내 마음을 몰라주는 듯 하늘은 조금 더 굵은 빗줄기를 뿌리기 시작했다. 그라운드가 질퍽거리기 시작했다.

심장이 두근거렸다. 하나 크게 쳐서 개인상 타이틀을 갖고 싶었다. 그러면 내 미래도 활짝 열릴 것이다. 1회의 타점으로 지금 나는 김현무와 동률이었다. 오늘 경기에서 4타수 1안타의 성적을 낸 김현무는 그런 자신이 마음에 안 들었는지 1루에서 얼굴이 빨개져 구시렁대고 있었다. 더도 덜도 말고 딱, 안타 한 개다. 하지만 이런 생각을 하면 할수록 몸에 힘이 들어가고 배팅 스피드가 떨어지게 된다. 마음을 비워야 한다. 그렇게 마음을 다잡고 있을 때, 서산고 벤치에서 큰 소리가 들렸다.

"선수 교체입니다."

서산고 감독님이 올라왔다. 올 것이 왔다. 김현무와 나의 승부. 얼마나 기다렸는지 모른다. 태산고 4번 타자의 자존심을 걸고 어떻게든 때려내고 싶었다. 역시나 예상대로 오승리가 내려가고 1루에서 김현무가 마운드 쪽으로 천천히 올라왔다. 1루 글러브에서 투수 글러브로 바꿔 낀 김현무는 질겅질겅 껌을 씹어대며 나를 향해 웃음을 지어 보였다. 도대체 저 여유는 어디서 나오는 건지 얄미워 죽을 지경이었다. 내 저 웃음을 울음으로 바꿔주리라. 나는 방망이를 잡고 있는 손에 힘을 주며 의지를 다졌다. 그런 다음 눈을 감고 이미지 트레이닝을 하며 흥분하지 않기 위해 노력했다. 김현무의 연습 투구가 시작됐다.

"퍼펑."

야구장 안에 있는 사람들이 모두 깜짝 놀랐다. 전광판에 구속 151km가 찍혔다. 볼이 더 빨라진 것이다. 서산고 벤치와 관중석에서 커다란 함성이 터져 나왔다. 근데 김현무의 얼굴이 점점 찌그러졌다. 비로 인해 마운드의 상태가 좋지 않았던 것이다. 투수에게 중요한 디딤발을 딛는 부분이 질퍽여서 그런 것 같았다.

"퍽."

"픽."

"퍼어엉."

148km, 146km, 145km. 구속이 줄어들고 있었다. 이런 날씨에 컨트롤을 유지하면서 투구하기란 거의 불가능했다. 컨트롤을 신경 쓰기 위해 구속을 떨어뜨릴 수밖에 없었다. 그래도 여전히 빠른 볼이었다. 공의 회전이 살아 있었다. 빗방울은 계속해서 떨어지고 있었다.

'아니야, 주눅 들지 마. 내가 최고야. 연습도 많이 했잖아.'

심판의 플레이볼 콜이 들렸다. 나는 타석에 들어가서 감독님 사인을 봤다.

'키* 들어가고 얼굴 한 번, 두 번…… 엥, 번트?'

---

* 벤치의 감독과 그라운드 위의 선수가 사인을 주고받을 때 상대 팀이 알아차릴 수 없도록 진짜 사인과 위장 사인을 구분하기 위한 특정 몸짓.

번트 사인이 났다. 감독님께서 타순과 상관없이 번트 사인을 내겠다고 했던 말이 생각났다. 정말 아쉬웠다. 안타 하나가 절실한 나에게 번트라니. 개인 타이틀은 이제 물 건너갔다. 딱 안타 하나만 있으면 되는데…… 어쩔 수 없었다. 나보다는 팀이 우선이었다. 마음속으로는 배트를 휘둘러 야구공을 박살 내고 싶었지만, 다른 도리가 없었다. '알았다'는 사인을 하고 내가 번트를 준비하자 관중석에서 웅성거리는 소리가 들려왔다. 4번 타자가 번트를 댄다는 건 자주 있는 일이 아니었기 때문이다. 더군다나 김현무의 위력을 봤을 때 다음 타자가 안타를 치리라는 보장도 없었다. 하지만 작전은 작전이었다. 보내기 번트가 성공한다면 이번 타석은 타율 계산에서 빠지기 때문에 여전히 나는 2타수 1안타의 성적을 유지하게 된다. 3학년 전 시즌 통산 타율만 생각했을 때는 내 개인 성적에도 그렇게 나쁜 것은 아니었다. 하지만 이번 대회 개인 타이틀은 멀어진다.

나는 흥분을 가라앉히고 온 신경을 방망이 끝으로 모았다. 방망이 끝에 공을 맞혀야 좋은 번트를 댈 수 있기 때문이다. 김현무가 투구 준비에 들어갔다. 마치 한 마리 호랑이처럼 웅장하게 느껴졌다. 빗줄기는 여전했다. 빗물이 헬멧을 타고 내려왔다. 야, 이건 장난이 아니다. 빗줄기 때문에 공을 놓칠 수 있어 더 집중했다. 난 빠른 직구를 대비했다. 번트를 대기 어렵게 하기 위해 당연히 빠른 직구로 승부할 것이었기 때문이다.

"슈유웃."

"촤앗."

김현무의 손에서 공이 채졌다. 빠른 속도로 공이 다가왔다. 직구였다.

"틱."

나는 연습한 대로 3루 쪽으로 공을 보내기 위해 방망이를 내밀었다. 하지만 아쉽게도 파울이었다. 심장 박동이 빨라졌다. 원 스트라이크. 김현무의 볼은 소문대로 빠르고 묵직했다. 정면 승부를 펼친다고 해도 쉽게 칠 수 있는 공이 아니었다. 번트를 대는 것은 더 어려웠다.

'정신 차리자!' 다시 감독님의 사인을 확인하고 번트 준비를 했다. 이번에는 무조건 대야 하는 상황이었다. 김현무가 갑자기 고개를 저었다. 무언가 꺼림칙했지만 번트에 집중했다. 헬멧의 모자챙에서 빗물이 떨어졌다. 하늘이 원망스러웠다. 주자는 1, 2루. 무조건 3루 쪽으로만 번트를 대야 하는 상황이었다. 공이 1루 쪽으로 가면 주자가 3루에서 아웃될 수도 있었다. 나는 또다시 빠른 직구를 준비했다. 김현무가 허리를 강하게 틀며 공을 던졌다.

"쉬이익."

공은 백두산 호랑이 같은 기세로 날아왔다. 직구와 같은 회전이었다. 하지만 홈플레이트 근처에서 빠르게 휘었다. 커브였다. 갑자기 빠르게 휘는 공을 보고 나는 놀라서 방망이를 뺐다. 하지만 스트라이크였다. 순식간에 투 스트라이크가 됐다. 고등학교 레벨에서 이런 커터를 던지다니, 역시 대단한 놈이다. 하지만 남 칭찬할 때가 아니었다.

노 볼 투 스트라이크. 정말이지 궁지에 몰린 쥐 신세가 되었다. 나는 죄인이 된 기분으로 고개를 갸우뚱하며 감독님을 쳐다봤다. 감독님의 표정이 썩 좋지 않았다. 서산고 벤치는 난리가 났다.

난 해낼 수 있다는 자신감을 보여주기 위해 방망이를 힘차게 휘두르는 제스처로 사인을 보냈다. 쓰리 번트도 하겠다는 제스처였다. 이번에 실패하면 개인 타이틀이 날아가는 것은 물론이고 3학년 통산 타율도 떨어지게 된다. 몸속 핏줄이 곤두서는 느낌이었다. 어떻게든 번트를 성공시켜야 했다. 감독님이 한숨을 내쉬며 다시 사인을 냈다. 나는 감독님 손의 움직임을 놓치지 않기 위해 눈을 크게 떴다.

'벨트…… 박수 두 번?' 히팅 사인이었다. 정신이 번쩍 들었다. 감독님이 나를 한번 믿어보겠다는 신호였다. 마음이 심란했지만 믿음에 보답해야 했다. 진루타를 치든지, 경기를 끝내든지, 둘 중 하나는 무조건 해야 했다. 마음을 가다듬고 타석에 들어섰다. 못 할 게 뭔가. 어차피 주사위는 던져졌다. 강하게 마음을 먹었으나 머릿속에서는 한편으로 실수했던 장면들이 떠오르고, 나를 질책하고 비난하던 사람들의 목소리가 들려오는 듯했다. 그러다 보니 진정이 되지 않았다. 이제 공 하나에 내 운명과 우리 학교의 운명이 걸려 있었다. 마음을 비우려고 관중석 쪽을 천천히 돌아보는데 그 순간 부모님이 보였다.

"심판님, 잠시만요."

나는 심판에게 타임 요청을 하고서 신발 끈을 고쳐 매는 척하며 아버지의 말을 떠올렸다.

'즐겨라…… 인생은 도미노 게임? 뭐라고 하셨지? 기억이 안 나네. 아, 맞다. 자연의 순리대로! 그래, 못 치면 어때. 걱정하지 말고 휘두르자. 그다음은 하늘이 알아서 해준다. 최선을 다하고 하늘에 맡겨라. 그 말이었지. 맞아, 진인사대천명! 자신 있게 해보자.'

나는 마음을 가다듬고 타석에 들어섰다. 마운드에서는 김현무가 나를 보며 웃고 있었다. 저 재수 없는 놈. 천재라는 건 인정한다. 하지만 왠지 잘될 것 같은 기분이 들었다. 녀석의 표정이 나의 전투 의지를 더 불태워줬다. 김현무가 세트 포지션에 들어갔다. 조금 전보다 더 허리를 비트는 것처럼 보였다. 나도 체중을 오른 다리에 실으며 타격 준비를 했다.

'인생은 내가 개척해나가는 거야. 나도 할 수 있다.'

모든 장면이 슬로 모션으로 보였다. 떨어지는 빗방울, 이에 개의치 않고 날아드는 날파리들, 양쪽 응원석 관중들의 흥분된 모습, 김현무의 찌푸린 얼굴, 그 밖에도 여러 가지 장면이 파노라마처럼 펼쳐졌다. 극한의 집중을 하면 모든 것이 느려 보인다더니 지금 상황이 딱 그랬다. '두둥, 두둥' 뛰는 내 심장 박동 소리와 '하아, 하아' 숨 고르는 소리가 느리게 들려왔다.

그리고 투수가 던진 공이 천천히 수박처럼 날아오고 있었다. 못 맞히면 이상할 정도로 공이 커 보였다. 공의 실밥까지 피부로 느껴질 만큼 모든 신경이 곤두섰다. 공은 슬라이더 궤적을 띠며 떨어졌다. 나는 과감히 방망이를 공 밑부분에 가져다 댔다.

"따아악."

"파울."

잘 맞았지만 좌익수 선상 옆에 떨어지는 파울이었다. 관중석에서는 환호와 아쉬움의 탄식이 흘러나왔다. 타이밍과 집중력, 모든 것이 완벽했던 순간이었다. 그 순간을 놓친 게 너무 아쉬웠다. 빗줄기가 갑자기 굵어지며 세차게 쏟아져 내렸다. 좀 전까지만 해도 느껴지지 않던 세찬 빗줄기가 어깨 위를 강타했다.

"안되겠다. 타자 투수 모두 벤치로 들어가!"

뒤에 있던 심판이 크게 소리쳤다. 빗줄기가 거세지는 바람에 경기가 잠시 중단된 것이었다. 우리는 모두 벤치로 뛰어들어갔다. 노 볼 투 스트라이크 상황에서 이게 무슨 일인가. 극한의 집중력을 발휘해도 될까 말까 하는 순간에 경기를 멈추다니. 마음이 착잡했다. 벤치에 들어오자 감독님이 나를 불렀다.

"파치야. 이왕 이렇게 된 거 네가 끝내보자. 큰 거 말고 방망이 짧게 잡고 공 맞히는 거에 집중해. 단타 하나면 된다. 끈질기게 해. 이거 마셔라."

감독님이 직접 아이스박스에서 비타 500을 꺼내주셨다. 그러더니 내 엉덩이를 두들겨주시고는 다른 곳을 쳐다보셨다. 긴장되고 두려웠던 마음이 비타 500과 함께 조금 진정이 됐다.

'후…… 어떻게든 해내야 한다. 나는 4번 타자다.'

주변을 둘러봤다. 땀과 흙, 비로 젖은 팀원들이 보였다. 모두 비 맞은 생쥐들처럼 보였다. 웃음이 나왔지만 가슴은 뜨겁게 달궈졌다. 팀원들과 마지막 피날레를 화려하게 장식하고 싶었다.

경기가 중단된 지 20분이 지났다. 빗줄기가 서서히 약해지면서 어두운 먹구름만 남았다. 정말 망할 날씨다. 빗줄기가 약해졌기 때문에 우리는 다시 몸을 풀었다. 나는 한쪽에서 이미지 트레이닝을 하며 스윙을 돌렸다. 비가 완전히 멈추자 심판이 경기 재개를 외쳤다.

김현무가 다시 마운드로 올라가 연습 투구를 시작했다. 다리를 들고 강하게 투구하는 순간, 김현무가 중심을 잃고 공을 땅으로 던졌다. 비가 많이 와서 흙 상태가 좋지 않았기 때문이다. 마운드뿐만 아니라 타석도 마찬가지였다. 조금 과장해서 말하면 늪지대 같았다. 다리를 디딜 때마다 흙이 나를 빨아들이는 것 같았다. 다시 김현무가 공을 던졌다. 하지만 여전히 마운드에 적응하지 못하고 있었고, 구속은 140km 초반으로 떨어졌다. 아까와는 공이 너무 달랐다.

'저 정도면 해볼 만하다.'

연습 투구가 끝나고 타석에 들어선 나는 심판의 플레이볼 소리에 마음을 가다듬고 방망이를 짧게 잡았다.

주자 1, 2루. 노 볼 투 스트라이크.

경기장의 열기가 뜨겁게 고조되고 있었다. 김현무가 입술을 깨물면서 공을 뿌렸다. 나도 타격에 들어가면서 어떻게든 배트 중심에 맞히려고 했다.

"펑."

볼이었다. 마운드의 흙이 비에 젖어 미끄러워지면서 김현무의 제구도 무너졌다.

원 볼 투 스트라이크.

내 숨소리가 몸의 반응을 방해할까 봐 가능한 한 숨을 작게 쉬었다. 내 눈에는 오로지 김현무밖에 보이지 않았다. 다시 그가 공을 힘차게 던졌다.

"퍽."

또다시 볼이었다. 태산 벤치에서 환호성이 터져 나왔다. 김현무의 표정이 일그러졌다. 타석에서 그의 이마에 접힌 주름까지 보일 정도였다.

투 볼 투 스트라이크.

심호흡을 했다. 심장 박동이 내 눈까지 전달되고 있었다.

김현무가 기합 소리를 내지르면서 공을 뿌렸다. 질척거리는 마운드 때문에 그는 공을 던지면서 옆으로 비틀거렸다. 공이 한가운데로 오고 있었다. 순간적으로 온몸에 힘을 빼면서 가볍게 공을 때렸다.

"따아아아악!"

엄청난 굉음이었다. 가볍게 친 공인데, 내가 낼 수 있는 최대치의 파워가 실린 것 같았다. 공은 순식간에 3루 그리고 좌익수 위를 넘어가며 아까 김현무의 타구처럼 폴대를 향하고 있었다.

'제발! 제발! 제발!'

관중석을 비롯해 경기장의 모든 사람이 일어났다. 공이 날아가는 동안 경기장은 숙연해졌다.

"퍼억."

"파울."

공이 폴대 안으로 들어가는 듯하면서 밖으로 휘었다. 파울 홈런이었다. 태산고 벤치에서는 아쉬움의 탄식이, 서산고 벤치에서는 안도의 한숨이 나왔다. 김현무도 나의 타구에 놀랐는지 마운드에 주저앉아 있었다. 정말 잘 맞은 타구였는데…… 아쉬움만 더욱 커졌다. '파울 홈런 뒤에 삼진'이라는 징크스가 떠올라 마음이 어수선해졌다. 그때였다.

"타임입니다."

서산고의 감독님이 소리치며 뛰어나왔다. 홈런성 타구에 놀란 눈치였다. 그 틈을 타 우리 감독님도 나에게 뛰어왔다.

"파치야, 잘 쳤어. 자, 이번 한 번만 더 집중하자. 지금 스윙 아주 맘에 들어요. 자, 마지막이다. 한번 해보자. 빨리 끝내고 학교 앞 햄버거집 가자."

내 입가에 미소가 번지기 시작했다. 이 심각한 상황에서 내 긴장감을 풀어주기 위한 감독님의 농담이었다. 나는 고개를 끄덕였다.

타임 시간이 끝나고 경기가 재개됐다. 김현무가 진지한 표정으로 날 바라보고 있었다. 그리고 고함을 지르며 공을 던졌다. 지금까지 보지 못하던 모습이었다. 그의 간절함과 나의 간절함이 부딪치고 있었다. 나는 이를 악물고 방망이를 휘둘렀다.

'인생은 내가 개척해나가는 거야. 난 할 수 있다!'

몇 초 뒤 나는 1루 베이스를 돌고 있었다.

나는 손을 번쩍 들며 뛰었다. 타구는 좌측 펜스 근처에 떨어졌다. 베이스를 돌며, 1학년 때부터 시작해 그간 힘들었던 순간들이 떠올랐다. 운동선수라고 무시당했던 순간들······ 이 상황을 이겨낸 내가 너무 자랑스러웠다. 마운드 위에서는 김현무가 고개를 떨구고 있었다. 나는 2루를 지나며 오른손을 들고 하늘을 향해 내질렀다. '됐다, 됐어.' 끝내기 안타였다. 거기다 내가 김현무의 기록을 앞섰다. 팀원들이 모두 뛰어나와 얼싸안으며 울었다. 나도 펑펑 울었다.

그토록 꿈꿔왔던 청룡기 우승과 서산고에 대한 복수. 두 마리 토끼를 다 잡은 우리는 마운드로 달려 나가 감독님, 코치님들을 헹가래 치며 우승의 기쁨을 만끽했다. 관중석을 바라보니 부모님도 주변 분들에게 축하를 받느라 정신이 없으셨다. 타점상과 홈런상. 꿈에서나 그려보던 상을, 그것도 두

개나 동시에 수상하게 되다니. 그야말로 기적이었다. 됐다, 됐다, 됐다. 지난 3년간의 시간이 이 한 경기를 위해 존재했던 것 같은 느낌이 들었다.

나는 꿈만 같은 멀티히트로 청룡기 홈런상과 타점상을 손에 쥐었다. 김현무와 홈런 개수는 같았지만 홈런왕 타이틀은 타율이 더 높은 내 것이 되었다. 오늘 경기 전까지만 해도 홈런 1위는 김현무의 몫이었다. 그런데 컨디션 조절에 실패한 탓인지, 야구장 분위기에 휩쓸린 것인지, 김현무는 오늘 4타수 1안타에 그쳤다. 그를 잘 막아낸 우리 팀 투수들의 능력이 가장 큰 역할을 한 것이리라. 나는 그야말로 어, 어 하다가 소 뒷걸음질에 쥐 잡는 행운을 얻게 된 것이고. 전국대회 2관왕. 내 야구 인생에도 이런 일이 생기는구나.

시상식이 진행되었고, 나는 타점상과 홈런상을 받았다. 아버지가 카메라를 들고 나를 찍으며 웃고 있었다. 나는 아버지를 향해 기쁨의 브이 신호를 보냈다. 이제 마지막으로 MVP 수상만을 남겨두고 있었다. 사회자가 마이크를 잡고 말했다.

"자, 시상식 계속하겠습니다! 최우수 선수상은……."

최우수 선수상은 투수가 선정되는 경우가 많았기 때문에 이번에도 투수인 시우와 재중이 둘 중 한 명이 받을 거라고 예상하고 있었다.

"태산고 1루수 강파치 선수입니다!"

이게 웬일인가. 나는 너무 놀라 당황했다. 잘못 들은 줄 알고 주위를 둘러봤다. 모두가 내게 박수를 보내고 있었다. 감독님과 코치님도 예상 못 하신 듯 놀란 표정이었지만 환하게 미소 지으며 나를 향해 박수를 보내주셨다. 내가 최우수 선수라니. 2관왕도 벅찬데 3관왕이라니. 정말 믿을 수가 없었다. 지금까지의 모든 고생과 맞바꾼 기분이었다.

야구 협회장님을 비롯해 가족과도 사진을 찍었다. 여태 속만 썩였는데 이렇게나마 부모님께 효도한 것 같아서 기분이 좋았다. 또한 동기들과 후배들에게 좋은 추억을 선물한 것 같아서 기뻤다. 늘 천덕꾸러기 같았던 내가 청룡기 대회의 주인공이 될 줄이야. 포켓몬 진화에도 나 같은 진화가 있었다면, 그건 반칙이다. 정말 꿈속을 거닐고 있는 것만 같았다. 이게 꿈이라면 절대 깨지 말아라.

시상식이 끝나고 신문사에서 인터뷰 요청을 해왔다. 매스컴에 내 사진과 인터뷰 내용이 실린다고 생각하니 마냥 설레고 신기하기만 했다.

고진감래. 고생 끝에 낙이 온다더니. 느껴보니 알 거 같았다. 그 순간의 고통은 너무 힘들지라도 그것을 이겨낸 후에 맛보는 쾌감은 꿀맛같이 달콤하리라.

아버지 말씀이 떠올랐다. "처음에는 네가 서울권 고등학교만 갈 수 있었으면 하고 기도했다. 그런데 놀랍게도 야구 명문고에 진학하게 됐어. 나한테는 기적이나 다름이 없었다. 이번에도 마찬가지다. 이제 너의 야구는 고등학교가 끝이구나 하고 생각하고 있었다. 그런데 정말 기적처럼 다시 기회가 열리는구나. 눈물이 다 난다."

우보만리牛步萬里라고 했다. 황소의 걸음으로 뚜벅뚜벅 나의 길을 가리라. 그러다 보면 남들보다 더 멀리 갈 수 있을 것이다.

진인사대천명盡人事待天命.

인간만사 새옹지마人間萬事 塞翁之馬.

전화위복轉禍爲福.

내가 힘들어하거나 실수할 때마다 아버지가 주문처럼 해주시던 말이다. 그 말들처럼 내 인생은 파란만장했다. 그러면서 진화하고 진보해왔다. 성공했다고 말할 수는 없어도, 열심히 노력해왔다고 자신 있게 말할 수 있다. 내 앞길이 어떻게 전개될지는 아무도 모른다. 다만 내가 선택한 길을 묵묵히 걸어가리라.

자갈길을 만나거나 황무지를 만날 수도 있고, 어쩌면 사막을 만나게 될지도 모른다. 누군가는 장미꽃길만 밟고 가라고 축복을 해주기도 한다. 하지만 그들도 모르는 것이 있다. 아니, 알면서도 모르는 척하고 있는지도 모르겠다. 장미꽃은 아름다움을 뽐내기 위해 그 속에 날카로운 가시도 같이 키운다는 사실을. 그 가시가 두려운 사람은 결코 장미꽃을 얻을 수 없다.

하루는 장미가 하느님을 찾아가 하소연했다고 한다.

"왜 아름다운 꽃을 가진 저에게 가시를 만들어주셨습니까?"

하느님이 말했다.

"나는 너에게 가시를 만들어준 적이 없다. 원래 가시만 있었던 너에게 꽃을 만들어주었느니라."

사람은 모두 가시만 갖고 있었다. 그것을 꽃으로 만드는 사람은 많지 않다. 고등학교 시절까지 내 인생은 가시를 꽃으로 만드는 시간이었다. 그러나 이제 겨우 한 송이 장미를 피워냈을 뿐이다.

야구부 담장을 휘감고 있던 장미꽃들과 함께 지하철 승강장에서 보았던 시가 다시 생각난다. 우리 모두는 거대한 꿈 발전소다. 결코 꺼지지 않는.

거대한 꿈 발전소가 가동을 시작했다
얼어붙었던 얼음덩어리들은
발전소에서 꿈으로 재생된다
저 꿈의 빛깔들로 인해
우리들의 겨울은 얼마나 아름다웠던가
목도리로 칼바람을 가리고 입김으로 언 손을 녹이면서도
가슴속에 꿈 발전소 하나 지을 땅은 남겨뒀었거니
귀 기울여보라
가슴속에서 쿵쿵 발전소 돌아가는 소리가 들리리니
그 소리가 들리는 한, 아직 아무것도 끝난 것은 없는 것이다
저기, 녹색 꽃망울에서 붉게 솟구치는 꿈의 화염을 보라

다음 해 봄날, 찬바람이 물러나고 따스한 봄기운이 대지를 감싸기 시작한 어느 날, 나는 꿈꾸던 대학교 교정을 향해 힘찬 발걸음을 내딛고 있었다. 이제 나의 시간은 다시 새롭게 시작될 것이다.

추천의 말

현역 야구선수가 쓴 야구 소설은 이 책이 처음인 듯하다. 특히 실화를 바탕으로 한 것이 재미와 감동을 더한다. 청소년은 꿈을 꾸고, 그것을 이루기 위해 실패하며, 성공을 위해 끊임없이 시도할 수 있는 특권을 가진다. 이러한 내용을 소설의 주인공인 파치가 잘 녹여내고 있다. 자신이 사랑하는 야구를 위해 끝까지 포기하지 않는 용기와 투지. 우승이라는 목표를 이루기 위해 희로애락을 함께하며 열정을 불태우는 청소년들의 성장 드라마는 재미와 함께 감동을 주기에 모자람이 없다.

– 허구연(MBC 스포츠플러스 야구해설위원)

"시도도 하지 않고 실패하느니 시도하고 실패하는 게 낫다. 시도조차 하지 않으면 실패의 이유를 찾을 수 없기 때문이다." 초등학교 4학년 한 학생이 카톡 프로필에 올려놓은 글이다. 어린아이의 생각에도 깊이가 배어 있는 걸 보며 세상이 참 많이도 변했음을 느낀다. 이 소설에는 주인공이 겪어온 힘겹고 울퉁불퉁한 도전의 길이 녹아 있다. 젊은이들이여! 실패를 두려워 말고, 어떤 일이든 도전하라.

― **장정석**(KBS N 스포츠 야구해설위원)

비록 처음에는 미숙하고 부족한 사고뭉치였던 주인공 강파치. 끝까지 포기하지 않고 노력한 결과, 드디어 전국고등학교 야구대회에서 최고의 위치에 오르게 된다. 이 책은 어찌 보면 뻔한 성공 스토리의 소설이다. 하지만 진부할 수도 있는 이 이야기는 야구선수만이 표현할 수 있는 세세함과 투박하지만 솔직한 언어 구사로 마치 더그아웃 한가운데 있는 듯한 착각이 들게 한다. '끝날 때까지 끝난 게 아니다.' 불분명한 미래를 고민하는 청년들에게 재미와 함께 확실한 메시지를 전하는 소설이다.

― **정웅교**(고려대 의대 정형외과 교수, 고려대 야구부장)

원고를 받고 처음에는 조금 당황했다. 내 기억으로는 현역 선수가 활동 중에 책을 출간했다는 얘기를 들어본 적이 없다. 고된 훈련의 와중에 틈틈이 글을 썼다는 사실에 놀라고, 은근히 재미도 있다는 데 또 놀라고, 우리 팀이 어려운 시기에 묵묵히 안방을 책임져준 인규에게 이런 재주가 있는 것에 다시 한번 놀랐다. 내게 받은 훈련의 스트레스를 책을 쓰며 풀었나? 나는 선수들에게 항상 "독기"를 강조한다. 끝까지 희망을 놓지 않고, 집중하고, 해낼 수 있다는 자신감을 갖기 바랐다. '스트라이크 아웃, 낫 아웃.' 기록상으로는 아웃이지만 아웃되지 않는 유일한 상황을 책 제목으로 쓴 것이 반가웠다. 포기하지 않는 경우에만 얻을 수 있는 상황. 나는 우리 선수들과 이 책을 읽는 모든 이들이 어떠한 상황에서도 끝까지 포기하지 않기를 바란다. 끝날 때까지 끝난 게 아니라는 말을 되새기며, 끝났을 때 비로소 웃음 지을 수 있기를.

— **김호근**(고려대학교 야구감독)

야구라는 스포츠에는 인생의 모든 국면이 함축되어 있다고 한다. '인간만사 새옹지마.' 소설 속 주인공 파치는 이 말을 항상 마음속에 새기고 있다. 실패에서 성공을 보며 성공에서 실패를 대비할 줄 아는 지혜가 담겨 있는 말이다. 작가는 파치를 통해 이러한 정신을 야구라는 스포츠에 녹여내고 있다. 독자들이여! 실패를 두려워 말고 끊임없이 도전하라. 결과만 보지 말고 지금의 과정을 보라. 인생은 끝날 때까지 끝난 게 아니다.

— **전성우**(서울시립청소년문화교류센터 소장)

스트라이크 아웃 낫 아웃
- 끝날 때까지 끝난 게 아니다

초판 1쇄 발행　　2020년 9월 9일
초판 3쇄 발행　　2021년 4월 19일

지은이　　강인규
펴낸이　　김요안
편집　　강희진
디자인　　장지영

펴낸곳　　북레시피
주소　　서울시 마포구 신수로 59-1
전화　　02-716-1228
팩스　　02-6442-9684
이메일　　bookrecipe2015@naver.com | esop98@hanmail.net
홈페이지　　www.bookrecipe.co.kr | https://bookrecipe.modoo.at/
등록　　2015년 4월 24일(제2015-000141호)
창립　　2015년 9월 9일

ISBN 979-11-90489-18-8 43810

종이·화인페이퍼 | 인쇄·삼신문화사 | 후가공·금성LSM | 제본·대흥제책

이 도서의 국립중앙도서관 출판예정도서목록(CIP)은 서지정보유통지원시스템 홈페이지
(http://seoji.nl.go.kr)와 국가자료공동목록시스템(http://www.nl.go.kr/kolisnet)에서
이용하실 수 있습니다. (CIP제어번호: CIP2020034196)